21世纪高等职业教育信息技术类规划教材
21 Shiji Gaodeng Zhiye Jiaoyu Xinxi Jishulei Guihua Jiaocai

Photoshop CS3 上机指导与练习

Photoshop CS3 SHANGJI ZHIDAO YU LIANXI

李辉 主编　纪丽 吴庆祥 副主编

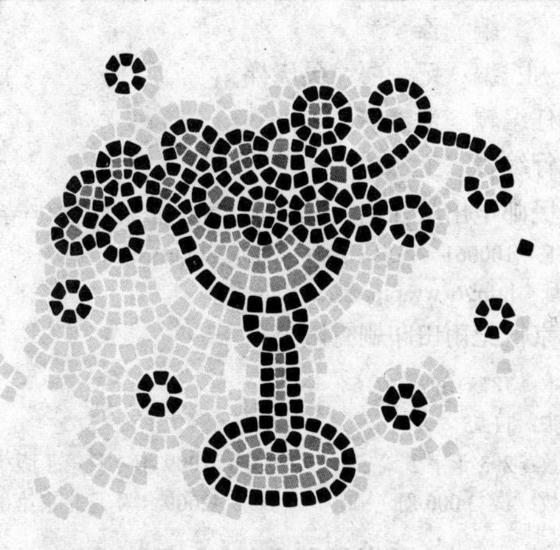

人 民 邮 电 出 版 社
北 京

图书在版编目（C I P）数据

Photoshop CS3上机指导与练习 / 李辉主编. —北京：人民邮电出版社，2009.4
21世纪高等职业教育信息技术类规划教材
ISBN 978-7-115-20453-0

I. P… II. 李… III. 图形软件，Photoshop CS3—高等学校：技术学校—教学参考资料 IV. TP391.41

中国版本图书馆CIP数据核字（2009）第027977号

内 容 提 要

本书是《Photoshop CS3 实用教程》的配套教材，内容以上机练习操作为主，重点培养学生的实际动手能力。全书共分 11 章，包括 Photoshop CS3 基本操作，文件基本操作方法以及颜色的设置，图像的选取与移动操作，绘画和编辑图像，路径的绘制与调整技巧，图层、通道和蒙版的应用技巧，色彩校正技巧，文本的输入与编辑，滤镜、图像的打印与系统优化设置，网页制作等上机操作练习。每个上机练习包括目的、内容和操作步骤，使学生能够明确每个练习需要掌握的知识点和操作方法。

本书可作为高等职业学校“计算机图像处理”课程的上机教材，也可作为 Photoshop 初学者的自学参考书。

21 世纪高等职业教育信息技术类规划教材

Photoshop CS3 上机指导与练习

◆ 主　编 李　辉
副 主 编 纪　丽 吴庆祥
责任编辑 潘春燕
执行编辑 王　威

◆ 人民邮电出版社出版发行 北京市崇文区夕照寺街 14 号
邮编 100061 电子函件 315@ptpress.com.cn
网址 http://www.ptpress.com.cn
北京世纪雨田印刷有限公司印刷

◆ 开本：787×1092 1/16
印张：11.75
字数：293 千字 2009 年 4 月第 1 版
印数：1 – 3 000 册 2009 年 4 月北京第 1 次印刷

ISBN 978-7-115-20453-0/TP

定价：19.80 元

读者服务热线：(010)67170985 印装质量热线：(010)67129223
反盗版热线：(010)67171154

前　言

本书是《Photoshop CS3 实用教程》的配套教材，以上机操作练习为主，通过大量的上机练习，使学生掌握 Photoshop CS3 的基本操作方法和应用技巧。本书以章为基本写作单元，每章给出几个上机练习，每一个练习都按照“基本功能练习——提高操作技巧——高级图像合成技巧与应用”这一思路进行编排，学生只要按照书上的步骤操作，就能够掌握每个练习包含的知识点和技巧。

教师可用 32 课时来讲解《Photoshop CS3 实用教程》的内容，然后配合本“上机指导与练习”，再分配 40 课时上机，则可顺利完成教学任务。每个上机练习由以下几个主要部分组成。

- 目的：简要说明学习目的，让学生对该练习内容有一个大体的认识。
- 内容：简要说明操作工具、操作命令、制作方法等。
- 操作步骤：包括详细的操作步骤及应该注意的问题提示。

本课程的上机时数为 40 课时，各章的参考教学课时见以下的课时分配表。

章　节	课 程 内 容	课　时　分　配
第 1 章	基本概念与基本操作	2
第 2 章	文件操作与颜色设置	2
第 3 章	选取和移动图像	4
第 4 章	绘画和编辑图像	5
第 5 章	绘制路径与图形	4
第 6 章	图层、蒙版与通道	6
第 7 章	色彩校正	4
第 8 章	输入文字与文字特效	3
第 9 章	滤镜	6
第 10 章	打印图像与系统优化	2
第 11 章	网页制作	2
课　时　总　计		40

本书由李辉任主编，纪丽、吴庆祥任副主编，参加编写工作的还有沈精虎、黄业清、宋一兵、谭雪松、向先波、冯辉、郭英文、计晓明、尹志超、滕玲、董彩霞、郝庆文等。

由于编者水平有限，书中难免存在错误和不妥之处，恳切希望广大读者批评指正。

编　者

2009 年 3 月

目 录

第 1 章 基本概念与基本操作 …………1

1.1 上机练习（1）——启动及退出 Photoshop CS3 ……………………1

1.2 上机练习（2）——拆分与组合控制面板 ……………………………2

1.3 上机练习（3）——绘制卡通猫 ……3

第 2 章 文件操作与颜色设置 …………9

2.1 上机练习（1）——新建文件填充图案后保存 ……………………9

2.2 上机练习（2）——打开文件修改后另存 ……………………………11

2.3 上机练习（3）——查看打开的图像文件 ……………………………12

2.4 上机练习（4）——绘制图形并填色 ……………………………………13

2.5 上机练习（5）——添加参考线 ……14

第 3 章 选择和移动图像 ………………18

3.1 上机练习（1）——选择图像并合成相册 ……………………………18

3.2 上机练习（2）——合成图像 ……19

3.3 上机练习（3）——利用【色彩范围】命令选择图像 ………………21

3.4 上机练习（4）——利用【抽出】命令选择图像 ……………………22

3.5 上机练习（5）——移动复制图案 ……………………………………24

3.6 上机练习（6）——绘制 POP 挂旗 ……………………………………25

3.7 上机练习（7）——绘制企业指示牌 ……………………………………28

第 4 章 绘画和编辑图像 ………………31

4.1 上机练习（1）——绘制国画 ……31

4.2 上机练习（2）——绘制瓷盘 …… 36

4.3 上机练习（3）——绘制雪人 …… 40

4.4 上机练习（4）——利用【魔术橡皮擦】工具快速更换背景 …… 49

4.5 上机练习（5）——绘制油画效果 …………………………………… 51

4.6 上机练习（6）——美白皮肤并润色 …………………………………… 52

4.7 上机练习（7）——消除眼部皱纹 …………………………………… 56

4.8 上机练习（8）——修整眉毛 …… 57

4.9 上机练习（9）——添加睫毛 …… 58

4.10 上机练习（10）——利用【模糊】工具制作景深效果 ………… 60

4.11 上机练习（11）——利用【涂抹】工具绘制羽毛 ……………… 61

第 5 章 绘制路径与图形 ……………… 66

5.1 上机练习（1）——从背景中选择人物 ……………………………… 66

5.2 上机练习（2）——绘制轻纱效果 …………………………………… 72

5.3 上机练习（3）——制作刀削皮效果 …………………………………… 73

5.4 上机练习（4）——设计标志 …… 77

5.5 上机练习（5）——制作霓虹灯效果 …………………………………… 81

第 6 章 图层、蒙版与通道 ………… 85

6.1 上机练习（1）——移花接木“换脸” ………………………………… 85

6.2 上机练习（2）——利用图层样式制作珍珠效果 …………………… 86

6.3 上机练习（3）——制作网页按钮 …………………………………… 87

6.4 上机练习（4）——利用蒙版合成图像……90
6.5 上机练习（5）——利用调整层调整图像色调……91
6.6 上机练习（6）——设计房地产广告……94
6.7 上机练习（7）——调整军绿色调……97
6.8 上机练习（8）——调整暖色调……99
6.9 上机练习（9）——利用快速蒙版选择图像……100
6.10 上机练习（10）——利用通道选择头发……101

第7章 色彩校正……104

7.1 上机练习（1）——调整金秋色调……104
7.2 上机练习（2）——调整霞光色调……105
7.3 上机练习（3）——调整柔柔的暖色调……106
7.4 上机练习（4）——调整浪漫色调……107
7.5 上机练习（5）——调整曝光过度的照片……110
7.6 上机练习（6）——调整曝光不足的照片……112
7.7 上机练习（7）——矫正偏蓝色的照片……113
7.8 上机练习（8）——矫正皮肤颜色……114
7.9 上机练习（9）——黑白照片彩色化……116
7.10 上机练习（10）——将彩色照片转换成单色……118
7.11 上机练习（11）——将彩色照片转换成黑白效果……120

第8章 输入文字与文字特效……122

8.1 上机练习（1）——设计标志……122
8.2 上机练习（2）——制作企业标准字……126
8.3 上机练习（3）——制作破碎的文字效果……128
8.4 上机练习（4）——设计高炮广告……129
8.5 上机练习（5）——设计企业刀旗……132
8.6 上机练习（6）——设计房地产宣传单页……135

第9章 滤镜……143

9.1 上机练习（1）——制作星球爆炸效果……143
9.2 上机练习（2）——制作蘑菇云效果……145
9.3 上机练习（3）——制作星空效果……148
9.4 上机练习（4）——制作破碎的冰效果……152
9.5 上机练习（5）——制作火焰效果……153
9.6 上机练习（6）——制作三明治效果字……157

第10章 打印图像与系统优化……169

10.1 上机练习（1）——制作黑白位图画中画效果……169
10.2 上机练习（2）——打印图像文件……170
10.3 上机练习（3）——制作动作……172
10.4 上机练习（4）——应用动作……175

第11章 网页制作……177

11.1 上机练习（1）——制作打字动画效果……177
11.2 上机练习（2）——制作变换颜色的霓虹灯效果……179
11.3 上机练习（3）——优化存储网页……180

第1章 基本概念与基本操作

1.1 上机练习（1）——启动及退出 Photoshop CS3

目的：学习 Photoshop CS3 的正确启动与退出，并学习调用控制面板和调整软件窗口大小的方法。

内容：启动 Photoshop CS3，然后将【动画】面板调出，再依次将软件窗口最小化、最大化和还原调整并安全退出。

操作步骤

1. 单击桌面任务栏中的开始按钮，在弹出的菜单中依次选择【所有程序】/【Adobe Photoshop CS3】命令，即可启动 Photoshop CS3。
2. 启动 Photoshop CS3 后，执行【窗口】/【动画】命令，即可将【动画】面板调出，如图 1-1 所示。

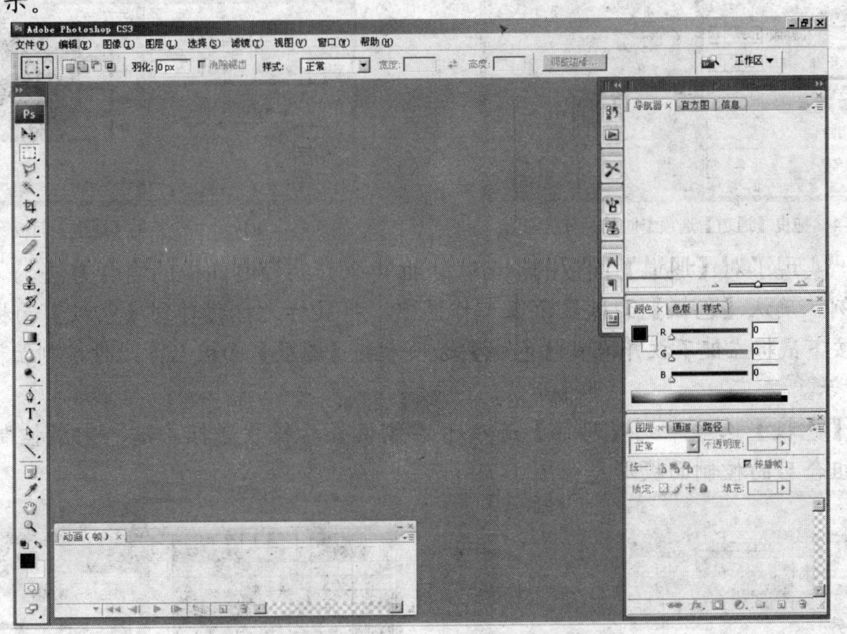

图1-1 调出的【动画】面板

3. 在 Photoshop CS3 标题栏右上角单击按钮，可以使窗口变为最小化状态，其最小化图标会显示在系统的任务栏中，图标形态如图 1-2 所示。
4. 在系统的任务栏中单击最小化后的图标，Photoshop CS3 窗口将还原为最大化显示。
5. 在 Photoshop CS3 标题栏右上角单击按钮，可以使窗口变为还原状态。还原后，窗口右上角的 3 个按钮即变为如图 1-3 所示的形态。

Adobe Photoshop...

图1-2　最小化图标形态

图1-3　还原后的按钮形态

6. 当 Photoshop CS3 窗口显示为还原状态时，将鼠标光标放置在 Photoshop CS3 的标题栏中，按下鼠标左键并拖曳，可调整窗口在桌面上的位置。
7. 单击□按钮，可以将还原后的窗口最大化显示。
8. 单击✕按钮或执行【文件】/【退出】命令（或按 Ctrl+Q 组合键），即可退出 Photoshop CS3。

1.2 上机练习（2）——拆分与组合控制面板

目的：学习控制面板的拆分与组合操作。

内容：启动 Photoshop CS3，然后将【通道】面板在【图层】面板组中拆分，再将【色板】面板组合到【图层】面板组中，最后将工作区的布局保存。

操作步骤

1. 启动 Photoshop CS3。确认【图层】面板显示在工作区中，将鼠标光标移动到【图层】面板中的【通道】选项卡上。
2. 按下鼠标左键不放并拖曳【通道】选项卡到如图 1-4 所示的位置上。
3. 至合适的位置后释放鼠标左键，拆分后的【通道】面板状态如图 1-5 所示。

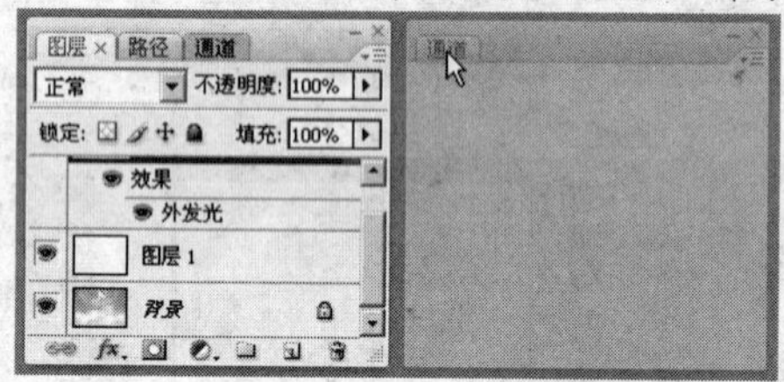

图1-4　拖曳【通道】选项卡时的拆分状态

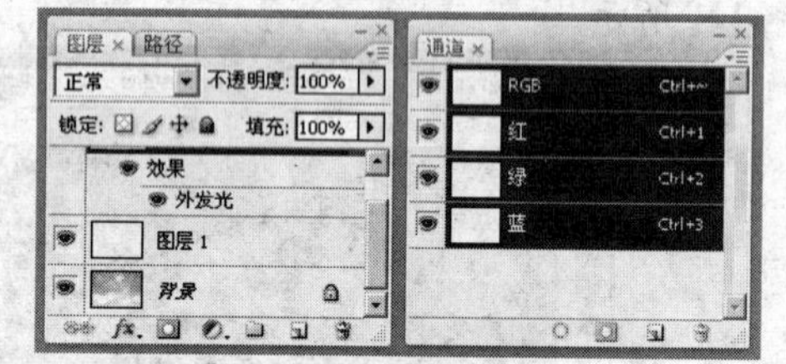

图1-5　拆分后的【通道】面板

至此，实现了对【通道】面板的拆分，下面再来介绍控制面板的组合方法。

1. 接上例。确认【色板】面板显示在工作区中，将鼠标光标移动到【色板】面板的选项卡上，按下鼠标左键不放并拖曳【色板】选项卡到【图层】面板上，此时控制面板状态如图 1-6 所示。
2. 拖曳【色板】选项卡到【路径】选项卡右侧位置后释放鼠标左键，完成控制面板的组合，组合后的控制面板形态如图 1-7 所示。

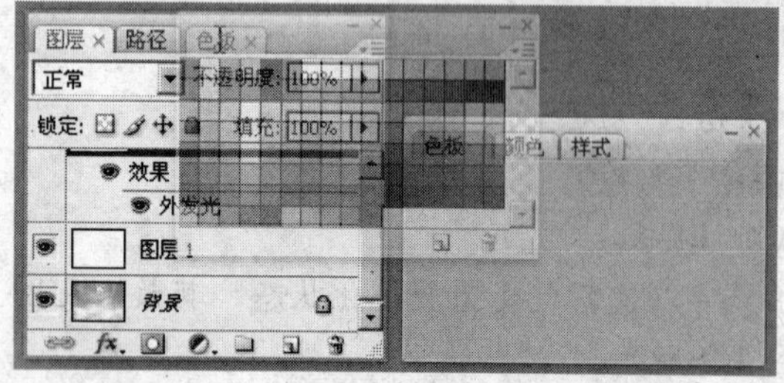

图1-6　拖曳组合控制面板时的状态

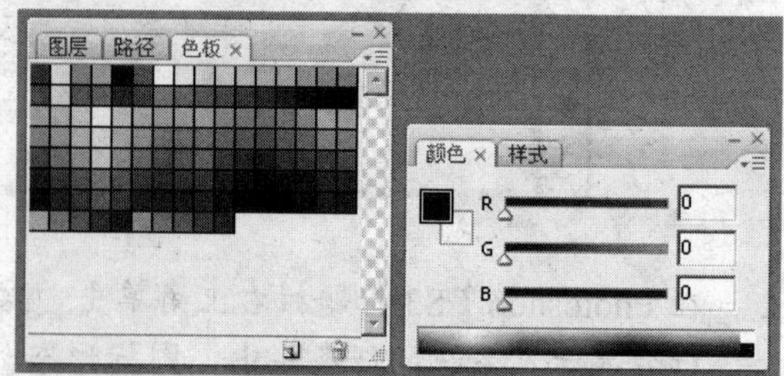

图1-7　组合后的控制面板形态

3. 执行【窗口】/【工作区】/【存储工作区】命令，弹出如图 1-8 所示的【存储工作区】对话框。

图1-8　【存储工作区】对话框

4. 单击 存储 按钮，即可将当前工作区状态命名为“未标题-1”进行存储。

1.3 上机练习（3）——绘制卡通猫

目的： 学习绘制卡通猫图形。

内容： 绘制的卡通猫图形如图 1-9 所示。

图1-9　绘制的卡通猫图形

操作步骤

1. 启动 Photoshop CS3，执行【文件】/【新建】命令（或按 Ctrl+N 组合键），弹出【新建】对话框，设置各选项及参数如图 1-10 所示，单击 确定 按钮，创建图像文件。
2. 选择【钢笔】工具，激活属性栏中的按钮，在图像窗口中适当的位置单击确定钢笔路径的起点，然后移动鼠标光标到适当位置再次单击，确定第 2 个锚点，如图 1-11 所示。

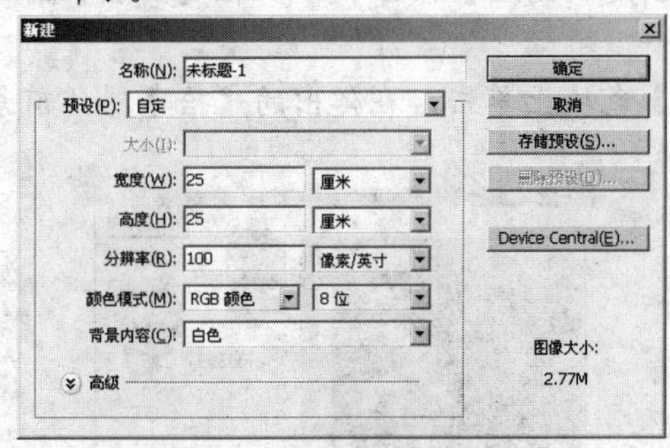

图1-10　【新建】对话框

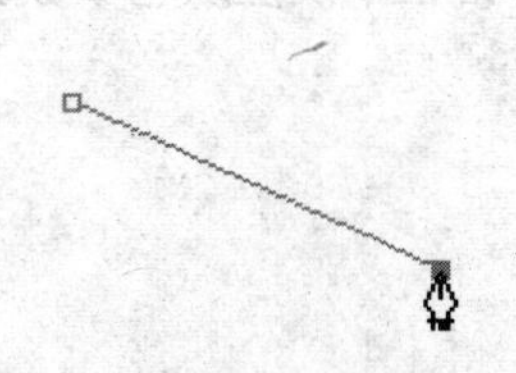

图1-11　确定的锚点

3. 按照想要绘制的图形形状继续移动鼠标光标并单击，确定钢笔路径的第 3 个锚点，如图 1-12 所示。

4. 用与步骤 3 相同的方法，依次再创建其他锚点，当鼠标光标移动到第 1 个锚点位置时，鼠标光标右下角出现一个小圆圈，此时单击即可创建一条闭合的钢笔路径，如图 1-13 所示。
5. 在 工具的隐藏工具组中选择【转换点】工具 ，然后在路径上单击，使路径显示出锚点，如图 1-14 所示。

在后面的操作步骤讲解过程中，如要选择隐藏的工具，为了叙述上的方便，将直接叙述为选择该工具。如上面“在 工具的隐藏工具组中选择【转换点】工具 ”，将直接叙述为“选择 工具”。

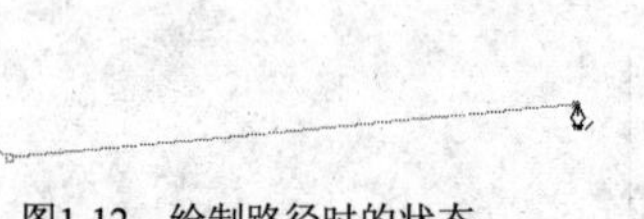

图1-12 绘制路径时的状态

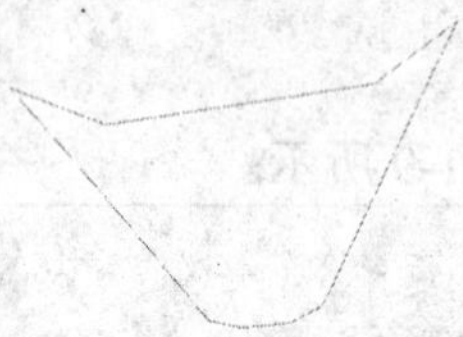

图1-13 鼠标光标显示的状态

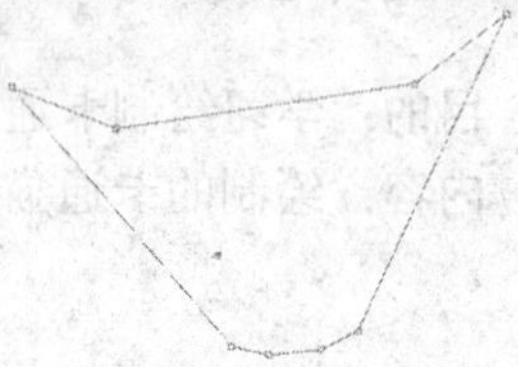

图1-14 显示出的锚点

6. 将鼠标光标移动到路径的锚点上单击鼠标左键并拖曳，此时将拖曳出两条控制柄，通过调整控制柄的长度和方向，从而调整路径的弧度，如图 1-15 所示。
7. 释放鼠标左键后，再调整该锚点另一边的控制柄，如图 1-16 所示，这样就可以锁定刚才调整的控制柄，使调整形状更加灵活方便。
8. 继续调整路径，将路径调整成如图 1-17 所示的形状。

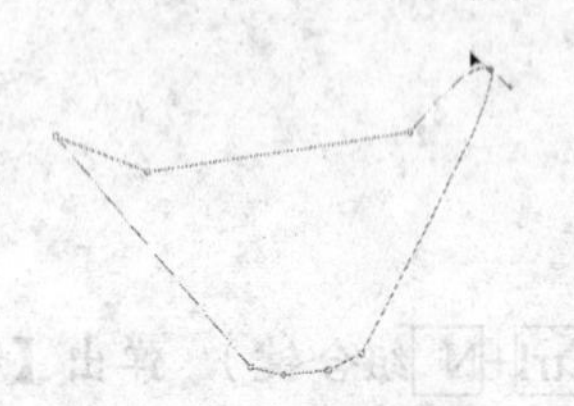

图1-15 出现的控制柄

图1-16 调整另一端控制柄时的状

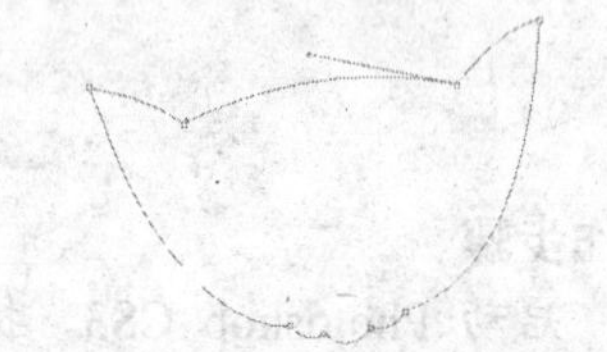

图1-17 路径调整后的形状

9. 执行【窗口】/【路径】命令，打开【路径】面板，然后将绘制的“工作路径”拖曳到 按钮上，存储工作路径，以免不慎丢失。再单击 按钮将路径转换为选区，如图 1-18 所示。
10. 选中【图层】面板，然后单击面板底部的【创建新图层】按钮 ，在【图层】面板中新建“图层 1”。
11. 将鼠标光标移动到工具箱中的【设置前景色】色块上单击，在弹出的【拾色器（前景色）】对话框中设置颜色参数如图 1-19 所示。

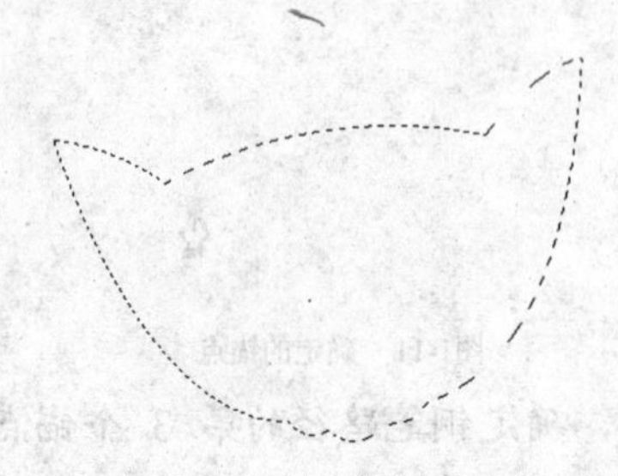

图1-18 转换的选区形态

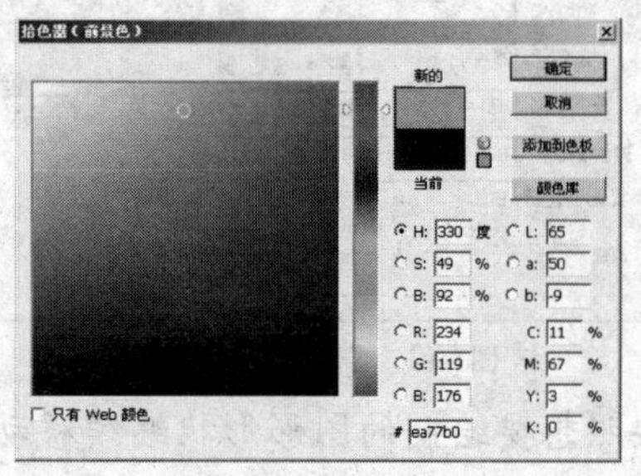

图1-19 设置的颜色

12. 单击 确定 按钮，确认前景色的颜色调整，然后按 Alt+Delete 组合键为选区填充设置的颜色，效果如图 1-20 所示。
13. 按 Ctrl+D 组合键去除选区，然后在【图层】面板中新建“图层 2”，利用 和 工具绘制出猫的耳朵图形，如图 1-21 所示。其颜色为紫色（R:215,G:12,B:140）。

图1-20　填充颜色后的效果

图1-21　绘制的耳朵图形

14. 在【图层】面板中的“图层 2”上按下鼠标左键并向下拖曳，至 按钮处释放鼠标左键，将“图层 2”复制为“图层 2 副本”，复制图层时的状态及复制出的效果如图 1-22 所示。
15. 执行【编辑】/【变换】/【水平翻转】命令，将复制出的图形水平翻转，然后选择 工具，将鼠标光标移动到翻转后的图形上，按下鼠标左键并向右拖曳，将复制出的图形调整至如图 1-23 所示的位置。

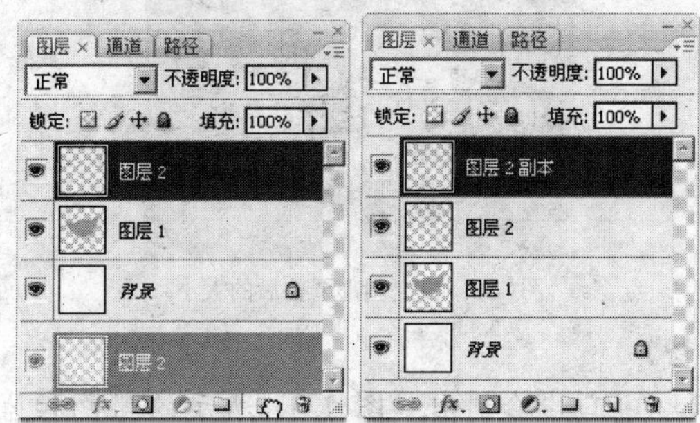

图1-22　复制图层时的状态及效果

图1-23　移动图形时的状态

16. 按 Ctrl+T 组合键，在图形的周围将显示如图 1-24 所示的自由变换框，将鼠标光标放置到变换框的周围，当鼠标光标显示为 ↷ 形状时按下鼠标左键并拖曳，将图形旋转至如图 1-25 所示的形态。
17. 单击属性栏中的 ✓ 按钮，确认图形的旋转操作。
18. 依次新建“图层 3”和“图层 4”，再利用 和 工具绘制出如图 1-26 所示的绿色（R:159,G:208,B:103）和黑色图形。

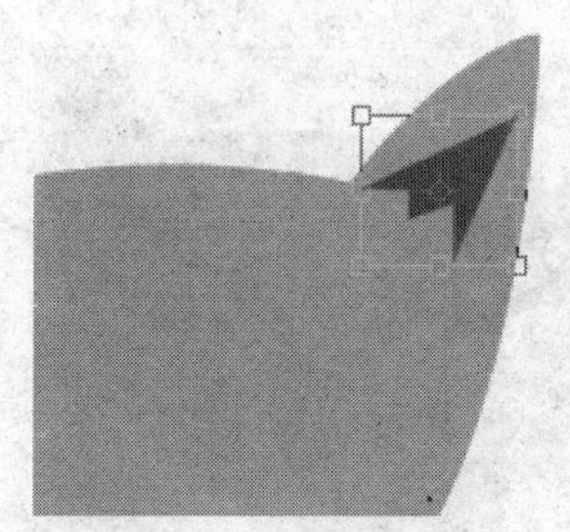

图1-24　显示的自由变换框

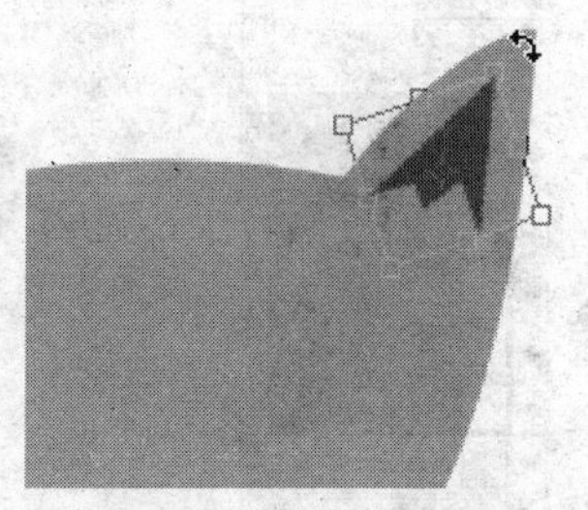

图1-25　旋转后的形态

图1-26　绘制的图形

19. 新建“图层 5”，选择工具，按住Shift键拖曳鼠标光标，绘制出如图 1-27 所示的圆形选区。
20. 执行【选择】/【修改】/【羽化】命令，在弹出的【羽化选区】对话框中设置羽化参数如图 1-28 所示。

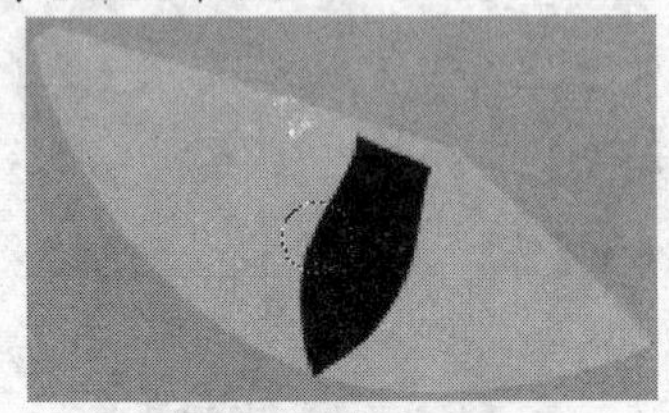

图1-27　绘制的圆形选区

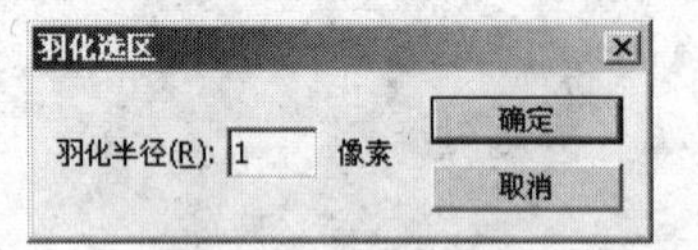

图1-28　【羽化选区】对话框

21. 单击确定按钮，确认选区的羽化设置，然后为选区填充白色，并按Ctrl+D组合键去除选区。
22. 用与步骤 14 复制图层相同的方法，将白色圆形复制，然后利用工具将复制的图形移动到如图 1-29 所示的位置上。
23. 按Ctrl+T组合键，为复制的图形添加自由变换框，然后按住Shift键，将鼠标光标放置到变换框右上角的控制点上，当鼠标光标显示为双向箭头形状时按下鼠标左键并向左下方拖曳，将复制的图形缩小调整至如图 1-30 所示的大小。

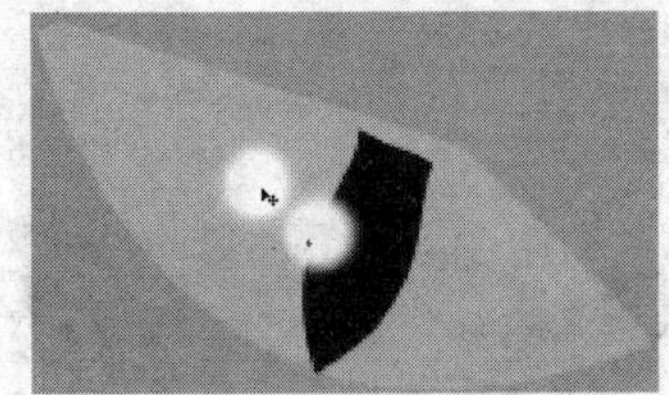

图1-29　复制图形调整后的位置

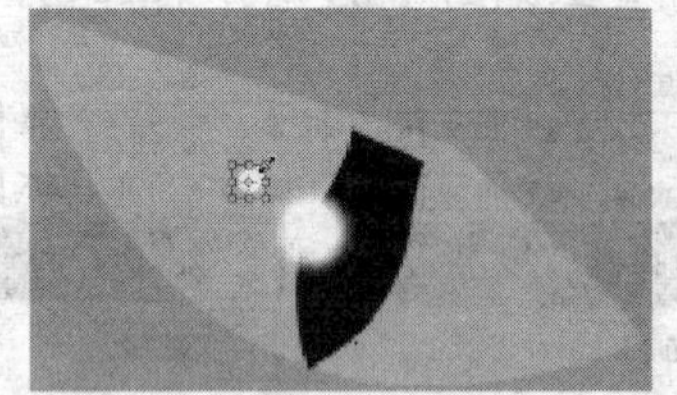

图1-30　复制图形调整后的大小

24. 单击属性栏中的按钮，确认图形的缩小调整。
25. 依次新建“图层 6”和“图层 7”，利用和工具绘制出如图 1-31 所示的黑色和蓝色（R:173,G:223,B:234）图形。
26. 在【图层】面板中，按住Shift键单击“图层 3”和“图层 7”，将“图层 3”与“图层 7”之间的图层同时选择，如图 1-32 所示，即将作为眼睛的图形同时选择。
27. 用与步骤 14 复制图层相同的方法，将选择的图层复制，然后执行【图层】/【合并图层】命令，将复制出的图层合并为“图层 7 副本”层。
28. 执行【编辑】/【变换】/【水平翻转】命令，将复制出的“眼睛”水平翻转，然后利用工具及旋转图形操作，将复制的图形调整至如图 1-33 所示的形态及位置。

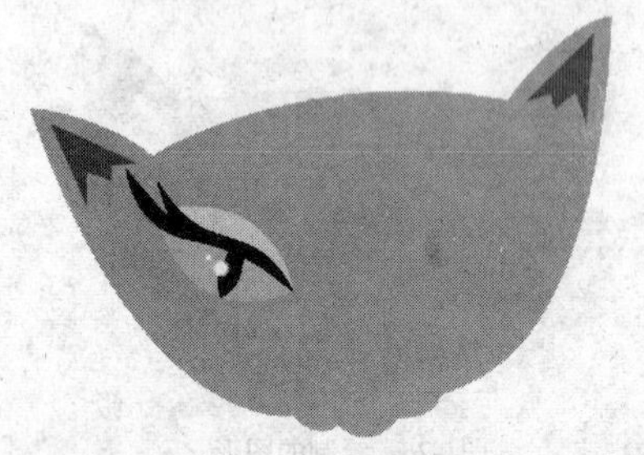

图1-31　绘制的图形

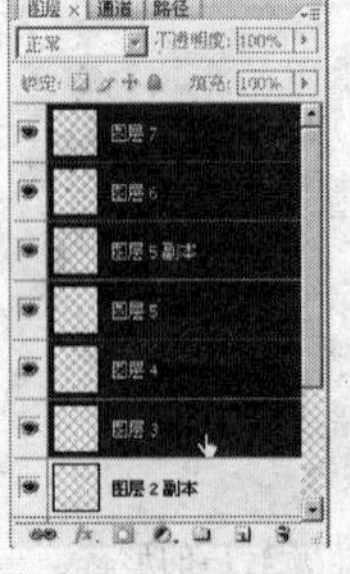

图1-32　选择的图层

图1-33　复制出的眼睛图形

29. 新建“图层 8”，利用 和 工具绘制出如图 1-34 所示的嘴巴图形，其颜色为紫色（R:215,G:12,B:140）。
30. 新建“图层 9”，利用 和 工具依次绘制出如图 1-35 所示的路径。

图1-34　绘制的嘴巴图形

图1-35　绘制的路径

31. 选择【画笔】工具 ，并单击属性栏中【画笔】选项右侧的 按钮，在弹出的【画笔】设置面板中选择一个圆形的笔头，然后设置其他参数如图 1-36 所示。
32. 将前景色设置为黑色，然后单击【路径】面板中的 按钮，用设置的画笔描绘路径，制作出“胡须”效果，如图 1-37 所示。
33. 在【路径】面板中的灰色区域单击隐藏路径，然后在【图层】面板中用复制图形并调整的方法，制作出另一侧的“胡须”图形，如图 1-38 所示。

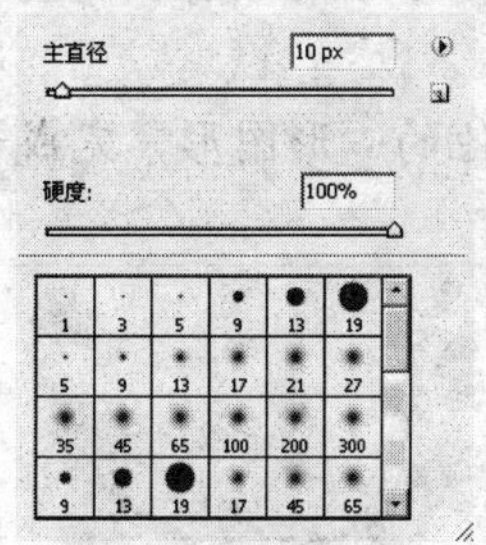

图1-36　设置的参数

图1-37　描绘线形后的效果

图1-38　制作的胡须图形

卡通猫图形绘制完成，下面利用 工具来绘制心形装饰图案。

34. 选择【自定形状】工具 ，单击属性栏中【形状】选项右侧的 按钮，在弹出的【自定形状选项】面板中单击右上角的 按钮。
35. 在弹出的菜单中选择【全部】命令，然后在弹出的如图 1-39 所示的询问面板中单击 确定 按钮，调出全部的自定形状。
36. 在【自定形状选项】面板中拖曳右侧的滑块，然后选择如图 1-40 所示的自定形状。

图1-39　【Adobe Photoshop】询问面板

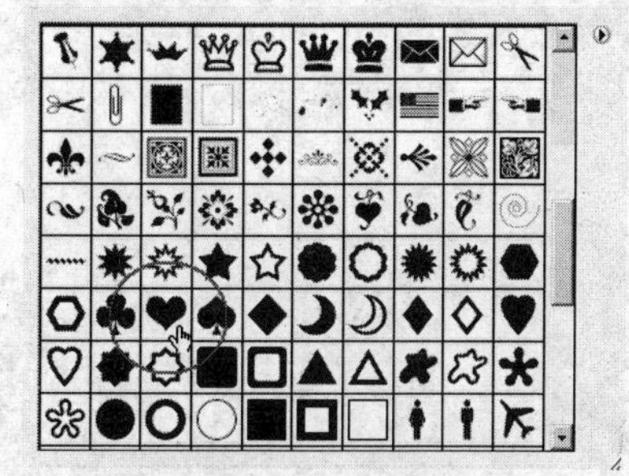
图1-40　选择的自定形状

37. 激活属性栏中的□按钮，并将工具箱中的前景色设置为洋红色（R:236,G:0,B:104），然后新建“图层 10”，并在画面中拖曳鼠标光标绘制出如图 1-41 所示的心形图形。

要点提示 本书范例使用的颜色均为 RGB 颜色模式，在下面的颜色参数设置中，如果有的颜色值为 0，在叙述时将省略该颜色值，例如“R:236,G:0,B:104”将省略为“R:236, B:104”。

38. 在【图层】面板中将右上角的不透明度: 30% 参数设置为“30%”，效果如图 1-42 所示。

图1-41 绘制的心形图形

图1-42 降低不透明度后的效果

39. 将“图层 10”复制为“图层 10 副本”，然后将复制的图层的【不透明度】参数设置为“50%”，并将调整后的图形移动到如图 1-43 所示的位置。
40. 依次复制图层并分别调整图形的位置，如图 1-44 所示，然后将心形图形所在的图层同时选择，执行【图层】/【合并图层】命令将其合并。
41. 用与步骤 37～40 相同的方法及旋转图形操作，依次绘制出其他的心形图形，完成卡通画的绘制，最终效果如图 1-45 所示。

图1-43 复制图形调整后的位置

图1-44 复制的图形

图1-45 绘制的卡通猫图形

42. 执行【文件】/【保存】命令（或按 Ctrl+S 组合键），将此文件命名为“卡通猫.psd”保存。

第2章　文件操作与颜色设置

2.1　上机练习（1）——新建文件填充图案后保存

目的：学习新建指定尺寸的文件并为其填充图案，然后保存。

内容：新建【名称】为“图案”，【宽度】为“25”厘米，【高度】为“20”厘米，【分辨率】为“72”像素/英寸，【颜色模式】为“RGB 颜色”、“8”位，【背景内容】为“白色”的文件。然后为其填充图案，再将其保存在“D 盘”的“作品”文件夹中。

操作步骤

1. 启动 Photoshop CS3，执行【文件】/【新建】命令（或按 Ctrl+N 组合键），弹出【新建】对话框。
2. 将鼠标光标放置在【名称】文本框中，单击鼠标左键并从文字的右侧向左侧拖曳，将文字反白显示，然后任选一种文字输入法，输入“图案”文字。
3. 单击【宽度】和【高度】最右侧的▼按钮，在弹出的下拉列表中选择【厘米】选项，然后将【宽度】和【高度】分别设置为“25”和“20”。
4. 在【颜色模式】下拉列表中选择【RGB 颜色】选项，设置各选项及参数后的【新建】对话框如图 2-1 所示。
5. 单击 确定 按钮，即可按照设置的选项及参数创建一个新的文件。
6. 执行【编辑】/【填充】命令，弹出的【填充】对话框如图 2-2 所示。

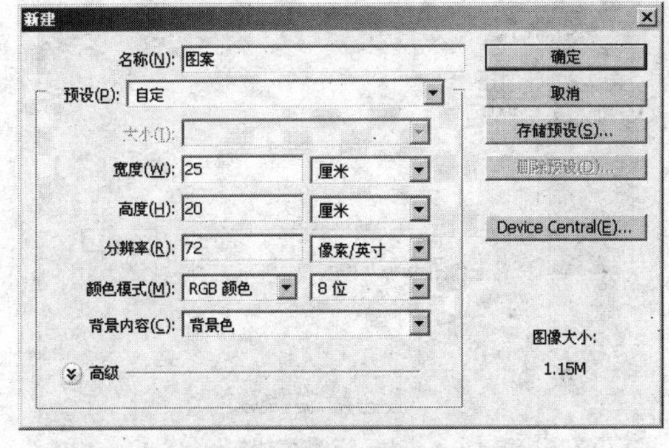

图2-1　【新建】对话框

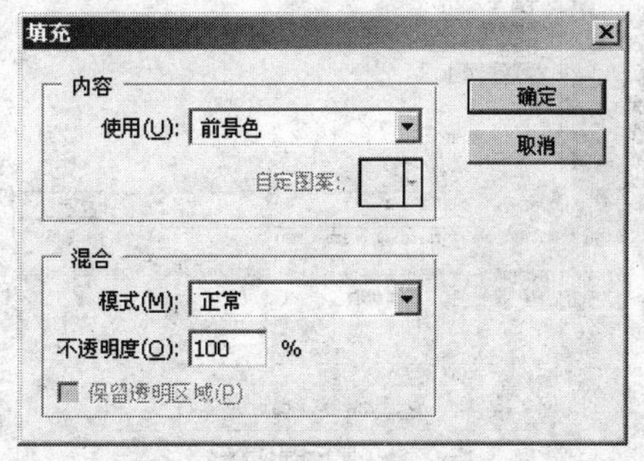

图2-2　【填充】对话框

7. 在【使用】下拉列表中选择【图案】选项，然后单击下方的【自定图案】按钮，在弹出的【图案选项】面板中单击右上角的按钮。
8. 再在弹出的菜单中选择【自然图案】命令，在再次弹出的如图 2-3 所示的【Adobe Photoshop】询问面板中单击 确定 按钮，用选择的图案替换当前【图案选项】面板中的图案。

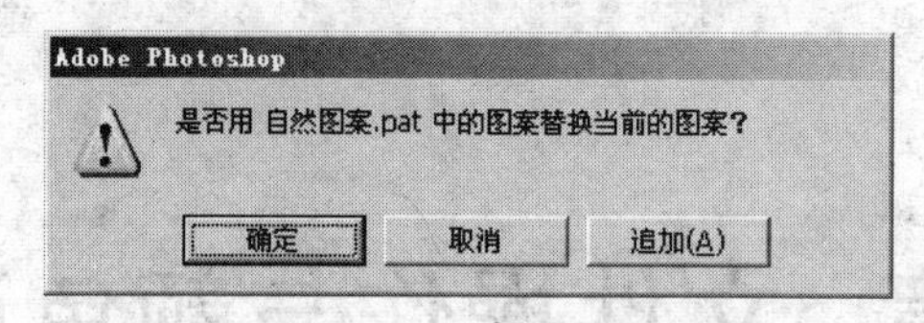

图2-3 【Adobe Photoshop】询问面板

9. 在【图案选项】面板中选择如图 2-4 所示的图案，然后单击 确定 按钮，填充图案后的效果如图 2-5 所示。

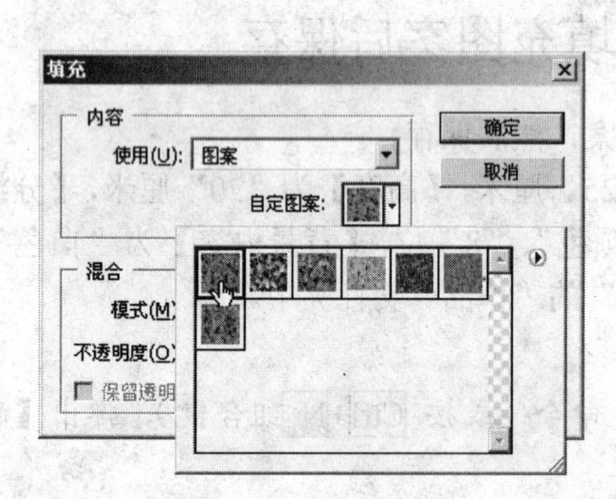

图2-4 选择的图案

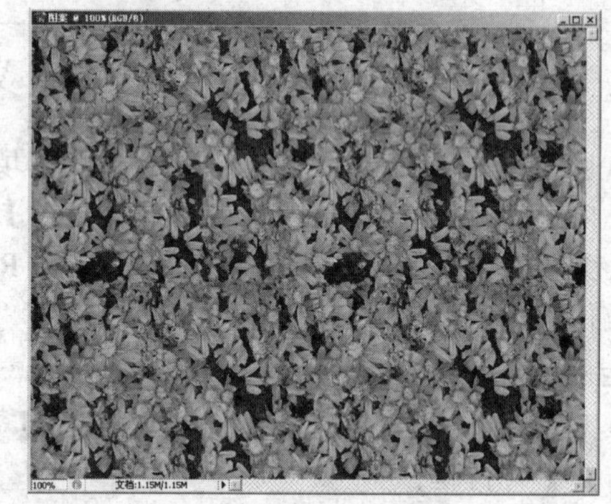

图2-5 填充图案后的效果

10. 执行【文件】/【存储】命令，弹出【存储为】对话框。
11. 在【存储为】对话框的【保存在】下拉列表中选择 本地磁盘 (D:) 保存，在弹出的新【存储为】对话框中单击【新建文件夹】按钮，创建一个新文件夹，如图 2-6 所示。
12. 在创建的新文件夹中输入“作品”作为文件夹名称，如图 2-7 所示。

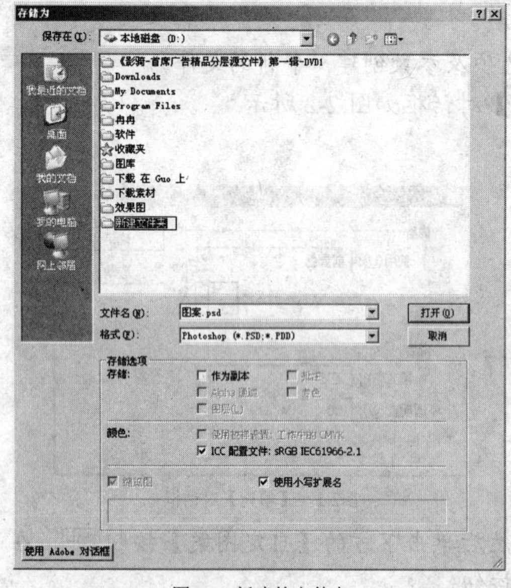

图2-6 新建的文件夹

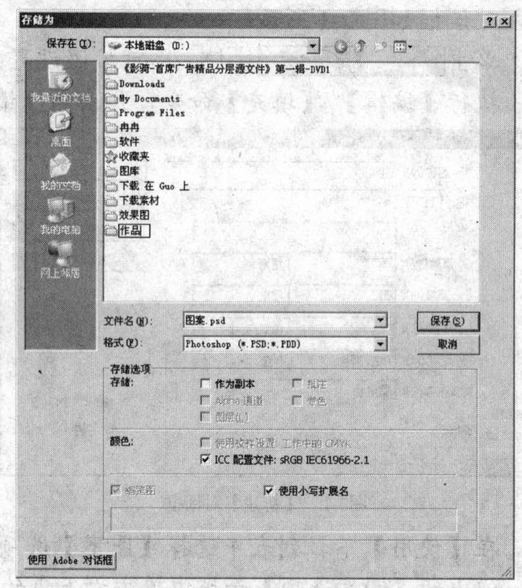

图2-7 输入的文件夹名称

13. 双击刚创建的“作品”文件夹将其打开，然后单击 保存(S) 按钮，即可将填充图案的文件保存，且名称为“图案.psd”。

2.2　上机练习（2）——打开文件修改后另存

目的：学习打开文件及保存文件的方法。

内容：将 Photoshop CS3 软件自带的“花.psd”文件打开，删除文字后另命名为“花修改.psd”保存。

操作步骤

1. 执行【文件】/【打开】命令（或按 Ctrl+O 组合键），将弹出【打开】对话框。
2. 在【查找范围】下拉列表中选择 Photoshop CS3 安装的盘符。
3. 在文件列表窗口中依次双击“Program Files\Adobe\Adobe Photoshop CS3\样本”文件夹。
4. 在弹出的样本文件中选择名为“花.psd”的图像文件，此时的【打开】对话框如图 2-8 所示。

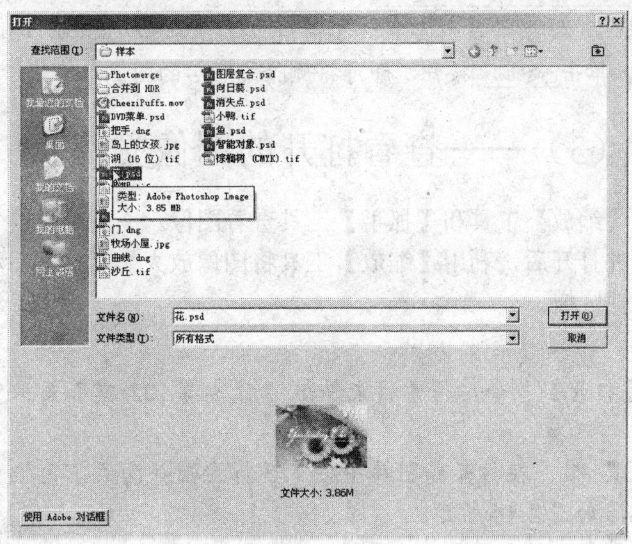

图2-8　选择要打开的图像文件

5. 单击 打开(O) 按钮，即可将选择的图像文件在工作区中打开。打开的图像与【图层】面板形态如图 2-9 所示。
6. 将鼠标光标放置在【图层】面板中如图 2-10 所示的图层上单击鼠标左键，并向下拖曳该图层到如图 2-11 所示的【删除图层】按钮上。

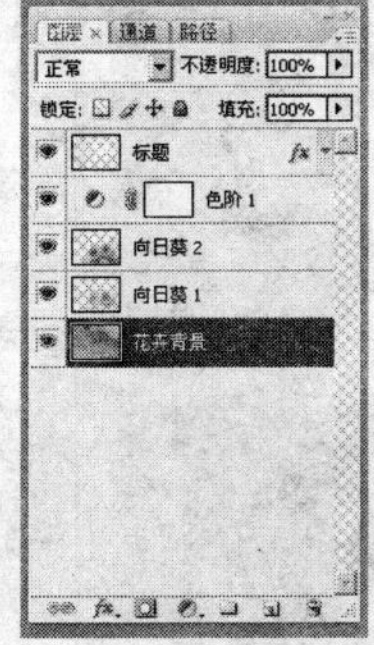

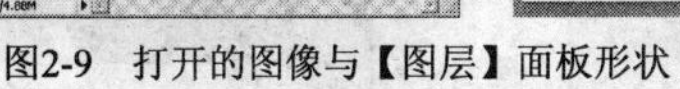

图2-9　打开的图像与【图层】面板形状

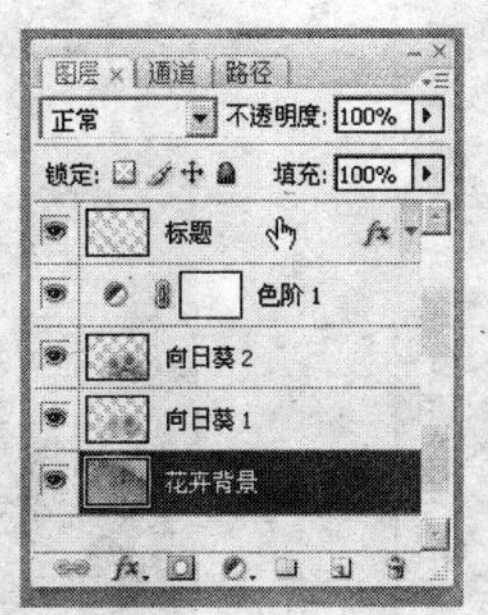

图2-10　鼠标光标放置的位置

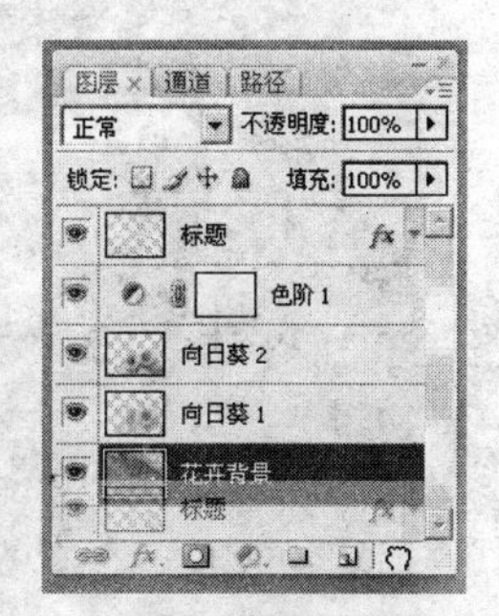

图2-11　删除图层状态

7. 释放鼠标左键即可将文字删除，删除后的图像效果如图 2-12 所示。

8. 执行【文件】/【存储为】命令，弹出【存储为】对话框，在【文件名】文本框中输入“花修改”作为文件名，如图 2-13 所示。

图2-12　删除图层后的图像效果

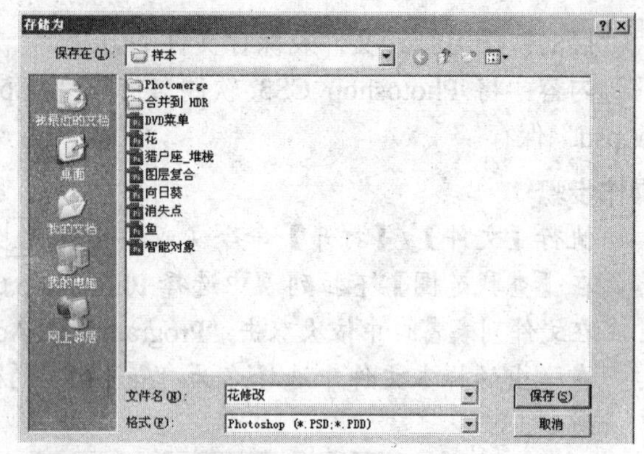

图2-13　【存储为】对话框

9. 输入文件名称后，单击 保存(S) 按钮，即可将删除文字后的图像命名为“花修改”保存。

2.3 上机练习（3）——查看打开的图像文件

目的：学习利用【缩放】工具和【抓手】工具查看图像。

内容：将图像文件打开后，利用【缩放】工具将图像放大显示，然后利用【抓手】工具平移图像，以查看其他区域。

操作步骤

1. 执行【文件】/【打开】命令，将素材文件中“图库\第 02 章”目录下的“T2-01.jpg”文件打开。
2. 选择【缩放】工具，在打开的图片中按下鼠标左键并向右下角拖曳，将出现一个虚线形状的矩形框，如图 2-14 所示。
3. 释放鼠标左键，放大后的画面形态如图 2-15 所示。
4. 选择【抓手】工具，将鼠标光标移动到画面中，当鼠标光标显示为形状时，按下鼠标左键并拖曳，可以平移画面观察其他位置的图像，如图 2-16 所示。

图2-14　拖曳鼠标光标时的状态

图2-15　放大后的画面

图2-16　平移图像窗口状态

5. 选择🔍工具，将鼠标光标移动到画面中，按住 Alt 键，鼠标光标变为🔍形状，单击鼠标左键可以将画面缩小显示，以观察画面的整体效果。

2.4 上机练习（4）——绘制图形并填色

目的：学习为图形填色的各种方法。

内容：依次绘制图形，并分别利用相应的菜单命令、快捷键和工具对指定的选区进行颜色填充，最终效果如图2-17所示。

操作步骤

1. 执行【文件】/【新建】命令，新建一个【宽度】为“12”厘米，【高度】为“12”厘米，【分辨率】为“72”像素/英寸，【背景色】为“白色”的文件。
2. 在【图层】面板底部单击按钮，新建“图层 1”，然后在【色板】面板中选择如图2-18所示的颜色。
3. 选择【椭圆选框】工具，按住 Shift 键，在新建文件中按下鼠标左键并拖曳，绘制出如图2-19所示的圆形选区。

图2-17 绘制的图形

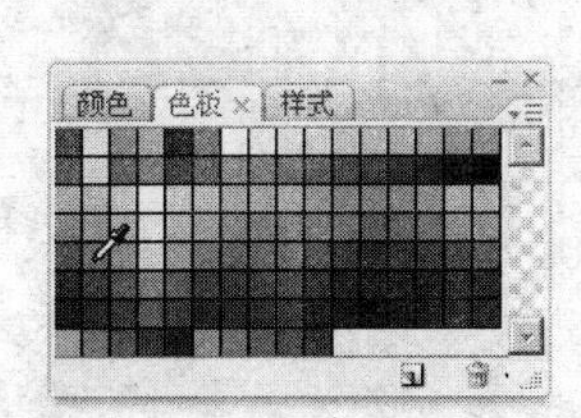

图2-18 选择的颜色

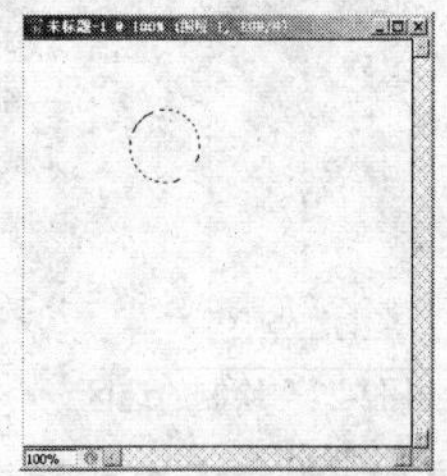

图2-19 绘制的圆形选区

4. 执行【编辑】/【填充】命令，在弹出的【填充】对话框中设置各选项及参数如图2-20所示。
5. 单击 确定 按钮，填充颜色后的效果如图2-21所示。
6. 执行【选择】/【取消选择】命令（或按 Ctrl+D 组合键），将选区去除。
7. 选择【直线】工具，单击属性栏中的【填充像素】按钮，并设置 粗细: 4 px 选项的参数为“4”像素，然后在圆形周围依次绘制出如图2-22所示的直线。
8. 在【图层】面板中新建“图层 2”，按住 Shift 键，利用工具绘制一个大的圆形选区，如图2-23所示。

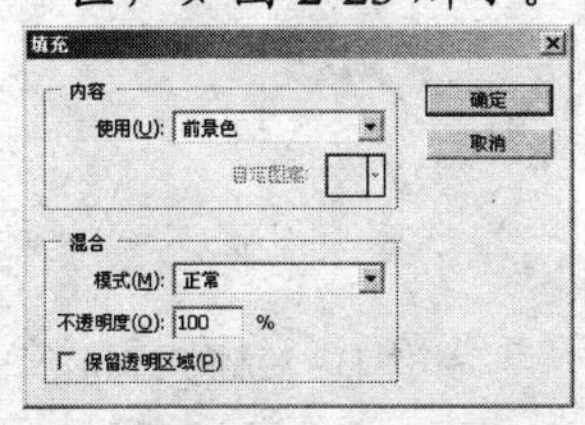

图2-20 【填充】对话框

图2-21 填充颜色后的效果

图2-22 绘制的直线

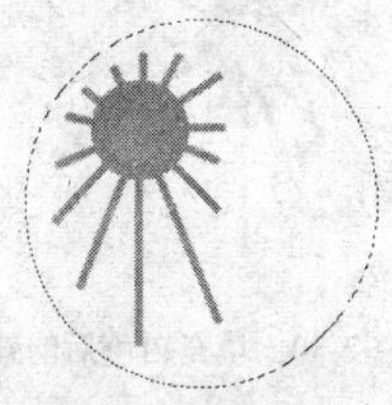

图2-23 绘制的选区

9. 在【色板】面板中选择如图2-24所示的颜色。
10. 按 Alt+Delete 组合键，将设置的颜色填充至圆形选区中，效果如图2-25所示。
11. 在【图层】面板中将【不透明度】参数设置为“50%”，如图2-26所示，使“图层 2”中的图形显示透明效果，辅助读者观察下面步骤中绘制矩形选区的位置。

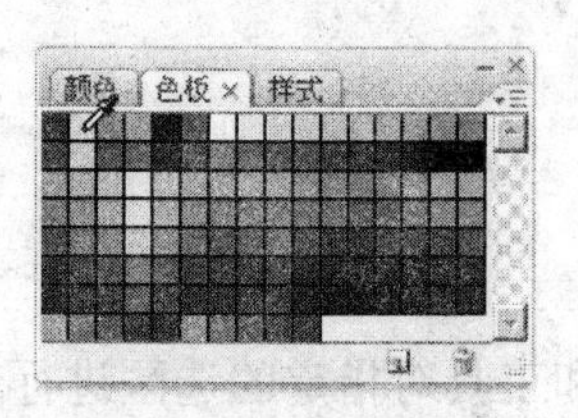

图2-24　选择的颜色

图2-25　填充的颜色效果

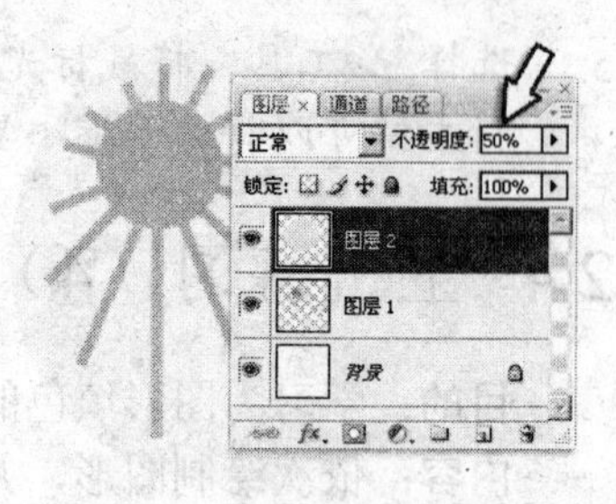

图2-26　设置的不透明度参数

12. 选择【矩形选框】工具，绘制如图 2-27 所示的矩形选区。
13. 按 Delete 键，删除圆形的左半边部分，然后将【图层】面板中的【不透明度】参数再设置为“100%”，此时的效果如图 2-28 所示。
14. 按 Ctrl+D 组合键去除选区，然后在【图层】面板中新建“图层 3”，并利用工具绘制出如图 2-29 所示的圆形选区。

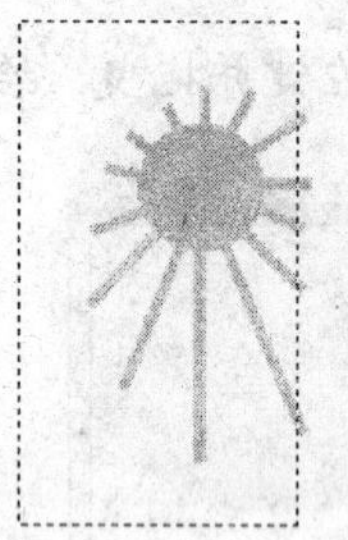

图2-27　绘制的选区

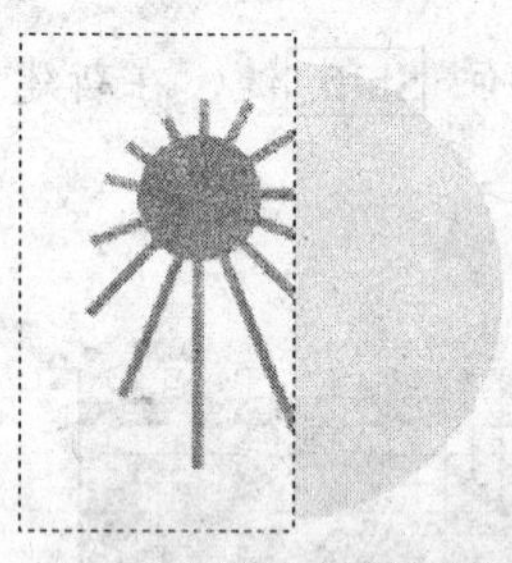

图2-28　删除图形后的效果

图2-29　绘制的选区

15. 按 D 键，将工具箱中的前景色与背景色分别设置为默认的黑色和白色，然后按 X 键，将前景色与背景色交换。
16. 选择【油漆桶】工具，将鼠标光标移动到圆形选区内，此时鼠标光标则会变为油漆桶形状，单击鼠标左键即可为圆形选区填充白色，效果如图 2-30 所示。
17. 选择工具，将鼠标光标放置在选区内部，按下鼠标左键并拖曳，将选区移动到如图 2-31 所示的位置。
18. 按 Delete 键删除选区内的白色，得到月牙图形，如图 2-32 所示。
19. 利用工具再绘制出 3 个小的白色圆形，如图 2-33 所示。

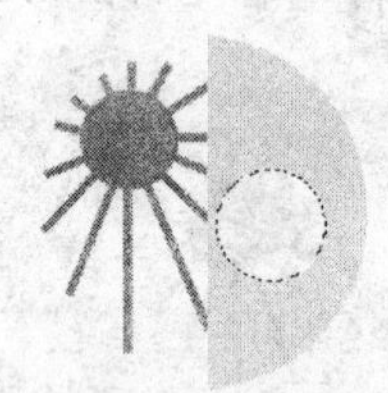

图2-30　填充白色后的效果

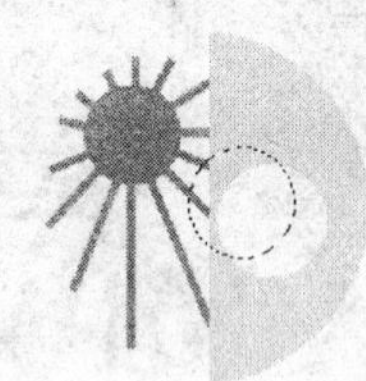

图2-31　移动选区的位置

图2-32　得到的月牙图形

图2-33　绘制的小圆形

20. 至此，颜色填充练习操作完成。按 Ctrl+S 组合键将此文件命名为“颜色填充练习.psd”保存。

2.5 上机练习（5）——添加参考线

目的：学习参考线的添加及应用。

内容：在新建的文件中根据要设计作品的尺寸添加参考线，然后设计出如图 2-34 所示的化妆品包装平面展开图。

操作步骤

1. 执行【文件】/【新建】命令，新建一个【宽度】为“23”厘米，【高度】为“11.5”厘米，【分辨率】为“200”像素/英寸，【颜色模式】为“RGB 颜色”，【背景内容】为“白色”的文件。
2. 执行【视图】/【标尺】命令（或按 Ctrl+R 组合键），将标尺显示在文件窗口中，然后执行【视图】/【新建参考线】命令，弹出【新建参考线】对话框，如图 2-35 所示。

图2-34　设计的包装平面展开图

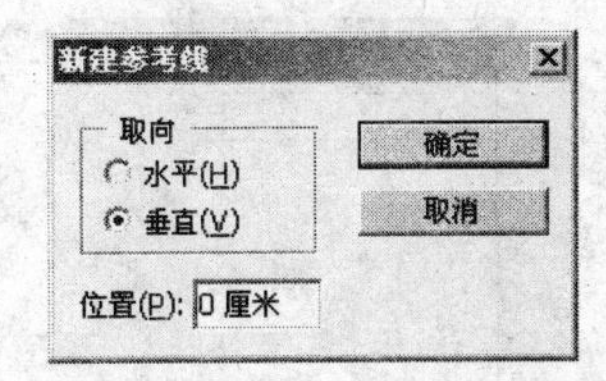

图2-35　【新建参考线】对话框

3. 将鼠标光标移动到【位置】文本框中的“0”位置双击，将数字选择，然后输入“1”，如图 2-36 所示，即在水平方向的“1”厘米处添加一条垂直的参考线。
4. 单击 确定 按钮，添加的参考线如图 2-37 所示。
5. 再次执行【视图】/【新建参考线】命令，在弹出的【新建参考线】对话框中点选【水平】单选项，然后设置【位置】参数如图 2-38 所示。

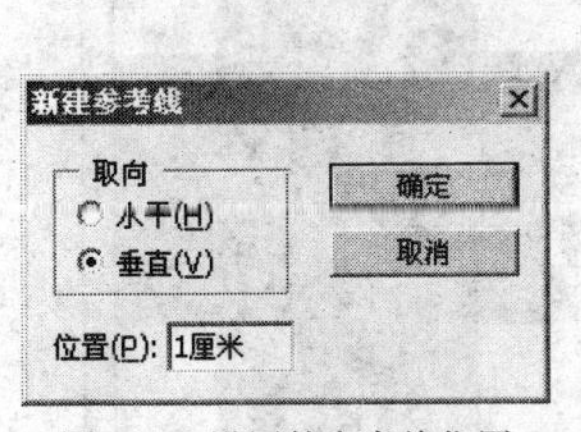

图2-36　设置的参考线位置

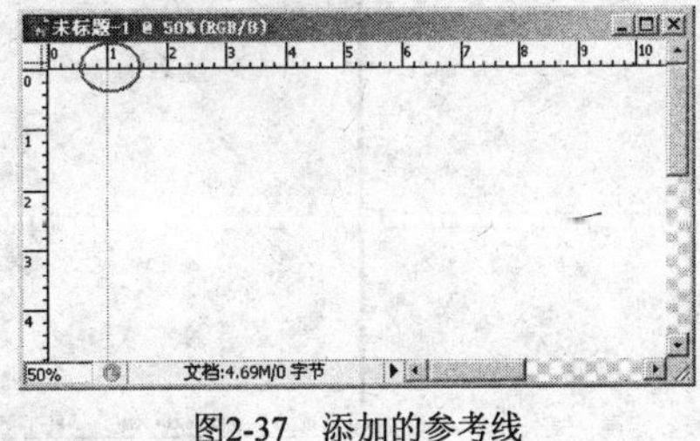

图2-37　添加的参考线

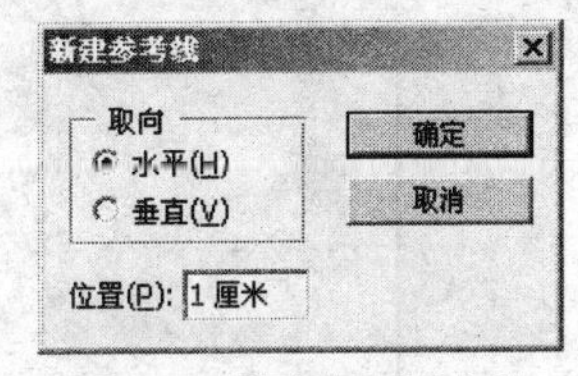

图2-38　设置的参考线位置

6. 单击 确定 按钮，添加的参考线如图 2-39 所示。
7. 用与上面添加参考线相同的方法，依次在“2.5”厘米、“9”厘米、“10.5”厘米、“14”厘米和“20.5”厘米处添加垂直参考线，在“2.5”厘米、“9”厘米和“10.5”厘米处添加水平参考线，效果如图 2-40 所示。

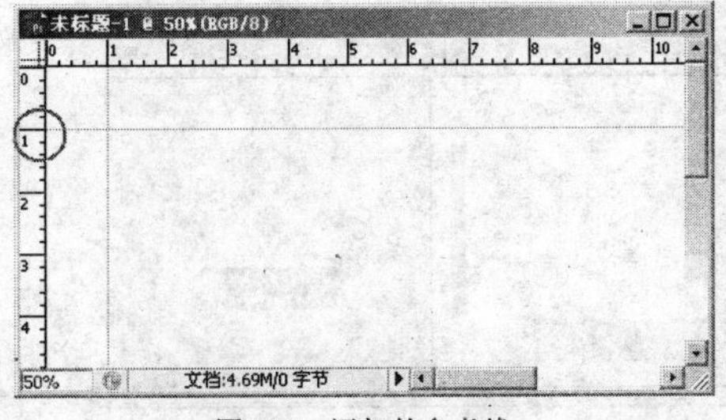

图2-39　添加的参考线

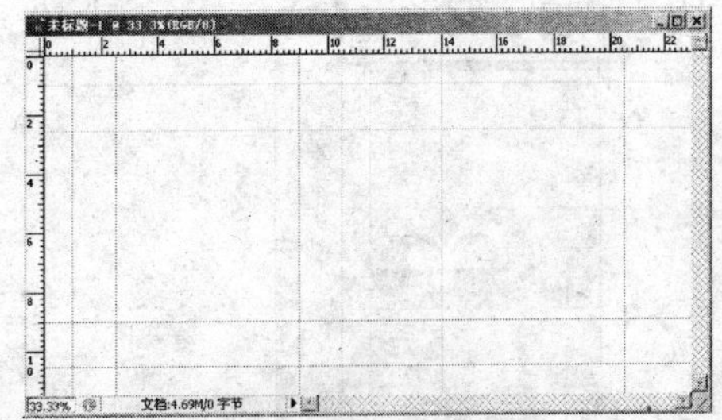

图2-40　添加的参考线

将鼠标光标移动到标尺上按下鼠标左键并向画面内拖曳，释放鼠标左键后，即可在释放处添加一条参考线。选择工具，将鼠标光标移动到参考线上，此时鼠标光标显示为双向箭头时按下鼠标左键并拖曳，可以移动参考线；当将参考线拖曳到文件窗口之外时，释放鼠标左键可将参考线删除；执行【视图】/【清除参考线】命令，可以将所有参考线删除。

参考线添加完成了，下面来设计包装盒的平面展开图。

8. 执行【视图】/【对齐到】/【参考线】命令，启用对齐功能（如此命令前面有图标，说明对齐功能已启用）。
9. 在【图层】面板中新建“图层 1”，然后选择工具，根据添加的参考线绘制出如图 2-41 所示的选区。
10. 将前景色设置为浅灰色（R:205,G:203,B:204），然后按 Alt+Delete 组合键，将设置的颜色填充至选区中，如图 2-42 所示。

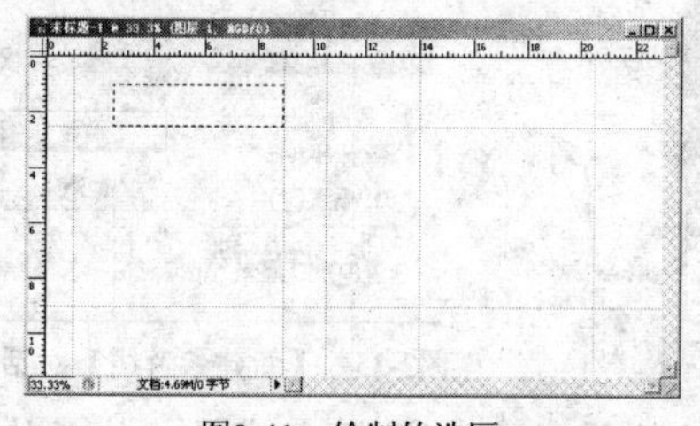

图2-41　绘制的选区

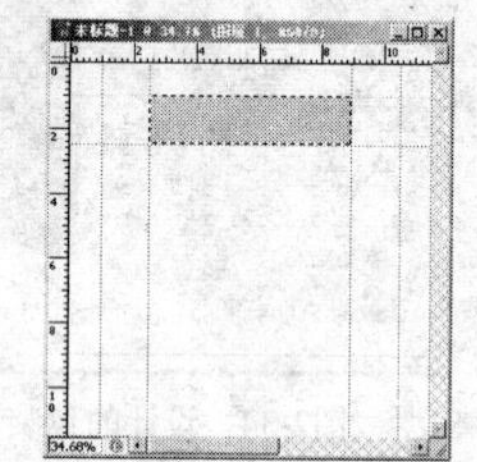

图2-42　填充颜色后的效果

11. 用相同的绘制选区并填充颜色的方法，根据添加的参考线依次绘制选区并填充浅灰色，然后按 Ctrl+D 组合键去除选区，效果如图 2-43 所示。
12. 继续利用工具绘制选区并填充深灰色（R:121,G:106,B:132），效果如图 2-44 所示。

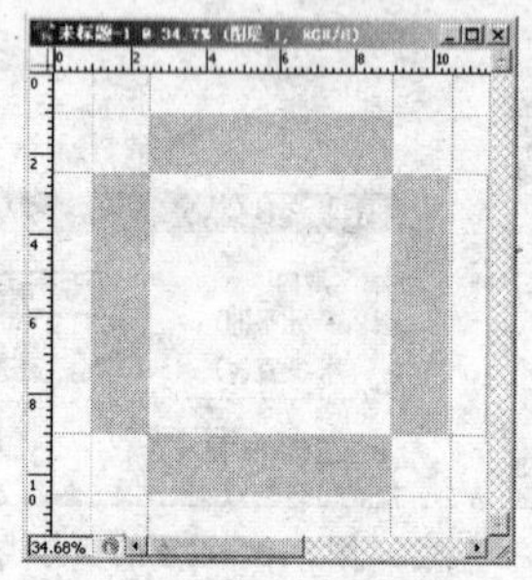

图2-43　绘制的浅灰色图形

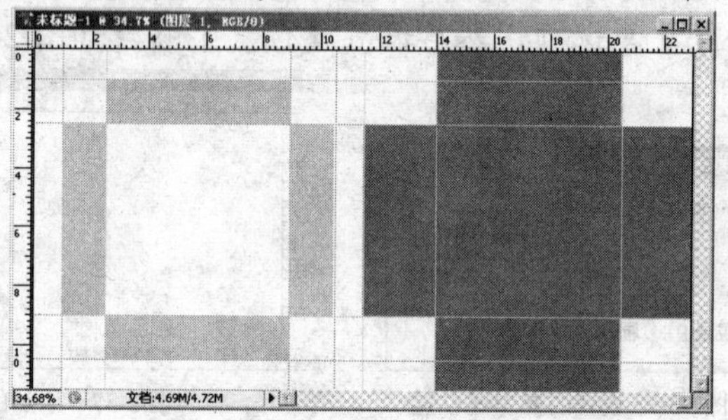

图2-44　绘制的深灰色图形

13. 执行【文件】/【打开】命令，将素材文件中“图库\第 02 章”目录下的“顶面.jpg”文件打开，如图 2-45 所示。
14. 选择工具，将鼠标光标放置到打开的文件中，按下鼠标左键并向新建的文件中拖曳，如图 2-46 所示。

图2-45　打开的文件

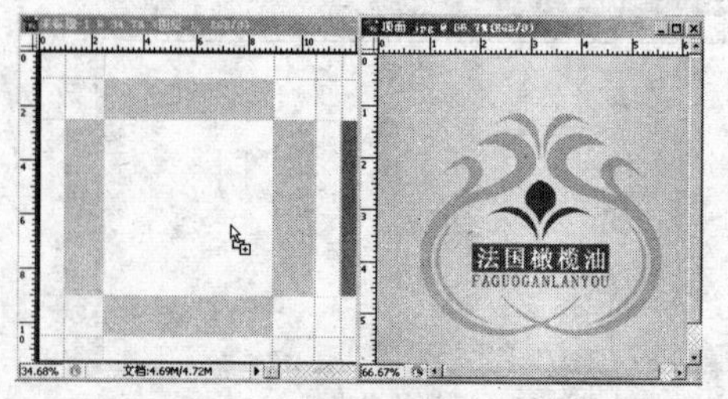

图2-46　移动图形的状态

15. 释放鼠标左键后，即可将打开的图片移动到新建的文件中，然后利用工具将图片调整至如图 2-47 所示的位置。
16. 按 Ctrl+O 组合键，将素材文件中“图库\第 02 章”目录下的“花纹图案.psd”文件打开，如图 2-48 所示。

图2-47　图片调整后的位置

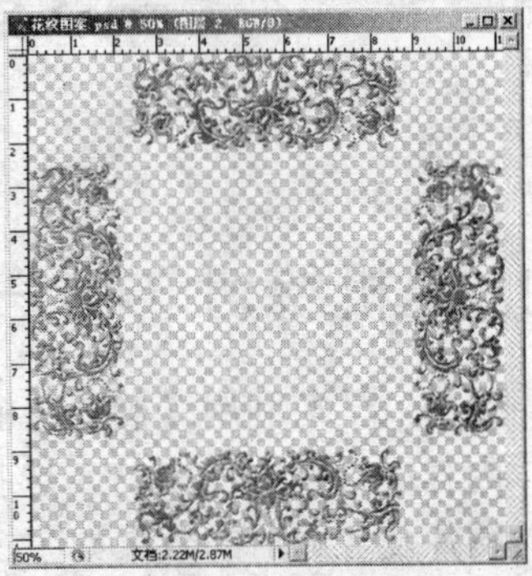

图2-48　打开的文件

17. 用与步骤 14～15 相同的方法，将打开的花纹图案移动到新建的文件中，并调整至如图 2-49 所示的位置。

图2-49　图片放置的位置

18. 至此，化妆品包装盒的平面展开图设计完成。按 Ctrl+S 组合键，将此文件命名为“包装平面图.psd”保存。

第3章 选择和移动图像

3.1 上机练习（1）——选择图像并合成相册

目的：学习利用【椭圆选框】工具选择图像，并移动复制到其他文件中合成相册效果。

内容：打开图库素材，选择圆形图像后移动复制到“儿童模版.jpg”文件中进行合成，素材图片及合成后的效果如图 3-1 所示。

操作步骤

1. 打开素材文件中“图库\第 03 章”目录下的“照片 01.jpg”、“照片 02.jpg”和“儿童模版.jpg”文件。
2. 选择【椭圆选框】工具，单击“照片 01.jpg”文件，将其设置为工作文件，然后按住 Shift 键，按住鼠标左键并拖曳绘制选区，选择如图 3-2 所示的图像。

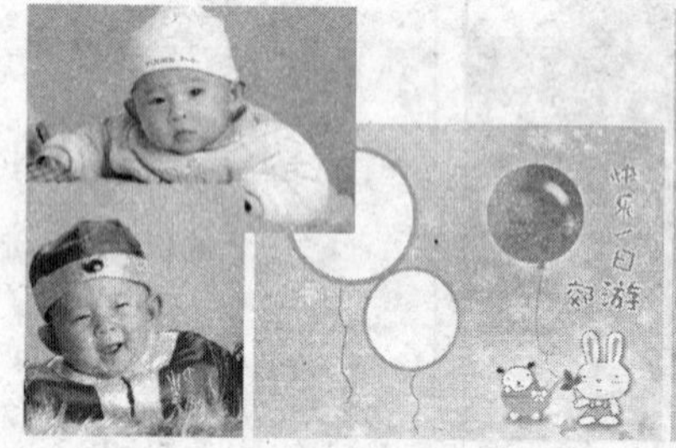

图3-1 图库素材及合成后的效果

图3-2 绘制的选区

3. 选择【移动】工具，勾选属性栏中的 ☑显示变换控件 复选项，将鼠标光标移动到选区内按下鼠标左键并拖曳，将选择的图像移动复制到如图 3-3 所示的“儿童模版.jpg”文件中。
4. 按住 Shift 键，在虚线形态的变换框其中一个角的控制点上按下鼠标左键，然后向变换框内部拖曳，等比例缩小图像到如图 3-4 所示的大小。
5. 单击属性栏中的 ✓ 按钮，确定图片等比例缩小操作。
6. 使用相同的操作方法，选择“照片 02.jpg”文件中的宝宝图像，也移动复制到“儿童模版.jpg”文件中并调整大小，如图 3-5 所示。

图3-3 移动复制到该图中的图像

图3-4 等比例缩小图像

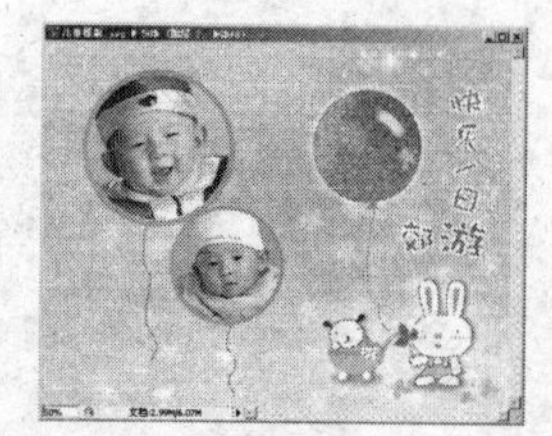

图3-5 移动复制到该文件中的图像

7. 按 Shift+Ctrl+S 组合键，将此文件命名为“椭圆选框工具练习.psd”另存。

3.2 上机练习（2）——合成图像

目的：学习利用【套索】工具选择并合成图像的操作方法。

内容：打开图库素材，利用【套索】工具选择图像后移动复制到“相册模版.jpg”文件中合成图像，素材图片及合成后的效果如图 3-6 所示。

图3-6　图库素材及合成后的效果

操作步骤

1. 打开素材文件中“图库\第 03 章”目录下的“照片 03.jpg”、“照片 04.jpg”和“相册模版.jpg”文件。
2. 选择【套索】工具，在属性栏中设置 羽化: 50 px 参数为“50”像素，单击“照片 04.jpg”文件，将其设置为工作文件，然后在文件中绘制如图 3-7 所示的选区。
3. 选择工具，将选择的图像移动复制到如图 3-8 所示的“相册模版.jpg”文件中。

图3-7　绘制的选区

图3-8　移动复制的图像

4. 在【图层】面板中将图层混合模式设置为“叠加”，设置【不透明度】参数为“70%”，图像效果及【图层】面板如图 3-9 所示。
5. 将“照片 03.jpg”设置为工作文件，选择【缩放】工具，在人物的手位置按下鼠标左键并拖曳，绘制出如图 3-10 所示的放大区域虚线框。

图3-9　合成效果

图3-10　局部放大图像状态

6. 释放鼠标左键后图像局部放大显示，如图 3-11 所示。
7. 选择【磁性套索】工具，在属性栏中设置【宽度】参数为“10”像素、【对比度】为“10%”、【频率】为“80”，在手指位置单击，然后沿着手轮廓移动鼠标光标，此时将在手轮廓位置自动添加选区的紧固点，如图 3-12 所示。
8. 当移动鼠标光标到文件窗口边缘位置时，按下键盘中的空格键，此时鼠标光标将切换为形状，按下鼠标左键并拖曳，可以平移图像在文件窗口中的显示位置，如图 3-13 所示。
9. 继续沿人物图像的轮廓边缘添加绘制选区，当移动到选区的起点位置时，在鼠标光标的右下角将出现如图 3-14 所示的小圆圈符号。

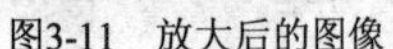

图3-11 放大后的图像

图3-12 绘制的选区

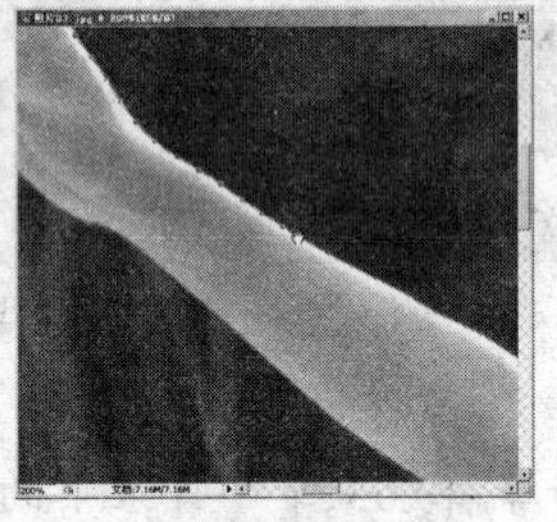

图3-13 平移图像

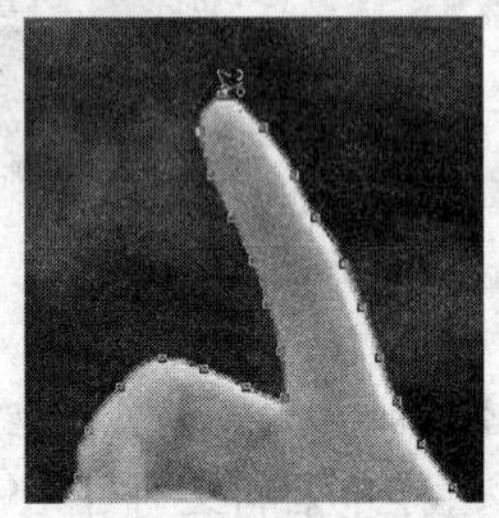

图3-14 出现的小圆圈符号

10. 此时单击就可以把绘制的选区闭合，双击【抓手】工具，将文件中的图像全部显示，如图 3-15 所示。
11. 利用工具将选择的图像移动复制到“相册模版.jpg”文件中，调整大小后放置在如图 3-16 所示的位置。

图3-15 选择的人物

图3-16 移动复制的图像

12. 利用工具局部放大观察刚选择的图像，发现在人物的轮廓边缘留有一定的黑边，如图 3-17 所示，需要将其去除。执行【图层】/【修边】/【去边】命令，在弹出的【去边】对话框中设置【宽度】参数如图 3-18 所示。
13. 单击 确定 按钮，去除黑边后的效果如图 3-19 所示。

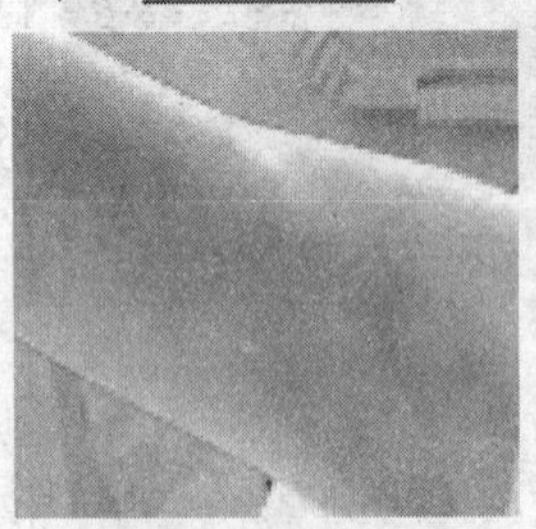

图3-17 黑边

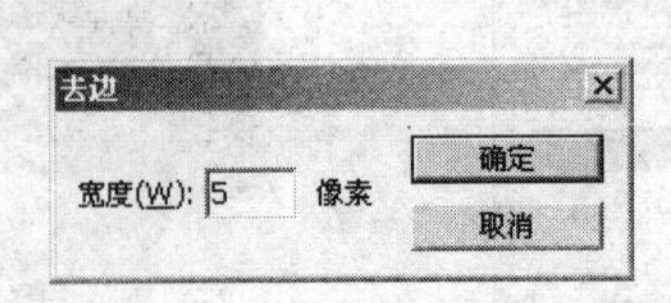

图3-18 【去边】对话框

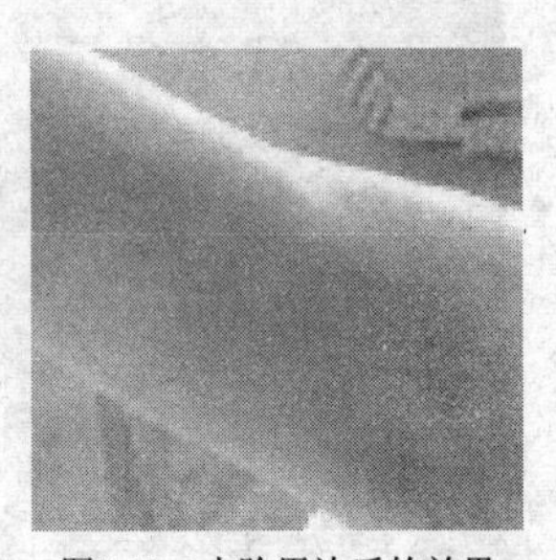

图3-19 去除黑边后的效果

14. 执行【图层】/【图层样式】/【外发光】命令，在弹出的【图层样式】对话框中设置各项参数如图 3-20 所示。单击 确定 按钮，添加的外发光效果如图 3-21 所示。

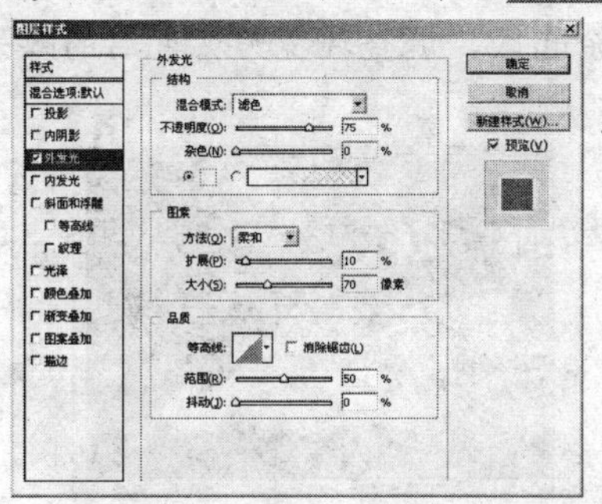

图3-20 【图层样式】对话框

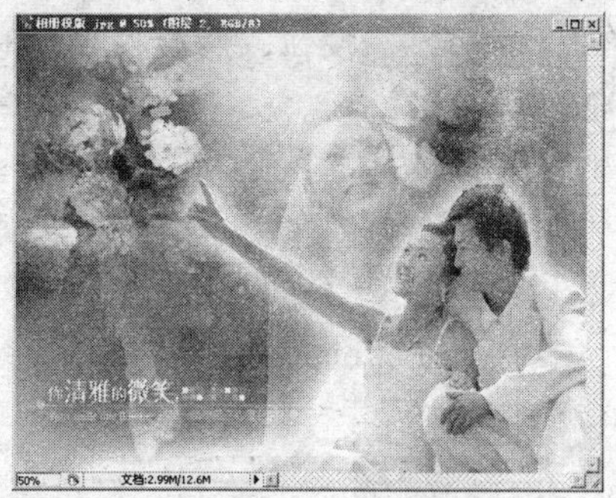

图3-21 外发光效果

15. 按 Shift+Ctrl+S 组合键，将此文件命名为“套索工具练习.psd”另存。

3.3 上机练习（3）——利用【色彩范围】命令选择图像

目的：学习利用【色彩范围】命令选择指定的颜色。

内容：打开图库素材，利用【色彩范围】命令选择照片中的绿色，然后利用【色相/饱和度】命令将绿色环境调整成紫色效果，素材图片及调整颜色后的效果如图 3-22 所示。

图3-22 图库素材及调整颜色后的效果

操作步骤

1. 打开素材文件中“图库\第 03 章”目录下的“照片 03-5.jpg”文件。
2. 执行【选择】/【色彩范围】命令，弹出【色彩范围】对话框，确认 按钮和【选择范围】单选项处于选择状态，将鼠标光标移动到图像中的绿色草地上单击以吸取色样，然后设置【颜色容差】参数如图 3-23 所示。
3. 单击 确定 按钮，此时图像文件中生成的选区如图 3-24 所示。
4. 执行【视图】/【显示额外内容】命令（或按 Ctrl+H 组合键），将选区在画面中隐藏，这样有利于方便观察颜色调整时的效果。此命令非常实用，读者要灵活掌握此项操作技巧。

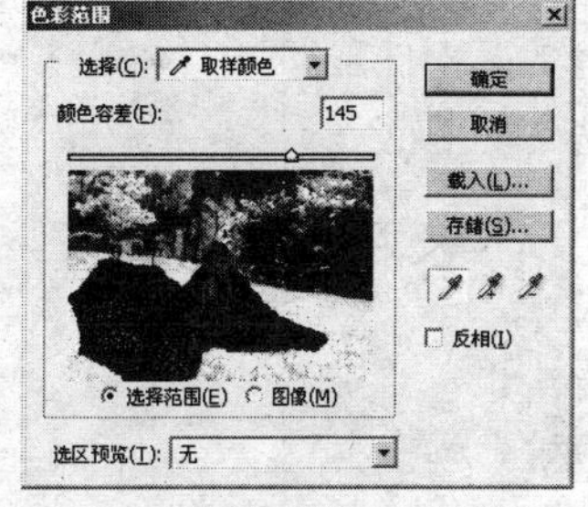

图3-23 【色彩范围】对话框

图3-24 生成的选区

5. 执行【图像】/【调整】/【色相/饱和度】命令，在弹出的【色相/饱和度】对话框中设置参数如图 3-25 所示。
6. 单击 确定 按钮，然后按 Ctrl+D 组合键去除选区，调整环境为紫色后的效果如图 3-26 所示。

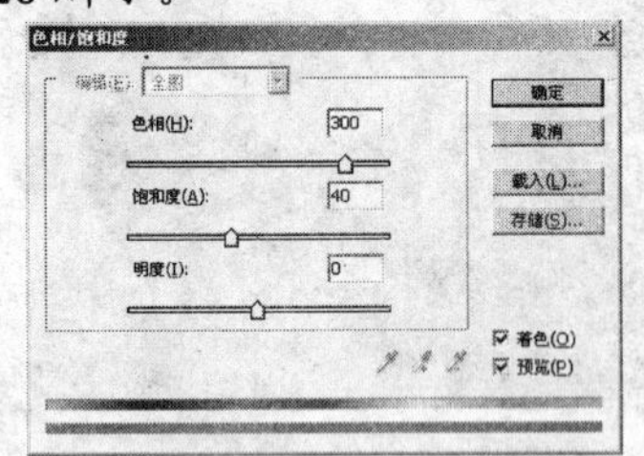

图3-25 【色相/饱和度】对话框参数设置

图3-26 调整颜色后的效果

7. 按 Shift+Ctrl+S 组合键，将此文件命名为"紫色调.jpg"另存。

3.4 上机练习（4）——利用【抽出】命令选择图像

目的：学习利用【抽出】命令选择图像。

内容：打开图库素材，利用【抽出】命令把人物照片的背景去除，然后替换成相册模版背景，素材图片及合成后的效果如图 3-27 所示。

图3-27 图片素材及合成后的效果

操作步骤

1. 打开素材文件中"图库\第 03 章"目录下的"照片 03-6.jpg"文件，执行【滤镜】/【抽出】命令，弹出的【抽出】对话框如图 3-28 所示。

图3-28 【抽出】对话框

2. 选择【缩放】工具，在预览窗口中单击，将图像放大显示，这样可以精确地绘制轮廓边缘。

> 要点提示：使用【缩放】工具时，按住 Alt 键在预览窗口中单击可缩小显示图像；利用【抓手】工具在预览窗口中拖曳鼠标光标可移动图像；另外，当使用对话框中的其他工具时，按住空格键可临时切换到工具。

3. 在【抽出】对话框中选择【边缘高光器】工具，在【工具选项】栏中将【画笔大小】设置为“20”，【高光】颜色设置为“绿色”，并勾选【智能高光显示】复选项。
4. 将鼠标光标移动到人物边缘处单击鼠标左键并拖曳，定义要抽出图像的边缘，如图 3-29 所示。
5. 按住空格键，在窗口中通过平移来显示图像的其他位置，然后将人物图像全部绘制出高光轮廓，如图 3-30 所示。

> 要点提示：在定义高光区域时，若读者对定义的区域不满意，可以利用对话框中的【橡皮擦】工具在高光上拖曳鼠标光标，即可将其擦除，然后再利用工具重新绘制高光区域。

6. 选择【填充】工具，在定义的高光区域内单击，在图像内部填充蓝色，如图 3-31 所示。单击 预览 按钮，即可查看抽出后的图像效果，如图 3-32 所示。

图3-29　绘制的绿色高光边缘

图3-30　绘制的绿色高光边缘

图3-31　填充的蓝色

如果用户对抽出图像的效果不满意，可以利用和工具进行修改（只有单击 预览 按钮后这两个工具才变为可用状态）。利用【清除】工具在抽出的图像上拖曳鼠标光标，可以将图像清除得到透明的效果；如果按住 Alt 键并拖曳鼠标光标，可以使已经透明了的区域重新显示出原来的图像。利用【边缘修饰】工具在抽出的图像上拖曳鼠标光标，可以锐化边缘并具有累积效果。如果没有清晰的边缘，则使用该工具可以给对象添加不透明度或从背景中减去不透明度。

7. 利用和工具，设置较小的笔头并结合 Alt 键，将人物轮廓边缘修饰干净，修饰后的效果如图 3-33 所示。单击 确定 按钮，完成图像的抽出操作。
8. 打开素材文件中“图库\第 03 章”目录下的“相册模版 01.psd”文件。
9. 将抽出的图像移动复制到“相册模版 01.psd”文件中，调整大小后放置到如图 3-34 所示的位置。

图3-32　查看抽出效果

图3-33　修饰后的效果

图3-34　合成后的效果

10. 按Shift+Ctrl+S组合键，将此文件命名为“抽出图像.psd”另存。

3.5　上机练习（5）——移动复制图案

目的：学习利用【移动】工具复制图像。

内容：利用【移动】工具并结合键盘中的 Alt 键，把单个标志图形复制为平铺图案效果，如图 3-35 所示。

操作步骤

1. 新建一个【宽度】为“30”厘米，【高度】为“20”厘米，【分辨率】为“120”像素/英寸，【颜色模式】为“RGB 颜色”，【背景内容】为“白色”的文件。
2. 打开素材文件中“图库\第 03 章”目录下的“标志.psd”文件，如图 3-36 所示。

图3-35　标志及复制出的图案效果

图3-36　打开的标志图片

3. 利用工具将标志移动复制到新建文件中。在属性栏中勾选☑显示变换控件复选项，此时标志图片的周围将显示虚线形态的变换框，如图 3-37 所示。
4. 按住 Shift 键，将鼠标光标放置在变换框右上角的调节点上按下鼠标左键，虚线变换框变为实线形态的变换框，然后向左下角拖曳鼠标光标将图片适当缩小。
5. 单击属性栏中的✓按钮，确认图片大小调整。
6. 按住 Alt 键，此时鼠标光标变为黑色三角形，下面重叠带有白色的三角形，如图 3-38 所示。
7. 在不释放Alt键的同时，向右下方拖曳鼠标光标，此时的鼠标光标将变为白色的三角形形状，如图 3-39 所示。
8. 释放鼠标左键后，即可完成图片的移动复制操作，在【图层】面板中将自动生成“图层 1 副本”层，如图 3-40 所示。
9. 使用相同的移动复制操作，在画面中连续复制出多个标志图形，组成标志图案效果，将属性栏中的☐显示变换控件勾选取消，效果如图 3-41 所示。

图3-37　显示的变换框

图3-38　按下 Alt 键状态

图3-39　移动复制标志状态

图3-40　【图层】面板

图3-41　复制出的标志图案

10. 在【图层】面板中单击“背景”层左侧的图标，将“背景”层隐藏。
11. 执行【图层】/【合并可见图层】命令，将复制出的所有标志图层合并成一个图层，然后再单击“背景”层左侧的图标，将“背景”层显示。
12. 通过设置【图层】面板中的【不透明度】参数，可以得到不同层次的透明标志效果，如图 3-42 所示。此类效果一般作为包装设计的底纹图案来应用。

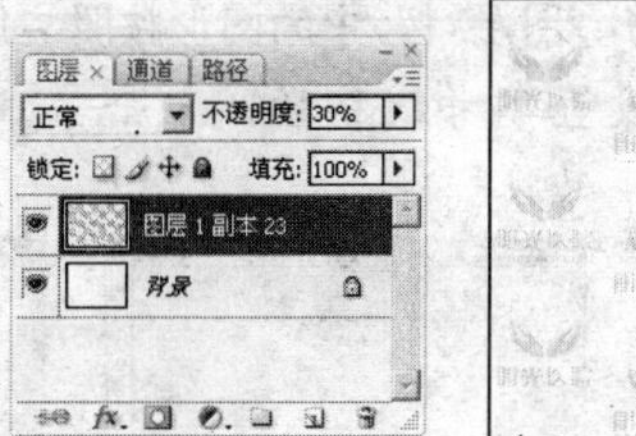

图3-42　设置【图层】面板【不透明度】参数及效果

13. 按 Shift+Ctrl+S 组合键，将当前文件命名为“标志图案.psd”另存。

3.6 上机练习（6）——绘制 POP 挂旗

目的：学习 POP 挂旗绘制。

内容：利用选区的修剪操作绘制 POP 挂旗图形，然后利用【渐变】工具给图形填充渐变色，将打开的标志素材移动复制到挂旗中并调整大小，绘制完成的挂旗如图 3-43 所示。

操作步骤

1. 按 Ctrl+N 组合键，新建一个【宽度】为“11”厘米，【高度】为“15”厘米，【分辨率】为“150”像素/英寸，【颜色模式】为“RGB 颜色”，【背景内容】为“白色”的文件。
2. 单击工具箱中的前景色色块，在弹出的【拾色器】对话框中将前景色设置为灰色（R:167,G:170,B:172），然后按 Alt+Delete 组合键在背景中填充灰色。
3. 确认【图层】面板显示在工作区中，单击面板底部的按钮，新建“图层 1”。
4. 选择工具，在属性栏中的【样式】下拉列表中选择【固定大小】选项，并将右侧的

【宽度】参数设置为“420”像素、【高度】设置为“600”像素，然后在文件中单击，创建一个矩形选区，如图 3-44 所示。

5. 按 D 键，将工具箱中的前景色和背景色设置为默认颜色，然后按 Ctrl+Delete 组合键为选区填充白色，如图 3-45 所示。

图3-43　绘制的 POP 挂旗

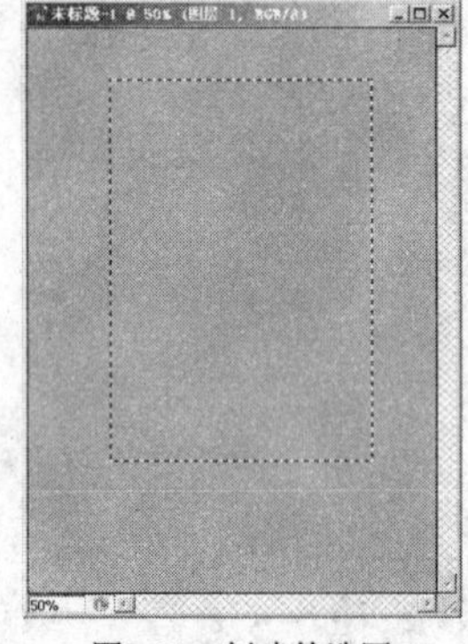

图3-44　创建的选区

图3-45　为选区填充白色

6. 单击属性栏中的按钮，在属性栏中的【样式】下拉列表中选择【正常】选项。
7. 在白色矩形的左上方按下鼠标左键向右下方拖曳，来修剪选区，如图 3-46 所示。
8. 将前景色设置为深绿色（G:87,B:82），按 Alt+Delete 组合键为选区填充深绿色，然后按 Ctrl+D 组合键去除选区，如图 3-47 所示。
9. 执行【选择】/【全选】命令，添加如图 3-48 所示的选区。
10. 选择工具，单击属性栏中的按钮，将“图层 1”中的图形按照文件水平方式居中对齐。
11. 执行【视图】/【新建参考线】命令，设置参考线参数，单击 确定 按钮，添加的参考线如图 3-49 所示。

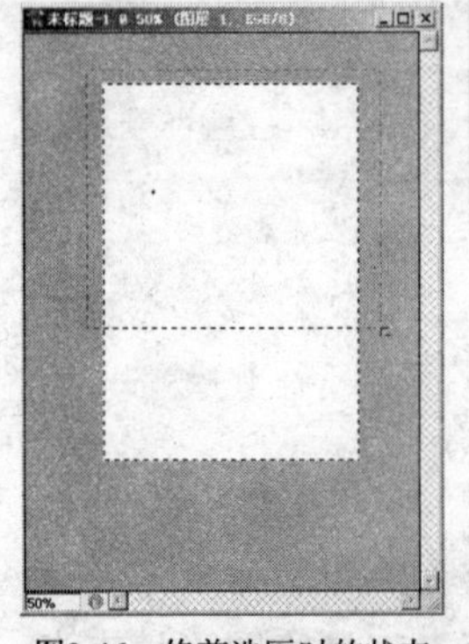

图3-46　修剪选区时的状态

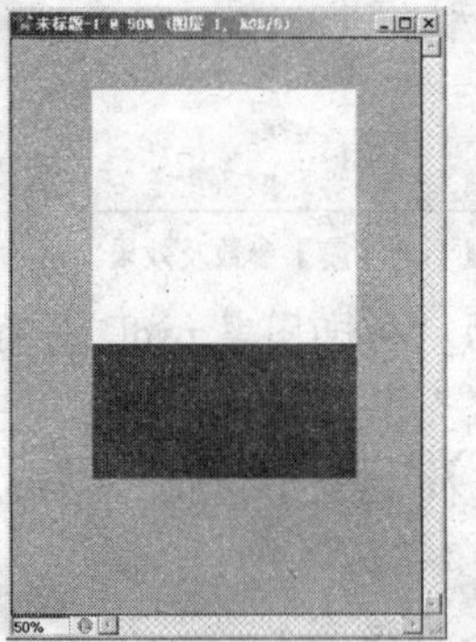

图3-47　填充的颜色

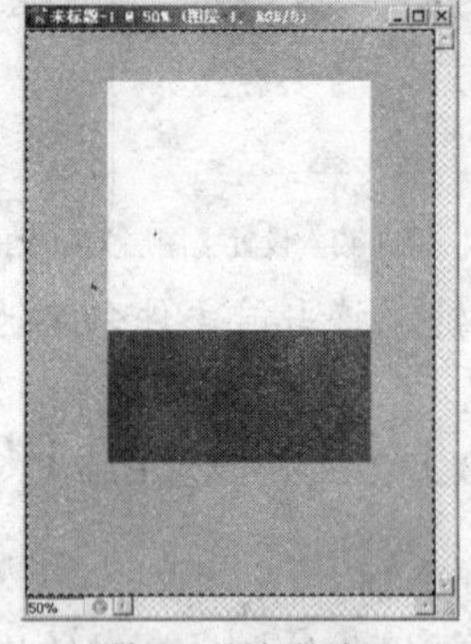

图3-48　添加的选区

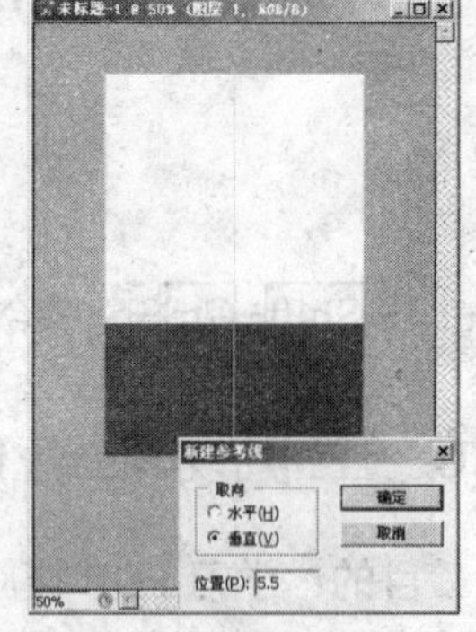

图3-49　添加的参考线

12. 利用工具将图形的下边缘放大显示，然后利用工具绘制如图 3-50 所示的选区。
13. 按 Delete 键删除选区内的颜色，得到如图 3-51 所示的效果。

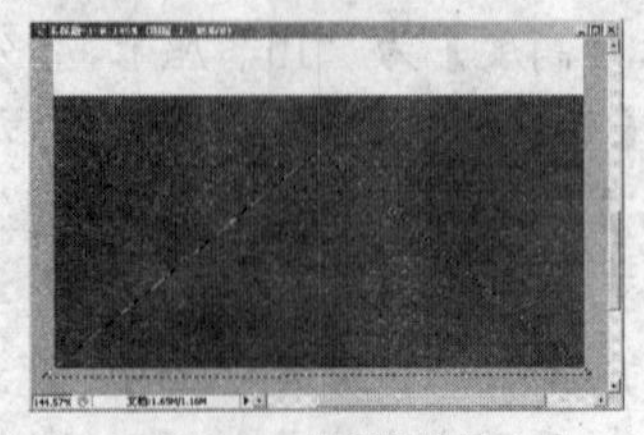

图3-50　绘制的选区

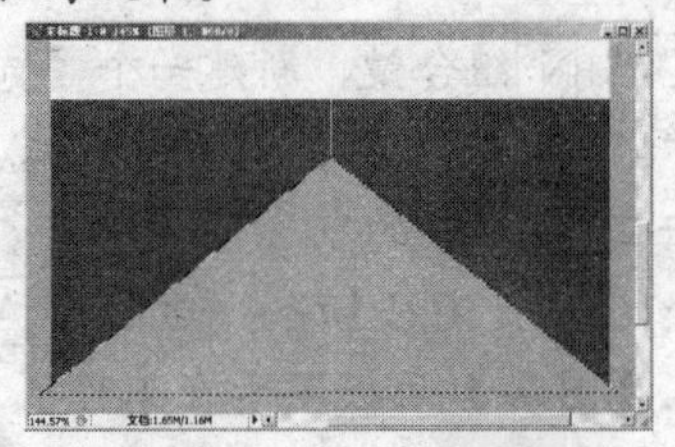

图3-51　删除后的效果

14. 按Ctrl+D组合键去除选区，双击 工具，将图形全部显示，如图 3-52 所示。
15. 执行【图层】/【图层样式】/【投影】命令，弹出【图层样式】对话框，参数设置如图 3-53 所示。

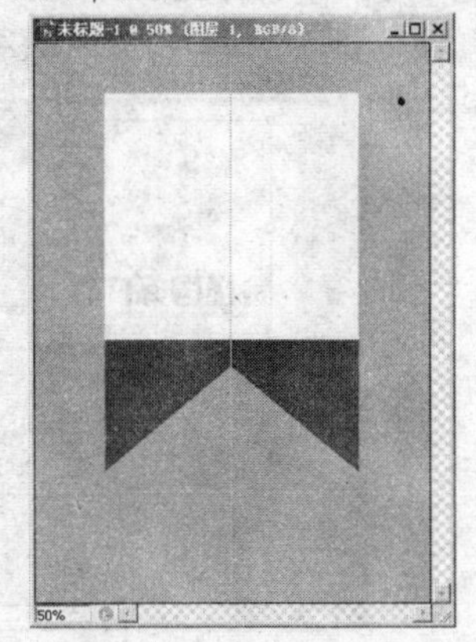
图3-52　绘制的选区

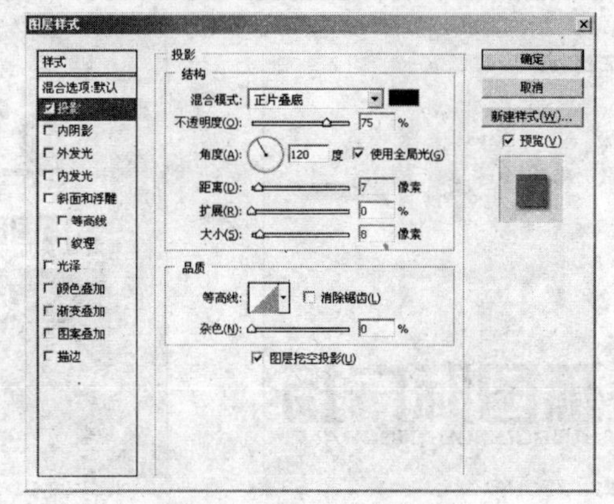

图3-53　【图层样式】对话框

16. 单击 确定 按钮，添加的投影效果如图 3-54 所示。
17. 新建“图层 2”，然后利用 工具绘制如图 3-55 所示的选区。
18. 按D键将工具箱中的前景色和背景色设置为默认颜色。

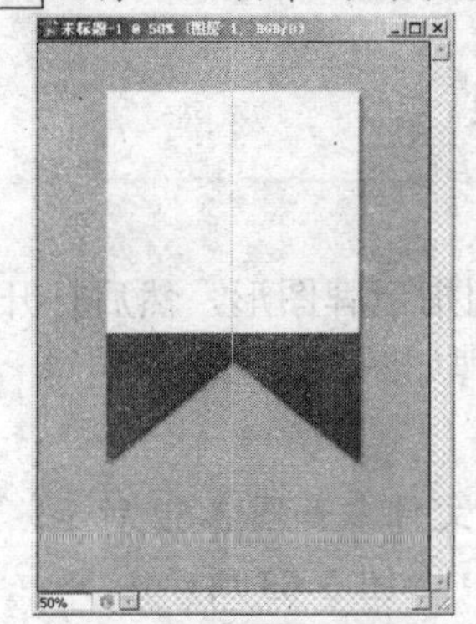
图3-54　添加的投影效果

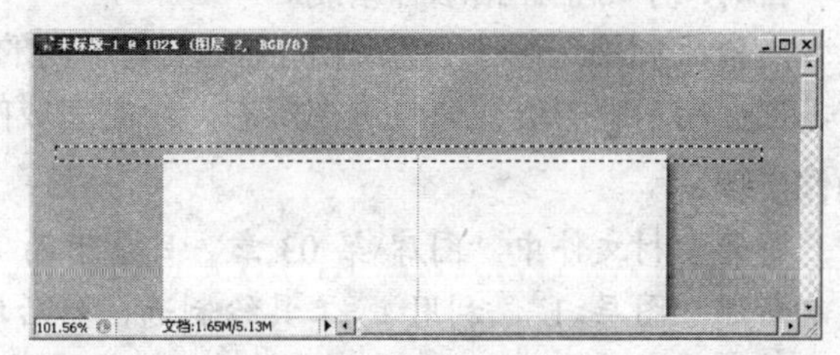
图3-55　绘制的矩形选区

19. 选择 工具，按住Shift键，在矩形选区内由下向上填充如图 3-56 所示的渐变色，然后按Ctrl+D组合键去除选区。
20. 在【图层】面板中单击“图层 1”，将其设置为工作层，然后执行【图层】/【图层样式】/【拷贝图层样式】命令。
21. 单击“图层 2”，将其设置为工作层，然后执行【图层】/【图层样式】/【粘贴图层样式】命令，粘贴图层样式后的效果如图 3-57 所示。

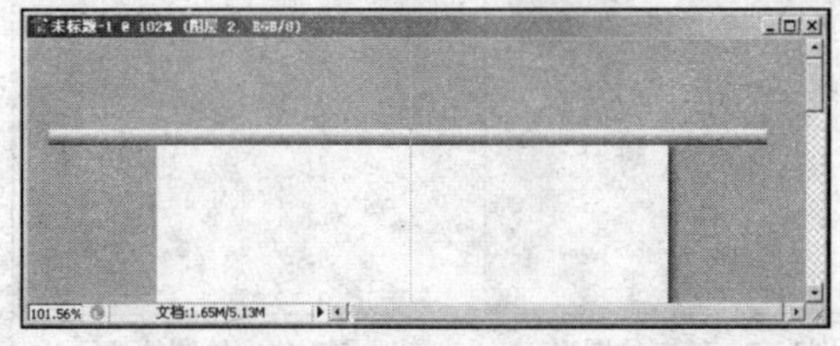
图3-56　填充的渐变色

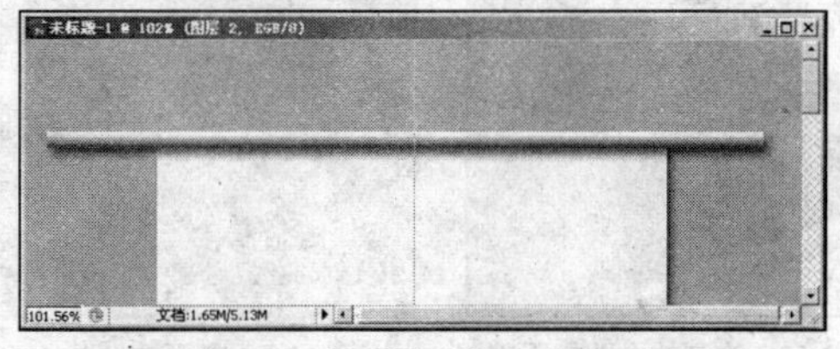
图3-57　粘贴图层样式后的效果

22. 打开素材文件中“图库/第 03 章”目录下的“金环标志.psd”文件，如图 3-58 所示。

23. 利用工具将标志移动复制到“未标题-1”文件中，如图 3-59 所示。
24. 按Ctrl+T组合键，为标志添加自由变换框，然后按住Alt+Shift组合键，并在右上角的调节点上按下鼠标左键向左下方拖曳，将标志缩小到如图 3-60 所示的大小。

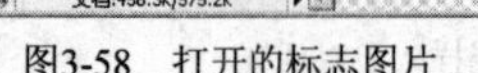

图3-58 打开的标志图片

图3-59 复制的标志

图3-60 调整标志大小

25. 释放鼠标左键和Alt+Shift组合键，单击属性栏中的按钮应用变换操作。
26. 执行【视图】/【清除参考线】命令，将参考线去除。至此，POP 挂旗绘制完成。
27. 按Ctrl+S组合键，将此文件命名为“POP 设计.psd”保存。

3.7 上机练习（7）——绘制企业指示牌

目的：学习企业指示牌绘制。

内容：利用选区工具绘制选区，填充不同的颜色，得到指示牌图形，然后打开标志素材，根据指示牌的透视调整透视形态，绘制完成的企业指示牌如图 3-61 所示。

操作步骤

1. 打开素材文件中“图库\第 03 章”目录下的“蓝天.jpg”文件，如图 3-62 所示。
2. 新建“图层 1”，利用工具绘制选区然后填充上白色，如图 3-63 所示。
3. 单击【图层】面板上的按钮，将图层锁定透明像素。然后利用工具绘制如图 3-64 所示的选区。

图3-61 绘制的企业指示牌

图3-62 打开的图片

图3-63 绘制的图形

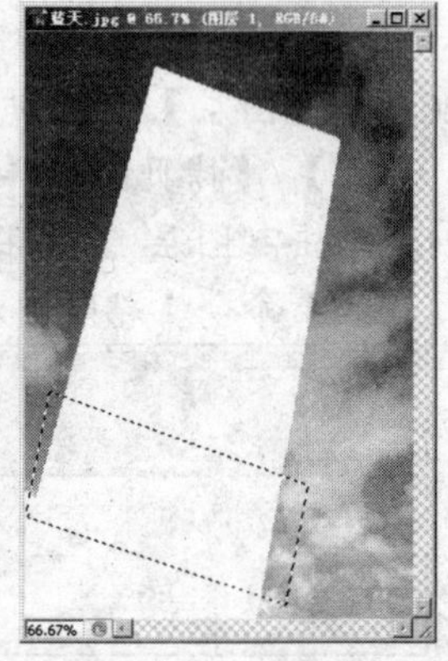

图3-64 绘制的选区

4. 给选区内的白色图形填充上深绿色（G:87,B:82），效果如图 3-65 所示。

5. 在深绿色图形的下面再绘制出如图 3-66 所示的图形。
6. 新建“图层 2”，利用工具在图形的左侧绘制指示牌的厚度选区，并填充上灰色（R:180,G:180,B:180），如图 3-67 所示。

图3-65　填充颜色

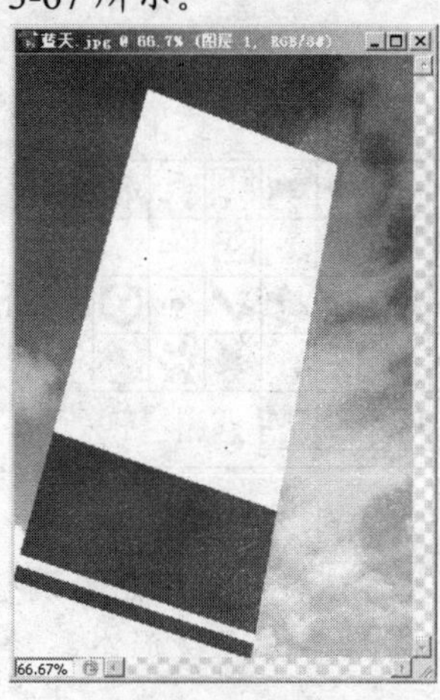
图3-66　绘制的图形

图3-67　绘制的图形

7. 使用相同的绘制方法，在左下角再绘制出如图 3-68 所示的深绿色（G:70,B:65）图形。
8. 打开素材文件中“图库\第 03 章”目录下的“金环标志.psd”文件。
9. 利用工具将标志移动复制到“未标题-1”文件中，如图 3-69 所示。
10. 按 Ctrl+T 组合键，为标志添加自由变换框，然后按住 Alt+Shift 组合键，并在右上角的调节点上按下鼠标左键向左下方拖曳，将标志缩小到如图 3-70 所示的大小。

图3-68　绘制的图形

图3-69　复制的标志

图3-70　调整标志大小状态

11. 按住 Ctrl 键，分别调整各调节点，将标志调整成如图 3-71 所示的透视形态，按 Enter 键确定标志透视调整。
12. 将前景色设置为深绿色（G:87,B:82），然后新建“图层 3”。
13. 选择工具，并激活属性栏中的按钮，再单击按钮，在弹出的面板中选择如图 3-72 所示的图形。
14. 在文件中绘制出如图 3-73 所示的图形。

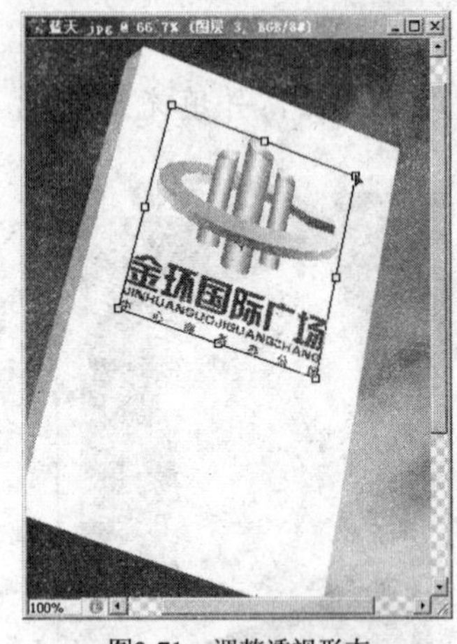

图3-71　调整透视形态

图3-72　选择图形

图3-73　绘制的图形

15. 利用与调整标志相同的透视调整方法，将箭头图形调整出透视形态，如图 3-74 所示。
16. 利用 T 工具输入文字，然后也调整出透视形态，绘制完成的企业指示牌如图 3-75 所示。

图3-74　调整出的透视形态

图3-75　绘制完成的企业指示牌

17. 按 Shift+Ctrl+S 组合键，将当前文件命名为"企业指示牌.psd"另存。

第4章 绘画和编辑图像

4.1 上机练习（1）——绘制国画

目的：学习利用【画笔】工具绘制竹子国画效果。

内容：利用【画笔】工具绘制竹子叶，然后定义为预设画笔，再利用定义的预设画笔，通过设置【画笔】面板中的各选项和参数来绘制国画的竹子叶效果。设置画笔不同的选项和参数，绘制竹子的枝杆、竹节、竹枝等效果，最终绘制完成的竹子国画如图 4-1 所示。

图4-1 绘制的竹子国画

操作步骤

1. 绘制竹子叶并定义为图案。

(1) 新建一个【宽度】为“10”厘米，【高度】为“10”厘米，【分辨率】为“120”像素/英寸，【颜色模式】为“RGB 颜色”，【背景内容】为“白色”的文件。

(2) 选择工具，单击属性栏中的按钮，在弹出的【画笔】面板中设置各选项及参数如图 4-2 所示。

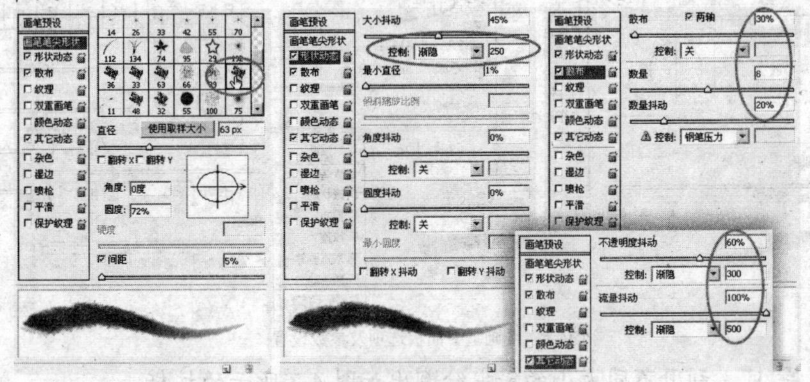

图4-2 【画笔】面板选项及参数设置

(3) 新建“图层 1”，将前景色设置为黑色，在文件中依次绘制出如图 4-3 所示的竹叶图形。

(4) 按 Ctrl+S 组合键，将此文件命名为“竹叶.psd”保存。

(5) 利用工具绘制选区，选择如图 4-4 所示的竹叶。

图4-3 绘制的竹子叶

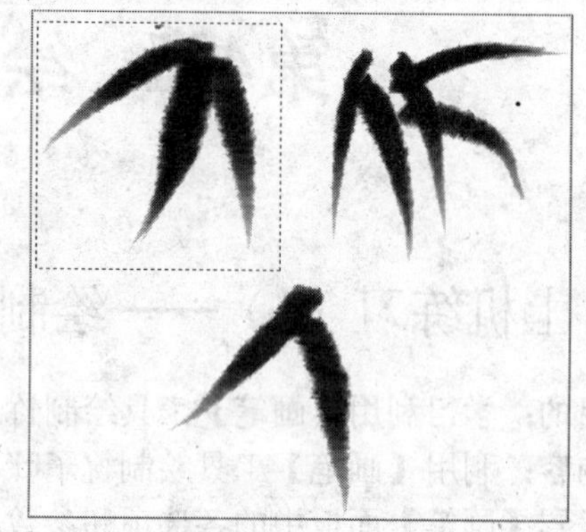

图4-4 选择竹叶

(6) 执行【编辑】/【定义画笔预设】命令，弹出【画笔名称】对话框，设置名称如图 4-5 所示，单击 确定 按钮，将选择的竹子叶图形定义为画笔笔尖。

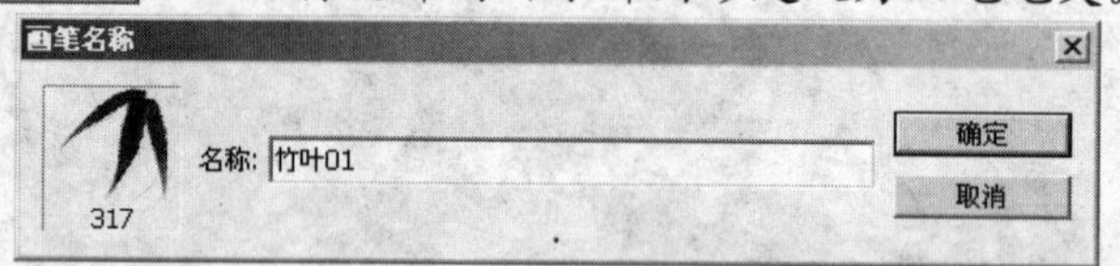

图4-5 【画笔名称】对话框

(7) 用与步骤 5～6 相同的方法，将另外两组竹子叶图形也分别定义为画笔笔尖。

2. 绘制竹子国画。

(1) 接上面操作步骤。新建一个【宽度】为“10”厘米，【高度】为“6”厘米，【分辨率】为“300”像素/英寸，【颜色模式】为“RGB 颜色”，【背景内容】为“白色”的文件。

(2) 选择工具，并单击属性栏中的按钮，在弹出的面板中设置各选项及参数如图 4-6 所示。

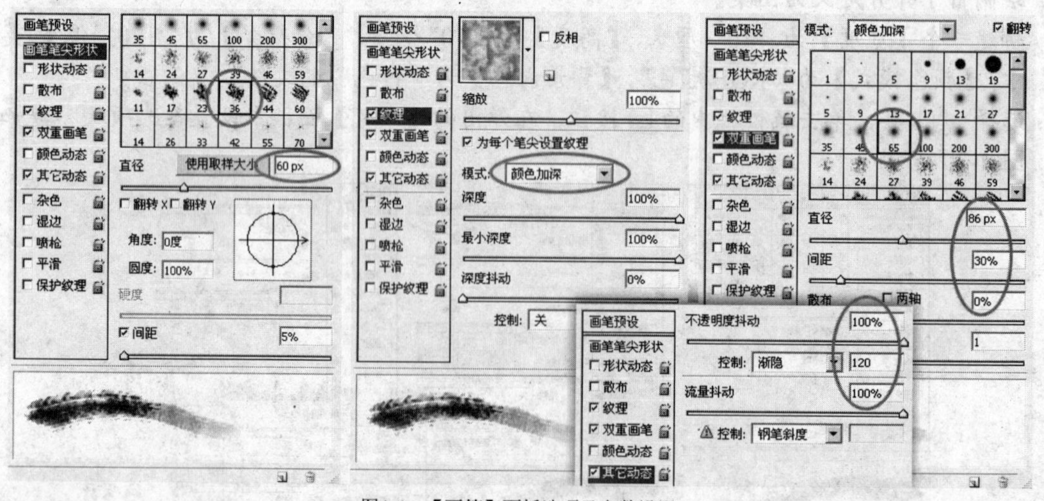

图4-6 【画笔】面板选项及参数设置

(3) 新建“图层 1”，利用不同大小的笔尖绘制出如图 4-7 所示的枝杆。

(4) 在【画笔】面板中设置合适的画笔笔尖，在画面中绘制出如图 4-8 所示的竹节。

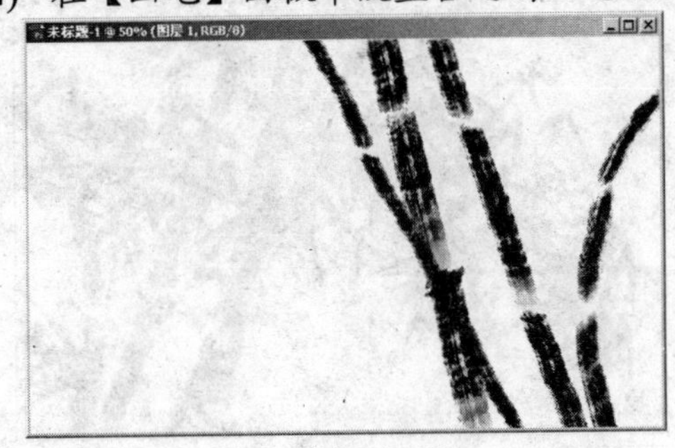

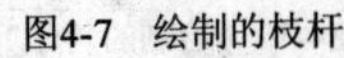

图4-7　绘制的枝杆

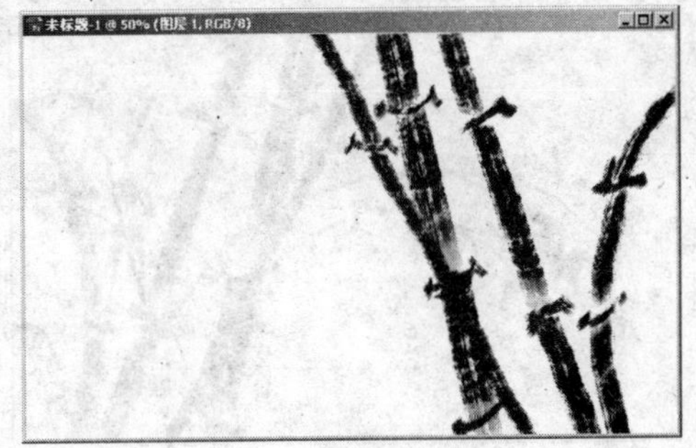

图4-8　绘制的竹节

(5) 新建“图层 2”，依次设置不同的画笔笔尖，绘制出如图 4-9 所示的较细的竹枝。读者在绘制时可以结合按键盘中的[键（或按]键）缩小（或增大）画笔笔尖，来灵活设置笔尖的大小。

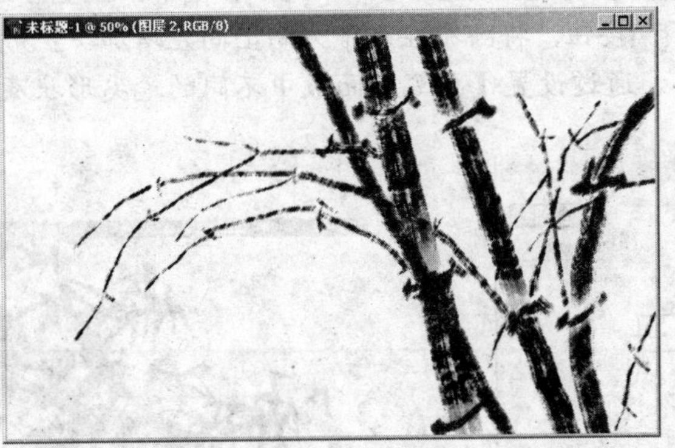

图4-9　绘制的竹枝

(6) 单击工具属性栏中的按钮，在弹出的面板中选择前面定义的竹叶画笔笔尖，设置各选项及参数如图 4-10 所示。

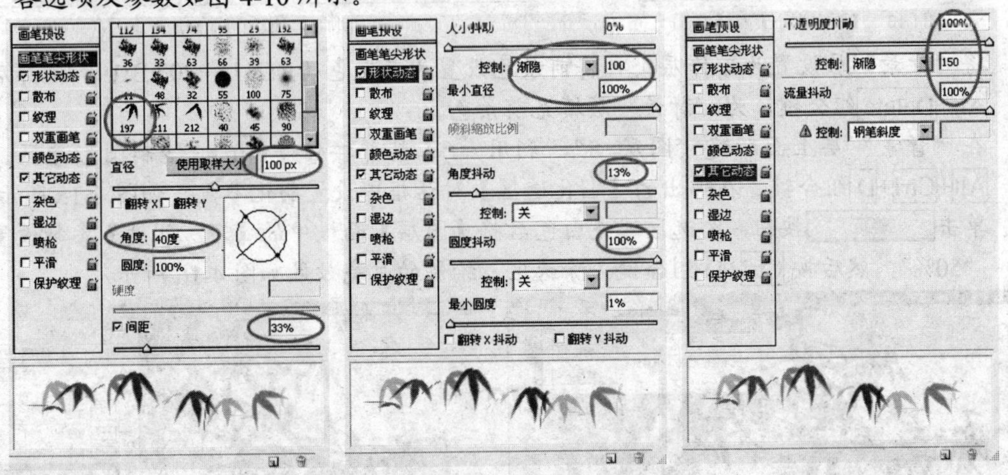

图4-10　【画笔】面板选项及参数设置

(7) 新建“图层 3”，在画面中绘制出如图 4-11 所示的竹子叶。

(8) 在【画笔】面板中，依次选择前面定义的另外两组竹子叶画笔笔尖，然后将【其他动态】的勾选取消。

(9) 新建“图层 4”，通过设置不同的笔尖大小，依次绘制出如图 4-12 所示的黑色竹叶形状。

图4-11 绘制的竹子叶

图4-12 绘制的竹子叶

在开始绘画前，可能不好把握画面的构图，如图 4-12 所示，感觉画面有点拥挤。下面利用【画布大小】命令来增大画面尺寸以满足构图需要，这也是利用 Photoshop 绘画的优点。

3. 确认背景色为白色。执行【图像】/【画布大小】命令，设置各选项及参数如图 4-13 所示，单击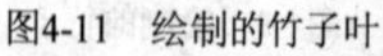按钮，将画布在水平方向上向左增加“2”厘米。
4. 再次选择工具，通过设置【画笔】面板中不同的笔尖形状及选项参数，绘制出如图 4-14 所示的竹叶。

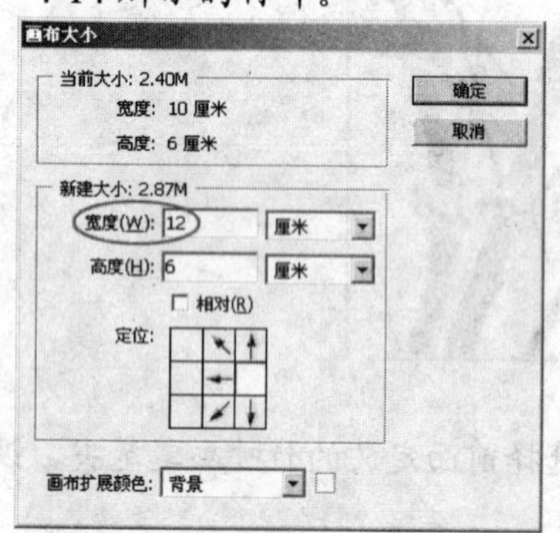

图4-13 【画布大小】对话框

图4-14 增加后的画布

5. 将“背景”层设置为工作层，再将前景色设置为黄灰色（R:211,G:202,B:195），然后按 Alt+Delete 组合键，为“背景”层填充前景色。
6. 在“背景”层上面新建“图层 5”，利用工具并按住 Shift 键绘制圆形选区。按 Alt+Ctrl+D 组合键，在弹出的【羽化选区】对话框中设置羽化参数，如图 4-15 所示。
7. 单击 确定 按钮，给选区填充白色后将【图层】面板中的【不透明度】参数设置为“50%”，然后按 Ctrl+D 组合键去除选区，绘制的月亮效果如图 4-16 所示。

图4-15 给选区设置羽化参数

图4-16 绘制的月亮

8. 在“图层 4”上面新建“图层 6”，并填充黑色。
9. 执行【滤镜】/【杂色】/【添加杂色】命令，设置参数及效果如图 4-17 所示。
10. 执行【滤镜】/【像素化】/【晶格化】命令，设置参数及效果如图 4-18 所示。

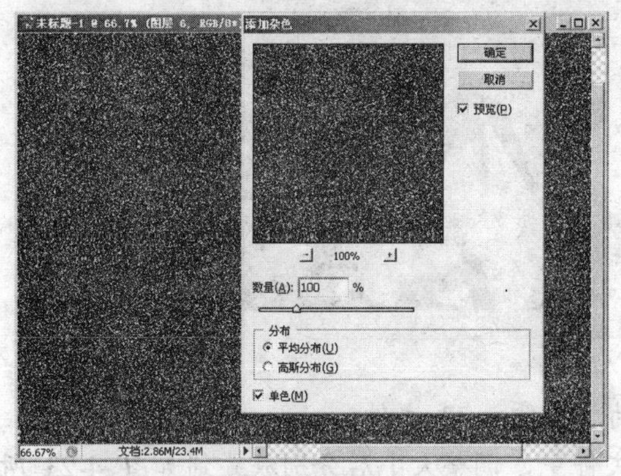

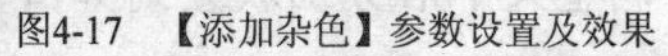

图4-17　【添加杂色】参数设置及效果

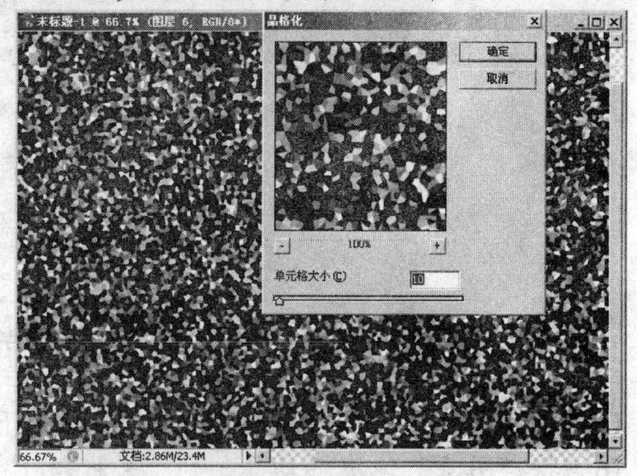

图4-18　【晶格化】参数设置及效果

11. 执行【图像】/【调整】/【阈值】命令，设置参数及效果如图 4-19 所示。
12. 执行【滤镜】/【模糊】/【高斯模糊】命令，设置参数及效果如图 4-20 所示。

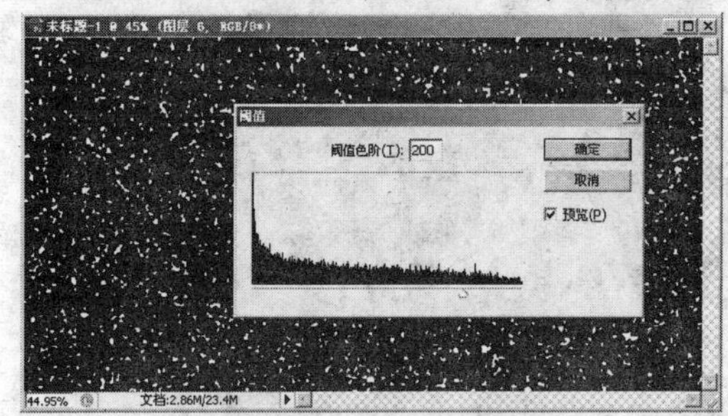

图4-19　【阈值】参数设置及效果

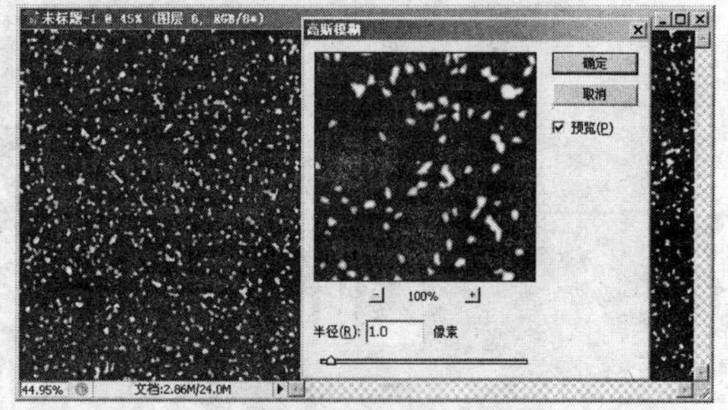

图4-20　【高斯模糊】参数设置及效果

13. 在【图层】面板中设置图层混合模式为“滤色”，设置【不透明度】参数为“60%”，此时的画面效果如图 4-21 所示。

图4-21　画面效果

14. 将前景色设置为黑色，然后利用 T 工具在画面中输入如图 4-22 所示的黑色落款文字。

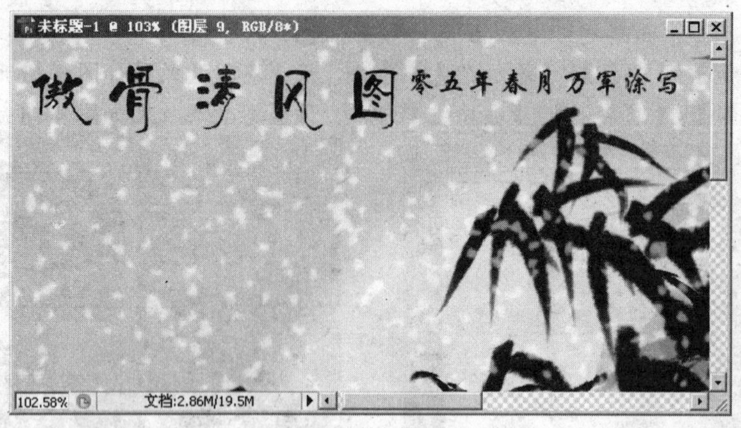

图4-22 输入的文字

15. 打开素材文件中“图库\第 04 章”目录下的“图章.psd”文件。
16. 将“图章”依次移动复制到“未标题-1”文件中，调整大小后分别放置到如图 4-23 所示的位置，完成竹子国画的绘制。

图4-23 添加的图章

17. 按 Ctrl+S 组合键，将此文件命名为“竹子.psd”保存。

4.2 上机练习（2）——绘制瓷盘

目的：学习利用【渐变】工具绘制瓷盘。

内容：新建文件并设置参考线，选择【渐变】工具，设置渐变颜色并填充得到瓷盘的结构效果。利用【自定形状】工具绘制图形，通过旋转复制操作得到瓷盘的蓝印花效果，绘制的瓷盘最终效果如图 4-24 所示。

操作步骤

1. 新建一个【宽度】为“18”厘米，【高度】为“18”厘米，【分辨率】为“150”像素/英寸，【颜色模式】为“RGB 颜色”，【背景内容】为“白色”的文件。
2. 执行【视图】/【新建参考线】命令，弹出【新建参考线】对话框，设置选项及参数如图 4-25 所示。单击 确定 按钮，即可在画面中的垂直方向上添加一条参考线。

图4-24　绘制的瓷盘

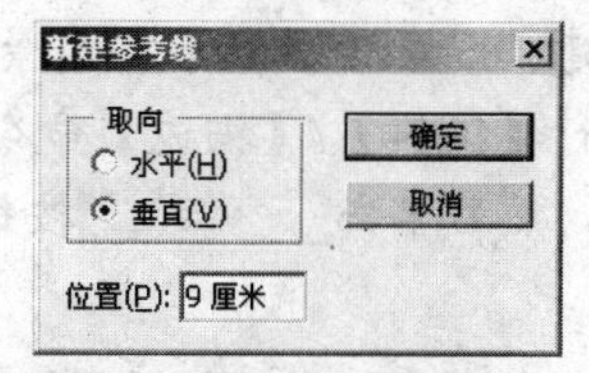

图4-25　【新建参考线】对话框

3. 再次执行【视图】/【新建参考线】命令，在弹出的【新建参考线】对话框中设置选项及参数如图 4-26 所示。单击 确定 按钮，在画面中的水平方向上也添加一条参考线。
4. 新建“图层 1”，选择【椭圆选框】工具，按住 Shift+Alt 组合键，将鼠标光标移动到两条参考线的交点位置，按下鼠标左键并拖曳，绘制以参考线交点为圆心的圆形选区，如图 4-27 所示。

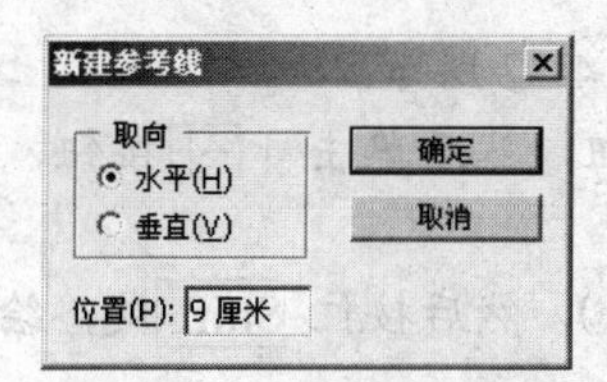

图4-26　【新建参考线】对话框

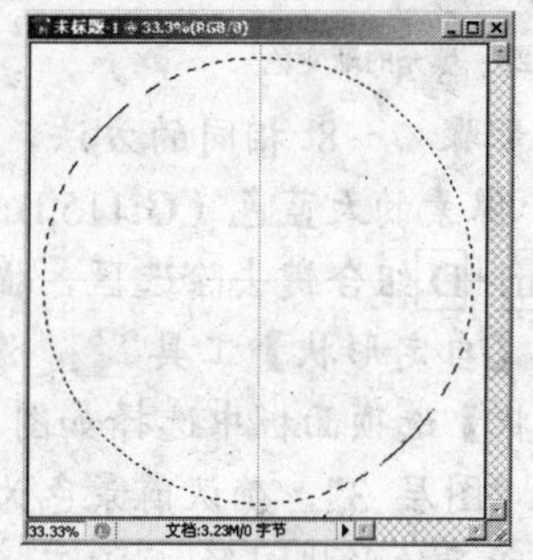

图4-27　绘制的选区

5. 选择【渐变】工具，再单击属性栏中的按钮，在弹出的【渐变编辑器】对话框中设置各选项及参数如图 4-28 所示，然后单击 确定 按钮。

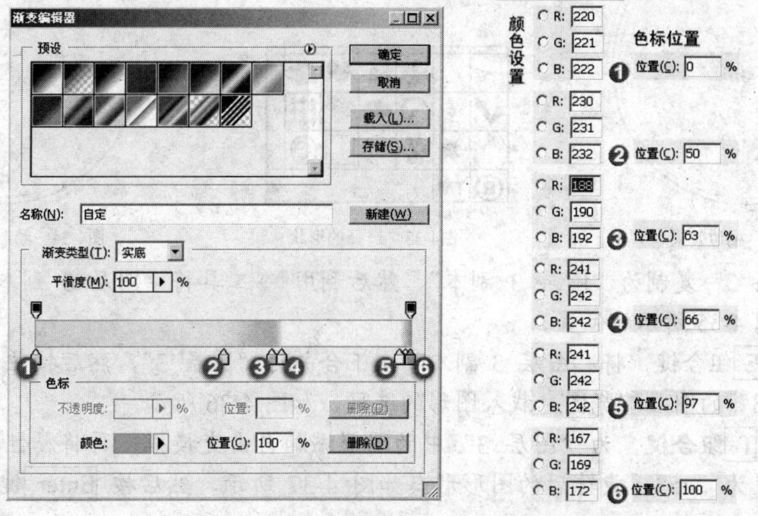

图4-28　【渐变编辑器】对话框及颜色设置

6. 激活属性栏中的■按钮，将鼠标光标移动到两条参考线的交点位置，按下鼠标左键并向下方拖曳填充渐变色，效果如图 4-29 所示。
7. 执行【选择】/【变换选区】命令，然后将属性栏中 W: 95.0% H: 95.0% 的参数都设置为“95”，选区等比例缩小后的形态如图 4-30 所示。
8. 单击属性栏中的【进行变换】按钮✓，确认选区的等比例缩小操作。
9. 新建“图层 2”，然后将前景色设置为天蓝色（G:115,B:188）。
10. 执行【编辑】/【描边】命令，弹出【描边】对话框，设置各选项及参数如图 4-31 所示，然后单击 确定 按钮。

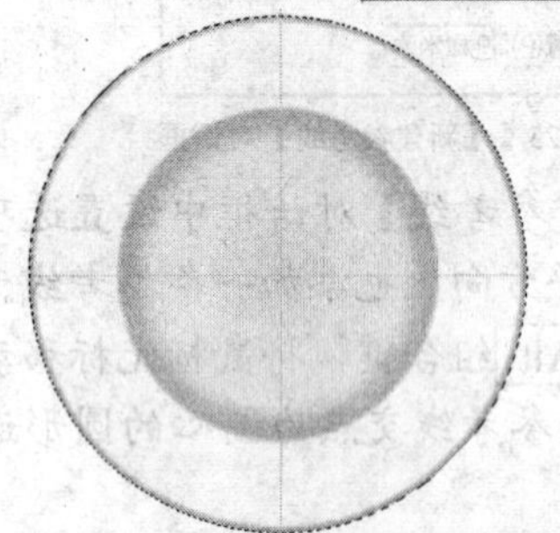

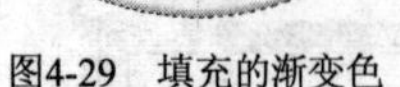

图4-29 填充的渐变色

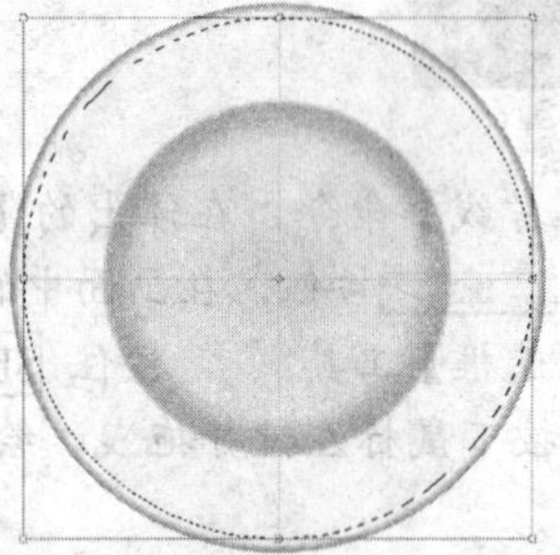

图4-30 缩小选区状态

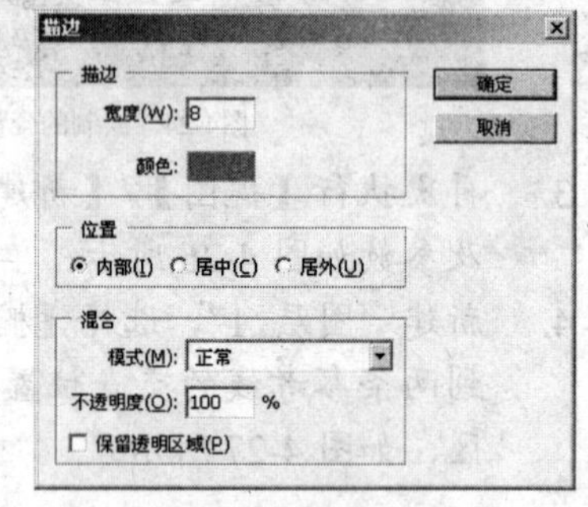

图4-31 【描边】对话框

11. 用与步骤 7～8 相同的方法，再次将选区以中心等比例缩小，然后在内部描绘宽度为“3”像素的天蓝色（G:115,B:188）边缘。
12. 按 Ctrl+D 组合键去除选区，描边后的画面效果如图 4-32 所示。
13. 选择【自定形状】工具，激活属性栏中的□按钮，然后单击 形状: 按钮，在弹出的【形状】选项面板中选择如图 4-33 所示的形状。
14. 新建“图层 3”，确认前景色为天蓝色（G:115,B:188），然后按住 Shift 键，绘制出如图 4-34 所示的形状图形。

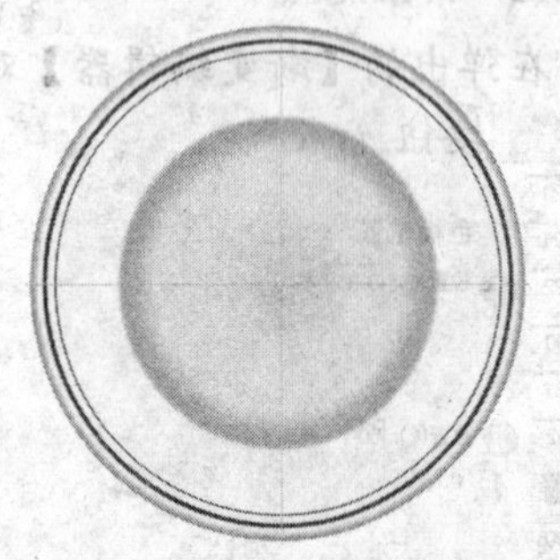

图4-32 描边效果

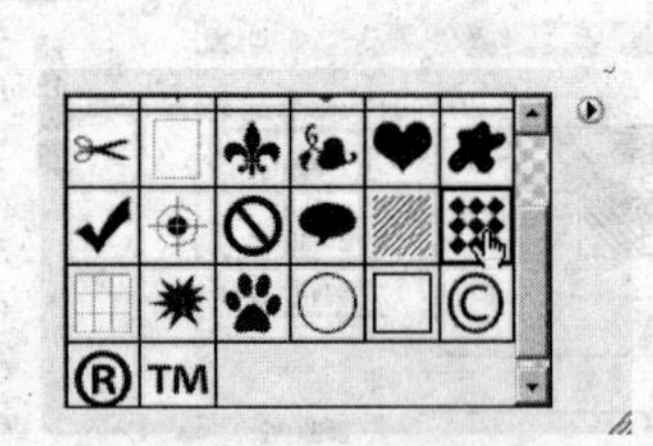

图4-33 选择的形状

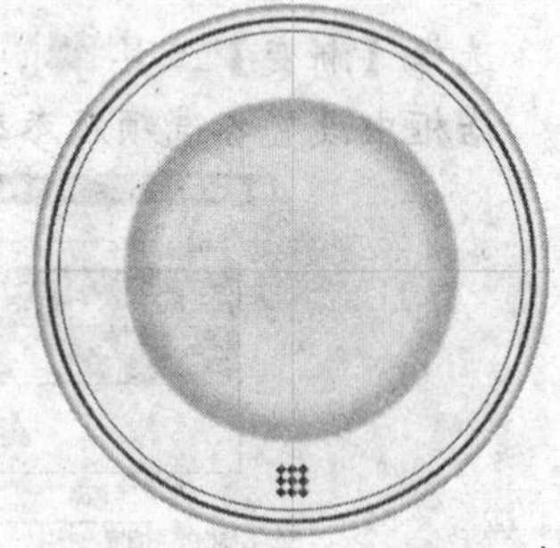

图4-34 绘制的形状图形

15. 将“图层 3”复制为“图层 3 副本”，然后利用工具将“图层 3 副本”中的图形移动到如图 4-35 所示的位置。
16. 按 Ctrl+E 组合键，将“图层 3 副本”向下合并为“图层 3”，然后按住 Ctrl 键，单击“图层 3”的图层缩览图，载入图形的选区，如图 4-36 所示。
17. 按 Ctrl+T 组合键，为“图层 3”中的图形添加自由变换框，再将属性栏中 45 度的参数设置为“45”，旋转后的图形形态如图 4-37 所示，然后按 Enter 键，确认图形的旋转操作。

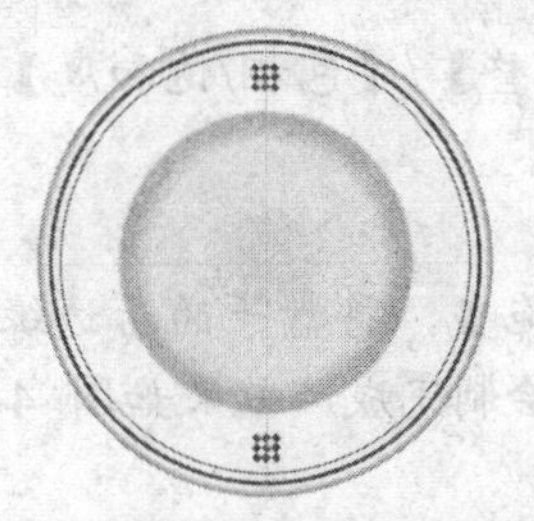
图4-35　移动图形位置

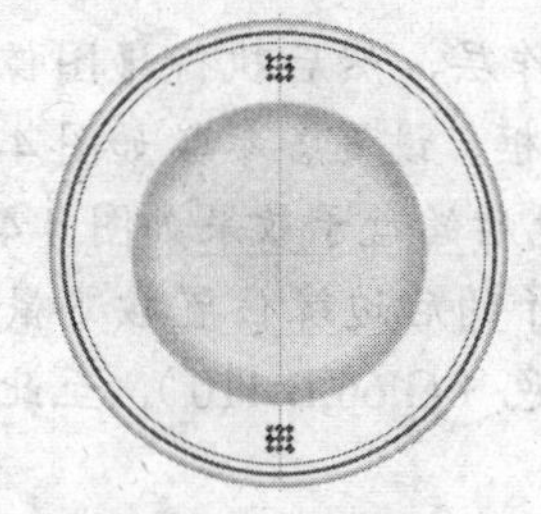
图4-36　载入图形的选区

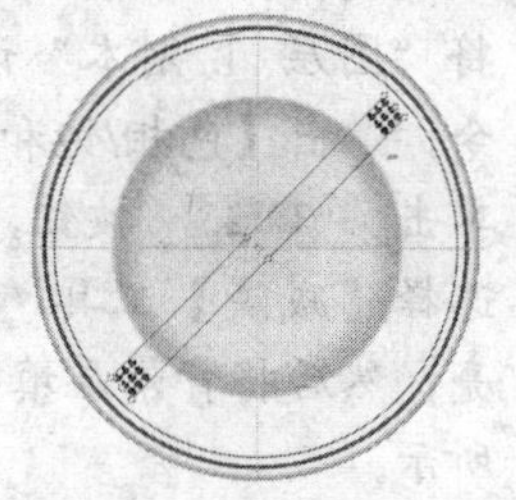
图4-37　旋转后的图形

18. 按住 Shift+Ctrl+Alt 组合键，并连续按 3 次 R 键，重复旋转复制出如图 4-38 所示的图形。然后按 Ctrl+D 组合键，将选区去除。
19. 执行【选择】/【所有图层】命令，将【图层】面板中的所有图层选择，如图 4-39 所示，然后按 Ctrl+T 组合键，为选择图层中的图形添加自由变换框。
20. 将鼠标光标移动到变换框上方中间的控制点上，按住鼠标左键并向下拖曳，将图形在垂直方向上缩小，状态如图 4-40 所示。

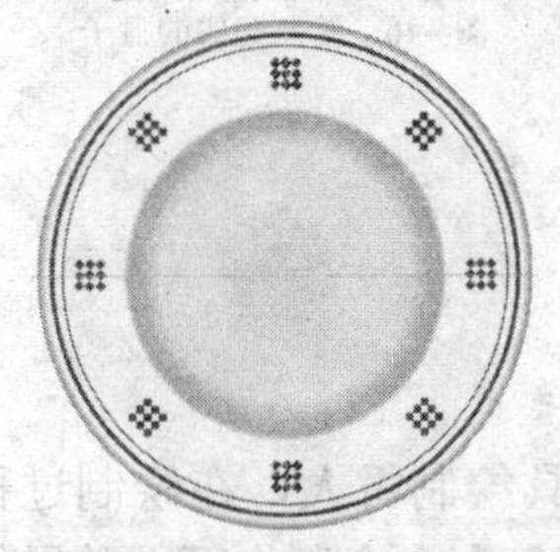
图4-38　重复旋转复制出的图形

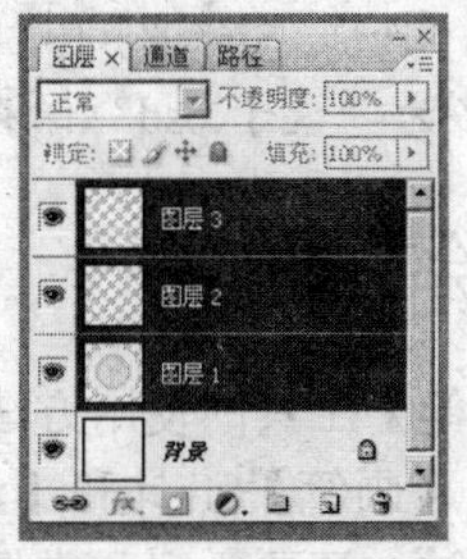

图4-39　选择图层

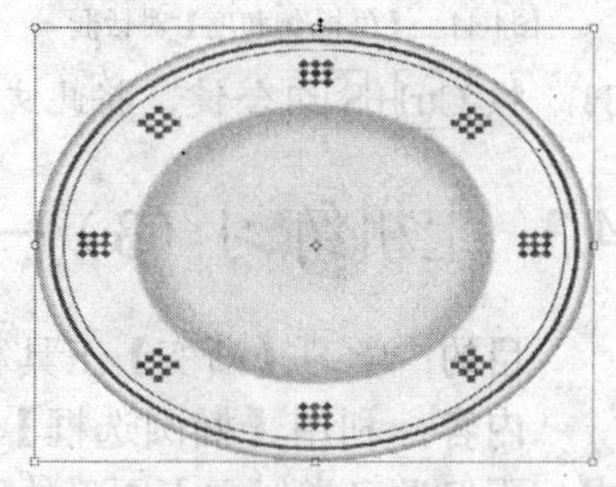
图4-40　缩小图形

21. 执行【编辑】/【变换】/【透视】命令，将自由变换框转换为透视变形框，然后将鼠标光标移动到变换框上方右侧的控制点上，按住鼠标左键向左拖曳，给盘子稍微做透视变形，状态如图 4-41 所示。
22. 单击属性栏中的【进行变换】按钮，确认透视变形操作。
23. 将“图层 1”复制为“图层 1 副本”，然后将“图层 1”设置为工作层。
24. 单击【图层】面板上方的按钮，锁定“图层 1”中的透明像素。确认工具箱中的前景色为黑色，然后按 Alt+Delete 组合键，为“图层 1”填充黑色。
25. 选择工具，按住 Shift 键，将“图层 1”中填充的黑色图形垂直向下移动至如图 4-42 所示的位置。
26. 单击【图层】面板上方的按钮，取消“图层 1”中的锁定透明像素。
27. 执行【滤镜】/【模糊】/【高斯模糊】命令，在弹出的【高斯模糊】对话框中将【半径】的参数设置为“12 像素”，然后单击 确定 按钮，模糊后的效果如图 4-43 所示。

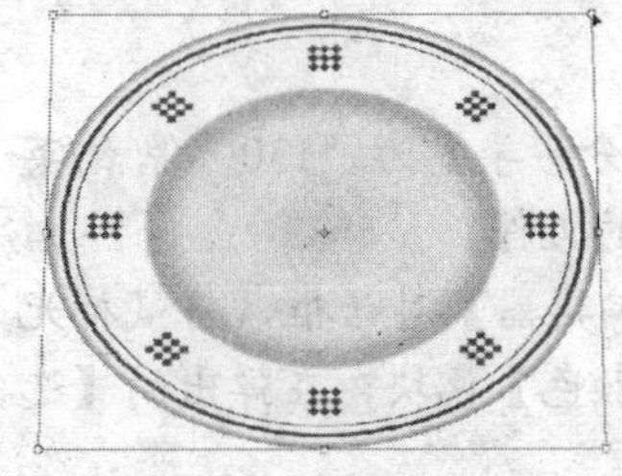
图4-41　透视变形

图4-42　向下移动图形位置

图4-43　模糊后的效果

28. 将“图层 1 副本”设置为工作层，然后执行【图像】/【调整】/【色相/饱和度】命令，弹出【色相/饱和度】对话框，设置各参数如图 4-44 所示。
29. 单击 确定 按钮，调整颜色后的盘子效果如图 4-45 所示。
30. 选择【减淡】工具，在盘子的后边缘位置按下鼠标左键拖曳，将盘子的后边缘加亮，然后将背景层填充上深蓝色（G:66,B:110）。至此，盘子绘制完成，效果如图 4-46 所示。

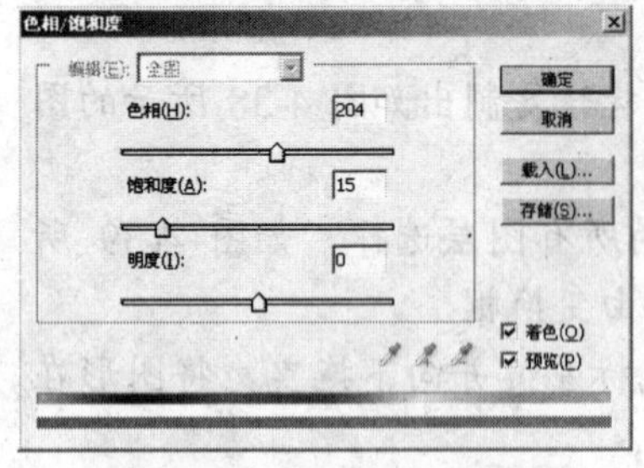

图4-44 【色相/饱和度】对话框

图4-45 调整颜色后的盘子

图4-46 绘制完成的盘子

31. 按 Ctrl+S 组合键，将此文件命名为“盘子.psd”保存。

4.3 上机练习（3）——绘制雪人

目的：学习【渐变】工具和【画笔】工具的使用方法。

内容：利用【椭圆选框】工具、【画笔】工具和【渐变】工具绘制雪人，在绘制过程中，不但学习类似雪人图形的绘制方法，还要学习和掌握利用【滤镜】命令制作下雪效果的方法。绘制的雪人如图 4-47 所示。

图4-47 绘制的雪人

操作步骤

1. 新建一个【宽度】为“15”厘米，【高度】为“13”厘米，【分辨率】为“130”像素/英寸，【颜色模式】为“RGB 颜色”，【背景内容】为“白色”的文件。
2. 选择工具，单击属性栏中的按钮，弹出【渐变编辑器】对话框，将鼠标光标移动到如图 4-48 所示的色标上单击，然后单击下方的【颜色】色块，在弹出的【选择色标颜色】对话框中设置颜色参数如图 4-49 所示。

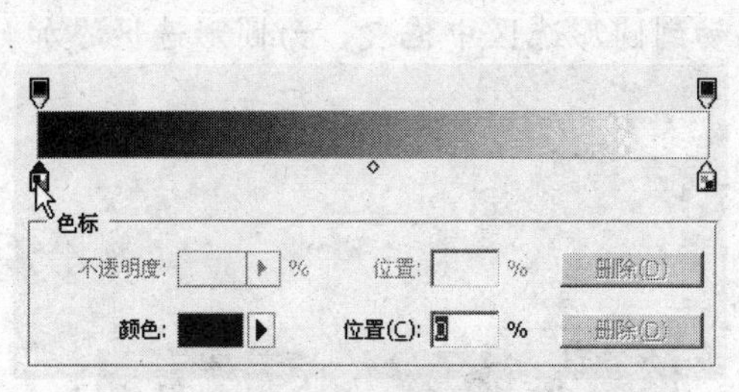

图4-48　选择色标

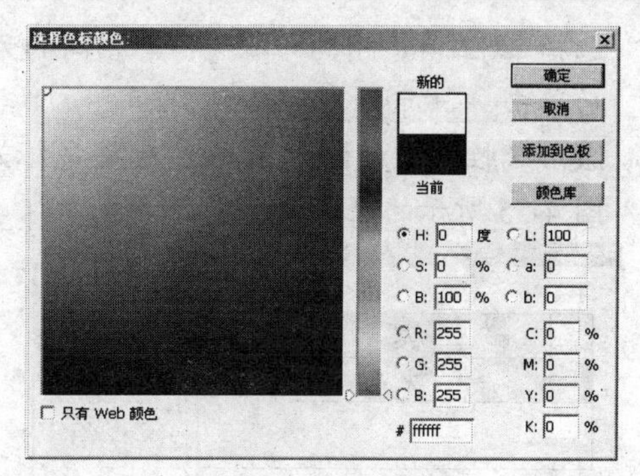

图4-49　设置颜色

3. 单击 确定 按钮，将左侧色标的颜色设置为白色，然后单击右侧的色标，并单击下方的【颜色】色块，在弹出的【选择色标颜色】对话框中将颜色设置为黑色（R:2,G:20,B:58）。
4. 单击 确定 按钮，然后将鼠标光标移动到如图 4-50 所示的位置单击，在此处添加一个颜色色标，然后将其颜色设置为蓝色（R:117,G:156,B:195），设置后的【渐变编辑器】对话框如图 4-51 所示。

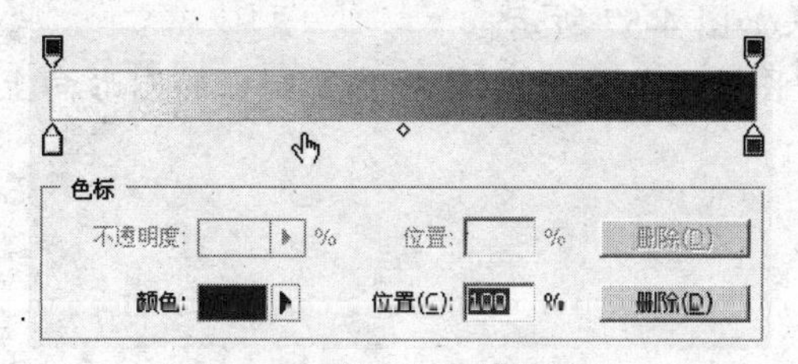

图4-50　鼠标光标放置的位置

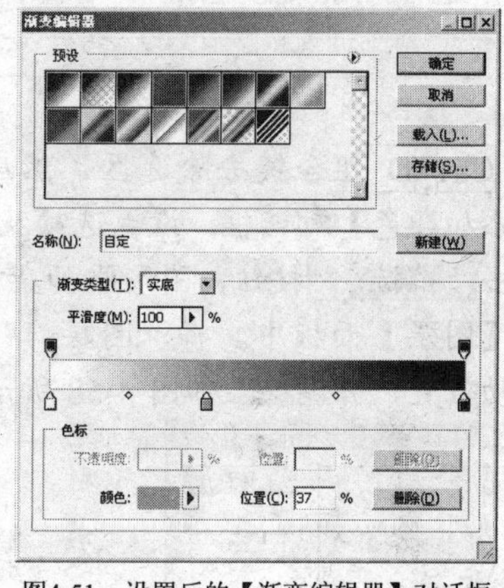

图4-51　设置后的【渐变编辑器】对话框

5. 单击 确定 按钮，在属性栏中激活▇按钮，然后将鼠标光标移动到新建的文件中自下向上拖曳，为背景添加如图 4-52 所示的渐变色。
6. 新建“图层 1”，选择◯工具，按住 Shift 键绘制出如图 4-53 所示的圆形选区。

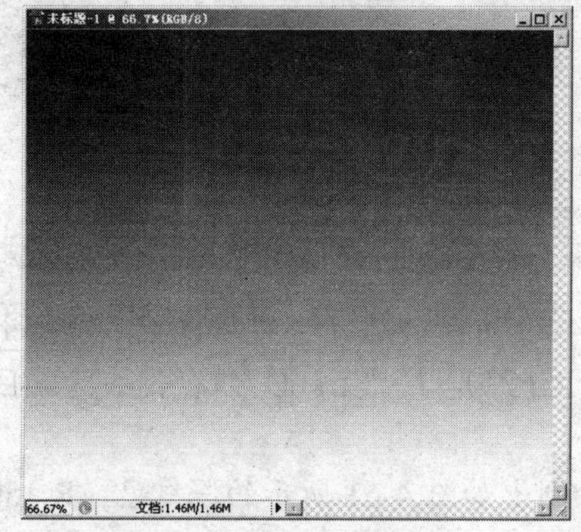

图4-52　添加的渐变色

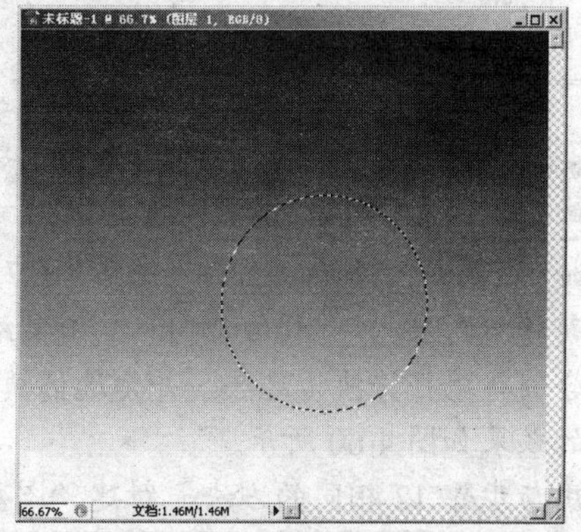

图4-53　绘制的圆形选区

7. 选择工具，用与步骤 2～4 相同的方法设置渐变颜色，参数设置如图 4-54 所示，然后单击 确定 按钮。
8. 激活属性栏中的按钮，然后将鼠标光标移动到圆形选区中拖曳，为圆形选区添加如图 4-55 所示的径向渐变色。

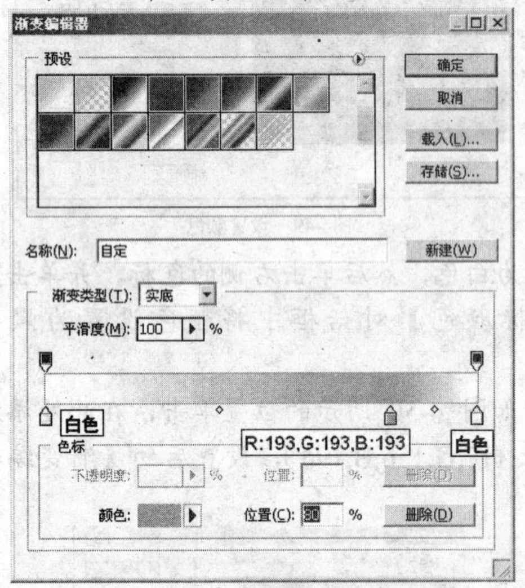

图4-54 设置的渐变颜色

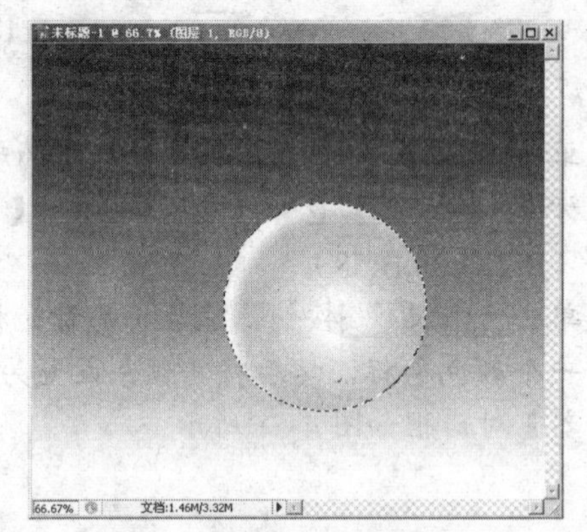

图4-55 圆形选区填充渐变色后的效果

9. 按 Ctrl+D 组合键去除选区，然后执行【滤镜】/【杂色】/【添加杂色】命令，弹出【添加杂色】对话框，设置选项及参数如图 4-56 所示。
10. 单击 确定 按钮，图形添加杂色后的效果如图 4-57 所示。
11. 在【图层】面板中，将“图层 1”复制为“图层 1 副本”，然后将复制出的图形向上移动位置，并调整至如图 4-58 所示的大小。

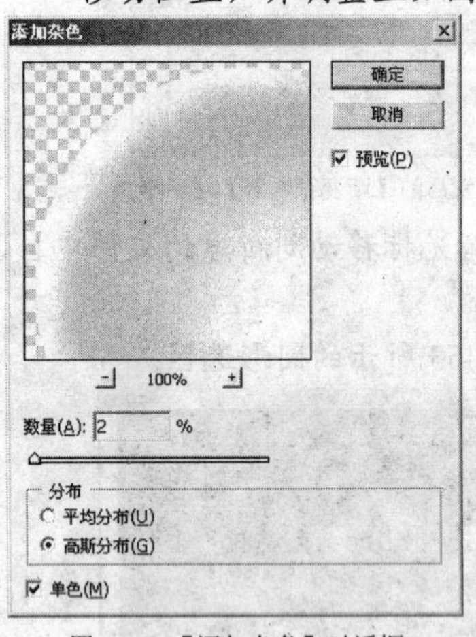

图4-56 【添加杂色】对话框

图4-57 添加杂色后的效果

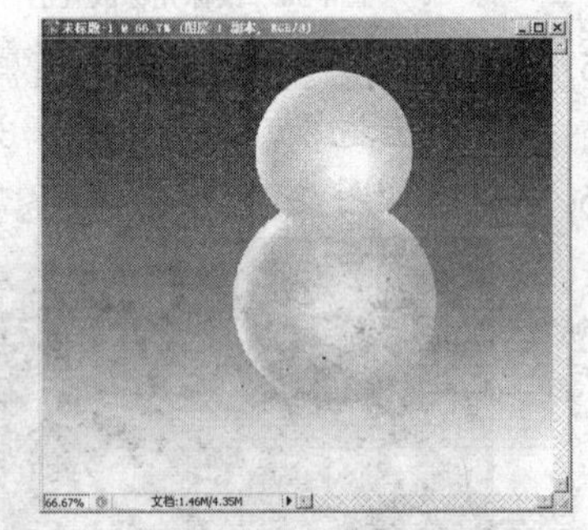

图4-58 复制出的图形

12. 新建“图层 2”，利用和工具绘制出如图 4-59 所示的路径，然后按 Ctrl+Enter 组合键将路径转换为选区，并为选区填充深红色（R:159），按 Ctrl+D 组合键去除选区后的效果如图 4-60 所示。
13. 用与步骤 12 相同的方法，新建“图层 3”，并绘制出如图 4-61 所示的深红色（R:159）图形。

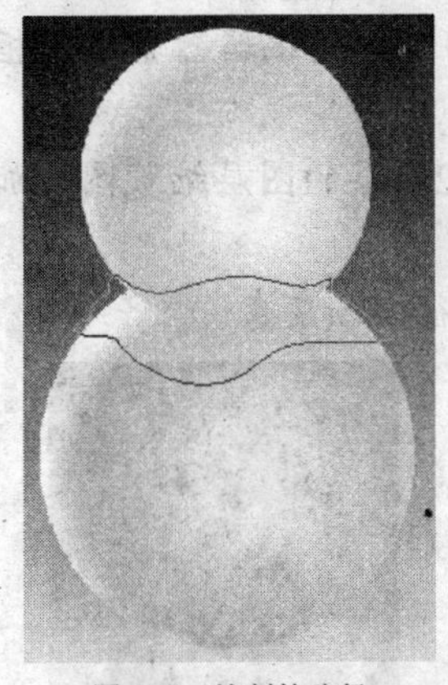
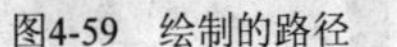
图4-59　绘制的路径

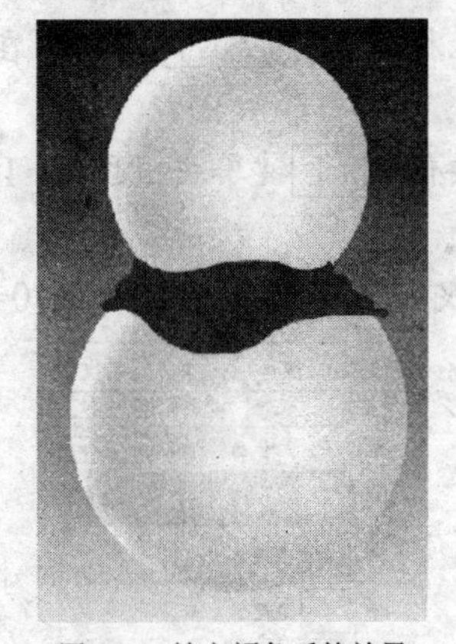
图4-60　填充颜色后的效果

图4-61　绘制的图形

14. 将鼠标光标放置到“图层 3”上，按下鼠标左键并向下拖曳至如图 4-62 所示的位置时释放鼠标左键，将“图层 3”调整至“图层 2”的下方，如图 4-63 所示。
15. 将“图层 2”设置为工作层，利用工具绘制椭圆形选区。然后选择工具，设置合适的笔尖大小后，将鼠标光标移动到选区的下方位置拖曳，对选区内的部分图像进行加深处理，效果如图 4-64 所示。

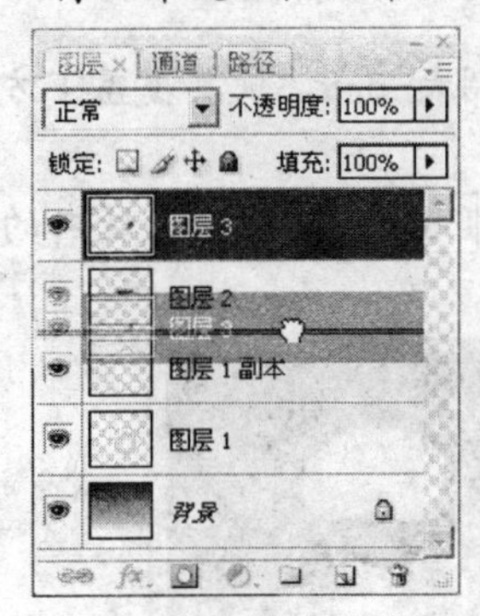

图4-62　拖曳图层时的状态

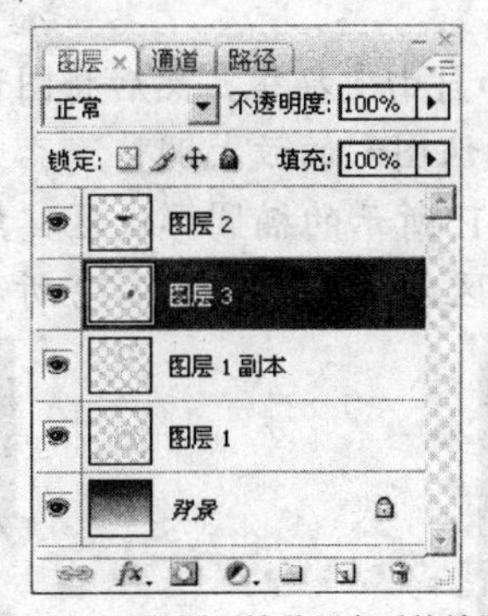

图4-63　调整图层堆叠顺序后的效果

图4-64　加深处理后的效果

16. 用与步骤 15 相同的方法，对图形中的其他区域进行加深处理，效果如图 4-65 所示。然后将“图层 3”设置为工作层，并分别进行加深处理，效果如图 4-66 所示。
17. 将“图层 1 副本”复制为“图层 1 副本 2”层，然后用与步骤 14 相同的调整图层堆叠顺序的方法，将复制的图层调整至所有图层的上方，如图 4-67 所示。

图4-65　加深处理后的效果

图4-66　加深处理后的效果

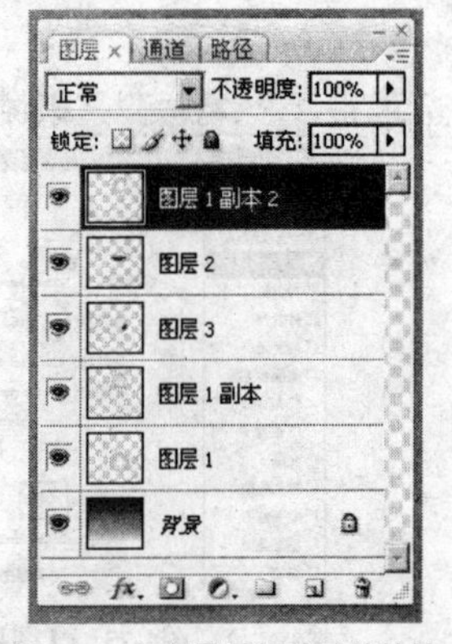

图4-67　复制图层调整后的效果

18. 选择 工具，然后单击属性栏中的 按钮，在弹出的【渐变编辑器】对话框中设置渐变颜色如图 4-68 所示。
19. 单击 确定 按钮，然后按住 Ctrl 键单击“图层 1 副本 2”层的图层缩览图，加载图形的选区，如图 4-69 所示。
20. 将鼠标光标移动到选区中拖曳，为图形填充如图 4-70 所示的径向渐变色。

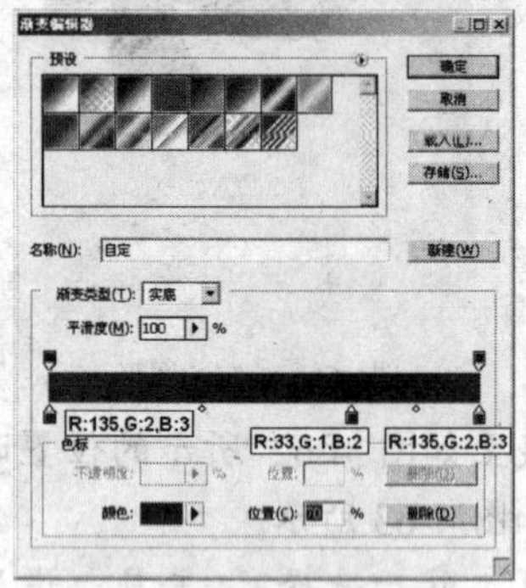

图4-68　设置的渐变颜色

图4-69　鼠标光标单击的位置

图4-70　添加的径向渐变色

21. 按 Ctrl+D 组合键去除选区，然后执行【滤镜】/【添加杂色】命令，为图形添加设置的杂色效果。
22. 按 Ctrl+T 组合键为图形添加自由变换框，然后将图形稍微调大一点，使其覆盖下方的图形即可，然后按 Enter 键确认图形的放大调整。
23. 利用 工具绘制出如图 4-71 所示的椭圆形选区，然后按 Delete 键删除选区内的图像，按 Ctrl+D 组合键去除选区后的效果如图 4-72 所示。

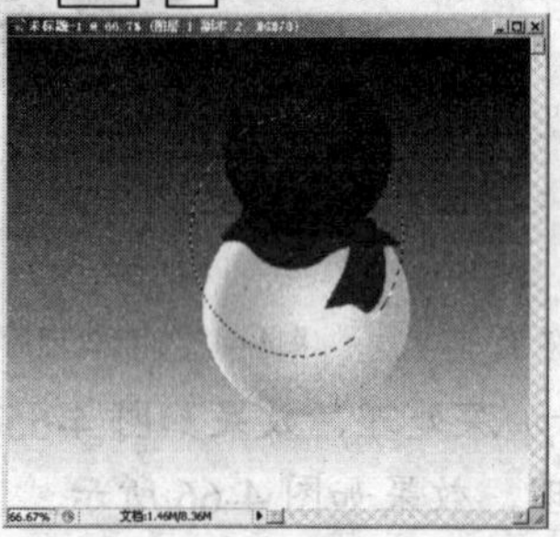

图4-71　绘制的椭圆形选区

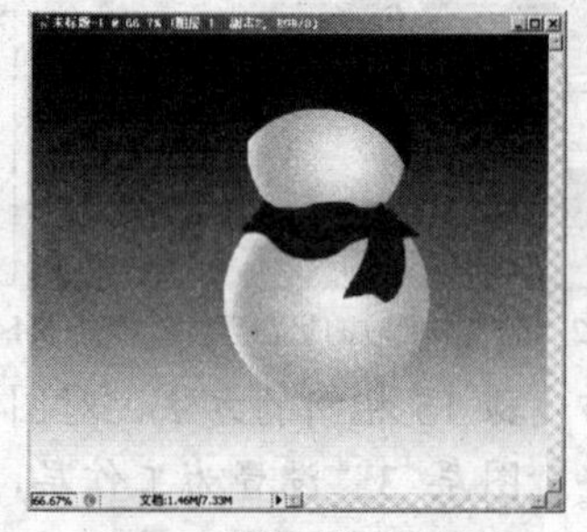

图4-72　删除图像后的效果

24. 执行【图层】/【图层样式】/【投影】命令，弹出【图层样式】对话框，参数设置如图 4-73 所示。
25. 单击 确定 按钮，图形添加投影后的效果如图 4-74 所示。

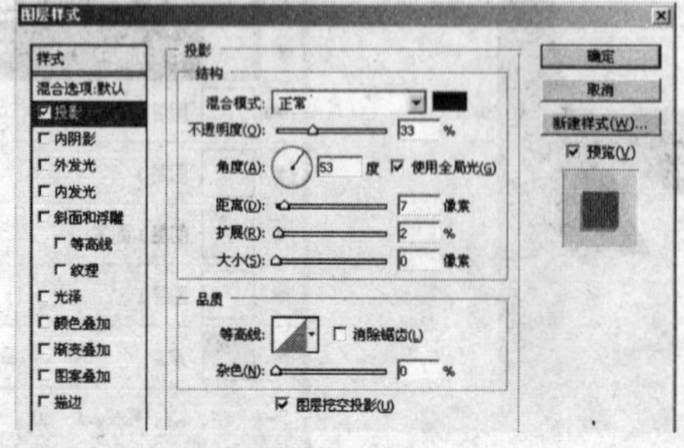

图4-73　【图层样式】对话框

图4-74　添加投影后的效果

26. 新建“图层 4”，利用工具绘制圆形选区，并将其填充为黑色，如图 4-75 所示。
27. 按 Ctrl+D 组合键去除选区，然后利用【图层】/【图层样式】/【投影】命令为其添加如图 4-76 所示的投影效果。

图4-75　绘制的圆形

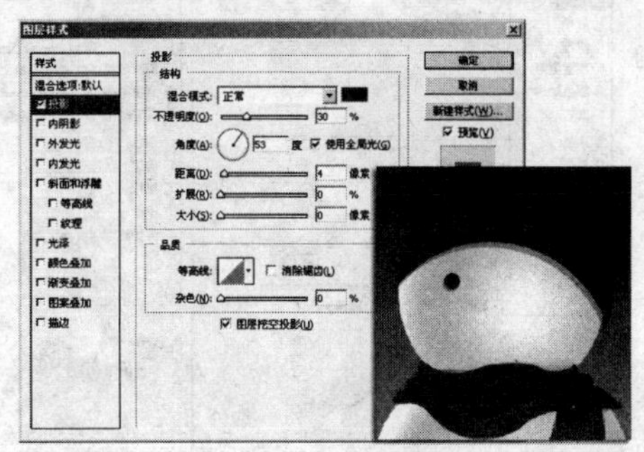
图4-76　添加的投影效果

28. 将“图层 4”复制为“图层 4 副本”，利用工具将复制出的图形调整至如图 4-77 所示的位置。
29. 新建“图层 5”，利用和工具绘制出如图 4-78 所示的路径，然后按 Ctrl+Enter 组合键将路径转换为选区，并填充由橘黄色（R:255,G:169,B:49）到红色（R:254,G:47,B:18）的线性渐变色，效果如图 4-79 所示。

图4-77　复制出的图形

图4-78　绘制的路径

图4-79　填充的渐变色

30. 新建“图层 6”，并将其调整至“图层 5”的下面，然后利用工具绘制选区，填充黑色后将【图层】面板中的【不透明度】参数设置为“22%”，效果如图 4-80 所示，再按 Ctrl+D 组合键去除选区。
31. 选择工具，然后单击属性栏中的按钮，在弹出的【画笔】面板中选择如图 4-81 所示的笔尖。

图4-80　绘制的图形

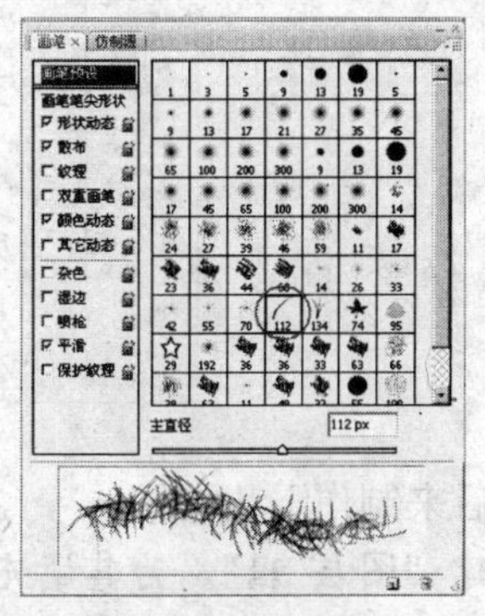
图4-81　选择的笔尖

32. 依次选择其他选项并分别设置参数如图 4-82 所示。

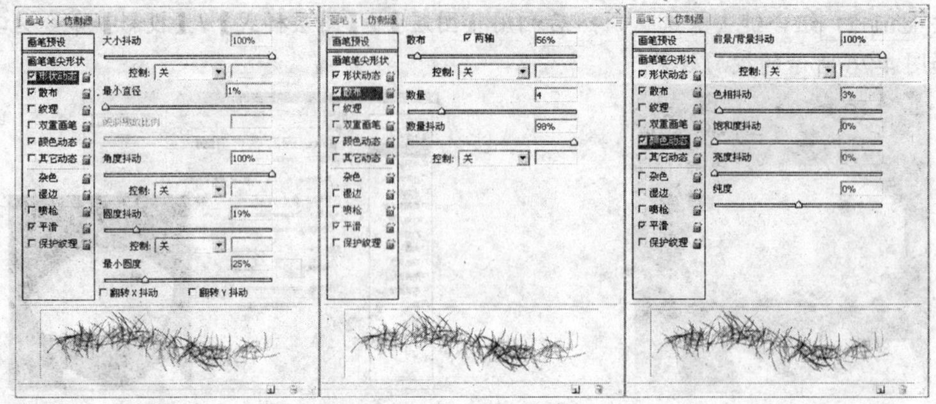

图4-82　设置的参数

33. 新建"图层 7"，将前景色设置为深红色（R:155,B:4），然后将鼠标光标移动到画面中，按下鼠标左键不放，喷绘出如图 4-83 所示的绒球效果。

34. 用与步骤 33 相同的方法，依次在新建的图层中喷绘绒球效果，如图 4-84 所示。

35. 将左侧绒球所在的图层选择，然后将其调整至"图层 1 副本"的下方，效果如图 4-85 所示。

图4-83　绘制的绒球效果

图4-84　绘制的绒球

图4-85　调整图层堆叠顺序后的效果

36. 将下方绒球所在的图层选择，然后利用【图层】/【图层样式】/【投影】命令为其添加如图 4-86 所示的投影效果。

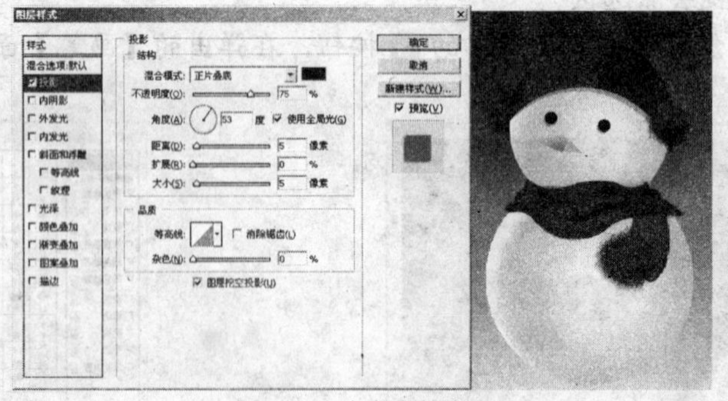

图4-86　添加的投影效果

最后来制作雪花效果。

37. 新建"图层 11"，为其填充黑色，然后执行【滤镜】/【杂色】/【添加杂色】命令，弹出【添加杂色】对话框，设置选项及参数如图 4-87 所示。

38. 单击 确定 按钮，添加杂色后的效果如图 4-88 所示。

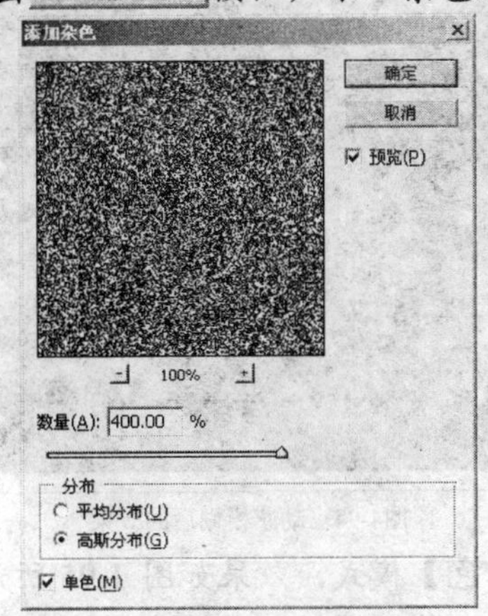

图4-87 【添加杂色】对话框

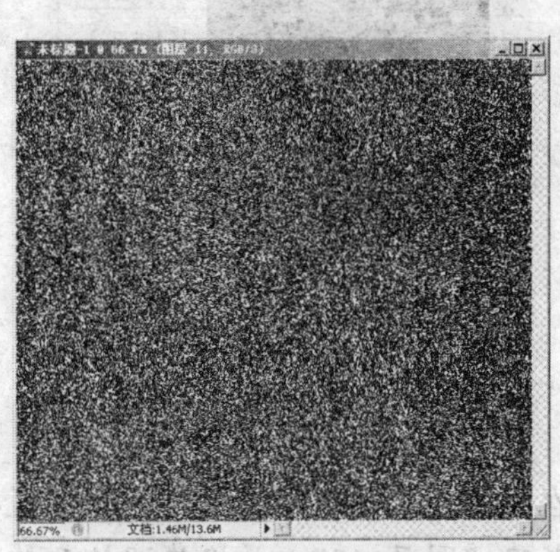

图4-88 添加杂色后的效果

39. 执行【滤镜】/【像素化】/【晶格化】命令，弹出【晶格化】对话框，参数设置如图 4-89 所示，单击 确定 按钮，效果如图 4-90 所示。

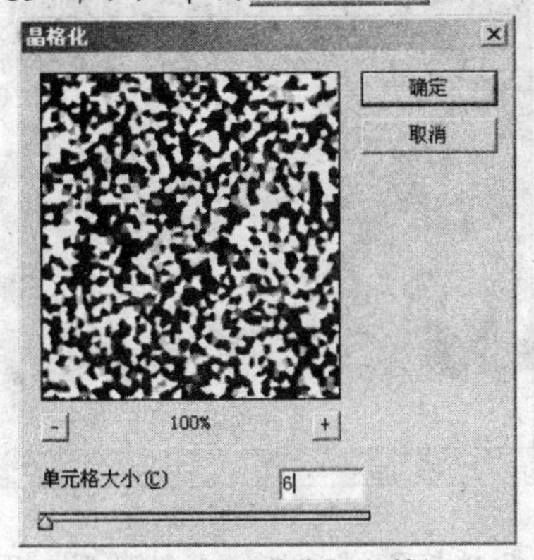

图4-89 【晶格化】对话框

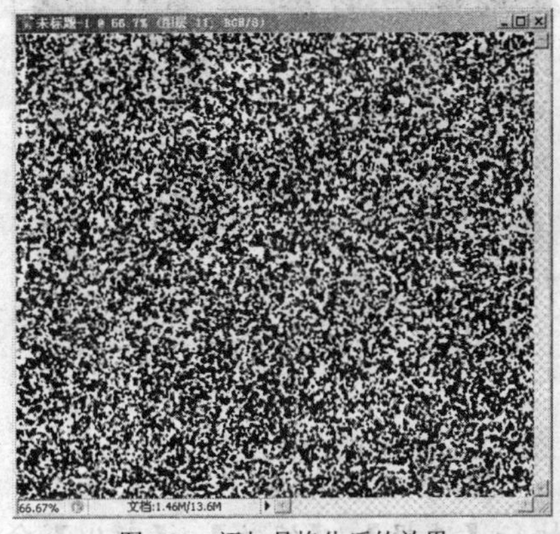

图4-90 添加晶格化后的效果

40. 执行【滤镜】/【其他】/【最小值】命令，弹出【最小值】对话框，参数设置如图 4-91 所示，单击 确定 按钮，效果如图 4-92 所示。

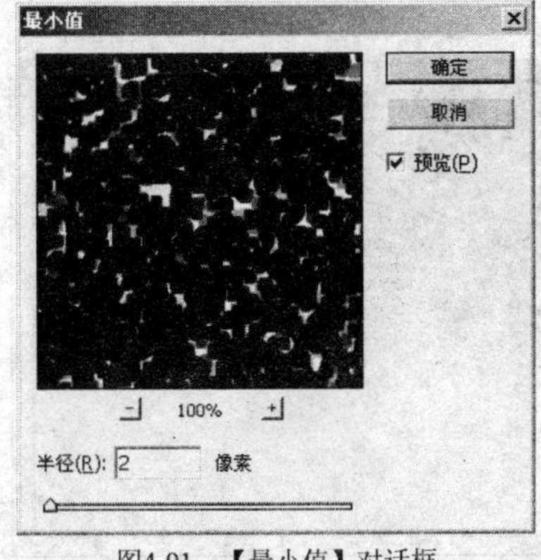

图4-91 【最小值】对话框

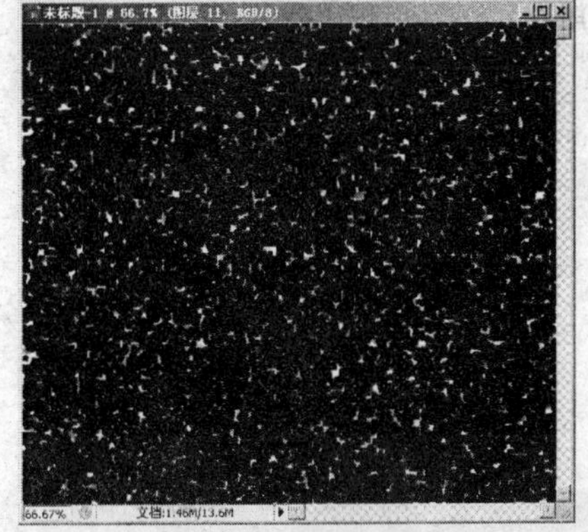

图4-92 设置最小值后的效果

41. 执行【滤镜】/【模糊】/【动感模糊】命令，弹出【动感模糊】对话框，参数设置如图 4-93 所示，单击 确定 按钮，效果如图 4-94 所示。

图4-93 【动感模糊】对话框

图4-94 动感模糊后的效果

42. 在【图层】面板中的 正常 下拉列表中选择【滤色】模式，效果如图 4-95 所示。
43. 新建“图层 12”，并将其调整至“图层 1”的下方，然后利用工具绘制出如图 4-96 所示的选区。

图4-95 设置图层混合模式后的效果

图4-96 绘制的选区

44. 执行【选择】/【修改】/【羽化】命令，弹出【羽化选区】对话框，参数设置如图 4-97 所示。
45. 单击 确定 按钮，为选区填充白色，然后按 Ctrl+D 组合键去除选区，效果如图 4-98 所示。

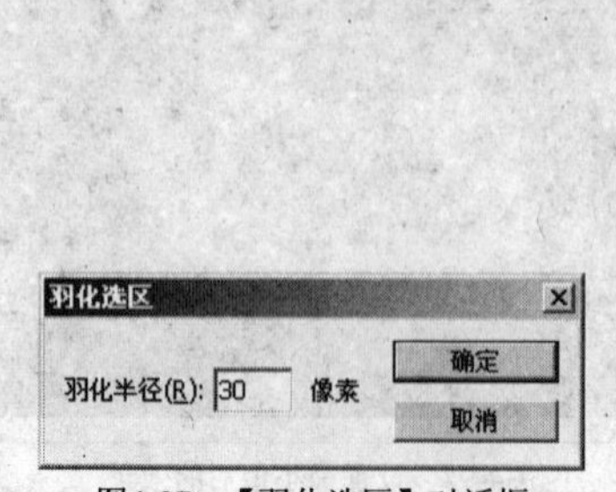

图4-97 【羽化选区】对话框

图4-98 填充白色后的效果

46. 新建“图层 13”，用与步骤 43～45 相同的方法，制作出雪人的阴影效果，如图 4-99 所示。

47. 新建“图层 14”，并将其调整至所有图层的上方，然后利用工具绘制选区并为其填充白色，效果如图 4-100 所示。

图4-99　制作的阴影效果

图4-100　绘制选区并填色后的效果

48. 按 Ctrl+D 组合键去除选区，完成雪人的绘制。然后按 Ctrl+S 组合键将此文件命名为“雪人.psd”保存。

4.4 上机练习（4）——利用【魔术橡皮擦】工具快速更换背景

目的：学习利用【魔术橡皮擦】工具去除图像背景的方法。

内容：利用【魔术橡皮擦】工具在打开的图片背景中单击去除人物图像的背景，然后把新的背景图片合成到文件中，最终效果如图 4-101 所示。

操作步骤

1. 打开素材文件中“图库\第 04 章”目录下的“相册模版 02.jpg”和“照片 03-4.jpg”文件，如图 4-102 所示。

图4-101　合成的艺术照片效果

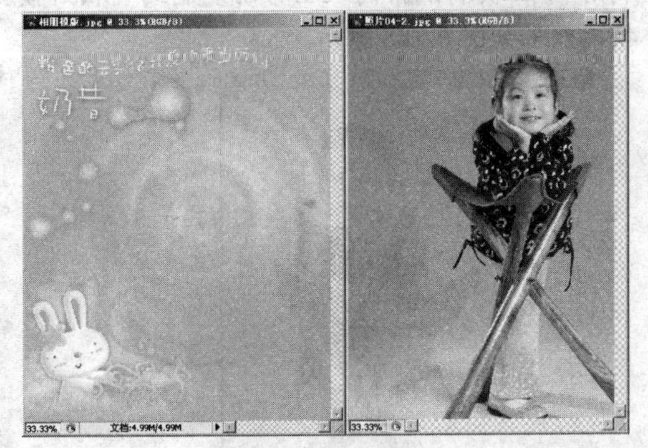

图4-102　打开的图片

2. 将“照片”文件设置为工作状态，选择工具，然后设置属性栏中的各选项及参数如图 4-103 所示。

容差: 50　☑ 消除锯齿　□ 连续　□ 对所有图层取样　不透明度: 100%

图4-103　属性栏设置

3. 在画面中如图 4-104 所示的位置单击将背景擦除，擦除后的效果如图 4-105 所示。

图4-104　单击位置

图4-105　擦除后的效果

4. 依次移动鼠标光标并单击擦除图像，单击的位置及擦除后的效果如图 4-106 所示。

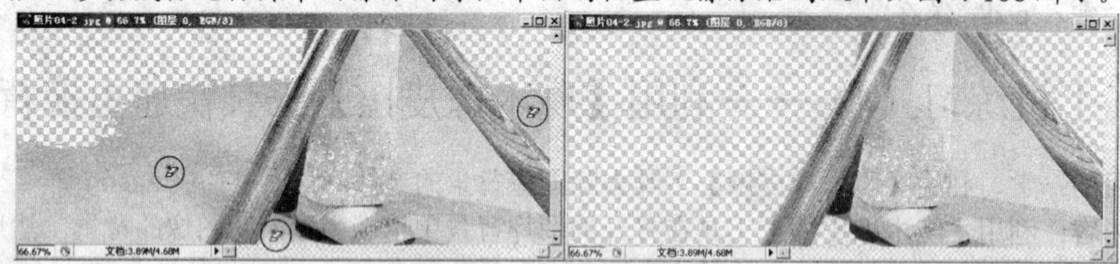

图4-106　单击位置及擦除后的效果

5. 将属性栏中【容差】的参数设置为“20”，然后在剩余的粉色背景上依次单击将其擦除，效果如图 4-107 所示。
6. 利用 工具将剩余的人物移动复制到“相册模版 02.jpg”文件中，完成图像背景的更换，效果如图 4-108 所示。

图4-107　全部擦除背景后的效果

图4-108　替换新背景效果

7. 按 Shift+Ctrl+S 组合键，将此文件命名为“更换背景.psd”另存。

4.5 上机练习（5）——绘制油画效果

目的：学习利用【历史记录艺术画笔】工具绘制油画效果。

内容：选择【历史记录艺术画笔】工具，设置属性栏中的属性，把图像绘制成色块效果，然后通过添加油画笔触、设置图层的混合模式等制作成油画效果。图片素材及油画最终效果如图 4-109 所示。

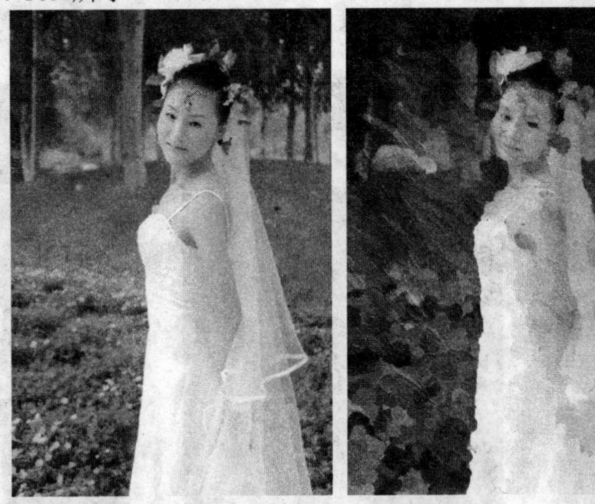

图4-109　图片素材及油画效果

操作步骤

1. 打开素材文件中“图库\第 04 章”目录下的“照片 04-1.jpg”文件。
2. 选择【历史记录艺术画笔】工具，设置属性栏中的参数如图 4-110 所示。

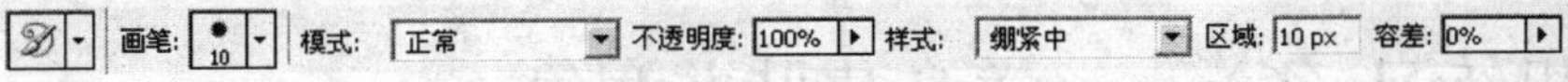

画笔:
10
模式:
正常
不透明度:
100%
样式:
绷紧中
区域:
10 px
容差:
0%

图4-110　属性设置

3. 新建“图层 1”，然后利用小笔尖的画笔在美女的面部位置涂抹，尤其是涂抹五官位置时笔尖要小，且仔细进行描绘，效果如图 4-111 所示。
4. 为了确保将画面中的每个区域都能用画笔笔触覆盖，可以先通过单击“背景”层左侧的图标，暂时隐藏“背景”层来查看描绘的效果，如图 4-112 所示。

图4-111　描绘的效果

图层
通道
路径
正常
不透明度:
100%
锁定:
填充:
100%
图层 1
背景

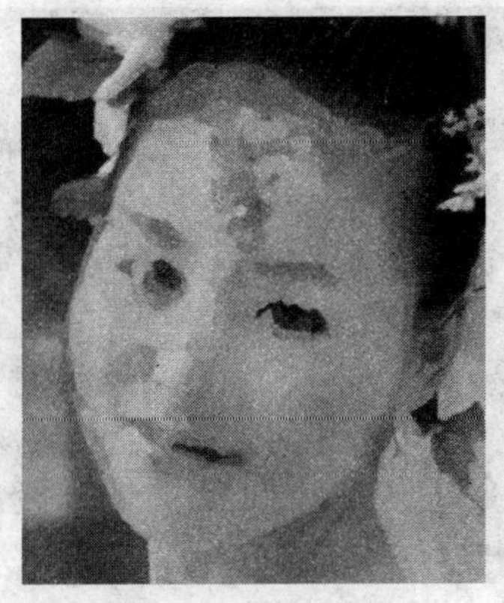

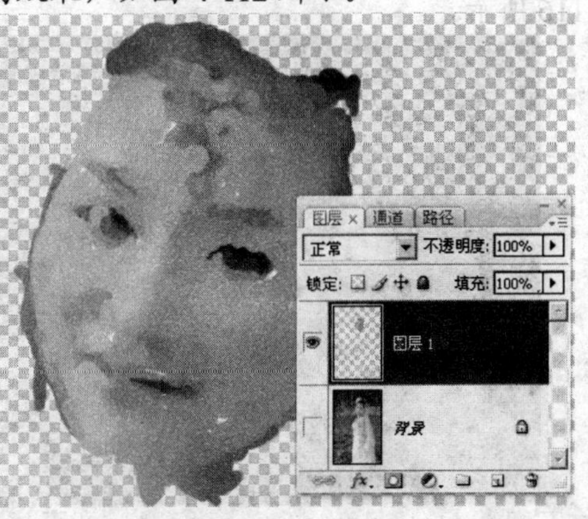

图4-112　查看效果

5. 在脸部、头发、衣服以及背景色块面积较大的区域，可以用较大笔尖的画笔来描绘，这样描绘出的笔触会有大小变化，但人物轮廓边缘位置还是要仔细一些描绘，描绘完成后的效果如图 4-113 所示。
6. 打开素材文件中“图库\第 04 章”目录下的“笔触.jpg”文件，利用工具将笔触图片移动复制到“人物 04.jpg”文件中，如图 4-114 所示。
7. 利用【自由变换】命令将“笔触”图片的大小调整至与画面相同。在【图层】面板中，将生成“图层 2”的图层混合模式设置为“柔光”，这样油画的笔触纹理效果就更加明显，效果如图 4-115 所示。

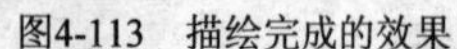
图4-113　描绘完成的效果

图4-114　添加的笔触

图4-115　绘制完成的油画效果

8. 按 Shift+Ctrl+S 组合键，将此文件命名为“油画效果.psd”另存。

4.6 上机练习（6）——美白皮肤并润色

目的：学习给普通人物照片修饰美白皮肤的方法。

内容：打开普通人物照片，利用各种滤镜命令、颜色调整命令以及【画笔】、【历史记录画笔】工具修饰人物的皮肤，得到美白的皮肤效果。图片素材及美白皮肤后的最终效果如图 4-116 所示。

图4-116　图片素材及美白效果

操作步骤

1. 打开素材文件中“图库\第 04 章”目录下的“照片 04-4.jpg”文件。
2. 执行【滤镜】/【杂色】/【蒙尘与划痕】命令，弹出【蒙尘与划痕】对话框，参数设置如图 4-117 所示。单击 确定 按钮，生成的画面效果如图 4-118 所示。

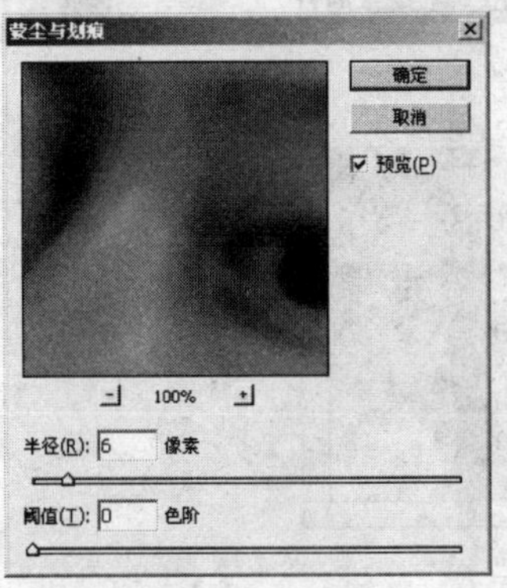

图4-117　【蒙尘与划痕】对话框

图4-118　画面效果

3. 执行【滤镜】/【模糊】/【高斯模糊】命令，弹出【高斯模糊】对话框，参数设置如图 4-119 所示。单击 确定 按钮，生成的画面效果如图 4-120 所示。

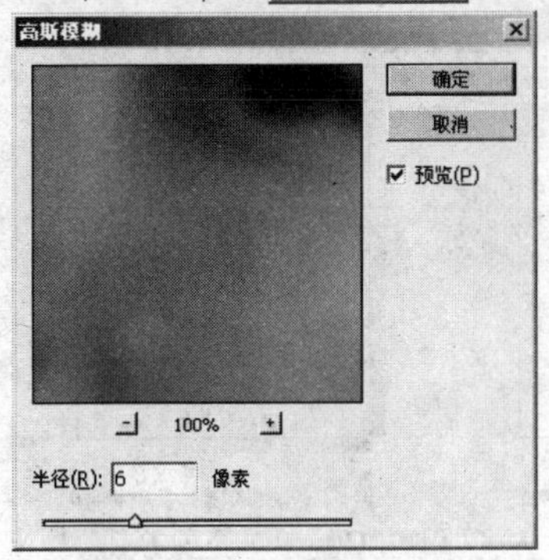

图4-119　【高斯模糊】对话框

图4-120　模糊效果

图像模糊处理后，下面利用工具对人物的五官、头发及衣服位置进行还原。

4. 选择工具，设置合适的笔头大小后，将鼠标光标移动到人物的嘴部位置拖曳，还原此处的清晰度，如图 4-121 所示。
5. 将属性栏中的 不透明度: 40% 参数设置为“40%”，然后在人物的鼻子、眼睛、眉毛、头发及衣服位置依次拖曳，还原原来的清晰度，效果如图 4-122 所示。

图4-121　还原清晰度

图4-122　还原清晰度

6. 按 Ctrl+Alt+~组合键，将画面中的高光区域作为选区载入。新建“图层 1”，并为选区填充白色，再将“图层 1”的【不透明度】参数设置为“70%”，效果如图 4-123 所示。

图4-123 载入选区并填充白色

7. 按 Ctrl+D 组合键去除选区，然后单击【图层】面板底部的 按钮，在弹出的菜单中选择【曲线】命令，弹出【曲线】对话框，依次设置不同的【通道】选项，并分别调整曲线的形态如图 4-124 所示。

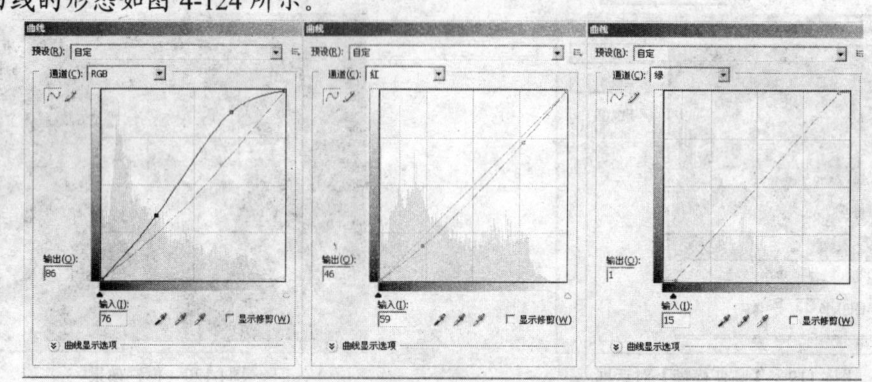

图4-124 【曲线】对话框

8. 单击 确定 按钮，添加曲线调整层后的效果如图 4-125 所示。

图4-125 调整颜色效果

美白效果制作完成后，下面利用 工具为人物添加脸部的红润效果。

9. 新建“图层 2”，将前景色设置为红色（R:255），然后选择工具，并设置属性栏中的选项及参数如图 4-126 所示。

图4-126　属性设置

10. 将鼠标光标分别移动到人物的左、右脸颊位置单击，喷绘红色，效果如图 4-127 所示。
11. 将前景色设置为绿色（R:143,G:195,B:31），然后在人物的脸部轮廓及脖子区域拖曳鼠标光标，喷绘绿色，效果如图 4-128 所示。

图4-127　绘制红色

图4-128　润色效果

12. 按 Ctrl+Alt+Shift+E 组合键，合并复制图层生成“图层 3”，然后执行【滤镜】/【锐化】/【USM 锐化】命令，弹出【USM 锐化】对话框，参数设置如图 4-129 所示。
13. 单击 确定 按钮，锐化后的效果如图 4-130 所示。

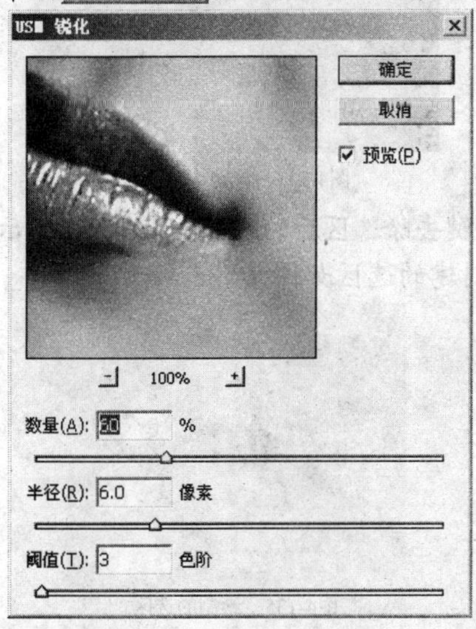

图4-129　【USM 锐化】对话框

图4-130　锐化后的效果

14. 将“图层 3”复制为“图层 3 副本”，然后将复制图层的图层混合模式设置为“柔光”，【不透明度】参数设置为“30%”，完成润色处理。
15. 按 Shift+Ctrl+S 组合键，将此文件命名为“美白润色.psd”另存。

4.7 上机练习（7）——消除眼部皱纹

目的：学习利用【修补】工具消除眼部皱纹的方法。

内容：打开一幅眼部具有皱纹的照片，利用【修补】工具通过选择并移动复制的方法消除眼部的皱纹，图片素材及修饰后的效果如图 4-131 所示。

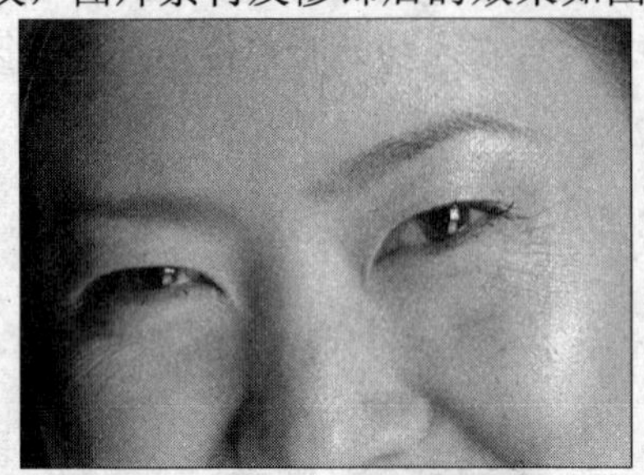

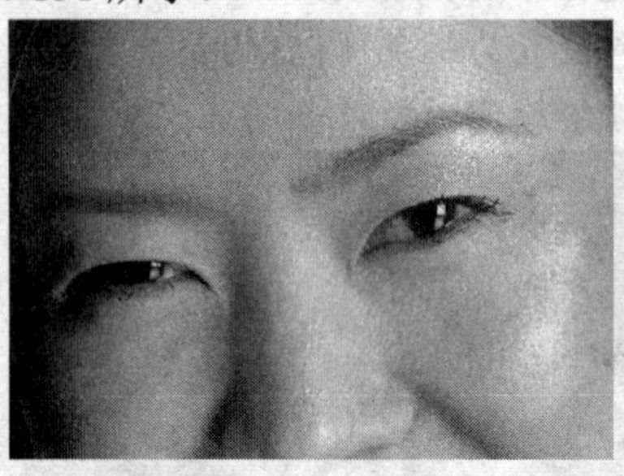

图4-131　图片素材及消除皱纹后的效果

操作步骤

1. 打开素材文件中“图库\第 04 章”目录下的“照片 04-5.jpg”文件。
2. 选择工具，在属性栏中点选【源】单选项，然后在画面中沿着右眼下方的皱纹进行圈选，创建的选区如图 4-132 所示。
3. 将鼠标光标放置到选区中，按下鼠标左键并向下拖曳至下方光滑的皮肤上，如图 4-133 所示。

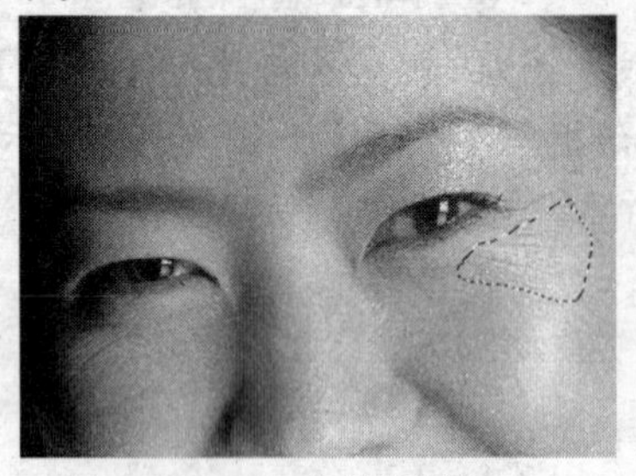

图4-132　绘制的选区

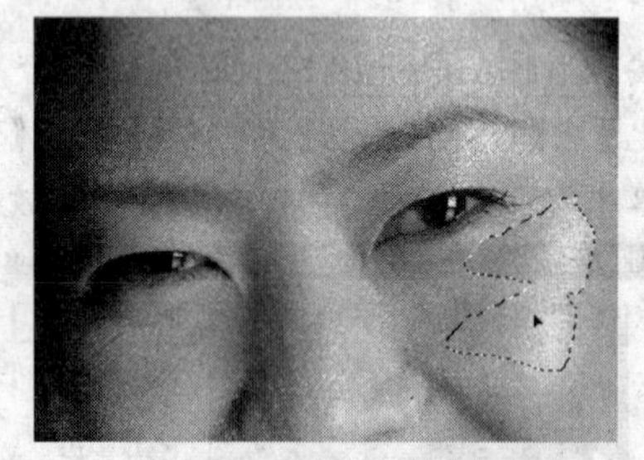

图4-133　移动选区状态

4. 释放鼠标左键后即可将皱纹去除，按 Ctrl+D 组合键去除选区后的效果如图 4-134 所示。
5. 用相同的方法，对右侧剩余的皱纹进行处理，创建的选区如图 4-135 所示。

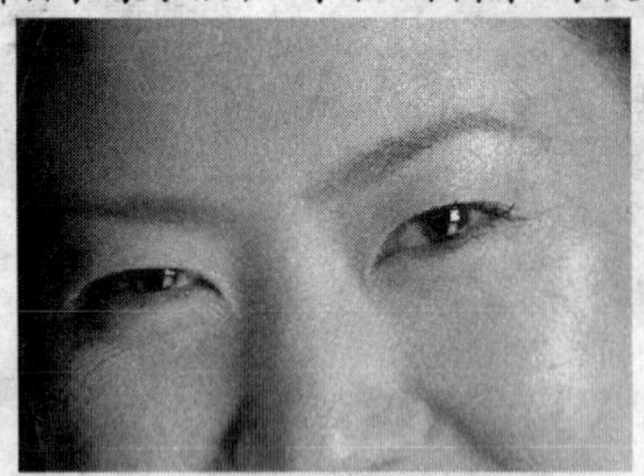

图4-134　消除皱纹后的效果

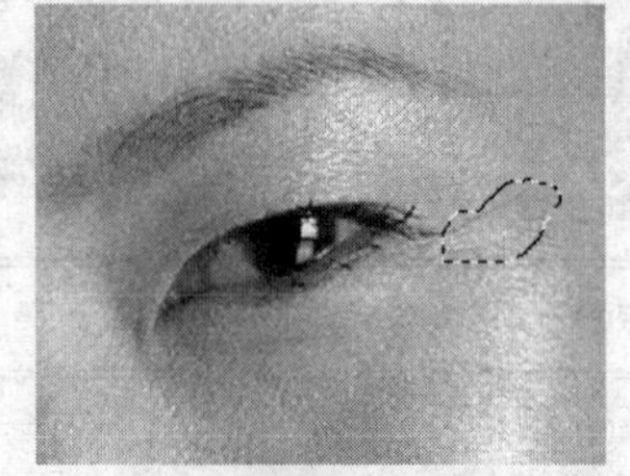

图4-135　绘制的选区

6. 用相同的方法圈选左眼下方的皱纹，然后将选区拖曳到下方光滑的皮肤上，释放鼠标左键后即可去除皱纹。创建的选区及拖曳选区的状态如图 4-136 所示。
7. 按 Ctrl+D 组合键去除选区，完成去除眼部皱纹的操作。
8. 按 Shift+Ctrl+S 组合键，将此文件命名为“去除眼部皱纹.jpg”另存。

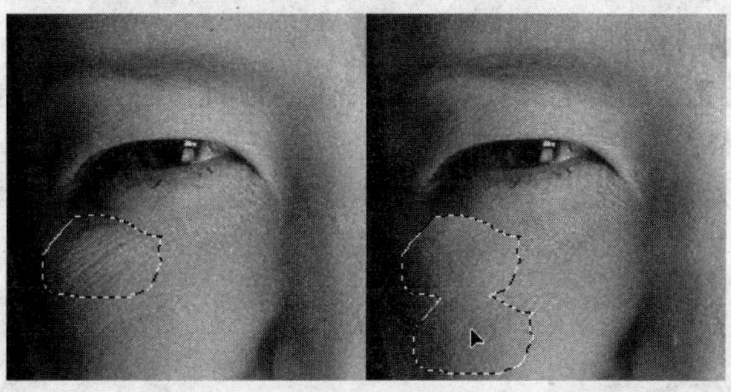

图4-136　绘制的选区及移动状态

4.8　上机练习（8）——修整眉毛

目的：学习修整眉毛的方法。

内容：打开一幅需要修整眉毛的照片，利用【修补】工具先修饰一下，使眉毛变得整齐，利用【仿制图章】工具复制眉毛，然后再利用【涂抹】工具修饰一下。图片素材及修整后的眉毛效果如图 4-137 所示。

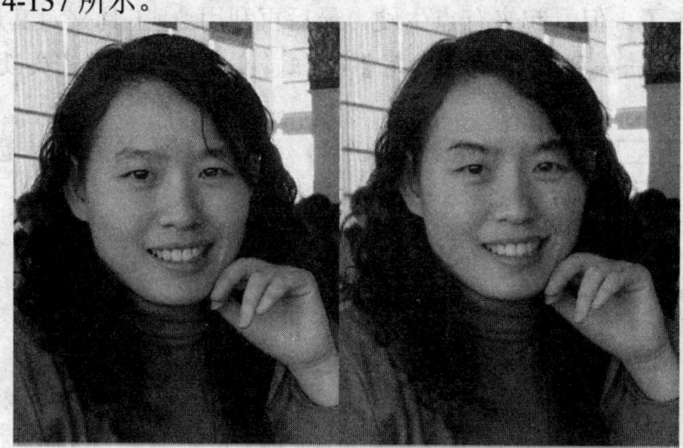

图4-137　图片素材及修整眉毛后的效果

操作步骤

1. 打开素材文件中“图库\第 04 章”目录下的“照片 04-6.jpg”文件，然后利用工具将眼部区域放大显示。

   接下来首先利用工具将末端不够整齐的眉毛修整掉。

2. 用与去除眼部皱纹相同的方法，利用工具对眉毛末端进行修整，过程示意图如图 4-138 所示。

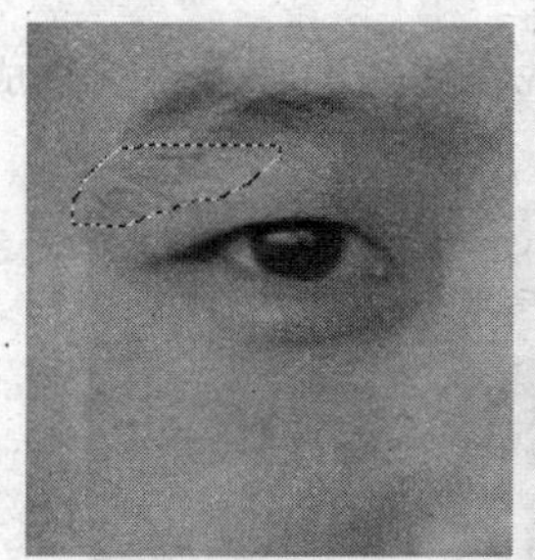
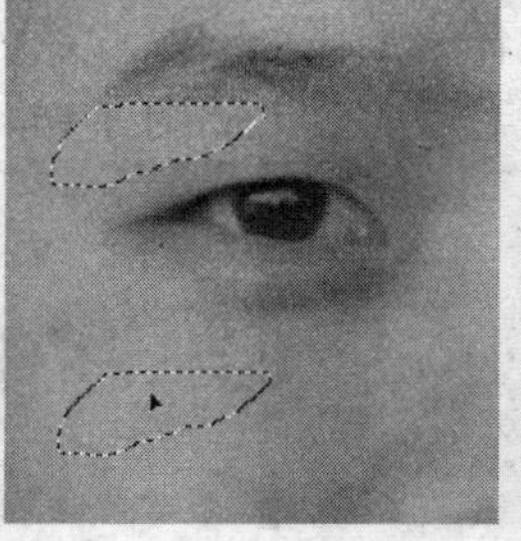
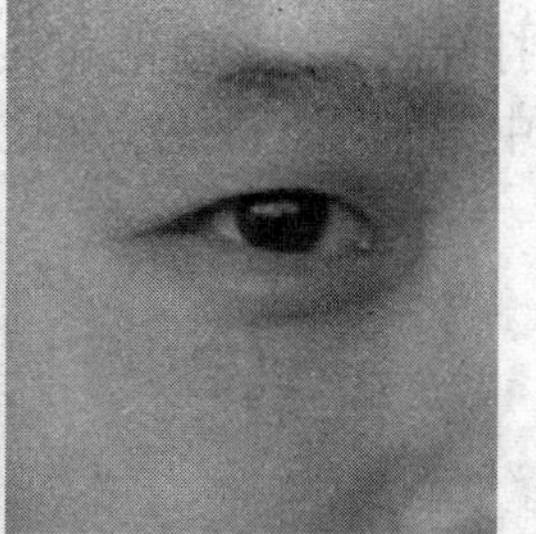

图4-138　修整眉毛过程示意图

下面再利用工具将眉型复制出来。

3. 选择工具，设置合适的笔头大小后，按住 Alt 键，将鼠标光标移动到如图 4-139 所示的位置单击取样。
4. 释放 Alt 键，然后将鼠标光标移动至左侧位置，按下鼠标左键并拖曳，状态如图 4-140 所示。

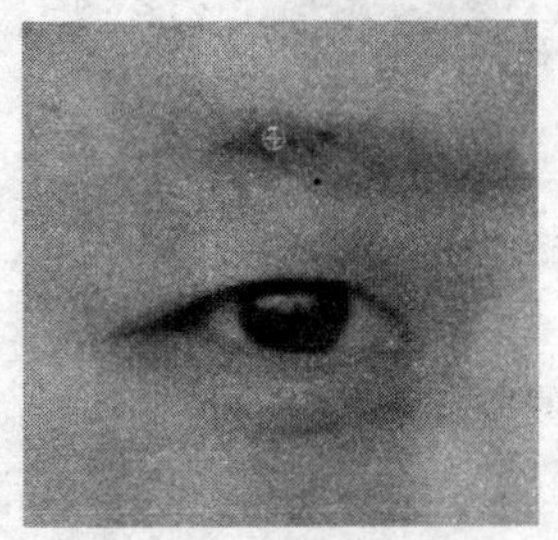

图4-139 单击取样位置

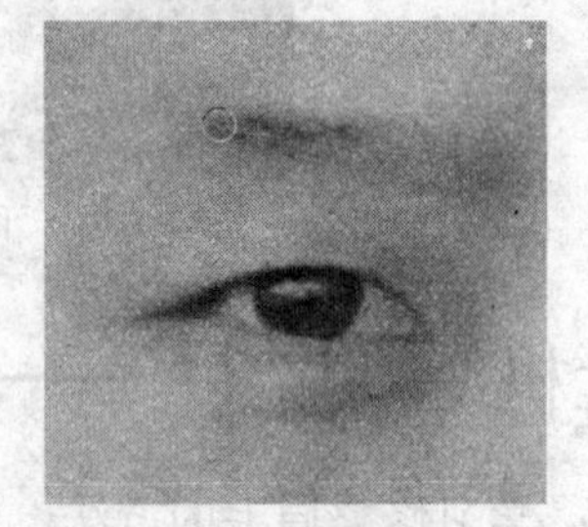

图4-140 复制眉毛

随着鼠标光标的拖曳，无眉毛的区域就会复制出取样点处的眉毛。用相同的方法，依次拾取新的取样点并在需要的位置拖曳，描绘出如图 4-141 所示的效果。

此时，眉型出来了，但看起来有点生硬，最后再利用工具来对其进行处理。

5. 选择工具，单击属性栏中的【画笔】按钮，在弹出的笔头设置面板中选择如图 4-142 所示的笔头。
6. 将属性栏中 强度: 40% 的参数设置为“40%”，然后在眉毛的左侧位置拖曳鼠标光标，对其进行涂抹处理，处理后的效果如图 4-143 所示。

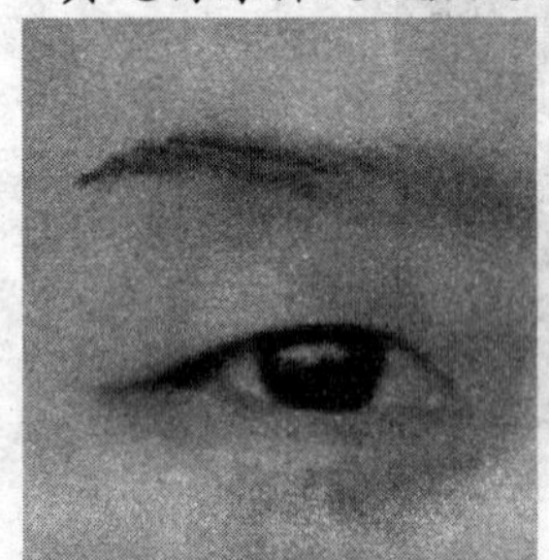

图4-141 描绘出的眉毛效果

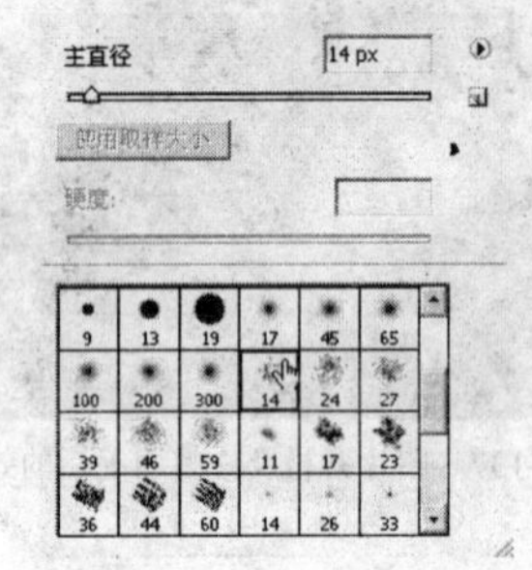

图4-142 笔头设置面板

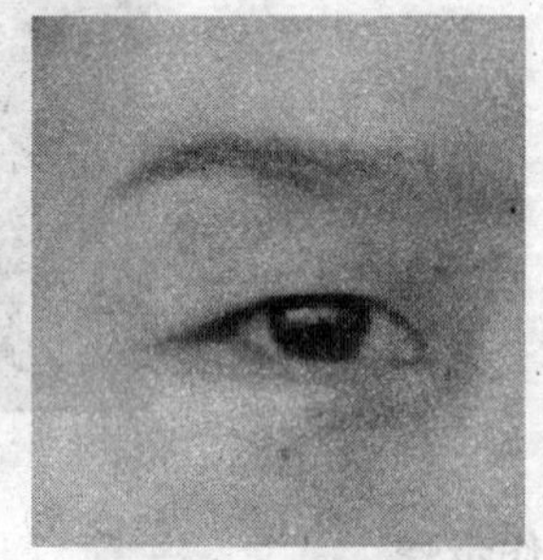

图4-143 处理后的效果

7. 至此，眉毛修整完成，按 Shift+Ctrl+S 组合键，将此文件命名为“修整眉毛.jpg”另存。

4.9 上机练习（9）——添加睫毛

目的：学习添加睫毛的方法。

内容：打开需要添加睫毛和具有修长睫毛的照片，选择修长的睫毛将其合成到需要添加睫毛的照片中。图片素材及添加睫毛后的效果如图 4-144 所示。

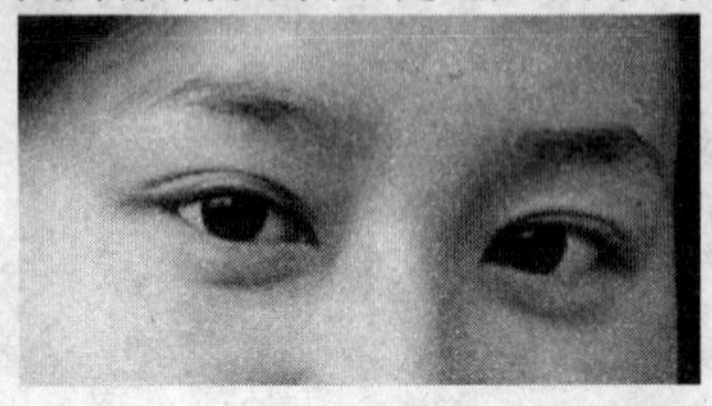
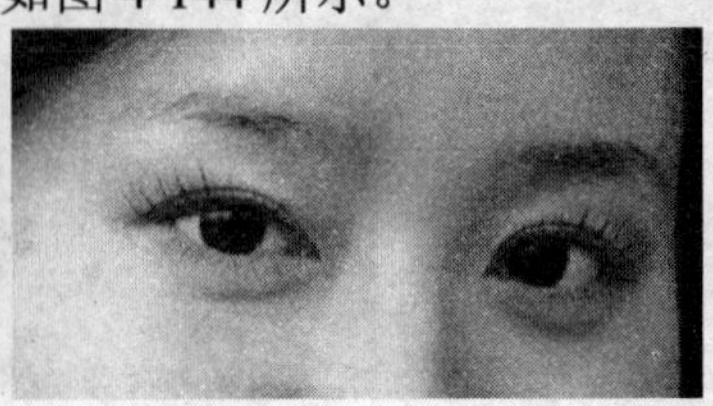

图4-144 图片素材及添加睫毛后的效果

操作步骤

1. 打开素材文件中“图库\第 04 章”目录下的“照片 04-7.jpg”和“照片 04-8.jpg”文件，如图 4-145 所示。
2. 将“照片 04-8.jpg”文件设置为工作状态，然后利用工具将上方的眼睫毛选择，如图 4-146 所示。

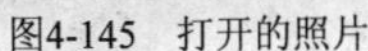
图4-145　打开的照片

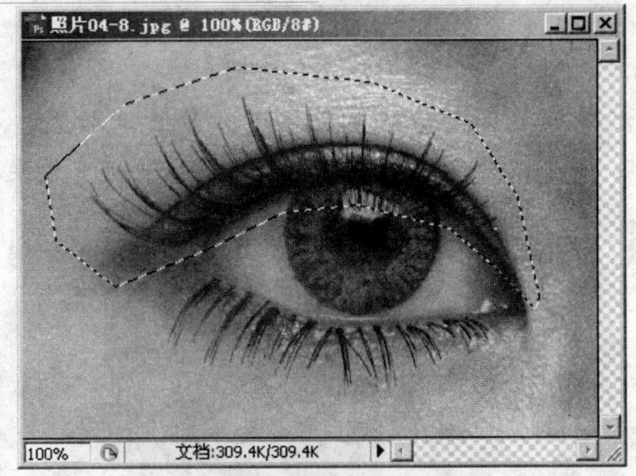

图4-146　选择睫毛

3. 利用工具将选择的图像移动复制到“照片 04-7.jpg”文件中，然后在【图层】面板中，将生成的“图层 1”的【不透明度】参数设置为“60%”，以便于观察与下方图像的融合效果。调整不透明度后的效果如图 4-147 所示。
4. 利用工具将眼部区域放大显示，然后按 Ctrl+T 组合键为睫毛图片添加自由变换框，并将其调整至如图 4-148 所示的形态。

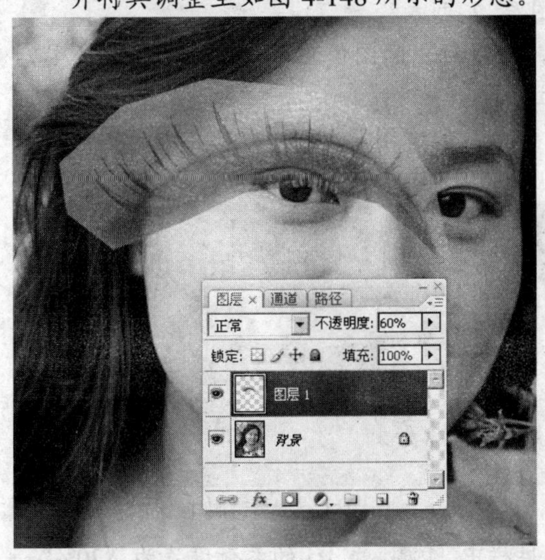

图4-147　调整不透明度后的效果

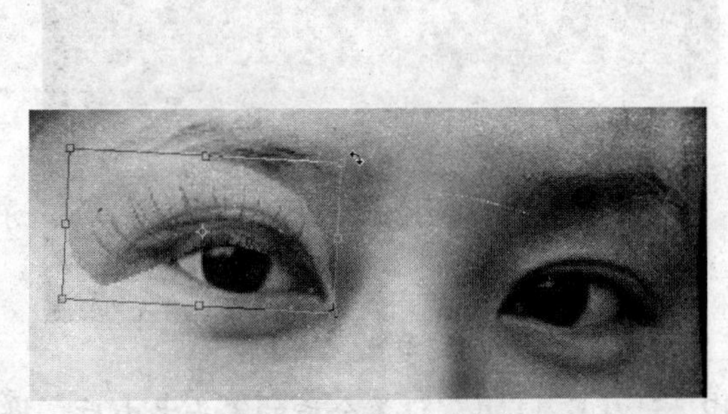

图4-148　调整大小及角度

5. 按 Enter 键确认图片的调整，然后将“图层 1”的【不透明度】参数设置为“100%”。下面来修饰睫毛生硬的边缘，使其很好地与下方的图像融合。
6. 选择工具，设置合适的笔头大小后，将属性栏中 不透明度: 50% 的参数设置为“50%”，然后将鼠标光标移动到睫毛的边缘处拖曳，如图 4-149 所示。
7. 围绕睫毛边缘依次拖曳，对其生硬的边缘进行擦除，效果如图 4-150 所示。

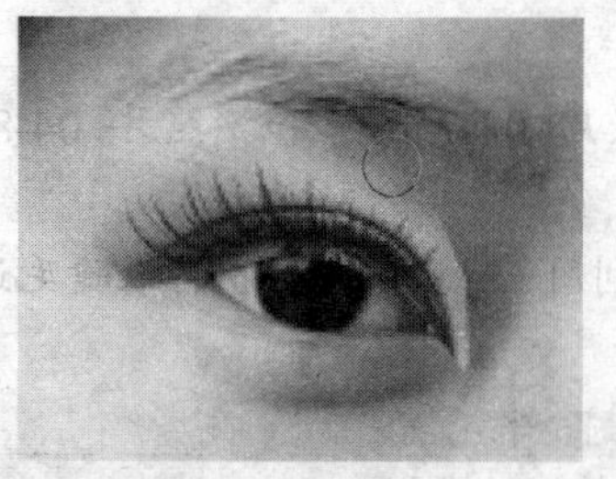
图4-149 擦除合成睫毛

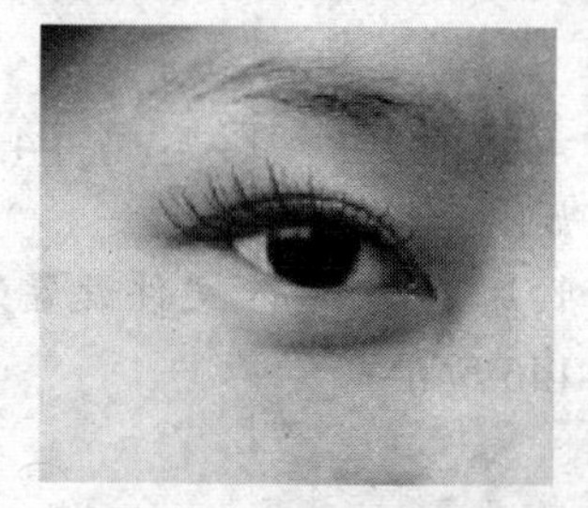
图4-150 合成后的效果

8. 用相同的方法制作出下方的睫毛效果，如图 4-151 所示。然后将生成的“图层 2”的【不透明度】参数设置为“50%”，效果如图 4-152 所示。

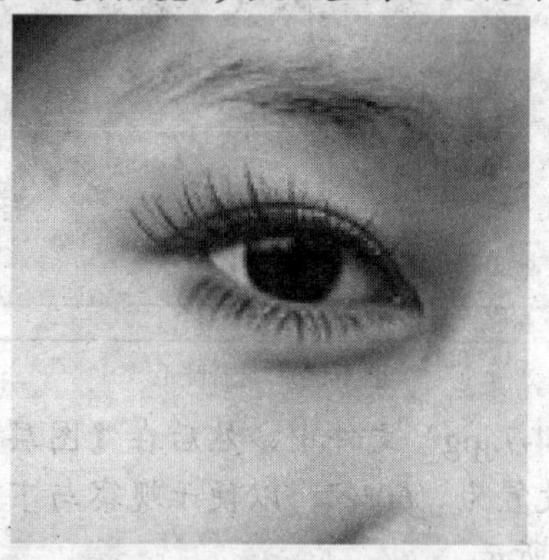
图4-151 合成的眼睛下面的睫毛

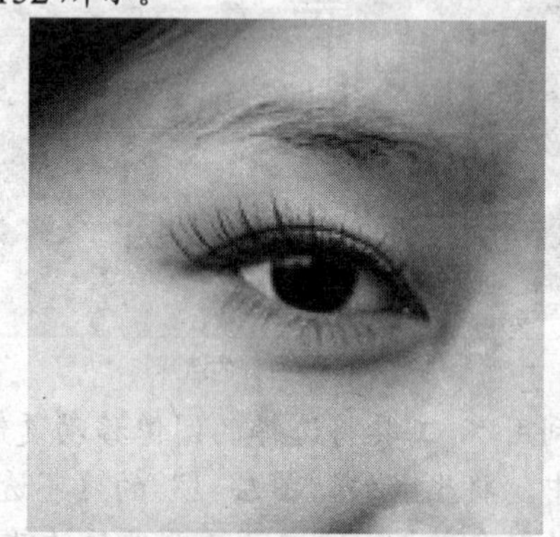
图4-152 降低不透明度后的效果

9. 在【图层】面板中将“图层 1”和“图层 2”同时选择，然后向下拖曳至 按钮上释放鼠标左键，复制出“图层 1 副本”和“图层 2 副本”。
10. 执行【编辑】/【变换】/【水平翻转】命令，将复制出的图像在水平方向上翻转，然后利用 工具将其移动到如图 4-153 所示的位置。
11. 利用【自由变换】命令分别调整“图层 1 副本”和“图层 2 副本”层中的图像，调整后的效果如图 4-154 所示。

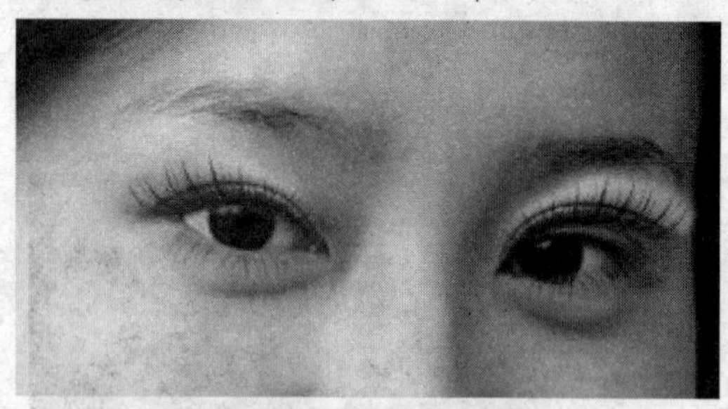
图4-153 复制过来的睫毛

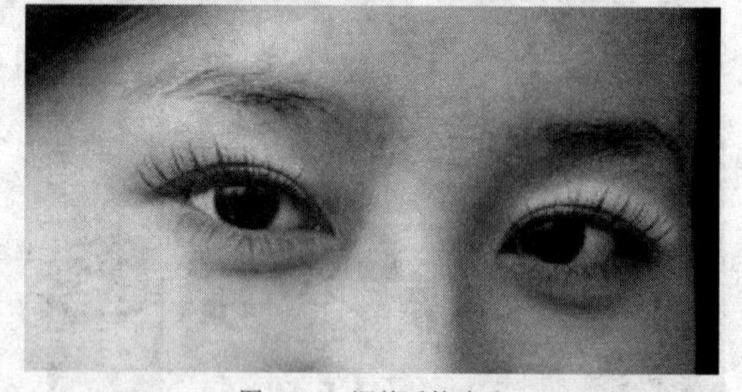
图4-154 调整后的睫毛

12. 选择 工具，设置合适的笔头大小后，将属性栏中 曝光度: 20% 的参数设置为“20%”，然后在右边眼睫毛的上方拖曳，对其亮部进行加深处理，完成眼睫毛的添加。
13. 按 Shift+Ctrl+S 组合键，将此文件命名为“添加睫毛.jpg”另存。

4.10 上机练习（10）——利用【模糊】工具制作景深效果

目的：学习利用【模糊】工具制作照片的景深效果。

内容：利用【模糊】工具把照片的背景模糊处理，然后利用【历史记录画笔】工具恢复人物的轮廓边缘，图片素材及景深效果如图 4-155 所示。

图4-155　图片素材及景深效果

操作步骤

1. 打开素材文件中“图库\第 04 章”目录下的“照片 04-3.jpg”文件。
2. 选择【模糊】工具，在属性栏中设置一个较大的画笔笔尖，设置 强度: 100% 的参数为“100%”，对画面中除人物外的背景进行涂抹，涂抹成如图 4-156 所示的背景模糊的效果。
3. 在模糊处理时，人物的轮廓边缘可能也会变模糊了，读者可以利用【历史记录画笔】工具将人物的轮廓边缘修复出来，使之恢复清晰的效果，如图 4-157 所示。

图4-156　模糊后的效果

图4-157　恢复清晰前后对比

4. 使用【历史记录画笔】工具将人物及周围的背景恢复成清晰的效果，完成景深效果的制作。
5. 按 Shift+Ctrl+S 组合键，将此文件命名为“景深效果.jpg”另存。

4.11 上机练习（11）——利用【涂抹】工具绘制羽毛

目的：学习【涂抹】工具的使用方法。

内容：设置画笔笔尖，选择【涂抹】工具，并利用设置的画笔笔尖涂抹图形，得到白色的羽毛效果。绘制的羽毛效果如图 4-158 所示。

图4-158 绘制的羽毛

操作步骤

1. 新建一个【宽度】为“20 厘米”，【高度】为“15”厘米，【分辨率】为“100”像素/英寸，【颜色模式】为“RGB 颜色”，【背景内容】为“黑色”的文件。
2. 利用 和 工具，在画面中绘制并调整出如图 4-159 所示的羽毛路径的大体形状（有关路径的内容可以参见第 5 章进行学习）。
3. 新建“图层 1”，按 Ctrl+Enter 组合键将路径转换为选区，并填充白色，效果如图 4-160 所示。

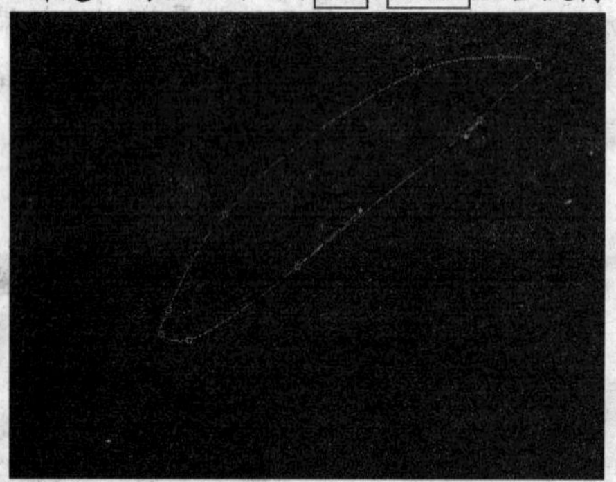

图4-159 绘制的路径

图4-160 填充白色效果

4. 按 Ctrl+D 组合键去除选区。利用 和 工具绘制并调整出如图 4-161 所示的羽毛梗路径。
5. 新建“图层 2”，按 Ctrl+Enter 组合键，将路径转换为选区，并填充浅黄色（R:229, G:229,B:206），效果如图 4-162 所示。

图4-161 绘制的路径

图4-162 填充颜色效果

6. 按 Ctrl+D 组合键去除选区，然后利用 和 按钮绘制并调整出如图 4-163 所示的路径。

7. 按Ctrl+Enter组合键，将路径转换为选区，然后将“图层 1”设置为当前层。
8. 按Delete键，删除选区中的白色，效果如图 4-164 所示。然后按Ctrl+D组合键去除选区。

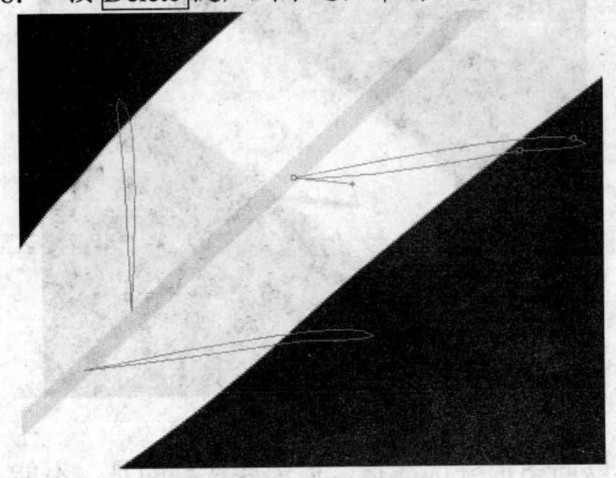
图4-163　绘制的路径

图4-164　删除白色效果

9. 执行【文件】/【新建】命令，弹出【新建】对话框，设置各选项及参数如图 4-165 所示，单击 确定 按钮，新建一个背景透明的图像文件。
10. 选择工具，设置【主直径】大小为“1”像素的笔头，绘制出如图 4-166 所示的黑色点。

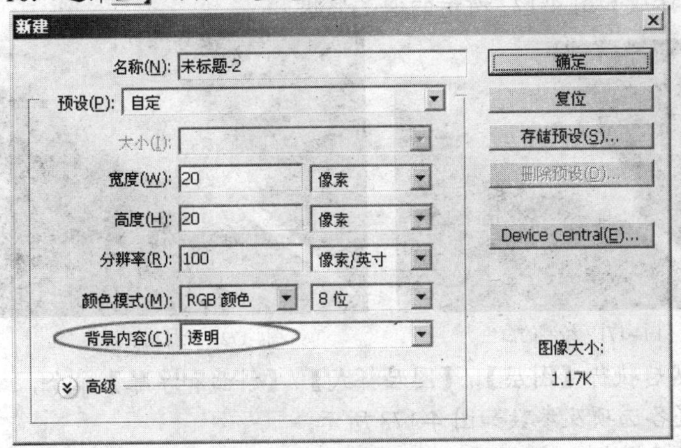

图4-165　【新建】对话框

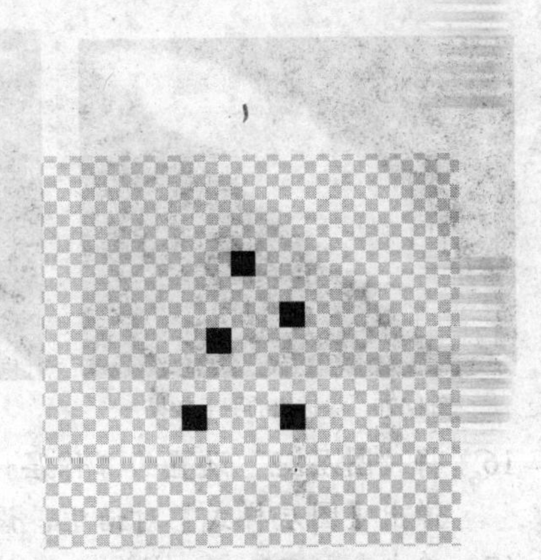
图4-166　绘制的黑点

11. 执行【编辑】/【定义画笔预设】命令，弹出【画笔名称】对话框，设置名称如图 4-167 所示。单击 确定 按钮，将黑点定义为画笔。

图4-167　【画笔名称】对话框

12. 选择工具，再单击属性栏中的按钮，弹出【画笔】面板，设置各选项及参数如图 4-168 所示，然后将属性栏中的【强度】参数设置为“70%”。
13. 将“未标题-1”文件设置为工作文件，设置“图层 1”为工作层，然后将鼠标光标移动到图形的边缘，分别向图形内部和外部拖曳鼠标光标，涂抹出如图 4-169 所示的锯齿状羽毛效果。

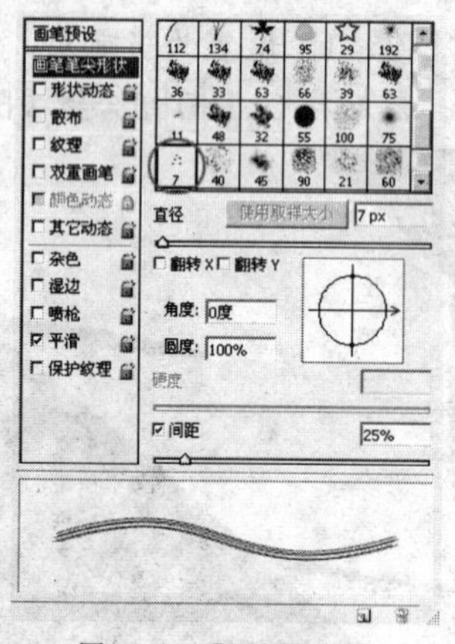

图4-168 【画笔】面板

图4-169 涂抹出的效果

在涂抹过程中，可以向图形内部涂抹，也可以向图形外部涂抹，但需要注意的是，不能只使用一种【画笔】笔头大小涂抹，在操作过程中要灵活控制笔头的大小及【强度】参数。涂抹完成的羽毛效果如图 4-170 所示。

14. 利用工具在羽毛的根部喷绘出如图 4-171 所示的白色。
15. 利用工具将喷绘出的白色涂抹成如图 4-172 所示的羽毛形状。

图4-170 涂抹出的羽毛效果

图4-171 绘制的白色

图4-172 涂抹出的效果

16. 将“图层 2”设置为工作层，然后执行【图层】/【图层样式】/【斜面和浮雕】命令，弹出【图层样式】对话框，设置各选项及参数如图 4-173 所示。
17. 单击 确定 按钮，添加图层样式后的羽毛梗效果如图 4-174 所示。
18. 按 Ctrl+E 组合键，将“图层 2”向下合并到“图层 1”中，然后选择工具，在羽毛梗的根部位置拖曳鼠标光标，对其进行稍微提亮处理，效果如图 4-175 所示。

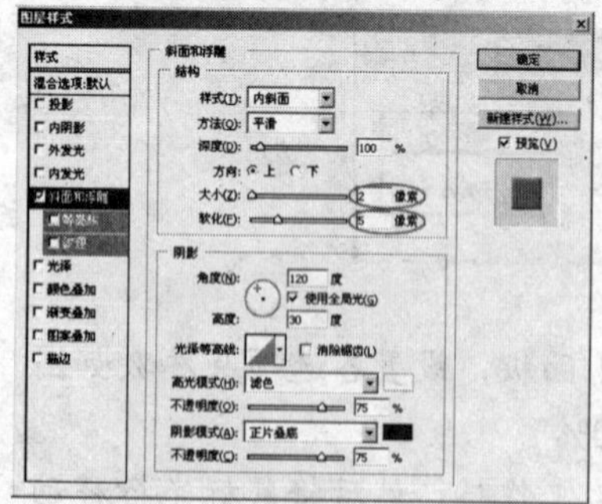

图4-173 【图层样式】对话框

图4-174 添加图层样式后的羽毛梗效果

图4-175 提亮处理

19. 选择工具，在羽毛上再涂抹出一些羽毛来遮掩住羽毛梗，效果如图 4-176 所示。

20. 将“背景”层设置为当前层，然后选择工具，由画面的左下角向右上角填充白色到透明的渐变色，效果如图 4-177 所示。

图4-176　涂抹出的羽毛

图4-177　填充渐变色

21. 将“图层 1”复制为“图层 1 副本”，然后锁定“图层 1”中的透明像素，并为其填充黑色。
22. 执行【编辑】/【变换】/【垂直翻转】命令，将黑色羽毛垂直翻转，效果如图 4-178 所示。
23. 按 Ctrl+T 组合键，为黑色羽毛添加自由变换框，并将其调整至如图 4-179 所示的位置及形态，然后单击属性栏中的按钮，确认羽毛的变形操作。

图4-178　垂直翻转

图4-179　旋转角度

24. 单击【图层】面板左上角的按钮，解除“图层 1”中透明像素的锁定。
25. 执行【滤镜】/【模糊】/【高斯模糊】命令，弹出【高斯模糊】对话框，参数设置如图 4-180 所示，然后单击 确定 按钮。
26. 在【图层】面板中，将“图层 1”的【不透明度】参数设置为“60%”，降低不透明度后的投影效果如图 4-181 所示。

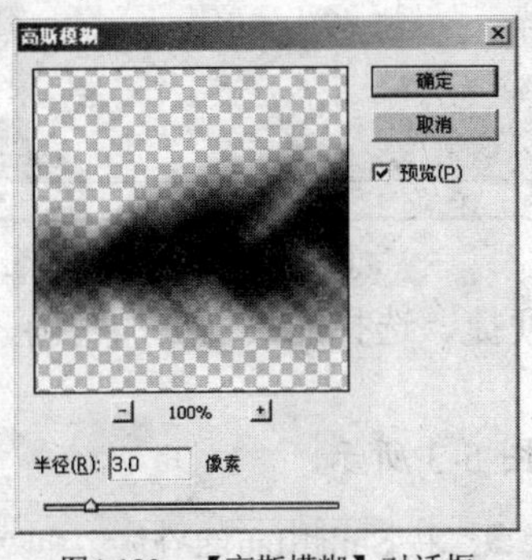

图4-180　【高斯模糊】对话框

图4-181　绘制完成的羽毛

27. 按 Ctrl+S 组合键，将此文件命名为“羽毛.psd”保存。

第5章　绘制路径与图形

5.1　上机练习（1）——从背景中选择人物

目的：练习利用【路径】工具从背景中选择人物。

内容：利用【路径】工具在背景中选择人物，然后将其合成到模版文件中，合成后的效果如图 5-1 所示。

操作步骤

1.　打开素材文件中“图库\第 05 章”目录下的“照片 05-1.jpg”文件，如图 5-2 所示。

图5-1　合成的效果

图5-2　打开的图片

下面利用【路径】工具选择人物。为了使操作更加便捷、选择的人物更加精确，在选择图像之前可以先将图像窗口设置为满画布显示。

2.　连续按 3 次 F 键，将窗口切换成全屏模式显示，如图 5-3 所示。

按 Tab 键，可以将工具箱、控制面板和属性栏显示或隐藏；按 Shift+Tab 组合键，可以将控制面板显示或隐藏；连续按 F 键，窗口可以在最大化屏幕模式、带有菜单栏的全屏模式、全屏模式和标准屏幕模式这 4 种显示模式之间切换。

图5-3　显示全屏模式

3. 选择工具，在画面中按下鼠标左键拖曳，释放鼠标左键后画面将放大显示，如图 5-4 所示。

图5-4　放大后的画面

4. 选择工具，激活属性栏中的按钮，然后将鼠标光标放置在人物头部的边缘处，单击添加第 1 个锚点，如图 5-5 所示。
5. 将鼠标光标移动到图像结构转折的位置单击，添加第 2 个锚点，如图 5-6 所示。

图5-5　添加第 1 个锚点

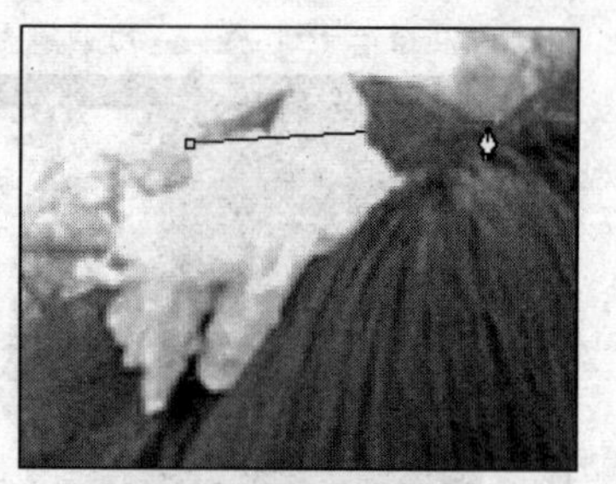

图5-6　添加第 2 个锚点

6. 用相同的方法，根据人物图像的边缘依次添加锚点。

由于画面放大显示了，所以只能看到画面中的部分图像，在添加路径锚点时，当绘制到窗口的边缘位置后就无法再继续添加了，如图 5-7 所示。此时可以按住空格键，使鼠标光标切换成【抓手】工具，然后平移图像在窗口中的显示位置，再进行路径的绘制即可。

图5-7　添加锚点到画面边缘位置

7. 按住空格键，此时鼠标光标变为抓手形状，按住鼠标左键拖曳，平移图像在窗口中的显示位置，如图 5-8 所示。

图5-8　平移图像在窗口中的显示位置

8. 松开空格键，鼠标光标变为钢笔形状，继续单击绘制路径。
9. 当绘制路径的终点与起点重合时，在鼠标光标的右下角将出现一个圆圈符号，如图 5-9 所示，此时单击即可将路径闭合。
10. 接下来利用【转换点】工具对绘制的路径进行圆滑调整。选择工具，将鼠标光标放置在路径的锚点上，按住鼠标左键并拖曳，此时出现两条控制柄，如图 5-10 所示。
11. 拖曳鼠标光标调整控制柄，将路径调整平滑后释放鼠标左键。如果路径锚点添加的位置没有紧贴图像轮廓，可以按住 Ctrl 键，将鼠标光标放置在锚点上拖曳，调整其位置，如图 5-11 所示。

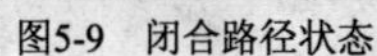
图5-9　闭合路径状态

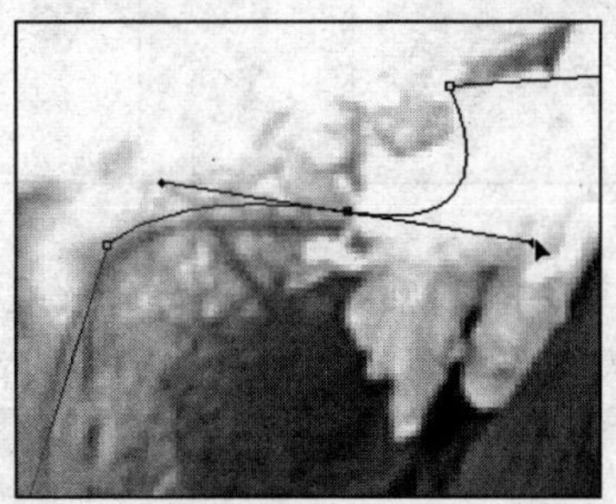
图5-10　调整路径

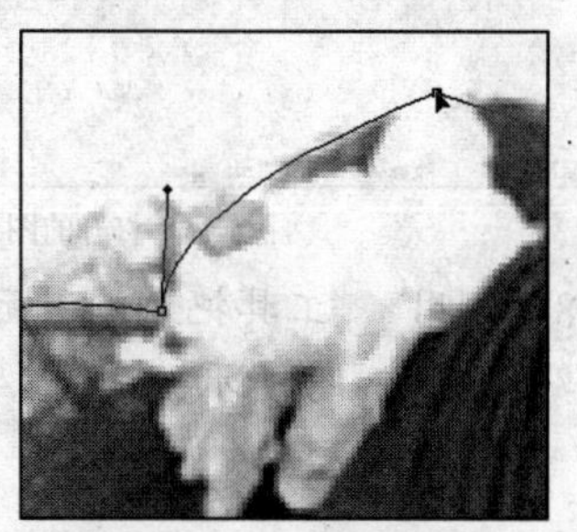
图5-11　移动路径位置

12. 用同样的方法，利用工具对路径上的其他锚点进行调整，调整锚点时同样会出现两个对称的控制柄。
13. 释放鼠标左键，将鼠标光标放置在其中一个控制柄上拖曳调整，此时另外的一个控制柄被锁定，如图 5-12 所示。
14. 利用工具对锚点依次进行调整，使路径紧贴人物的轮廓边缘，如图 5-13 所示。按 Ctrl+Enter 组合键，将路径转换成选区，如图 5-14 所示。

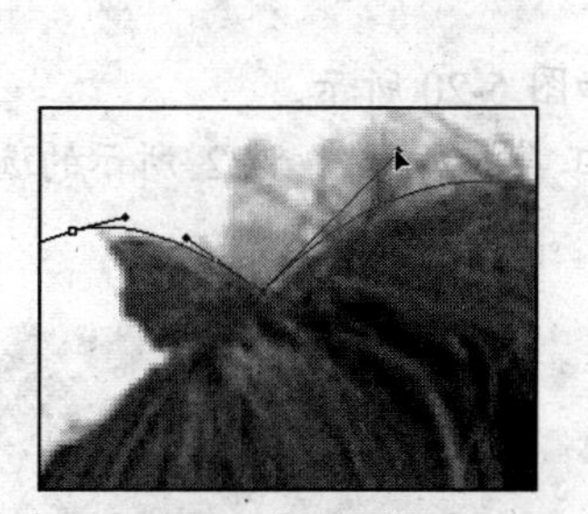
图5-12　锁定控制柄

图5-13　调整后的路径

图5-14　转换成的选区

15. 按 F 键，将画面切换为标准屏幕模式显示，然后双击工具箱中的工具，使画面适合屏幕大小显示。
16. 打开素材文件中“图库\第 05 章”目录下的“相册模板.psd”文件，如图 5-15 所示。
17. 利用工具将选择的人物图像移动复制到“相册模板.psd”文件中，然后利用【自由变换】命令将其调整至如图 5-16 所示的大小及位置。按 Enter 键，确认图片缩小操作。

图5-15　打开的图片

图5-16　缩小图片

18. 利用工具把婚纱上面的草去除，原图及去除后的效果如图 5-17 所示。
如图 5-18 所示，在手、头发以及婚纱上面有一些黑色或背景色没有去除，需要修饰。

图5-17　婚纱上面的草和去除后的效果

图5-18　需要修饰的部位

19. 执行【图层】/【修边】/【去除黑色杂边】命令，将围绕人物轮廓周围的黑色杂边去除。
20. 选择工具，在属性栏中设置一个合适大小的笔尖，设置【不透明度】参数为“20%”，利用【橡皮擦】工具在应该显示透明的婚纱部位轻轻地擦除，得到婚纱的透明质感，效果如图 5-19 所示
21. 使用相同的擦除方法，修饰一下头发周围，修饰后的效果如图 5-20 所示。
22. 在如图 5-21 所示的手位置有一块绿色没有去除，利用工具添加如图 5-22 所示的选区，按 Delete 键删除，即可得到如图 5-23 所示的效果。

图5-19　擦除透明后的婚纱

图5-20　修饰后的头发周围

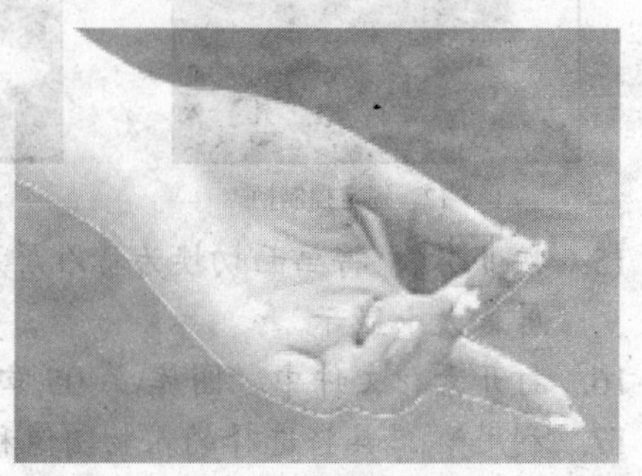

图5-21　没去除的绿色

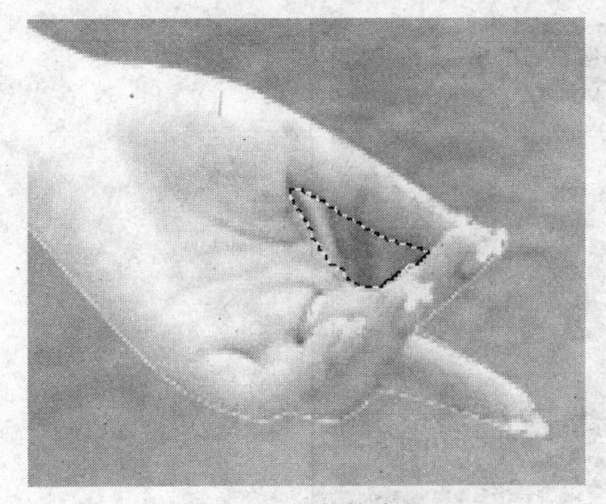

图5-22　添加的选区

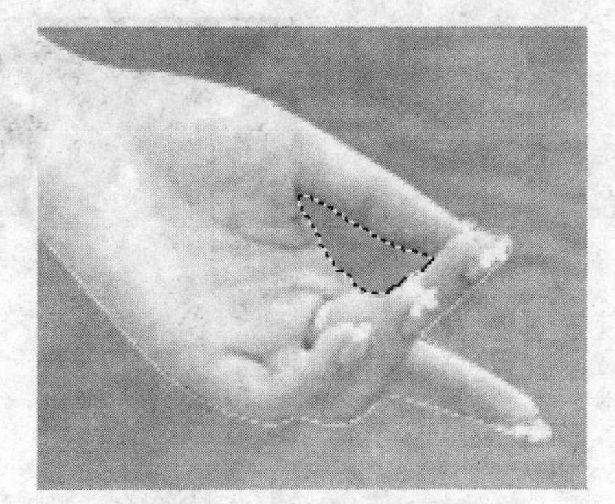

图5-23　删除绿色后的效果

23. 按 Ctrl+D 组合键去除选区。然后调整一下画面中文字的位置，如图 5-24 所示。
24. 将“图层 3”设置为工作层，执行【图层】/【图层样式】/【投影】命令，弹出【图层样式】对话框，选项及参数设置如图 5-25 所示。

图5-24　调整后的文字位置

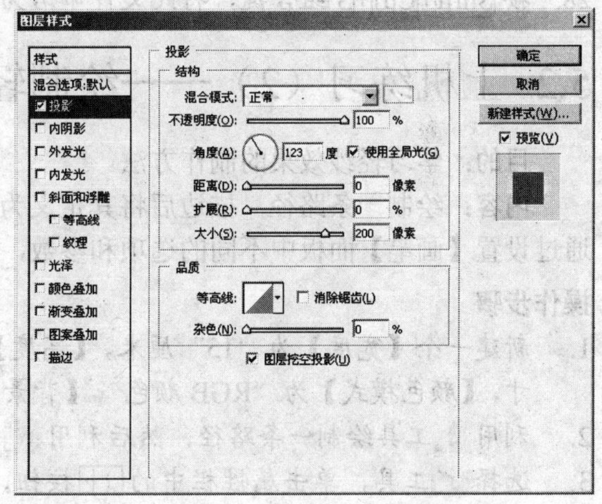

图5-25　【图层样式】对话框

25. 单击 确定 按钮，添加的白色投影效果如图 5-26 所示。
26. 将文字层设置为工作层。执行【图层】/【新建调整图层】/【曲线】命令，添加“曲线”调整层，在弹出的【曲线】对话框中依次调整【RGB】通道和【红】通道的曲线形态，如图 5-27 所示。

图5-26　添加的投影效果

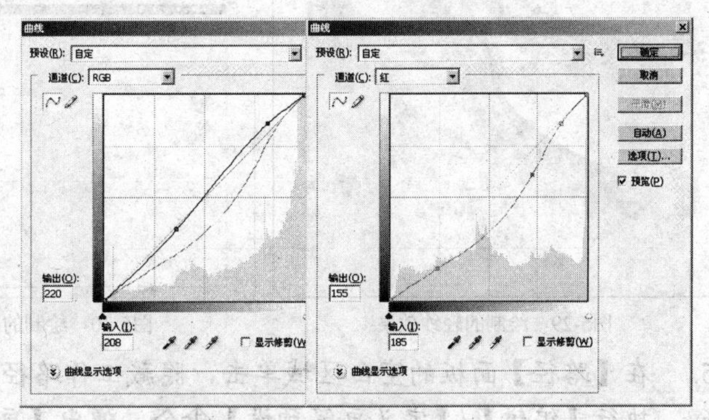

图5-27　【曲线】对话框

27. 单击 确定 按钮，调整颜色后的效果如图 5-28 所示。

图5-28 调整颜色后的效果

28. 按 Shift+Ctrl+S 组合键，将此文件命名为“图像合成.psd”另存。

5.2 上机练习（2）——绘制轻纱效果

目的：学习轻纱效果的制作方法。

内容：绘制一条路径，描边后将其定义为画笔笔尖，然后再绘制用于描绘轻纱的路径，通过设置【画笔】面板中不同的选项和参数，描绘出如图 5-29 所示的轻纱效果。

操作步骤

1. 新建一个【宽度】为“15”厘米，【高度】为“12”厘米，【分辨率】为“150”像素/英寸，【颜色模式】为“RGB 颜色”，【背景内容】为“白色”的文件。
2. 利用 工具绘制一条路径，然后利用 工具将路径调整至如图 5-30 所示的形状。
3. 选择 工具，单击属性栏中的 按钮，设置一个【主直径】为“2”像素、【硬度】为“100%”的画笔笔头。
4. 新建“图层 1”，并将前景色设置为黑色，然后单击【路径】面板底部的 按钮，用画笔描绘路径，效果如图 5-31 所示。

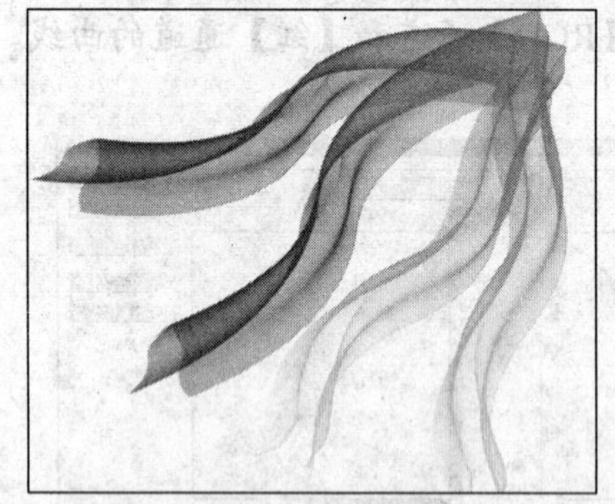

图5-29 绘制的轻纱效果

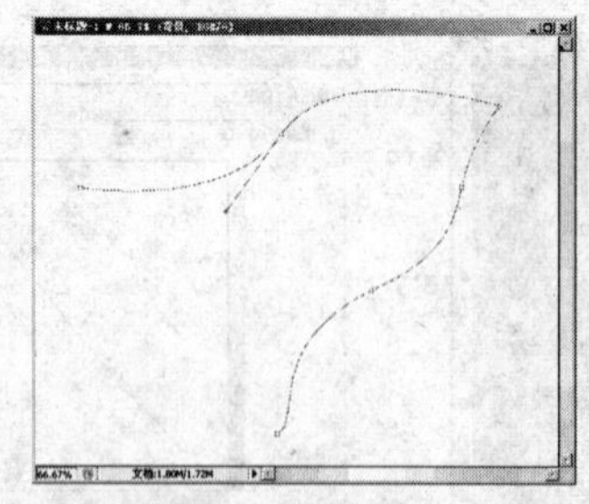

图5-30 绘制的路径

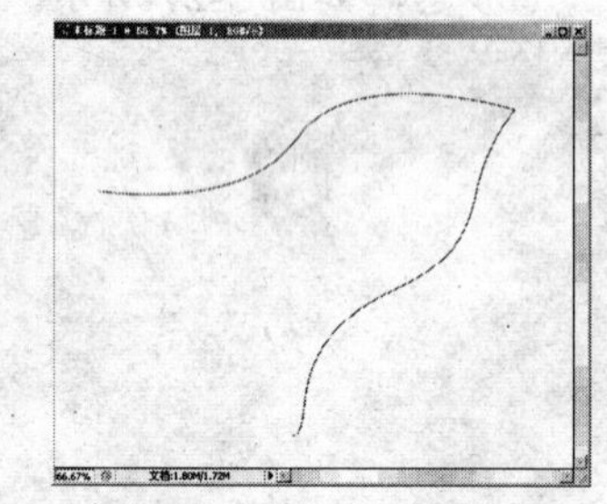

图5-31 描绘的路径效果

5. 在【路径】面板的空白区域单击，隐藏工作路径。
6. 执行【编辑】/【定义画笔预设】命令，弹出【画笔名称】对话框，如图 5-32 所示。单击 确定 按钮将描绘的线形定义为画笔笔头，此时笔头形状与描绘路径后的线形完全相同。

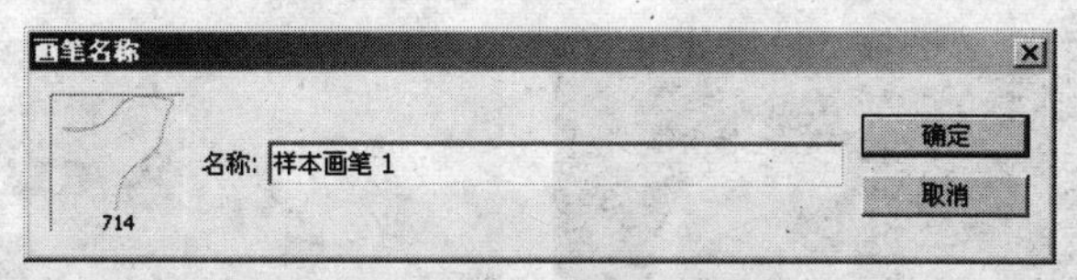

图5-32　【画笔名称】对话框

7. 在【图层】面板中，单击“图层 1”左侧的图标隐藏该图层，然后新建“图层 2”。
8. 单击属性栏中的按钮，在弹出的【画笔】面板中设置如图 5-33 所示的选项和参数。其中选择的画笔笔头为上面定义的“样本画笔 1”。

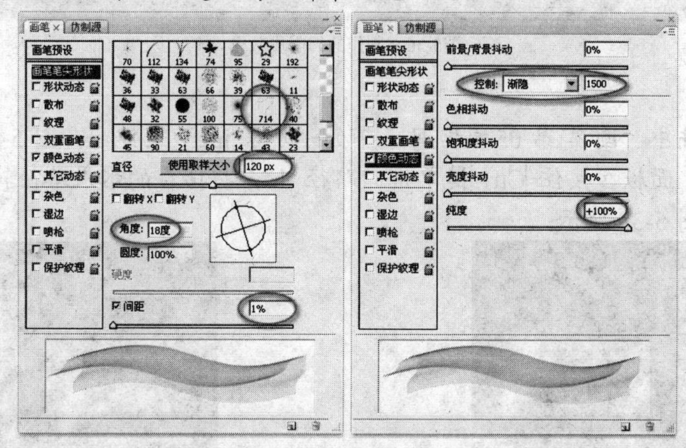

图5-33　【画笔】对话框

9. 将前景色和背景色分别设置为红色和黄色。
10. 在【路径】面板中单击“工作路径”，显示步骤 2 中创建的工作路径，然后单击【路径】面板底部的按钮，用画笔描绘路径后的效果如图 5-34 所示。
11. 将路径隐藏，复制图层后再进行角度的调整，从而得到更多的轻纱效果，如图 5-35 所示。

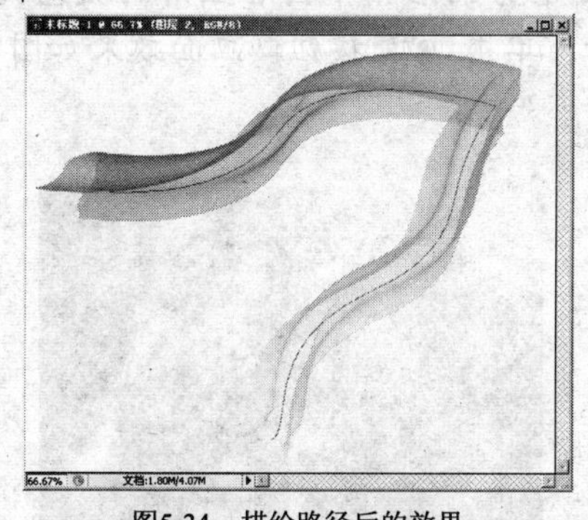

图5-34　描绘路径后的效果

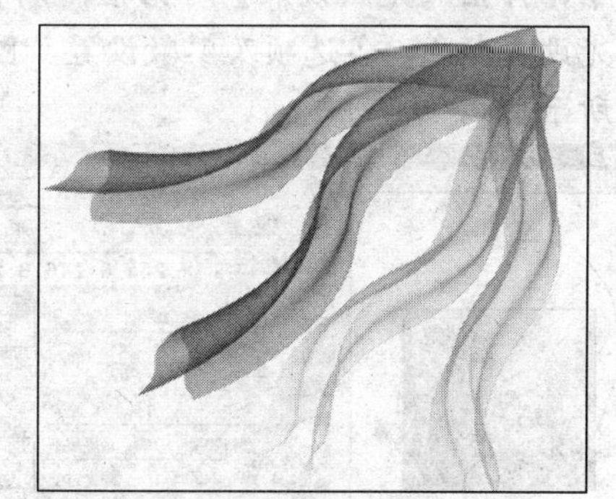

图5-35　复制出的轻纱效果

12. 按 Ctrl+S 组合键，将此文件命名为“轻纱.psd”保存。

5.3　上机练习（3）——制作刀削皮效果

目的：学习刀削皮效果的制作方法。

内容：通过刀削皮效果的制作，学习路径工具在特殊效果制作中的灵活应用。本节制作的刀削皮效果如图 5-36 所示。

图5-36　制作的刀削皮效果

操作步骤

1. 打开素材文件中“图库\第 05 章”目录下的“水果.jpg”文件，如图 5-37 所示。
2. 打开【路径】面板，按住 Ctrl 键单击“路径 1”，将保存的水果路径转换为选区载入到画面中，如图 5-38 所示。

图5-37　打开的图片

图5-38　载入的选区

3. 按 Ctrl+J 组合键，将选择的水果图片通过复制生成“图层 1”。
4. 将“背景”层设置为工作层，并填充白色。执行【滤镜】/【渲染】/【光照效果】命令，弹出【光照效果】对话框，调整灯光的大小和方向后，单击右上角的颜色块给灯光设置颜色，各选项及参数设置如图 5-39 所示。单击 确定 按钮，画面效果如图 5-40 所示。

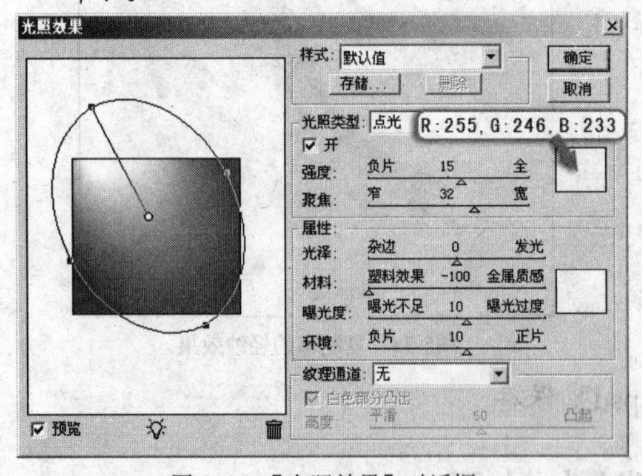

图5-39　【光照效果】对话框

图5-40　灯光效果

5. 利用 工具绘制出如图 5-41 所示的钢笔路径。
6. 选择【路径选择】工具 ，按住 Shift+Alt 组合键并向下拖曳鼠标光标，依次移动复制出如图 5-42 所示的路径。
7. 选择 工具，将路径根据梨的圆形结构分别调整成如图 5-43 所示的圆形透视形态。

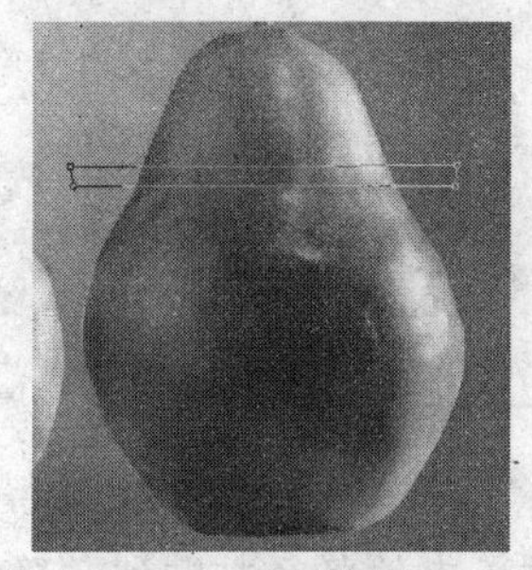

图5-41　绘制的路径

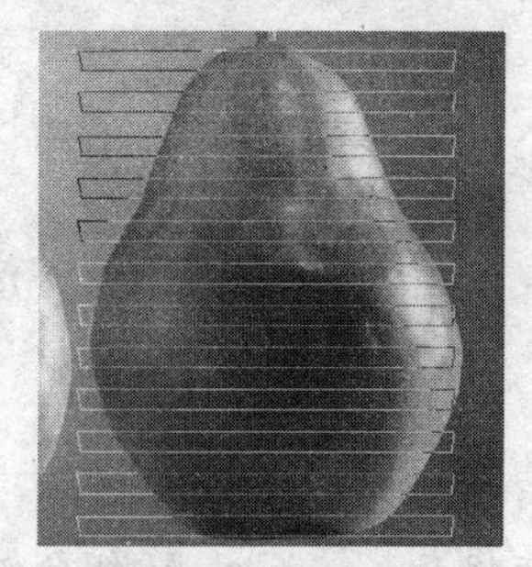

图5-42　复制出的路径

图5-43　调整透视后的路径

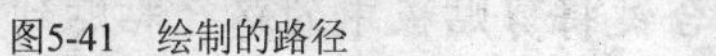

8. 按 Ctrl+Enter 组合键将路径转换为选区，然后将“图层 1”设置为工作层，按 Delete 键删除得到如图 5-44 所示的效果。

9. 按 Ctrl+D 组合键去除选区。单击【路径】面板中的“工作路径”，将其选择，然后单击【路径】面板右上角的▾≡按钮，在弹出的菜单中选择【存储路径】命令，将“工作路径”存储为“路径 2”，然后将“路径 2”复制生成为“路径 2 副本”。

10. 选择工具，在画面中选择如图 5-45 所示的路径，然后执行【编辑】/【变换路径】/【垂直翻转】命令，将选择的路径垂直翻转。然后利用工具将垂直翻转后的路径调整成如图 5-46 所示的形态。

图5-44　删除得到的效果

图5-45　选择的路径

图5-46　调整后的路径

11. 再利用工具选择如图 5-47 所示的路径，然后将其垂直翻转，如图 5-48 所示。再利用工具将垂直翻转后的路径调整成如图 5-49 所示的形态。

图5-47　选择的路径

图5-48　垂直翻转后的路径

图5-49　调整后的路径

12. 用相同的调整方法，将复制出的其他路径也依次进行垂直翻转和调整操作，调整成如图 5-50 所示的透视形态。

13. 利用工具绘制出如图 5-51 所示的椭圆形选区。

14. 单击【路径】面板底部的按钮，将选区转换为路径，如图 5-52 所示，然后按 Ctrl+X 组合键，将路径剪切到剪贴板中。

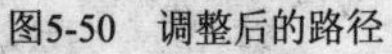

图5-50　调整后的路径

图5-51　绘制的选区

图5-52　转换成的路径

15. 将“路径 2 副本”设置为工作状态，按Ctrl+V组合键将剪贴板中的路径粘贴到“路径 2 副本”中。
16. 按Ctrl+T组合键为粘贴入的路径添加自由变换框，按住Ctrl键将其调整成如图 5-53 所示的透视形态，然后单击属性栏中的✓按钮。
17. 打开【图层】面板，新建“图层 2”，并将其调整至“图层 1”的下方，然后按Ctrl+Enter组合键将路径转换为选区。
18. 将前景色设置为黑色，背景色设置为灰色（R:239,G:239,B:239）。选择工具，按住Shift键，在选区内由上至下填充前景到背景的线性渐变色，效果如图 5-54 所示。
19. 按 Ctrl+D 组合键去除选区，再执行【滤镜】/【杂色】/【添加杂色】命令，弹出【添加杂色】对话框，参数设置如图 5-55 所示，单击确定按钮。

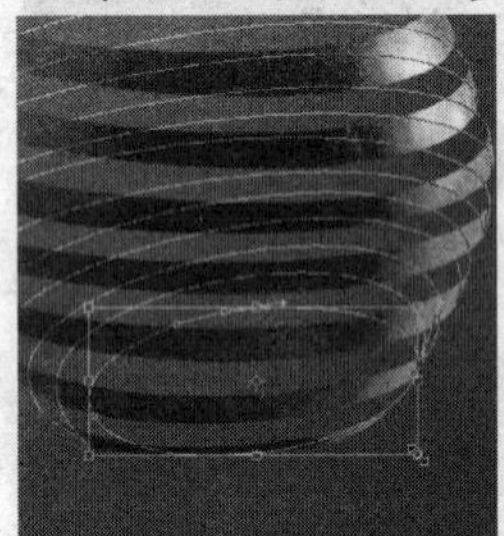

图5-53　调整透视形态

图5-54　填充的渐变色

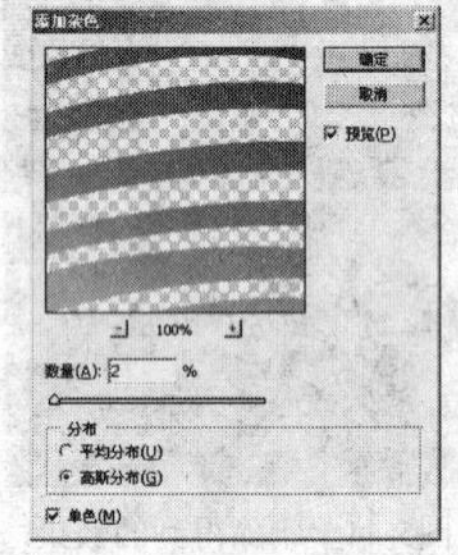

图5-55　【添加杂色】对话框

20. 按 Ctrl+U 组合键，弹出【色相/饱和度】对话框，参数设置如图 5-56 所示，单击确定按钮，效果如图 5-57 所示。
21. 打开【路径】面板，单击“路径 2”，将路径显示在画面中。
22. 新建“图层 3”，然后将前景色设置为灰色（R:239,G:239,B:239）。
23. 选择工具，单击属性栏中的按钮，在笔头设置面板中设置一个【主直径】为“1”像素、【硬度】为“100%”的笔头。
24. 打开【路径】面板，单击其下方的按钮，用设置的笔头描绘路径，然后在【路径】面板中的灰色区域处单击，将路径隐藏，描绘路径后的效果如图 5-58 所示。

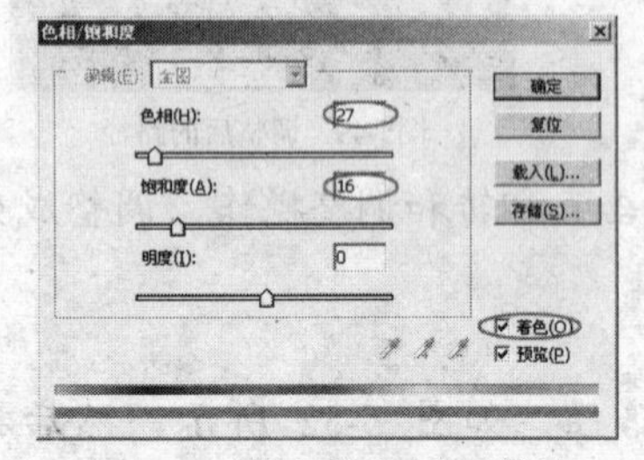

图5-56　【色相/饱和度】对话框

图5-57　调整颜色后的效果

图5-58　描绘路径后的效果

25. 选择工具，将左右两边和每一个结构下边的白边擦除，只保留上面的白边，得到一种刀切的厚度效果，如图5-59所示。
26. 将“路径 2 副本”中的钢笔路径在画面中显示，然后新建“图层 4”，并将其调整至“图层 1”的下方。同样给路径描绘白色的边，效果如图5-60所示。
27. 利用工具将描绘的边缘左右两边及下边擦除，使其符合透视效果，然后将“图层 4”的【不透明度】参数设置为“60%”，此时制作的厚度效果如图5-61所示。

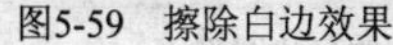
图5-59　擦除白边效果

图5-60　描绘的白色边

图5-61　擦除白边效果

28. 将“图层 1”、“图层 2”、“图层 3”和“图层 4”同时选择，按Ctrl+E组合键合并为“图层 1”，然后利用工具在画面中向上移动位置，为下面制作投影留出足够的空间。
29. 将“图层 1”复制为“图层 1 副本”，然后将“图层 1”设置为工作层。
30. 按Ctrl+T组合键为“图层 1”中的图形添加自由变换框，按住Ctrl键将其调整成如图5-62所示的透视形态。
31. 单击属性栏中的按钮，确认图形的变形操作，然后单击【图层】面板中的按钮锁定透明像素，并为其填充黑色，效果如图5-63所示。
32. 取消“图层 1”中透明像素的锁定状态。执行【滤镜】/【模糊】/【高斯模糊】命令，在弹出的【高斯模糊】对话框中设置【半径】参数为“4px”，单击确定按钮。
33. 将“图层 1”的【不透明度】参数设置为“30%”，模糊后的投影效果如图5-64所示。

图5-62　调整透视形态

图5-63　填充黑色效果

图5-64　模糊后的投影效果

34. 按Shift+Ctrl+S组合键，将此文件命名为“刀削皮效果.psd”另存。

5.4　上机练习（4）——设计标志

目的：学习路径在标志设计中的应用。

内容：利用【形状】工具，并结合【图层样式】命令制作出如图5-65所示的标志。

操作步骤

1. 新建一个【宽度】为“11”厘米，【高度】为“12”厘米，【分辨率】为“150”像素/英寸，【颜色模式】为“RGB 颜色”，【背景内容】为“白色”的文件。
2. 选择工具，激活属性栏中的按钮，在新建的文件中绘制出如图 5-66 所示的圆形。

图5-65 设计的标志

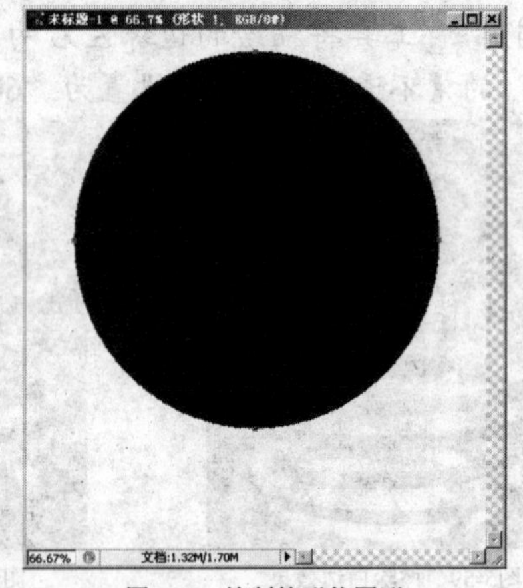

图5-66 绘制的形状图形

3. 执行【图层】/【图层样式】/【投影】命令，给图形添加【投影】和【渐变叠加】效果，参数设置如图 5-67 所示。

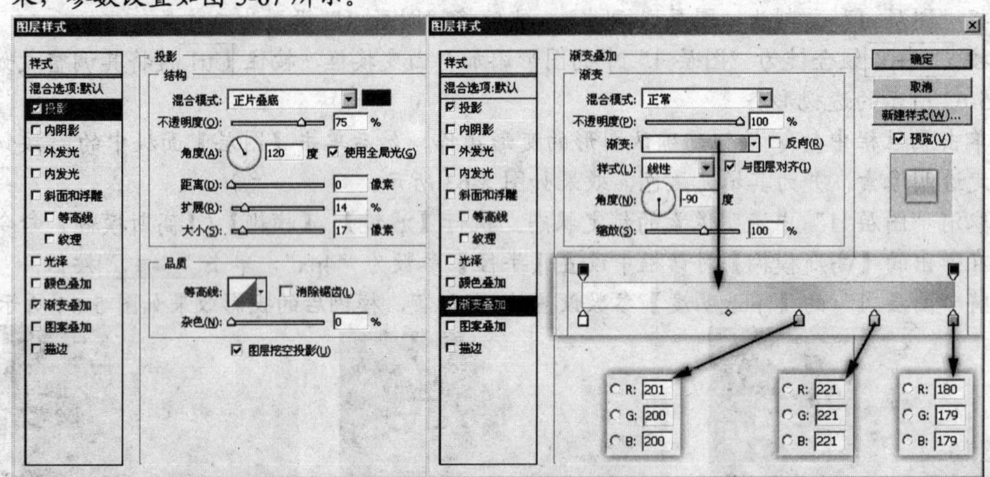

图5-67 【投影】和【渐变叠加】对话框参数设置

4. 单击 确定 按钮后的效果如图 5-68 所示。
5. 将“形状 1”层复制，然后将复制的形状图形以中心等比例缩小到如图 5-69 所示的大小。

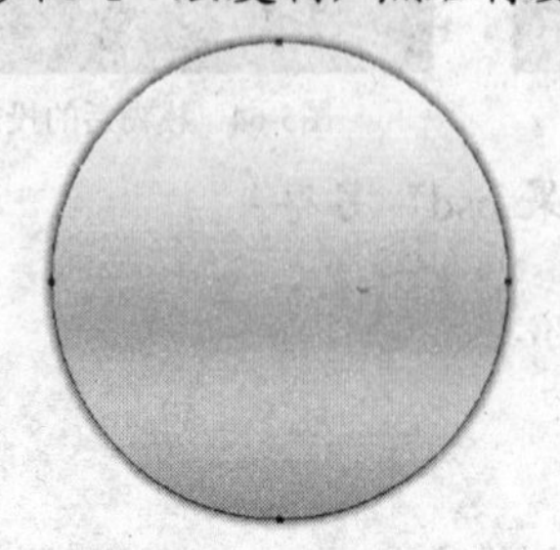

图5-68 添加的样式效果

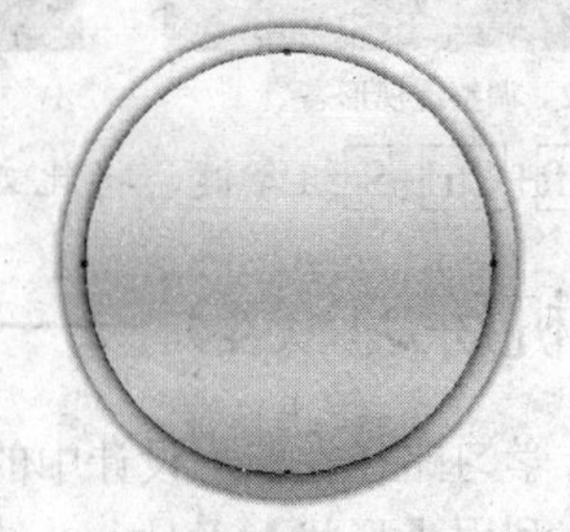

图5-69 缩小后的效果

6. 在“形状 1 副本”层下面的【投影】效果上按下鼠标左键，拖曳到面板下面的 按钮上释放鼠标左键，将投影效果去除。
7. 在“形状 1 副本”层下面的【渐变叠加】效果上双击，在弹出的【图层样式】对话框中修改渐变颜色如图 5-70 所示，单击 确定 按钮。

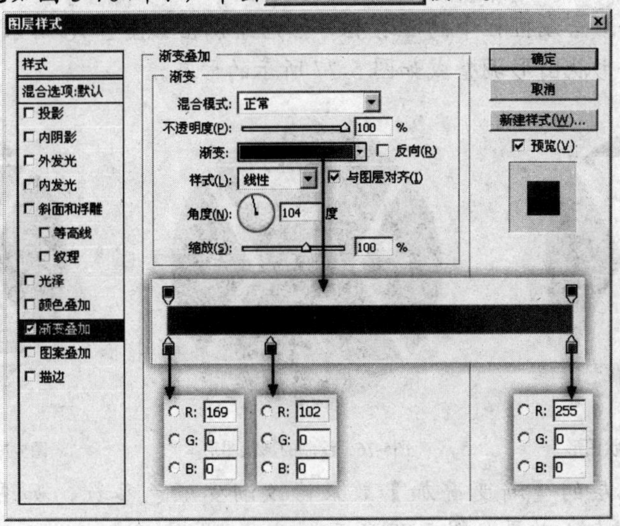

图5-70　【图层样式】对话框

8. 选择 工具，激活属性栏中的 按钮，然后单击 按钮，在弹出的【形状选项】面板中单击右上角的 按钮，在弹出的菜单中执行【全部】命令，弹出如图 5-71 所示的对话框。
9. 单击 确定 按钮，然后在【形状选项】面板中选择如图 5-72 所示的形状。

图5-71　提示对话框

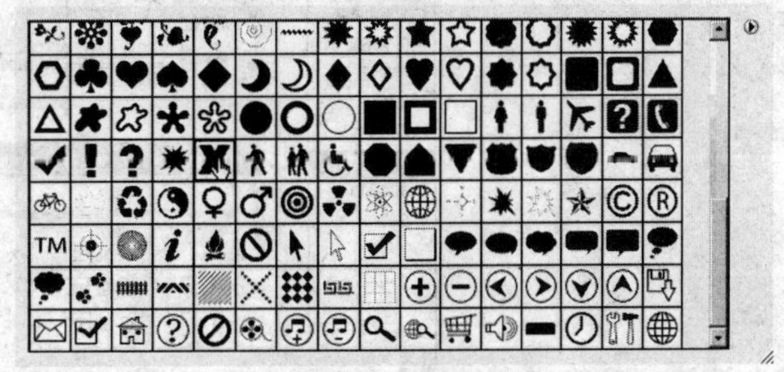

图5-72　选择形状

10. 在“形状 1 副本”层中绘制形状来修剪圆形形状，修剪后的形态如图 5-73 所示。
11. 利用 工具将两个路径形状同时选择，如图 5-74 所示。

图5-73　绘制的形状路径

图5-74　选择形状

12. 单击属性栏中的 和 按钮，将路径形状按照水平和垂直居中对齐，对齐后的路径如图 5-75 所示。
13. 对“形状 1 副本”层的【渐变叠加】效果的颜色进行修改，参数设置及生成的图形效果如图 5-75 所示。
14. 选择 工具，激活属性栏中的 按钮，然后绘制出如图 5-76 所示的形状图形。
15. 利用 工具将形状图形调整成如图 5-77 所示的形态。

图5-75 对齐后的形状图形

图5-76 绘制的形状图形

图5-77 调整后的形状图形

16. 为“形状 2”层的【渐变叠加】效果修改渐变颜色参数，如图 5-78 所示，单击 确定 按钮，效果如图 5-79 所示。

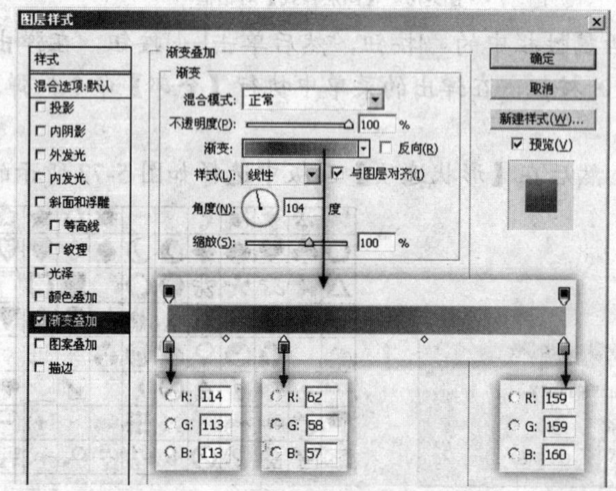

图5-78 【图层样式】对话框

17. 将“形状 2”层复制，利用 工具将其调整至如图 5-80 所示的形态。

图5-79 修改渐变颜色后的效果

图5-80 形状图形调整后的形态

18. 为“形状 2 副本”层的图形添加新的图层样式，各选项及参数设置如图 5-81 所示。

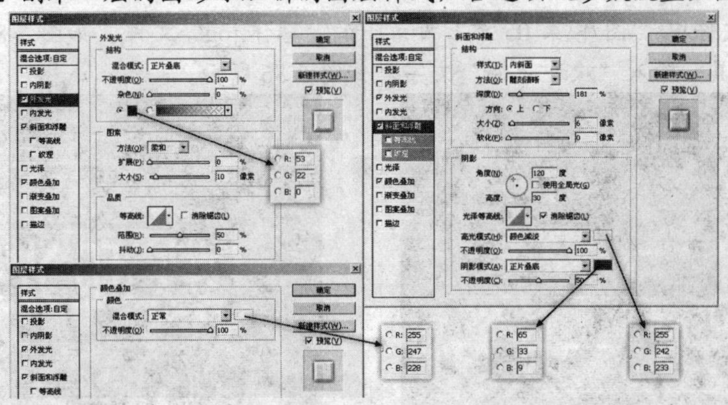

图5-81　【图层样式】对话框

19. 单击 确定 按钮，效果如图 5-82 所示。

20. 选择 T 工具，在标志的下面输入如图 5-83 所示的文字，标志设计完成。

图5-82　修改图层样式后的效果

XIANGLONGGONGGUAN

翔龙公馆

图5-83　设计完成的标志

21. 按 Ctrl+S 组合键，将此文件命名为“标志设计.psd”保存。

5.5　上机练习（5）——制作霓虹灯效果

目的：学习霓虹灯效果的制作方法。

内容：利用【路径】工具、【图层样式】命令和【高斯模糊】命令制作出如图 5-84 所示的霓虹灯效果。

图5-84　制作的霓虹灯效果

操作步骤

1. 打开素材文件中“\图库\第 05 章”目录下的“墙体.jpg”文件，如图 5-85 所示。
2. 选择 T 工具，输入“欢迎光临”文字，如图 5-86 所示。

图5-85 打开的图片

图5-86 输入的文字

3. 执行【图层】/【图层样式】/【外发光】命令，在弹出的【图层样式】对话框中分别设置各选项和参数，对话框设置及产生的效果如图 5-87 所示，单击 确定 按钮。

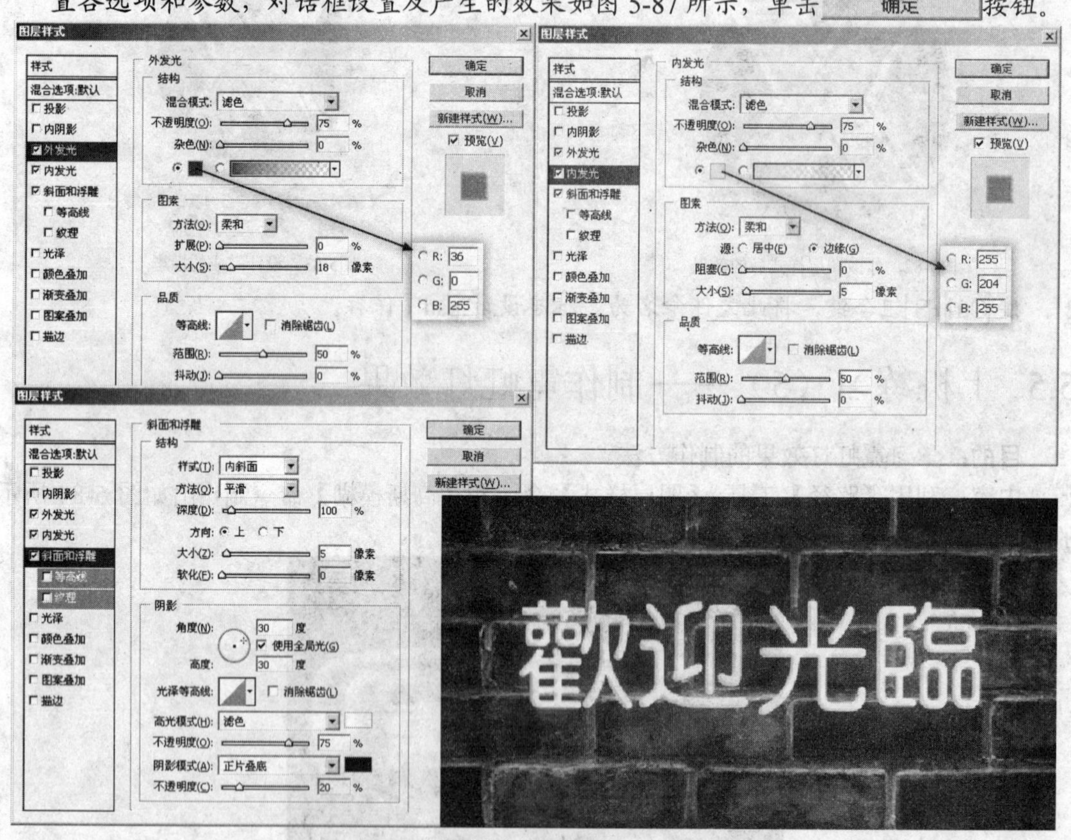

图5-87 【图层样式】对话框及文字效果

4. 按住 Ctrl 键单击文字层的缩览图，载入文字选区。执行【选择】/【修改】/【羽化】命令，弹出【羽化选区】对话框，参数设置如图 5-88 所示，单击 确定 按钮。
5. 新建“图层 1”，将其调整到文字层的下面，然后给选区填充白色，效果如图 5-89 所示。

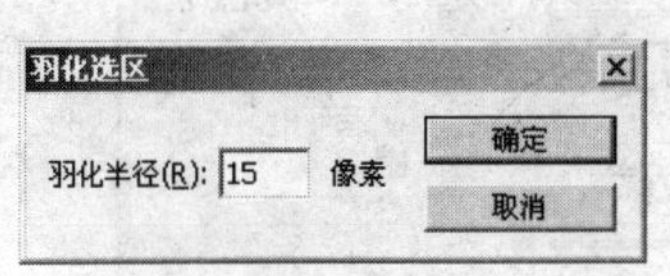

图5-88　【羽化选区】对话框

图5-89　填充白色效果

6. 选择工具，激活属性栏中的按钮，在【形状选项】面板中选择如图 5-90 所示的形状。新建“图层 2”，绘制出如图 5-91 所示的路径。

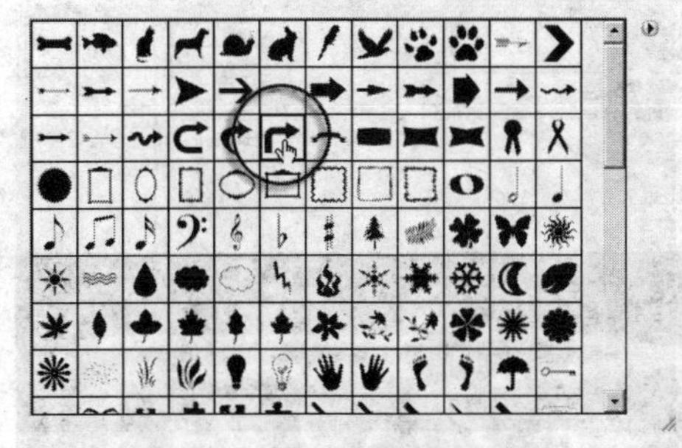

图5-90　选择的形状图形

图5-91　绘制的路径

7. 利用工具将路径选择，执行【编辑】/【变换路径】/【水平翻转】命令将路径翻转，如图 5-92 所示。然后将路径调整成如图 5-93 所示的形状。

图5-92　翻转后的路径

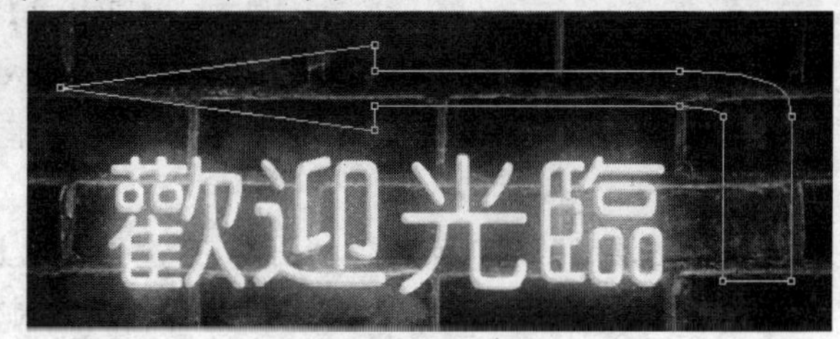

图5-93　调整后的路径

8. 按 Ctrl+Enter 组合键，将路径转换成选区，然后执行【编辑】/【描边】命令，弹出如图 5-94 所示的【描边】对话框。单击 确定 按钮，描边后的效果如图 5-95 所示。

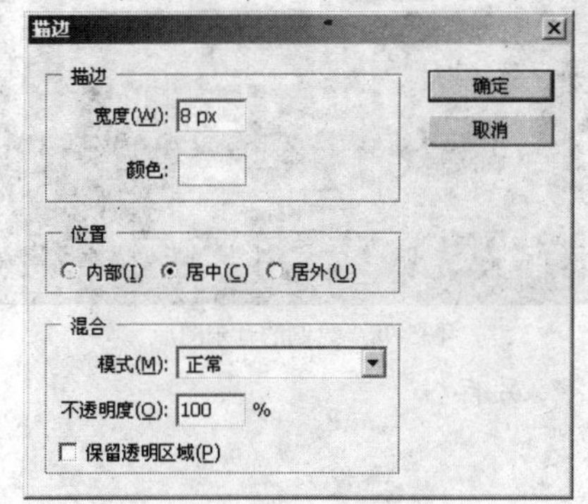

图5-94　【描边】对话框

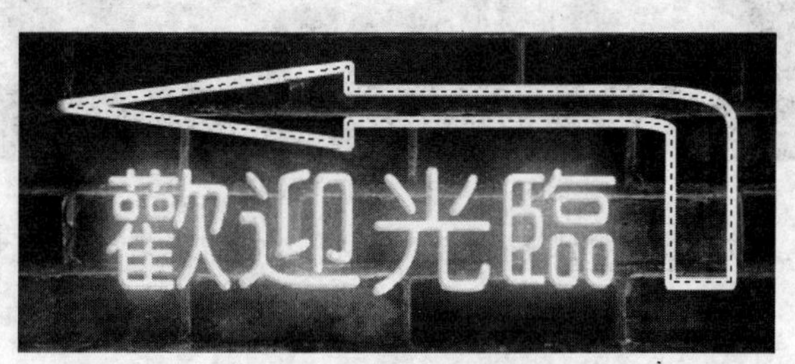

图5-95　描边后的效果

9. 执行【图层】/【图层样式】/【外发光】命令，在弹出的【图层样式】对话框中分别设置各选项及参数，对话框设置及产生的效果如图 5-96 所示，单击 确定 按钮。

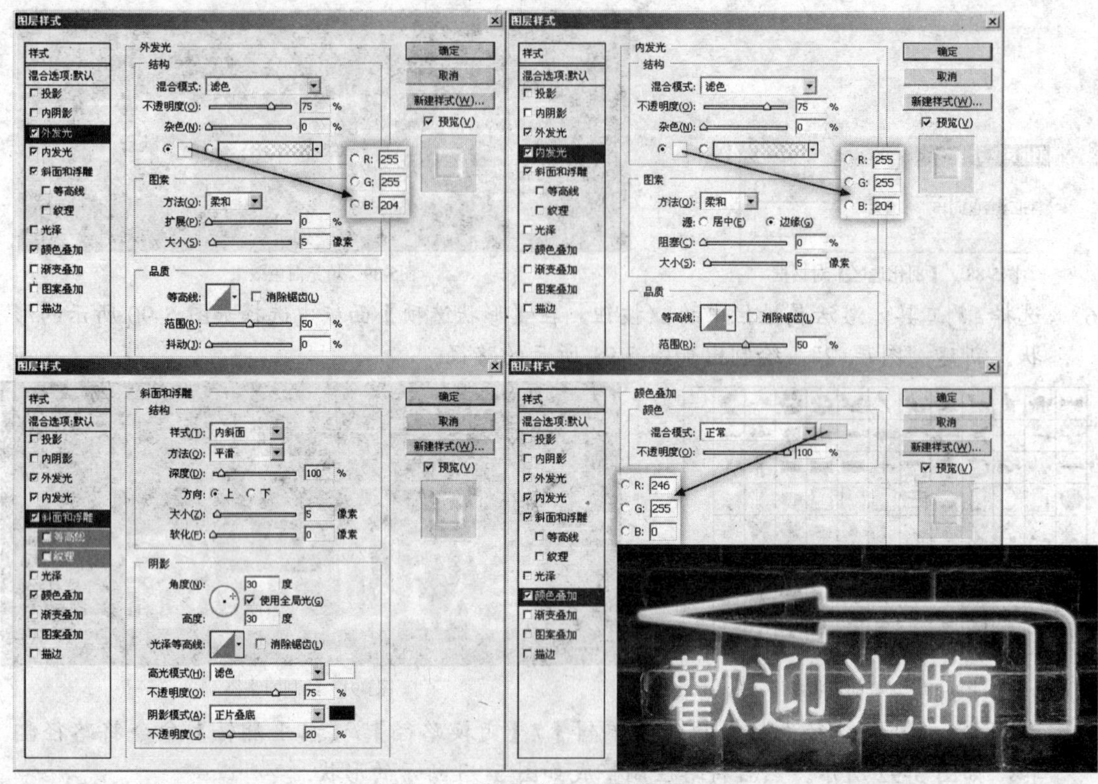

图5-96 【图层样式】对话框及效果

10. 按住 Ctrl 键单击“图层 2”的缩览图，载入图形的选区，执行【选择】/【修改】/【羽化】命令，在弹出的【羽化选区】对话框中设置【羽化半径】参数为“15”，单击 确定 按钮。
11. 在“图层 2”的下面新建“图层 3”，并填充上黄色(R:255,G:255)，效果如图 5-97 所示。
12. 使用相同的制作方法，在文字的下面再绘制上音乐图形，其图形的【图层样式】叠加颜色为蓝色(R:102,G:103,B:255)，其他参数及颜色可自行设置，效果如图 5-98 所示。

图5-97 填充颜色后的效果

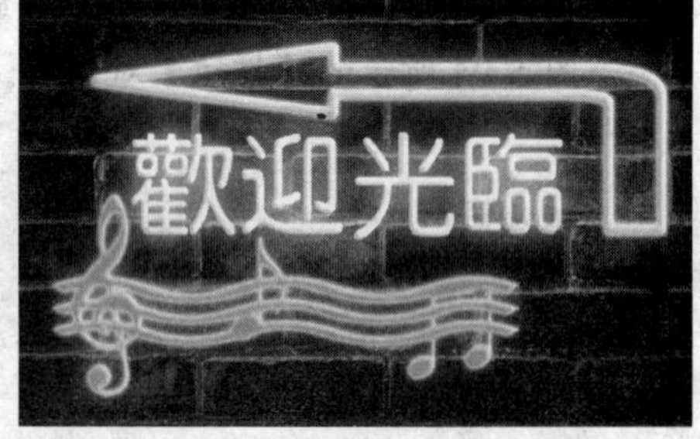

图5-98 绘制的音乐图形

13. 按 Shift+Ctrl+S 组合键，将此文件命名为“霓虹灯.psd”另存。

第6章　图层、蒙版与通道

6.1　上机练习（1）——移花接木“换脸”

目的：学习将两幅图像进行合成的方法。

内容：依次将素材文件中的“照片 06-1.jpg”和“照片 06-2.jpg”文件打开，然后将“照片 06-2”中的人物面部合成到“照片 06-1”文件中，用到的素材图片及合成后的效果如图 6-1 所示。

图6-1　素材图片及合成后的效果

在“移花接木”之前，要找几张合适的素材图片——背景图和要替换的图。为了以后的制作方便，建议素材图片要找造型比较相似的。比如原图中人物是侧脸的，那在找背景图的时候也要找人物脸是侧面的，如果找的是正脸人物，在以后的修改中不但步骤会繁杂许多，而且合成出来的人脸也容易变形。

操作步骤

1. 将素材文件中“图库\第 06 章”目录下的“照片 06-1.jpg”和“照片 06-2.jpg”文件打开。
2. 利用工具将“照片 06-2”图片中人物的头部选择，如图 6-2 所示。然后利用工具将选区内的图像移动复制到“照片 06-1”文件中，生成“图层 1”。
3. 将“图层 1”的【不透明度】参数设置为“70%”，以方便图像的对齐调整，效果如图 6-3 所示。
4. 按 Ctrl+T 组合键，为“图层 1”中的图像添加自由变换框，然后将图像调整至如图 6-4 所示的大小及角度。

图6-2　选择的人物面部区域

图6-3　降低不透明度后的效果

图6-4　图像调整后的大小及角度

5. 按 Enter 键确认图像的调整操作，然后将“图层 1”的【不透明度】参数设置为“100%”。
6. 单击按钮为“图层 1”添加图层蒙版，然后将前景色设置为黑色。
7. 选择工具，设置合适的笔头大小后，将鼠标光标移动到人物头部的边缘位置依次拖曳描绘黑色，将生硬的边缘隐藏，使其能更好地与下方图像融合，效果如图 6-5 所示。
8. 按 Ctrl+L 组合键，弹出【色阶】对话框，参数设置如图 6-6 所示。单击 确定 按钮，效果如图 6-7 所示。

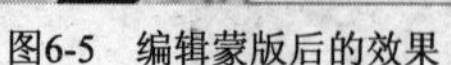
图6-5 编辑蒙版后的效果

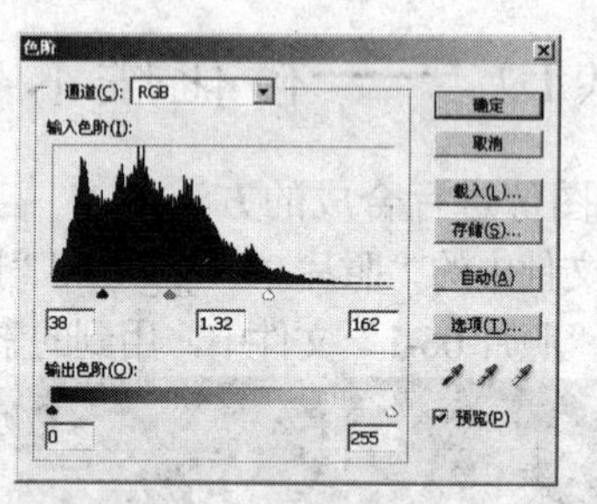

图6-6 【色阶】对话框

图6-7 调整色阶后的图像效果

9. 按 Ctrl+B 组合键，弹出【色彩平衡】对话框，参数设置如图 6-8 所示，然后单击 确定 按钮。
10. 新建“图层 2”，然后选择工具，分别设置合适的笔头大小后在人物的眼白及眼珠位置描绘白色，使眼睛更加有神，效果如图 6-9 所示。

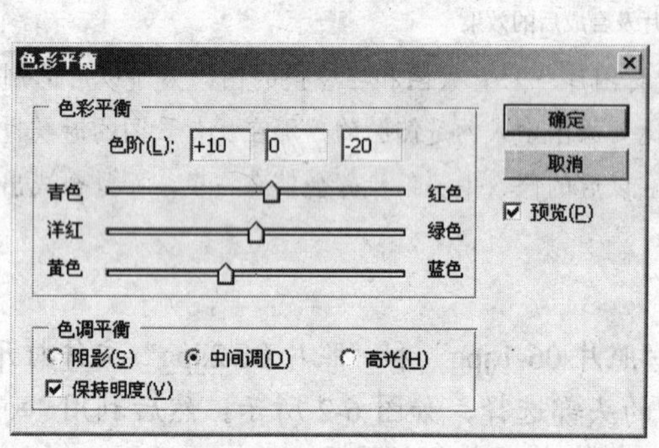

图6-8 【色彩平衡】对话框

图6-9 绘制的眼白效果

11. 至此换脸操作完成，按 Shift+Ctrl+S 组合键，将此文件命名为“换脸.psd”另存。

6.2 上机练习（2）——利用图层样式制作珍珠效果

目的：学习【图层样式】命令的灵活运用。

内容：制作的珍珠效果如图 6-10 所示。

操作步骤

1. 将素材文件中“图库\第 06 章”目录下的“背景.jpg”文件打开。
2. 将前景色设置为白色，然后选择工具，并激活属性栏中的按钮，再在画面中绘制出如图 6-11 所示的白色圆形。

3. 按 Ctrl+T 组合键，为圆形添加自由变换框，然后将其调整至合适的大小及角度后放置到如图 6-12 所示的位置。
4. 选择 工具，按住 Alt 键，将圆形移动复制，然后将复制出的圆形调整至合适的大小和角度后放置到如图 6-13 所示的位置。

图6-10　制作的珍珠效果

图6-11　绘制的图形

图6-12　图形调整后放置的位置

图6-13　复制的图形调整后的形态及位置

5. 执行【图层】/【图层样式】/【投影】命令，弹出【图层样式】对话框，设置各选项及参数如图 6-14 所示。

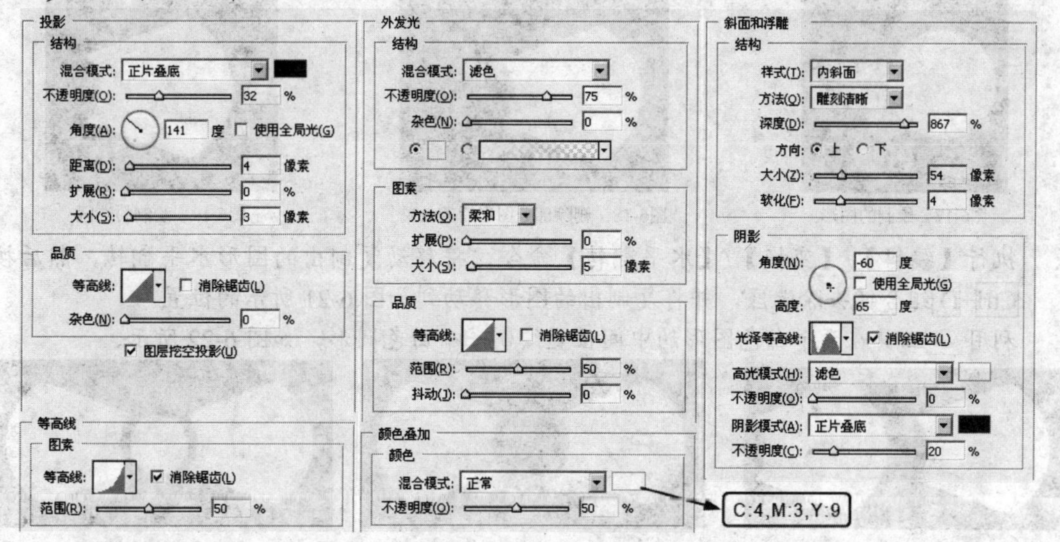

图6-14　设置的参数

6. 单击 确定 按钮，即可完成珍珠效果的制作。然后按 Shift+Ctrl+S 组合键，将此文件命名为“珍珠耳坠.psd”另存。

6.3 上机练习（3）——制作网页按钮

目的：学习利用【图层样式】命令制作网页按钮。

内容：制作的网页按钮效果如图 6-15 所示。

操作步骤

1. 新建一个【宽度】为“10”厘米，【高度】为“8”厘米，【分辨率】为“120”像素/英寸，【颜色模式】为“RGB 颜色”，【背景内容】为“黑色”的文件。
2. 新建“图层 1”，利用【椭圆】工具 绘制一个白色的圆形。
3. 按 Ctrl+R 组合键，将标尺显示在文件中，然后在标尺上按下鼠标左键向画面中拖曳，添加如图 6-16 所示的参考线。

图6-15　制作的按钮效果

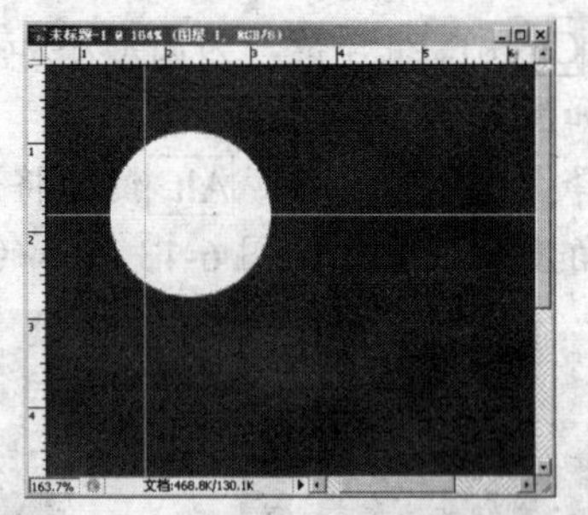

图6-16　添加的参考线

4. 利用工具绘制出如图 6-17 所示的选区，然后按 Delete 键删除选区内的白色。再利用工具在右边绘制一个圆形选区，按 Delete 键删除，得到如图 6-18 所示的图形。
5. 利用工具绘制出如图 6-19 所示的矩形选区，然后按住 Ctrl+Alt 组合键，将鼠标光标放置在选区内，按下鼠标左键并向右拖曳复制图形，如图 6-20 所示。

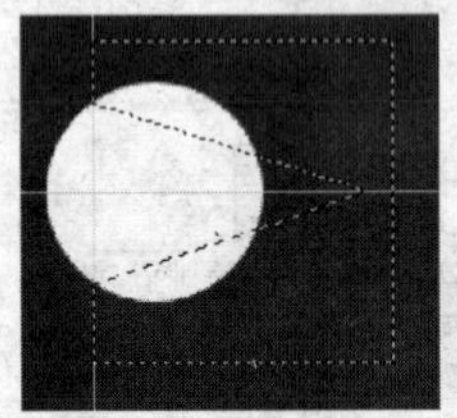

图6-17　绘制的图形

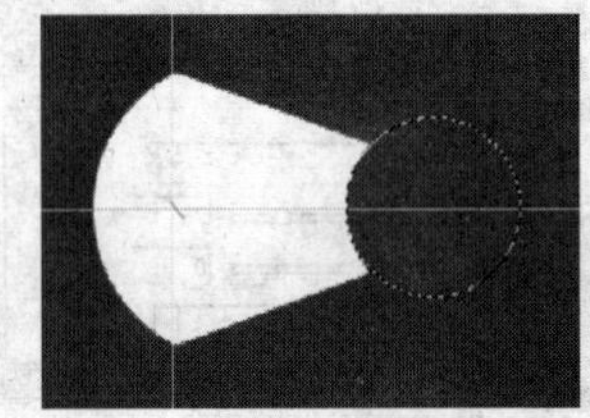

图6-18　删除部分图形后的效果

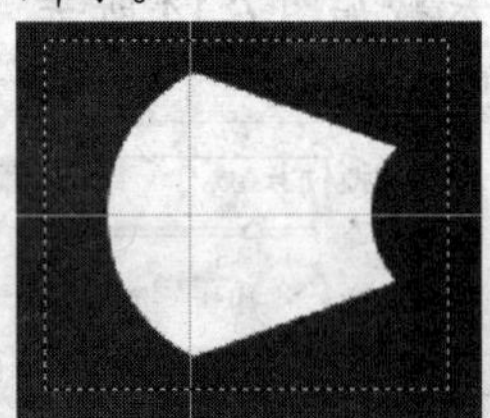

图6-19　绘制的选区

6. 执行【编辑】/【变换】/【水平翻转】命令，将移动复制出的图形水平翻转，然后按 Ctrl+D 组合键去除选区，并将复制出的图形移动到如图 6-21 所示的位置。
7. 利用工具在两个白色图形的中间位置绘制一个白色圆形，如图 6-22 所示。

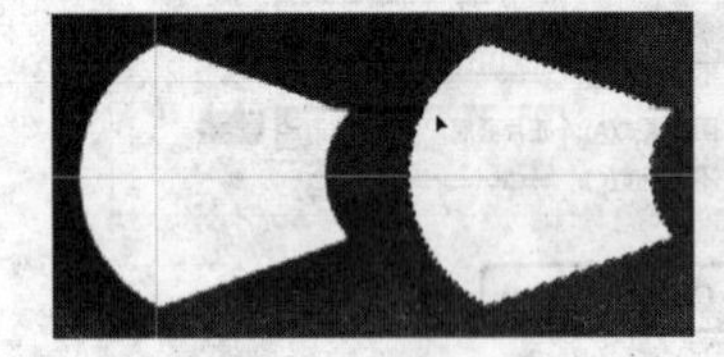

图6-20　复制图形时的状态

图6-21　复制的图形调整后的位置

图6-22　绘制的圆形

8. 执行【图层】/【图层样式】/【混合选项】命令，在弹出的【图层样式】对话框中设置各选项的参数如图 6-23 所示。

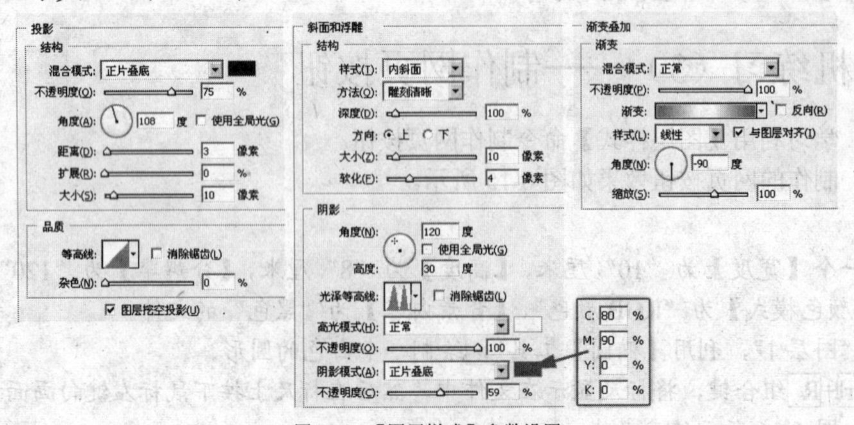

图6-23　【图层样式】参数设置

9. 单击 确定 按钮，添加图层样式后的图形效果如图 6-24 所示。
10. 新建“图层 2”，选择 工具，在属性栏中设置 边: 3 的参数为“3”，然后在按钮图形上面绘制出如图 6-25 所示的两个三角形。

图6-24　添加图层样式后的效果

图6-25　绘制的图形

11. 执行【图层】/【图层样式】/【外发光】命令，为图形添加如图 6-26 所示的外发光效果。
12. 按住 Shift 键，在【图层】面板中将“图层 1”与“图层 2”同时选择。
13. 执行【图层】/【新建】/【从图层建立组】命令，弹出如图 6-27 所示的【从图层新建组】对话框，单击 确定 按钮，建立“组 1”。

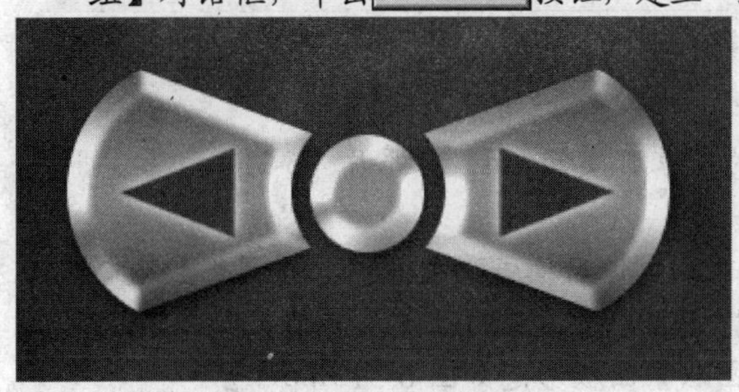
图6-26　添加的外发光效果

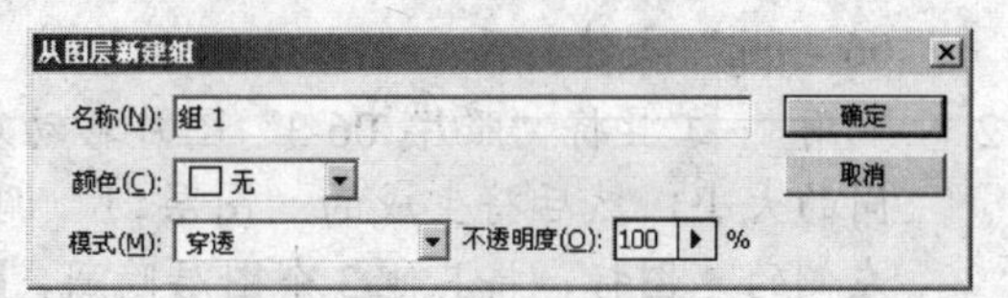

图6-27　【从图层新建组】对话框

14. 在【图层】面板中复制“组 1”为“组 1 副本”，然后将“组 1 副本”在画面中向下移动位置。
15. 将鼠标光标放置到如图 6-28 所示的“组 1 副本”层中的右三角形按钮上单击，将组展开。
16. 在“图层 1 副本”层下方的“颜色叠加”效果层中双击，在弹出的【图层样式】对话框中修改渐变颜色如图 6-29 所示。

图6-28　鼠标光标单击的位置

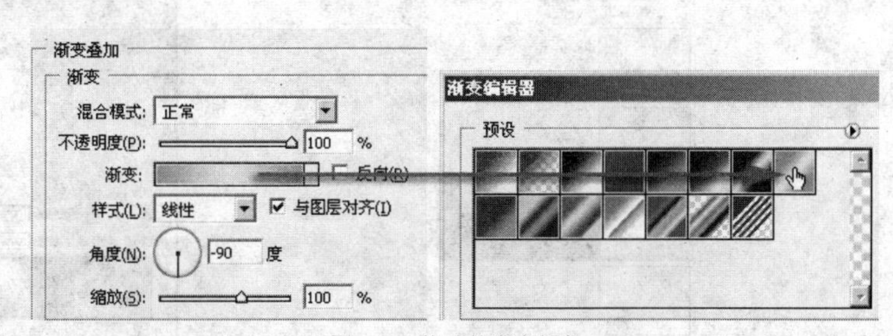

图6-29　修改的渐变颜色

17. 单击 确定 按钮，复制出的按钮颜色就修改了。使用相同的方法将“图层 2 副本”层中“外发光”样式的颜色也修改一下，即可完成按钮的制作。
18. 按 Ctrl+S 组合键，将此文件命名为“网页按钮.psd”保存。

6.4 上机练习（4）——利用蒙版合成图像

目的：学习利用蒙版合成图像、制作婚纱照艺术效果的方法。

内容：灵活运用图层蒙版将各素材图片合成，制作出婚纱照的艺术效果，各素材图片及合成后的效果如图 6-30 所示。

图6-30　素材图片及合成后的效果

操作步骤

1. 将素材文件中“图库\第 06 章”目录下的“像册模版.psd”、“照片 06-3.jpg”和“照片 06-4.jpg”文件打开。
2. 利用工具将“照片 06-3”图片移动复制到“像册模版”文件中，并调整至与文件相同的大小，然后将生成的“图层 1”调整至“背景”层的上方，并依次单击其上图层左侧的图标，将其他 3 个图层隐藏，【图层】面板形态如图 6-31 所示。
3. 单击按钮，为“图层 1”层添加图层蒙版，然后将前景色设置为黑色。
4. 选择工具，设置合适的笔头大小后在要隐藏的区域上拖曳，生成的效果及蒙版形态如图 6-32 所示。

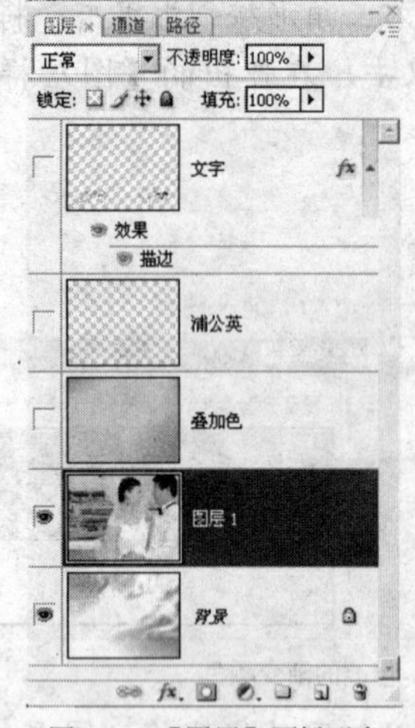

图6-31　【图层】面板形态

图6-32　添加蒙版并编辑后的效果

5. 将“照片 06-4.jpg”文件设置为工作状态，然后利用工具将其移动复制到像册模板文件中，调整大小后放置到如图 6-33 所示的位置。

6. 将生成的“图层 2”调整至“图层 1”的上方，然后为其添加蒙版，再选择工具，设置合适的笔头大小后在要隐藏的区域拖曳，生成的效果及蒙版形态如图 6-34 所示。

图6-33 图片调整后的大小及位置

图6-34 添加蒙版并编辑后的效果

7. 依次单击上方图层前面的图标，将隐藏的图层显示，完成图像的合成。然后按 Shift+Ctrl+S 组合键，将此文件命名为“图像合成.psd”另存。

6.5 上机练习（5）——利用调整层调整图像色调

目的：学习利用调整层将图像调整为非主流色调。

内容：灵活运用各种【调整】命令，将图像调整为非主流色调，素材图片及调整后的效果对比如图 6-35 所示。

图6-35 素材图片及调整色调后的效果

要点提示 非主流张扬个性、另类、非大众化，不盲从当今大众的潮流，讲究符合自己的个性。下面就利用调整层来调整一幅非主流色调的照片。

操作步骤

1. 将素材文件中“图库\第 06 章”目录下的“照片 06-5.jpg”文件打开。
2. 新建“图层 1”，然后为其填充浅蓝色（R:178,G:228,B:247），并将其图层混合模式设置为“强光”，效果如图 6-36 所示。
3. 将“背景”层复制为“背景 副本”层，然后将其调整至“图层 1”的上方，并将其图层混合模式设置为“柔光”。
4. 将“背景 副本”层再次复制为“背景 副本 2”层，效果如图 6-37 所示。
5. 再次复制“背景 副本 2”层为“背景 副本 3”层，以增强人物的清晰度。
6. 单击按钮，在弹出的菜单中选择【曲线】命令，然后在弹出的【曲线】对话框中依次调整【蓝通道】和【RGB 通道】的曲线形态，如图 6-38 所示。

7. 单击 确定 按钮，添加“曲线”调整层后的效果如图 6-39 所示。

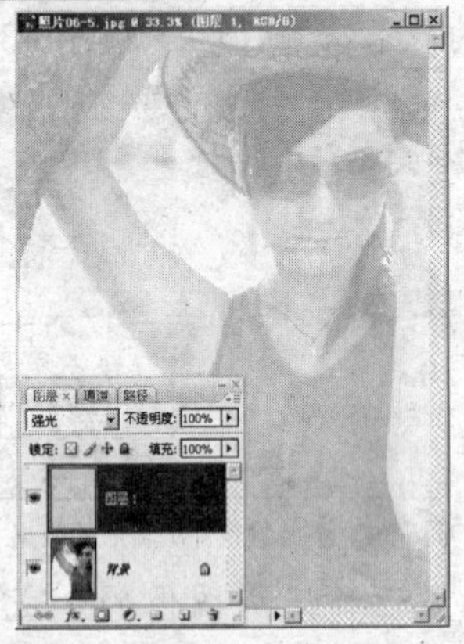

图6-36 调整混合模式后的效果

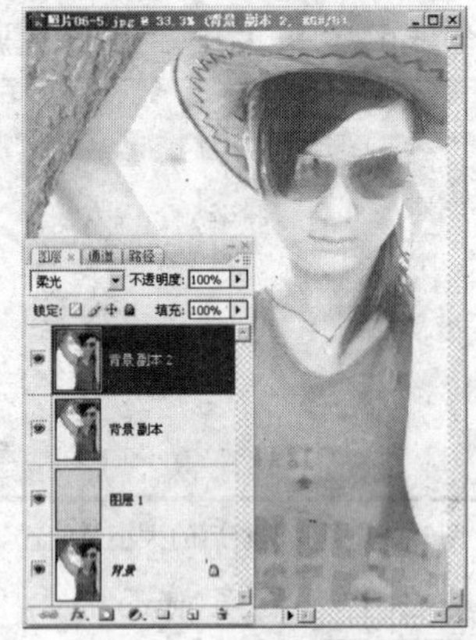

图6-37 复制出的图层

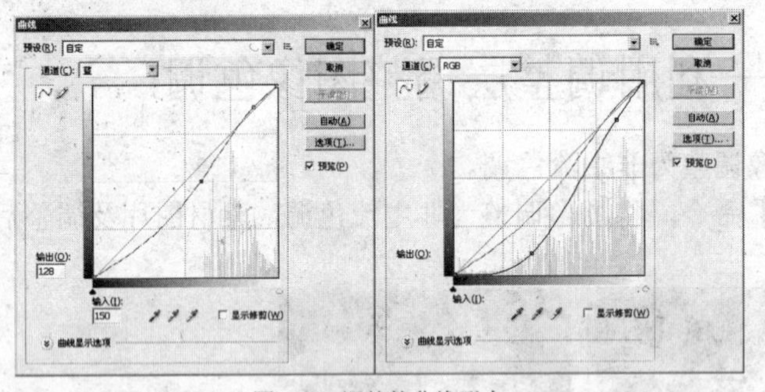

图6-38 调整的曲线形态

图6-39 添加调整层后的效果

8. 按 Shift+Ctrl+Alt+E 组合键盖印图层，生成“图层 2”。然后新建“图层 3”并为其填充浅黄色（R:251,G:247,B:218），再分别将其图层混合模式设置为“正片叠底”，【不透明度】参数设置为“40%”，效果如图 6-40 所示。
9. 单击 按钮，在弹出的菜单中选择【通道混和器】命令，然后在弹出的【通道混和器】对话框中设置【蓝】通道的参数如图 6-41 所示，单击 确定 按钮，效果如图 6-42 所示。

图6-40 填色并设置后的效果

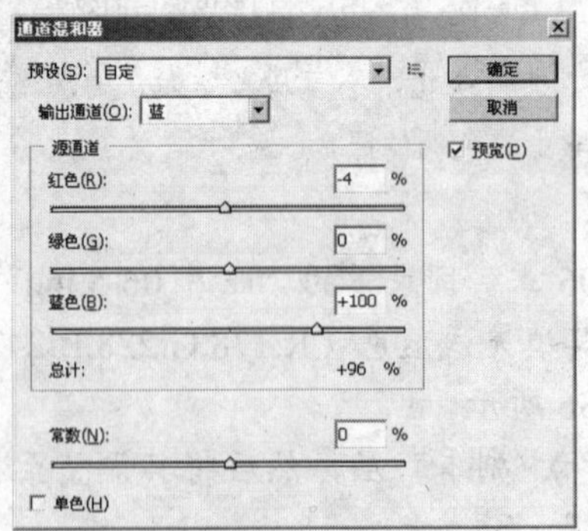

图6-41 【通道混和器】对话框

图6-42 调整通道后的效果

10. 按 Shift+Ctrl+Alt+E 组合键盖印图层，生成“图层 4”，然后执行【图像】/【调整】/【去色】命令，将图像的颜色去除。
11. 按 Ctrl+B 组合键，弹出【色彩平衡】对话框，颜色参数设置如图 6-43 所示，单击 确定 按钮，效果如图 6-44 所示。

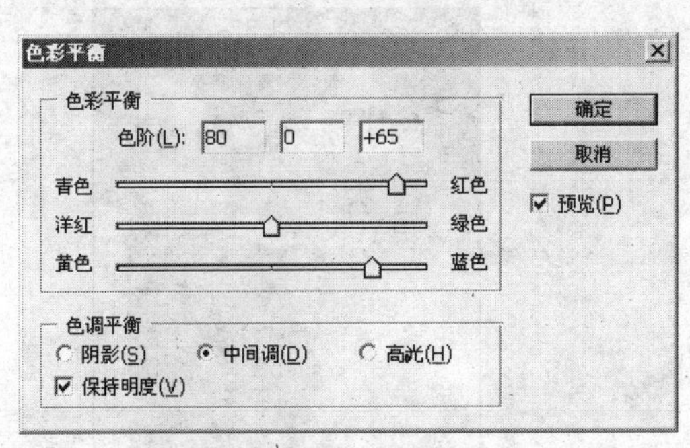

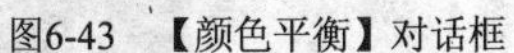

图6-43　【颜色平衡】对话框

图6-44　调整颜色平衡后的效果

12. 执行【滤镜】/【模糊】/【高斯模糊】命令，为画面添加模糊效果，参数设置及模糊后的效果如图 6-45 所示。
13. 将“图层 4”的图层混合模式设置为“柔光”，然后添加“亮度/对比度”调整层，参数设置及效果如图 6-46 所示。
14. 按 Shift+Ctrl+Alt+E 组合键盖印图层，生成“图层 5”，然后选择工具，设置合适的笔头大小及【曝光度】参数后，将鼠标光标移动到画面中的人物图像区域依次拖曳，加深人物图像，效果如图 6-47 所示。

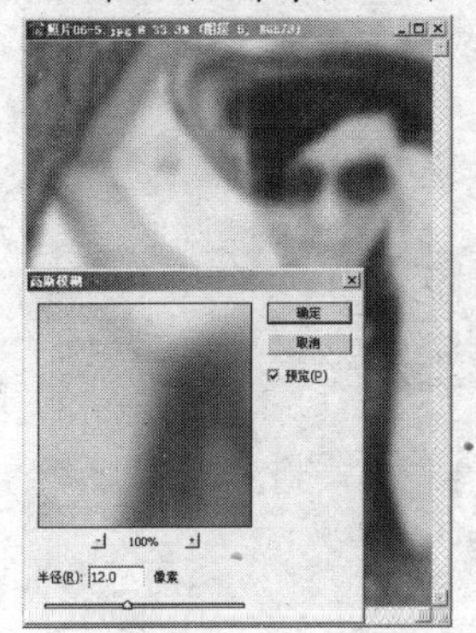

图6-45　模糊参数设置及效果

图6-46　调整亮度及对比度后的效果

图6-47　加深颜色后的效果

15. 为画面再次添加“曲线”调整层，各通道曲线形态及调整后的画面效果如图 6-48 所示。

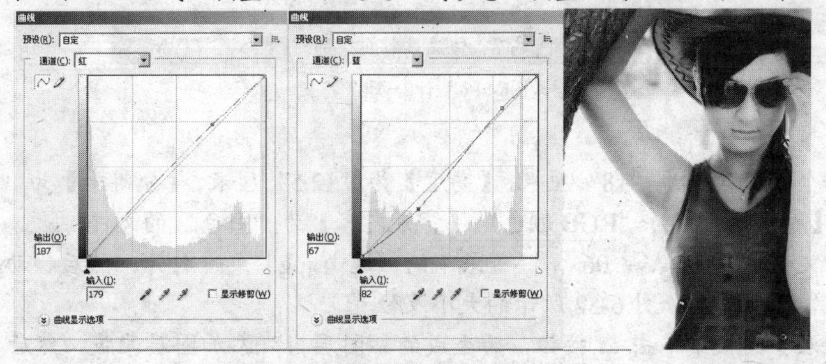

图6-48　调整的曲线形态及调整后的效果

16. 按 Shift+Ctrl+Alt+E 组合键盖印图层，生成“图层 6”，然后执行【滤镜】/【锐化】/【USM 锐化】命令，弹出【USM 锐化】对话框，参数设置如图 6-49 所示，单击 确定 按钮，效果如图 6-50 所示。

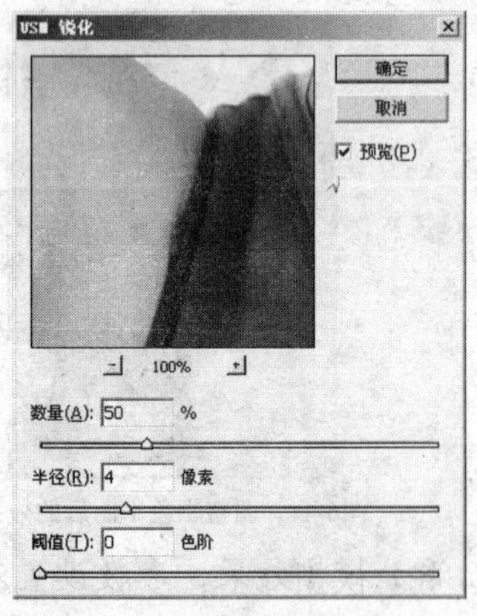

图6-49 【USM 锐化】对话框

图6-50 锐化处理后的效果

17. 至此，非主流个性色调调整完成，按 Shift+Ctrl+S 组合键，将此文件命名为“非主流色调.psd”另存。

6.6 上机练习（6）——设计房地产广告

目的：学习利用蒙版合成图像，然后设计出房地产广告。

内容：设计的房地产广告效果如图 6-51 所示。

图6-51 设计的房地产广告

操作步骤

1. 新建一个【宽度】为“18”厘米，【高度】为“12.5”厘米，【分辨率】为“180”像素/英寸，【颜色模式】为“RGB 颜色”，【背景内容】为“白色”的文件。
2. 将素材文件中“图库\第 06 章”目录下的“远山.jpg”文件打开，然后移动复制到新建文件中，并调整至如图 6-52 所示的大小及位置。
3. 在【图层】面板中单击 按钮，为生成的“图层 1”添加图层蒙版，然后将前景色设置为黑色。
4. 选择 工具，并选择“前景到透明”的渐变选项，确认属性栏中的 按钮处于激活状态，在画面中自下向上拖曳鼠标光标，为图层蒙版填充渐变色，生成的画面效果及【图层】面板形态如图 6-53 所示。

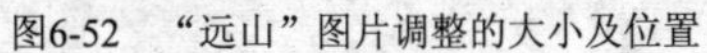

图6-52　“远山”图片调整的大小及位置

图6-53　编辑蒙版后的效果

5. 将素材文件中“图库\第 06 章”目录下的“小提琴.jpg”文件打开，然后利用工具将白色背景选择，如图 6-54 所示。
6. 按 Shift+Ctrl+I 组合键将选区反选，然后利用工具将选区内的图像移动复制到新建文件中，并调整至如图 6-55 所示的大小及位置。

图6-54　选择的白色背景

图6-55　导入图像调整的大小及位置

7. 在【图层】面板中单击按钮，在弹出的菜单中选择【色彩平衡】命令，然后在弹出的【色彩平衡】对话框中设置选项及参数如图 6-56 所示，单击 确定 按钮，效果如图 6-57 所示。

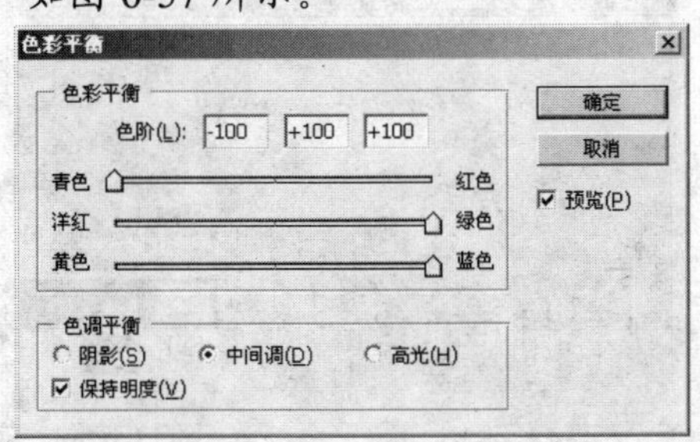

图6-56　【色彩平衡】对话框

图6-57　调整色调后的效果

8. 将素材文件中“图库\第 06 章”目录下的“效果图.jpg”文件打开，然后利用工具将其移动复制到新建文件中，放置的位置如图 6-58 所示。
9. 按住 Ctrl 键单击“图层 2”的图层缩览图，加载小提琴图形的选区，然后执行【选择】/【修改】/【收缩】命令，在弹出的【收缩选区】对话框中将【收缩量】的参数设置为“10”像素。

10. 单击 确定 按钮，选区收缩后的效果如图 6-59 所示。

图6-58 图像放置的位置

图6-59 选区收缩后的效果

11. 执行【选择】/【修改】/【羽化】命令，在弹出的【羽化选区】对话框中将【羽化半径】的参数设置为“30”像素。
12. 单击 确定 按钮，选区羽化后的效果如图 6-60 所示。
13. 执行【图层】/【图层蒙版】/【显示选区】命令，图像添加图层蒙版后的效果如图 6-61 所示。

图6-60 选区羽化后的效果

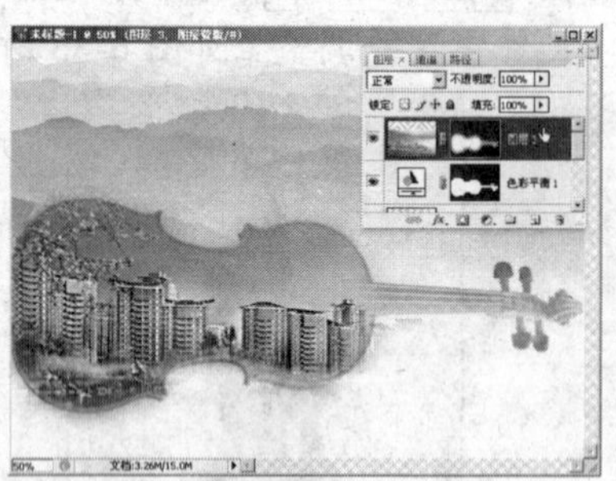

图6-61 添加图层蒙版后的效果

14. 按住 Ctrl 键单击“图层 2”的图层缩览图，再次加载小提琴图形的选区，然后按 Shift+Ctrl+I 组合键将选区反选，并为选区填充灰色（R:90,G:90,B:95），此时的画面效果如图 6-62 所示。
15. 按 Ctrl+D 组合键去除选区，然后利用 工具在画面的上边缘处描绘黑色，使蒙版中的画面与其下面的图像更好地融合，效果如图 6-63 所示。

图6-62 填充灰色后的效果

图6-63 编辑蒙版后的效果

16. 将素材文件中“图库\第 06 章”目录下的“海鸥.psd”文件打开，然后利用 工具将其移动复制到新建文件中，并调整至如图 6-64 所示的大小及位置。
17. 用移动复制及缩放操作依次在画面中复制两个海鸥，如图 6-65 所示。

图6-64　海鸥图片调整后的大小及位置

图6-65　复制出的海鸥

图像合成完后，下面来输入相关的广告文字内容。

18. 新建“图层 5”，利用 工具在画面的下方绘制暗红色（R:100,G:40,B:60）矩形，然后利用 T 工具在画面的左上方输入如图 6-66 所示的黑色文字。

19. 利用【图层】/【图层样式】/【外发光】命令为文字添加外发光效果，在弹出的【图层样式】对话框中设置的参数及生成的效果如图 6-67 所示。

图6-66　输入的黑色文字

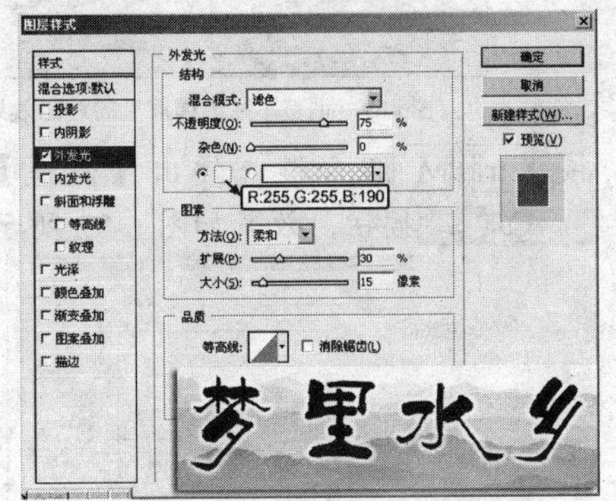

图6-67　设置的外发光参数及效果

20. 利用 T 和 T 工具在画面中依次输入其他的相关文字，如图 6-68 所示，完成房地产广告的设计。

图6-68　输入的文字

21. 按 Ctrl+S 组合键，将此文件命名为“房地产广告.psd”保存。

6.7 上机练习（7）——调整军绿色调

目的：学习通过调整通道从而调整图像色调的方法。

内容：素材图片及调整后的效果如图 6-69 所示。

操作步骤

1. 打开素材文件中“图库\第 06 章”目录下的“照片 06-6.jpg”文件。
2. 按 Ctrl+J 组合键，将“背景”层复制为“图层 1”，然后按 Ctrl+A 组合键全选图像，按 Ctrl+C 组合键复制图像，以备后用，再按 Ctrl+D 组合键去除选区。
3. 打开【通道】面板，单击“红”通道将其设置为工作通道，然后在“RGB”通道前面位置单击，显示“RGB”通道的复合通道，以便观察后面调整颜色时的效果，如图 6-70 所示。

图6-69 调整军绿色调前后的对比效果

图6-70 选择的“红”通道

4. 按 Ctrl+M 组合键，弹出【曲线】对话框，调整曲线形态如图 6-71 所示，单击 确定 按钮，效果如图 6-72 所示。

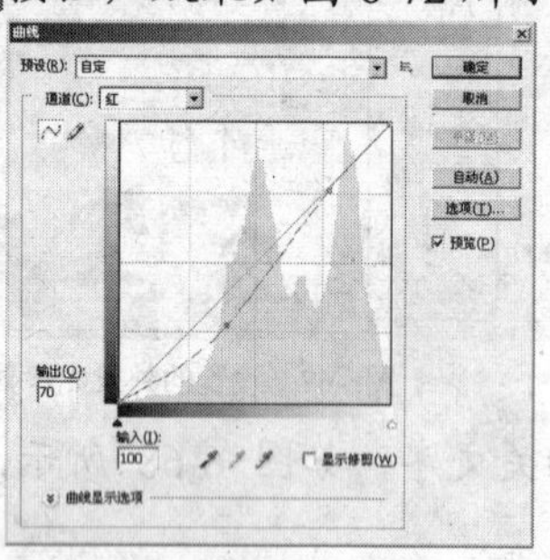

图6-71 调整的曲线形态

图6-72 调色后的效果

5. 单击“绿”通道将其设置为工作通道，然后按 Ctrl+M 组合键，弹出【曲线】对话框，调整曲线形态如图 6-73 所示，单击 确定 按钮，效果如图 6-74 所示。
6. 单击“蓝”通道将其设置为工作通道，然后按 Ctrl+V 组合键将步骤 2 中复制的图像粘贴到“蓝”通道中，效果如图 6-75 所示。

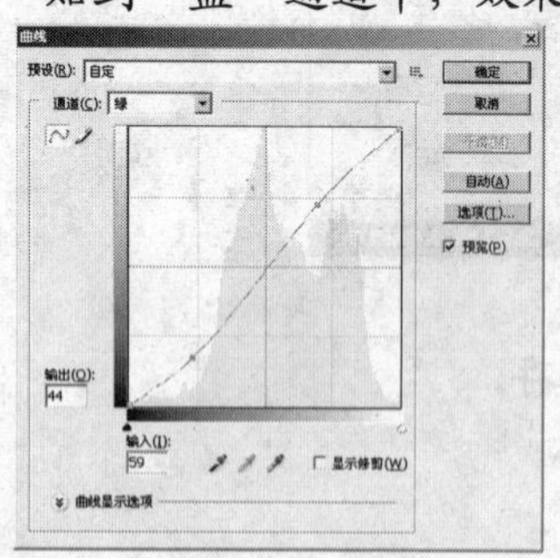

图6-73 调整的曲线形态

图6-74 调色后的效果

图6-75 调色后的效果

7. 按 Shift+Ctrl+S 组合键，将此文件命名为“军绿色调.psd”另存。

6.8 上机练习（8）——调整暖色调

目的：学习反转通道并结合图层混合模式来制作暖色调的方法。

内容：素材图片及调整后的效果如图 6-76 所示。

操作步骤

1. 打开素材文件中“图库\第 06 章”目录下的“照片 06-7.jpg”文件。
2. 连续按两次 Ctrl+J 组合键，复制“背景”层为“图层 1”和“图层 1 副本”层。
3. 打开【通道】面板，单击“绿”通道将其设置为工作通道，然后在“RGB”通道前面位置单击，显示“RGB”通道复合通道，以便观察调整颜色时的效果。
4. 按 Ctrl+I 组合键将通道反相，此时的图像效果如图 6-77 所示。

图6-76　素材图片及调整后的效果

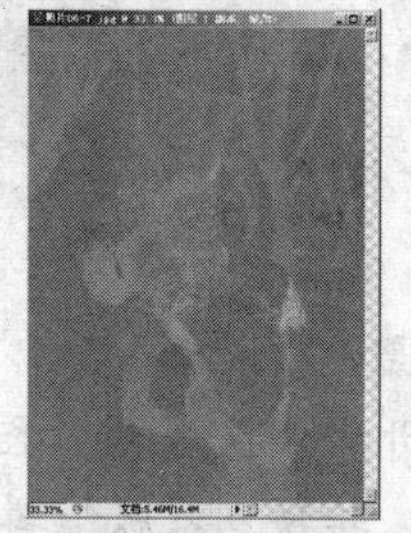

图6-77　“绿”通道反相后的效果

5. 打开【图层】面板，将“图层 1”设置为工作层，并隐藏“图层 1 副本”层。打开【通道】面板，将“蓝”通道设置为工作通道，然后按 Ctrl+I 组合键将通道反相，此时的图像效果如图 6-78 所示。
6. 打开【图层】面板，将“图层 1”的图层混合模式设置为“亮光”，【不透明度】参数设置为“70%”。然后将“图层 1 副本”的图层混合模式设置为“颜色加深”，【不透明度】参数设置为“40%”，画面效果如图 6-79 所示。
7. 按 Shift+Ctrl+Alt+E 组合键盖印图层，生成“图层 2”，然后单击按钮为“图层 2”层添加图层蒙版，再将“图层 1 副本”和“图层 1”层隐藏。
8. 选择工具，设置一个圆形且边缘虚化的画笔笔头，然后将不透明度: 20% 的参数设置为“20%”。
9. 将前景色设置为黑色，然后将鼠标光标移动到人物身上及周围位置拖曳，编辑蒙版，使其显示出“背景”层中原有的颜色，效果如图 6-80 所示。

图6-78　“蓝”通道反相后的效果

图6-79　设置混合模式后的效果

图6-80　编辑蒙版后的效果

10. 按 Shift+Ctrl+S 组合键，将此文件命名为“暖色调.psd”另存。

6.9 上机练习（9）——利用快速蒙版选择图像

目的：学习利用快速蒙版选择复杂图像的方法。

内容：利用快速蒙版将人物图像从背景中选出，然后移动复制到新的文件中，制作出艺术照效果。打开的素材图片及合成后的效果如图 6-81 所示。

图6-81 原图片及合成的艺术照效果

操作步骤

1. 打开素材文件中“图库\第 06 章”目录下的“照片 06-8.jpg”文件，然后单击按钮，转换到蒙版编辑模式状态下。
2. 选择工具，在笔头设置面板中设置笔头的【主直径】参数为“15 像素”，【硬度】参数为“100%”。
3. 按 Ctrl+ + 组合键将图像放大显示，然后按住空格键拖曳鼠标光标，平移图像在绘图窗口中的显示位置，将人物的头部显示。
4. 确认工具箱中的前景色为黑色，利用设置的画笔沿人物的轮廓边缘描绘颜色，如图 6-82 所示。

在沿人物的轮廓边缘绘制蒙版颜色时，难免将颜色绘制到人物的外面，为了使绘制的颜色沿人物的边缘更为准确，可以将前景色设置为白色，然后在绘制到人物轮廓边缘以外的蒙版颜色上拖曳，以编辑蒙版。

5. 用同样的方法，利用【画笔】工具沿人物的边缘绘制上颜色。在绘制时可以根据读者需要适当调整画笔笔头的大小，以使绘制的颜色更加准确，如图 6-83 所示。
6. 选择工具，在人物上单击填充颜色，然后单击按钮转换到默认的编辑模式下，生成的选区形态如图 6-84 所示。

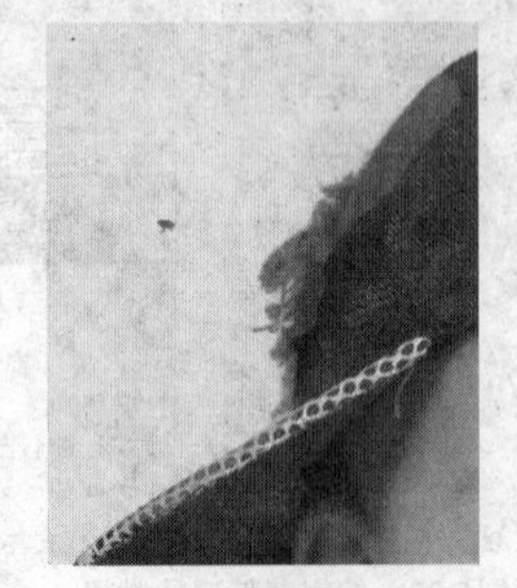

图6-82 沿人物轮廓边缘描绘出的颜色

图6-83 描绘的轮廓边缘

图6-84 生成的选区

7. 将素材文件中“图库\第 06 章”目录下的“儿童模版.jpg”文件打开。
8. 将“照片 06-8.jpg”文件设置为工作状态，然后利用 工具将选择的图像移动复制到“儿童模版”文件中。
9. 执行【编辑】/【变换】/【水平翻转】命令，将图像在水平方向上翻转，然后利用【自由变换】命令将其调整至如图 6-85 所示的大小及位置。
10. 执行【图层】/【图层样式】/【外发光】命令，为人物图像添加白色的外发光效果，参数设置及添加的发光效果如图 6-86 所示。

图6-85　图像调整后的大小及位置

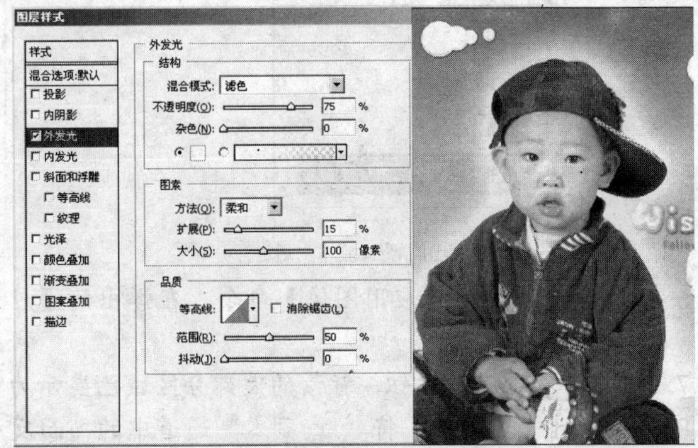

图6-86　外发光参数设置及发光效果

11. 按 Shift+Ctrl+S 组合键，将此文件命名为“快速蒙版选图像.psd”另存。

6.10　上机练习（10）——利用通道选择头发

目的：学习利用通道选择头发的方法。

内容：利用通道将人物图像从背景中选出，然后为其添加新的背景。打开的素材图片及合成后的效果如图 6 87 所示。

图6-87　原图片及合成后的效果

操作步骤

1. 打开素材文件中“图库\第 06 章”目录下的“照片 06-9.jpg”文件。
2. 打开【通道】面板，依次单击“红”、“绿”、“蓝”通道，查看这 3 个通道的效果，可以看出“红”通道中的头发与背景的明暗对比最强烈。
3. 将“红”通道拖曳到下方的 按钮处，将其复制，如图 6-88 所示。

4. 选择工具，设置一个较大的画笔笔头，然后将【范围】选项设置为【阴影】，【曝光度】的参数设置为“50%”。
5. 在头发周围背景区域拖曳鼠标光标将背景淡化处理，最终效果如图 6-89 所示。注意不要淡化头发轮廓区域。

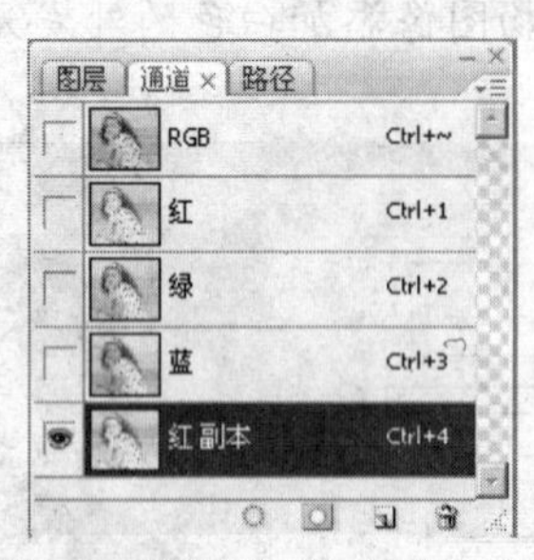

图6-88 复制出的“红 副本”通道

图6-89 背景减淡后的效果

6. 执行【图像】/【应用图像】命令，在弹出的【应用图像】对话框中设置各选项及参数如图 6-90 所示。
7. 单击 确定 按钮，背景的大部分区域已显示为白色，如图 6-91 所示。
8. 按 Ctrl+I 组合键，将“红 副本”通道中的画面反相，效果如图 6-92 所示。

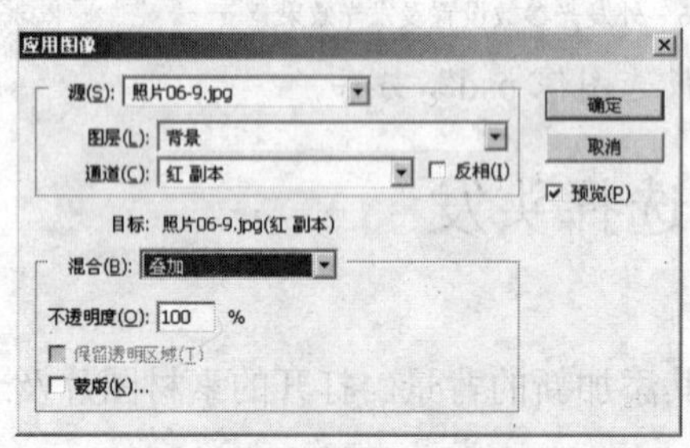

图6-90 【应用图像】对话框

图6-91 应用图像后的效果

图6-92 反相后的效果

9. 按 Ctrl+M 组合键，弹出【曲线】对话框，调整曲线形态如图 6-93 所示。
10. 单击 确定 按钮，调整对比度后的效果如图 6-94 所示，此时会发现头发的边缘更清晰。
11. 在【通道】面板底部单击按钮，载入“红 副本”通道的选区，然后按 Ctrl+~ 组合键切换到“RGB”通道，生成的选区形态如图 6-95 所示。

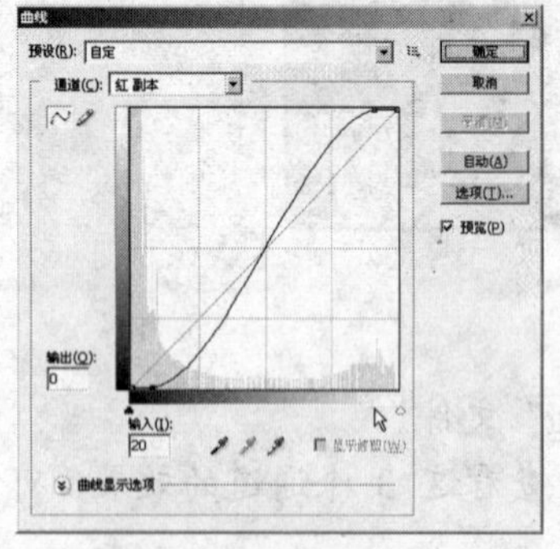

图6-93 调整后的曲线形态

图6-94 调整对比度后的效果

图6-95 生成的选区形态

12. 打开【图层】面板，按 Ctrl+J 组合键将选区中的图像通过复制生成“图层 1”。

13. 将“背景”层设置为工作层，按 Ctrl+J 组合键将“背景”层复制生成“背景 副本”层，然后将其调整到“图层 1”的上方，此时的【图层】面板如图 6-96 所示。
14. 打开素材文件中“图库\第 06 章”目录下的“蓝天.jpg”文件，然后将其移动复制到“照片 06-9”文件中，并调整至与文件相同的大小。
15. 将生成的“图层 2”调整至“图层 1”的下方，此时的【图层】面板如图 6-97 所示。
16. 将“背景 副本”层设置为工作层，执行【图层】/【图层蒙版】/【隐藏全部】命令，此时的画面效果如图 6-98 所示。

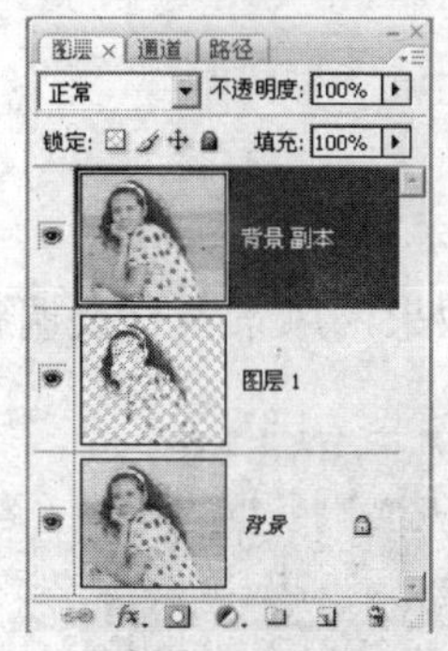

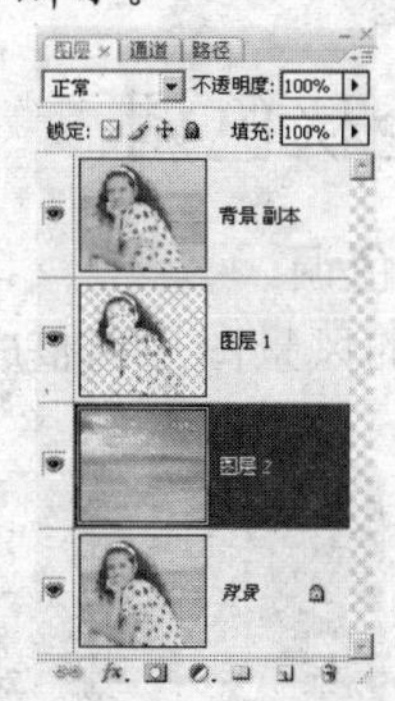

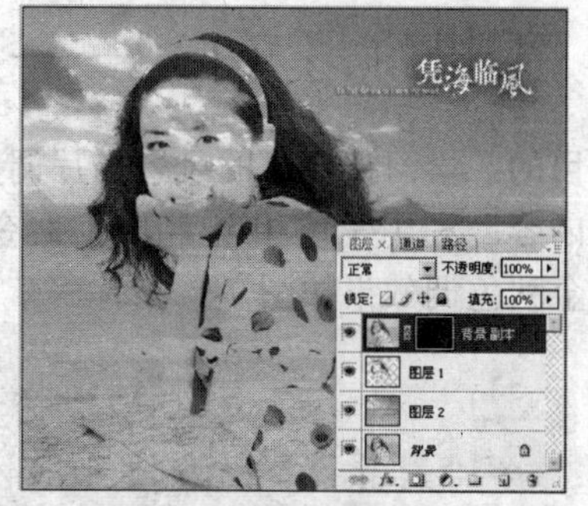

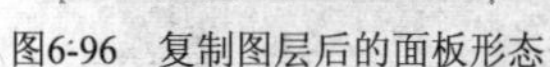

图6-96 复制图层后的面板形态　图6-97 图层调整的位置　图6-98 添加图层蒙版后的效果

17. 选择 工具，设置合适的笔头大小后，在人物上描绘白色以编辑蒙版将人物显示出来，如图 6-99 所示。

在编辑时要灵活操作，如果在人物的轮廓边缘位置不小心把背景也编辑出来了，此时可以再用黑色来仔细地编辑蒙版将其屏蔽掉。

18. 用相同的方法，依次对人物进行编辑，最终编辑完成的画面效果如图 6-100 所示。

图6-99 编辑蒙版时的状态　图6-100 编辑蒙版后生成的效果

19. 按 Shift+Ctrl+S 组合键，将此文件命名为“通道选图像.psd”另存。

第7章 色彩校正

7.1 上机练习（1）——调整金秋色调

目的：学习把夏日的风景图片调整成金秋色调。

内容：利用【色相/饱和度】命令把夏日的风景图片调整成金秋效果，风景素材及调整出的金秋色调效果如图 7-1 所示。

图7-1 风景素材及调整出的效果

操作步骤

1. 打开素材文件中“图库\第 07 章”目录下的“风景 01.jpg”文件，执行【图像】/【模式】/【CMYK 颜色】命令，将当前文件的 RGB 颜色模式转换为 CMYK 颜色模式。

对于 RGB 颜色的图像，其色彩显示较为鲜艳，在利用颜色调整命令时，较艳丽的色彩很容易发生变化而达不到想要的理想效果，所以本例在颜色开始调整之前，首先将其转换为 CMYK 颜色模式。

2. 按 Ctrl+U 组合键，弹出【色相/饱和度】对话框，依次设置【编辑】下拉列表中的不同选项，并分别调整【色相】的参数，如图 7-2 所示。

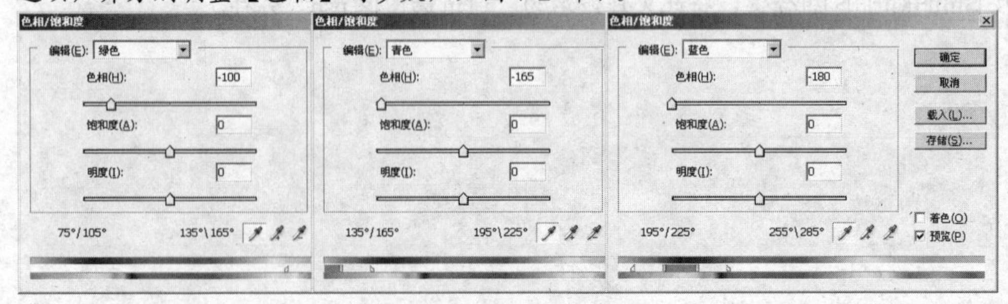

图7-2 【色相/饱和度】对话框

在调整【色相/饱和度】对话框中的参数时，调整完“绿色”的参数后，不要关闭对话框，直接在【编辑】下拉列表中再选择“青色”进行调整。当将“蓝色”的参数也调整完成后，再单击 确定 按钮，否则不能出现最终的效果。

3. 单击 确定 按钮，即可完成图像的调整，对比效果如图 7-1 所示。
4. 按 Shift+Ctrl+S 组合键，将此文件命名为“金秋色调.jpg”另存。

7.2 上机练习（2）——调整霞光色调

目的：学习把白天拍摄的人物照片调整成傍晚的霞光效果。

内容：执行【可选颜色】命令，通过设置和调整不同的颜色参数，把白天拍摄的人物照片调整成傍晚的霞光效果，照片素材及调整出的傍晚霞光效果如图 7-3 所示。

图7-3　照片素材及调整出的傍晚霞光效果

操作步骤

1. 打开素材文件中“图库\第 07 章”目录下的“照片 07-1.jpg”文件。
2. 执行【图像】/【调整】/【可选颜色】命令，在弹出的【可选颜色】对话框中依次选择不同的【颜色】选项，并分别调整颜色参数，如图 7-4 所示。

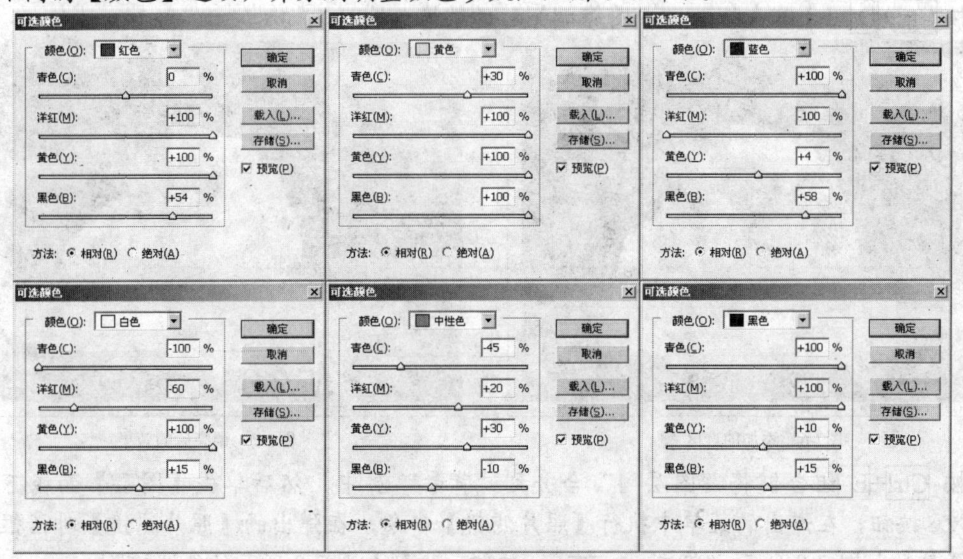

图7-4　【可选颜色】对话框的各选项及参数设置

3. 读者也可自行调整以上的【颜色】参数，看是否能调整出更漂亮的颜色效果来。单击 确定 按钮，图像即显示出梦幻般的霞光色调效果，如图 7-3 所示。
4. 按 Shift+Ctrl+S 组合键，将此文件命名为“霞光色调.jpg”另存。

7.3 上机练习（3）——调整柔柔的暖色调

目的：把婚纱照片调整成柔柔的暖色调效果。

内容：通过载入图像中亮部区域的选区并填充白色增加图像的亮度，然后利用【照片滤镜】命令调整图像的颜色，再利用蒙版把人物身上的颜色减淡一些，照片素材及调整出的效果如图 7-5 所示。

图7-5 照片素材及调整出的效果

操作步骤

1. 打开素材文件中“图库\第 07 章”目录下的“照片 07-2.jpg”文件。
2. 按 Ctrl+Alt+~ 组合键，将画面中的亮部区域作为选区载入，如图 7-6 所示。然后新建“图层 1”，并为选区填充白色，再将“图层 1”的【不透明度】参数设置为“50%”。
3. 按 Ctrl+D 组合键去除选区，图像调亮后的效果如图 7-7 所示。

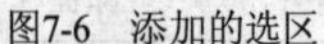

图7-6 添加的选区

图7-7 调亮后的效果

4. 按 Ctrl+E 组合键将“图层 1”合并到“背景”层中，然后单击【图层】面板下方的 按钮，在弹出的菜单中执行【照片滤镜】命令，在弹出的【照片滤镜】对话框中设置参数如图 7-8 所示。单击 确定 按钮，得到如图 7-9 所示的色调效果。

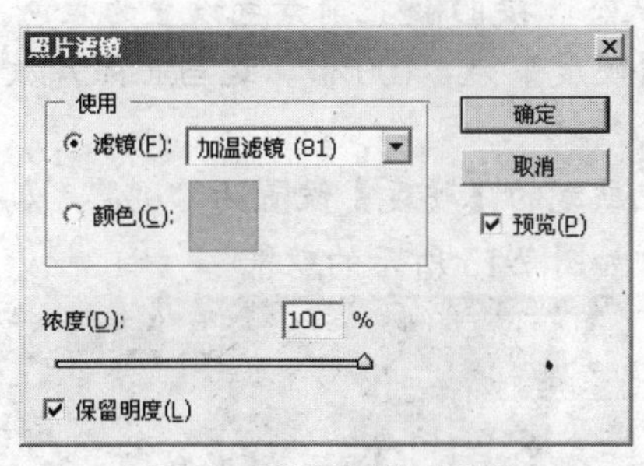

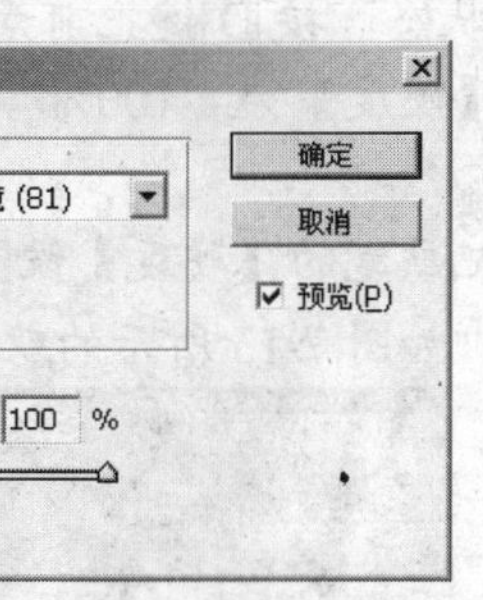

图7-8　【照片滤镜】对话框　　　图7-9　调整的色调效果

5. 选择工具，将前景色设置为黑色，设置一个边缘虚化的画笔笔尖，设置画笔的【不透明度】参数为“40%”。
6. 利用设置的画笔在人物的皮肤及身上部位来编辑蒙版，得到如图 7-10 所示的效果。

图7-10　图层蒙版及编辑后的图像颜色效果

7. 按 Shift+Ctrl+S 组合键，将此文件命名为“暖色调.jpg”另存。

7.4 上机练习（4）——调整浪漫色调

目的：把普通照片调整成个性的浪漫紫色调效果。

内容：利用【应用图像】命令、【匹配颜色】命令、【色相/饱和度】命令、【曲线】命令以及快速蒙版和【USM 锐化】滤镜命令，把普通照片调整成个性的浪漫紫色调效果，照片素材及调整出的浪漫紫色调效果如图 7-11 所示。

图7-11　照片素材及调整出的浪漫紫色调效果

操作步骤

1. 打开素材文件中“图库\第 07 章”目录下的“照片 07-03.jpg”文件。
2. 单击工具箱下面的 [按钮图标] 按钮，进入快速蒙版编辑状态，按 D 键把前景色设置为黑色。
3. 选择 [画笔图标] 工具，设置画笔的主直径为“50”像素、【硬度】为“100%”，适当把照片放大显示，然后把人物部分涂成红色，如图 7-12 所示。
4. 因为腿和头发稍位置与草地交错覆盖，此时可以把画笔的【硬度】设置为“0%”，属性栏中 不透明度: 20% 参数设置为“20%”，轻轻描绘出如图 7-13 所示的效果。

图7-12 涂成红色

图7-13 头发稍及腿部的快速蒙版

5. 再单击工具箱下面的 [按钮图标] 按钮，进入标准模式编辑状态，得到如图 7-14 所示的选区。
6. 打开【通道】面板，选择“红”通道，执行【图像】/【应用图像】命令，弹出【应用图像】对话框，按照默认的选项和参数，如图 7-15 所示，直接单击 确定 按钮。

图7-14 得到的选区

图7-15 【应用图像】对话框

7. 选择“绿”通道，执行【图像】/【应用图像】命令，在弹出的对话框中设置【不透明度】参数为“60%”，其他设置不变，单击 确定 按钮。
8. 选择“蓝”通道，执行【图像】/【应用图像】命令，设置【不透明度】参数为“40%”，其他设置不变，单击 确定 按钮。选择“RGB”通道，此时画面效果如图 7-16 所示。
9. 执行【图像】/【调整】/【匹配颜色】命令，在弹出的对话框中设置参数如图 7-17 所示。

图7-16　画面效果

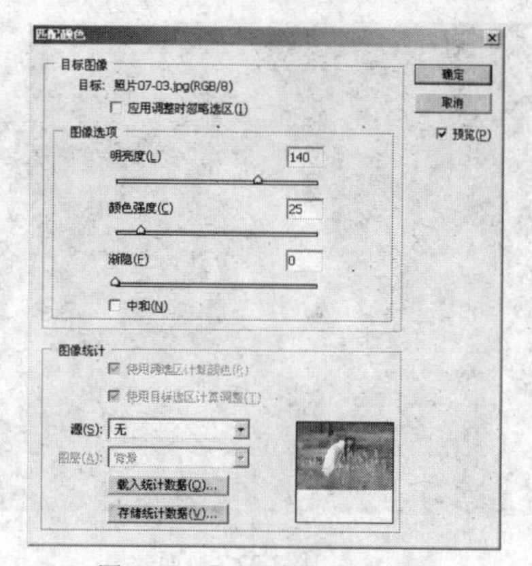

图7-17　【匹配颜色】对话框

10. 单击按钮，画面效果如图 7-18 所示。按 Ctrl+H 组合键将选区暂时隐藏，以方便观察效果。
11. 执行【图像】/【调整】/【色相/饱和度】命令，参数设置如图 7-19 所示。

图7-18　画面效果

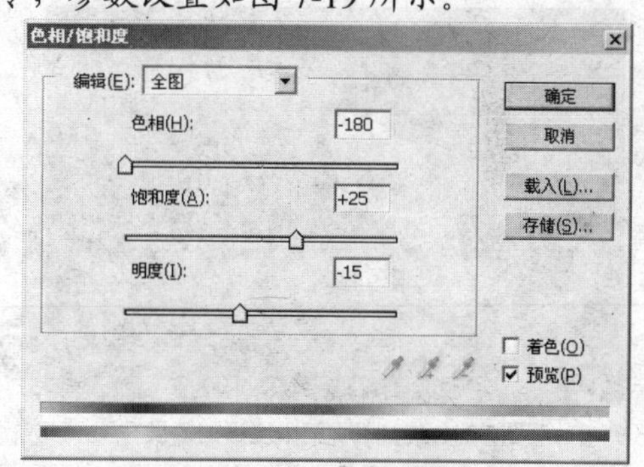

图7-19　【色相/饱和度】对话框

12. 单击 确定 按钮，画面效果如图 7-20 所示。执行【图像】/【调整】/【曲线】命令，调整曲线形态如图 7-21 所示。

图7-20　画面效果

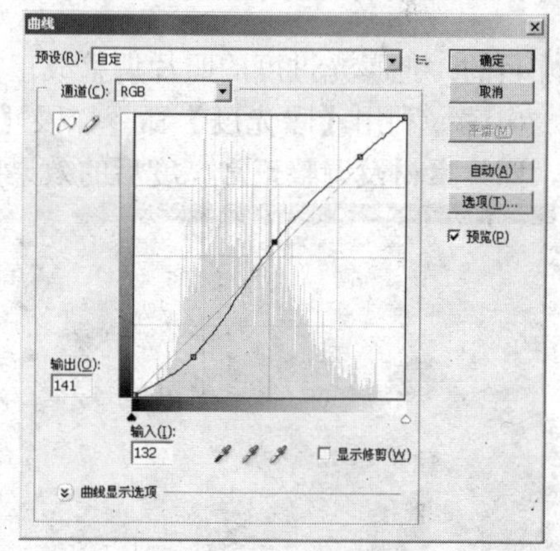

图7-21　【曲线】对话框

13. 单击 确定 按钮，画面效果如图 7-22 所示。
14. 按 Ctrl+D 组合键取消选区，执行【滤镜】/【锐化】/【USM 锐化】命令，在弹出的对话框中设置参数如图 7-23 所示。

图7-22　画面效果

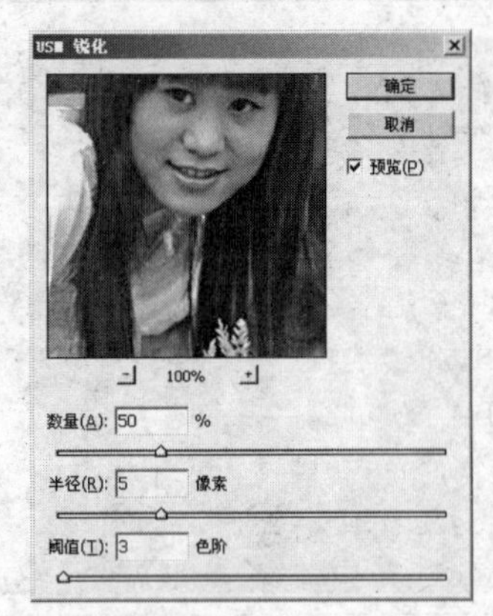

图7-23　【USM 锐化】对话框

15. 单击 确定 按钮，提高画面清晰度后的效果如图 7-24 所示。
16. 如果感觉紫色太艳丽，可以利用【色相/饱和度】命令降低一下【饱和度】参数，得到如图 7-25 所示的效果，该画面是设置【饱和度】参数为“- 35”的效果。

图7-24　提高画面清晰度后的效果

图7-25　最终效果

17. 按 Shift+Ctrl+S 组合键，将此文件命名为“浪漫紫色调.jpg”另存。

7.5　上机练习（5）——调整曝光过度的照片

目的：把曝光过度的照片调整成正常亮度。

内容：利用【曝光度】命令以及【照片滤镜】命令，把曝光过度的照片调整成正常亮度，照片素材及调整正常亮度后的效果如图 7-26 所示。

图7-26　照片素材及调整正常亮度后的效果

操作步骤

1. 打开素材文件中“图库\第 07 章”目录下的“照片 07-04.jpg”文件。
2. 执行【图像】/【调整】/【曝光度】命令，弹出【曝光度】对话框，选项参数设置如图 7-27 所示，单击 确定 按钮，图像调整后的效果如图 7-28 所示。

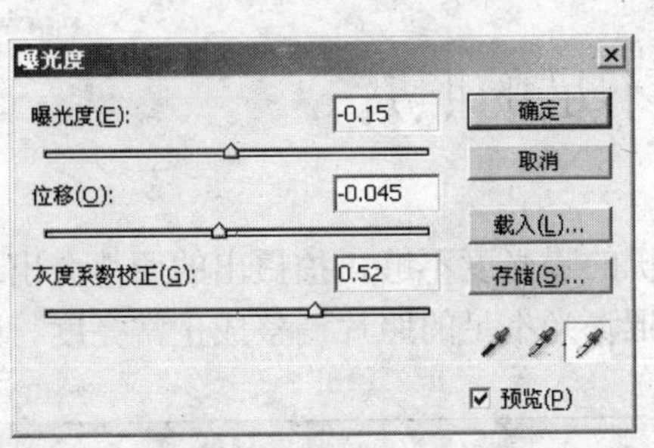

图7-27　【曝光度】对话框

图7-28　调整后的效果

3. 按 Ctrl+Alt+~ 组合键，将画面中的亮部区域作为选区载入，如图 7-29 所示。然后新建“图层 1”，并为选区填充白色，再按 Ctrl+D 组合键去除选区。
4. 将“图层 1”的图层混合模式设置为“柔光”，【不透明度】参数设置为“70%”，效果如图 7-30 所示。

图7-29　载入选区

图7-30　添加混合模式后的效果

5. 按 Ctrl+E 组合键，将“图层 1”合并到“背景”层中，然后执行【图像】/【调整】/【照片滤镜】命令，设置选项及参数如图 7-31 所示。
6. 单击 确定 按钮，添加蓝色滤镜后的画面效果如图 7-32 所示。

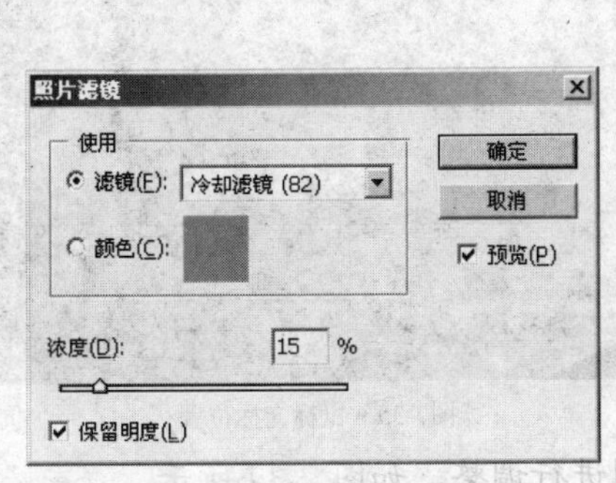

图7-31　【照片滤镜】对话框

图7-32　添加蓝色滤镜后的效果

下面利用工具对人物的婚纱颜色进行修复，使其还原原片中的白色效果。

7. 选择工具，设置合适的笔头大小及【不透明度】参数后，将鼠标光标移动到人物的婚纱位置拖曳，还原婚纱的颜色。
8. 至此，图像调整完成，对比效果如图 7-26 所示。按 Shift+Ctrl+S 组合键，将此文件命名为“曝光过度调整.jpg”另存。

7.6 上机练习（6）——调整曝光不足的照片

目的：把曝光不足的照片调整成正常亮度。

内容：在拍摄照片时，如果因天气、光线或相机的曝光度不够，拍摄出的照片会出现曝光不足的情况，而利用【色阶】命令可以很容易地把曝光不足的照片调整成正常亮度。照片素材及调整正常亮度后的效果如图 7-33 所示。

图7-33 照片素材及调整正常亮度后的效果

操作步骤

1. 打开素材文件中“图库\第 07 章”目录下的“照片 07-05.jpg”文件。
2. 执行【图像】/【调整】/【色阶】命令，弹出如图 7-34 所示的【色阶】对话框。在直方图中可以看到右侧几乎没有像素，所以照片偏暗，需要增加直方图右侧的像素。
3. 单击对话框中的【设置白场】按钮，将鼠标光标移到照片中如图 7-35 所示的最亮颜色点位置。单击吸取参考色后的显示效果如图 7-36 所示。

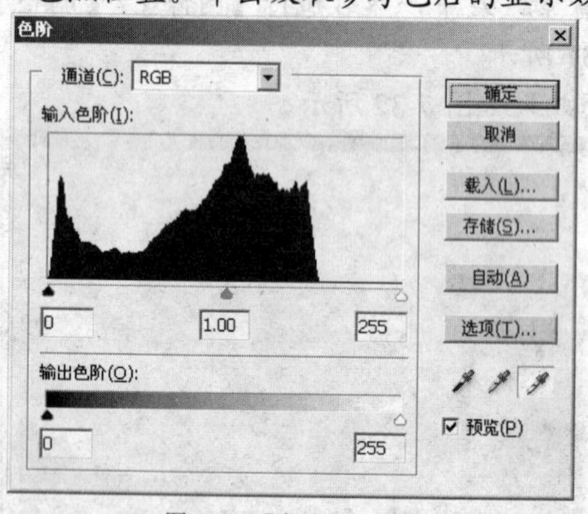

图7-34 【色阶】对话框

图7-35 鼠标光标位置

4. 在【色阶】对话框中对【输入色阶】的参数分别进行调整，如图 7-37 所示。

图7-36　变亮后的效果

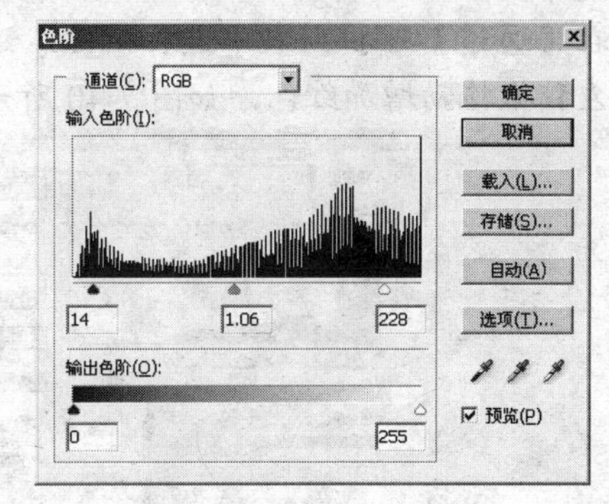

图7-37　【色阶】对话框

5. 单击 确定 按钮，完成照片的调整，对比效果如图 7-33 所示。
6. 按 Shift+Ctrl+S 组合键，将此文件命名为"曝光不足调整.jpg"另存。

7.7 上机练习（7）——矫正偏蓝色的照片

目的：把偏蓝色的照片调整成正常色调。

内容：在室内利用数码相机拍摄的照片，如果白平衡设置错误，所拍摄出的照片可能会出现偏蓝或红色现象。利用【色阶】命令可以非常简单地将偏色的照片调整成正常的色调，照片素材及调整正常色调后的效果如图 7-38 所示。

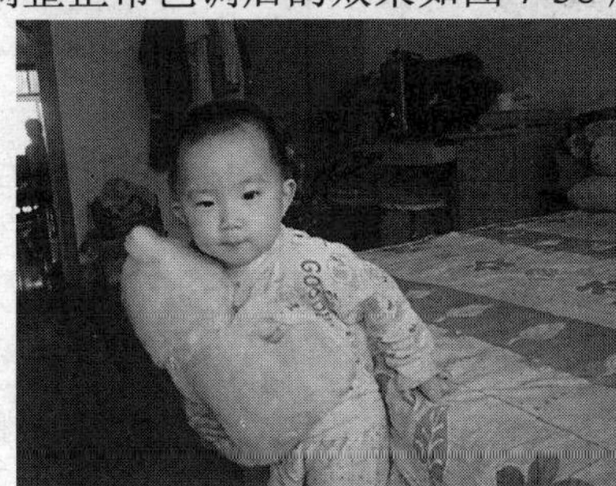
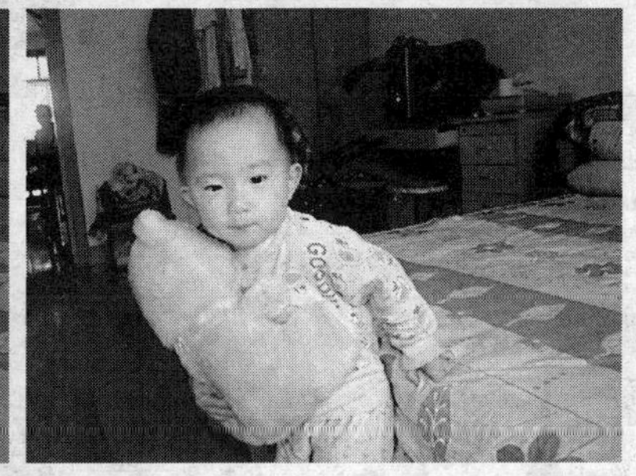

图7-38　照片素材及调整正常色调后的效果

操作步骤

1. 打开素材文件中"图库\第 07 章"目录下的"照片 07-06.jpg"文件。
2. 执行【图像】/【调整】/【色阶】命令，弹出【色阶】对话框，如图 7-39 所示。在【通道】下拉列表中分别选择"红"和"绿"通道，通过【色阶】对话框中的颜色峰值可以看出画面中严重缺少红色和绿色，峰值都在左侧的黑场位置，所以画面整体偏蓝、偏暗。

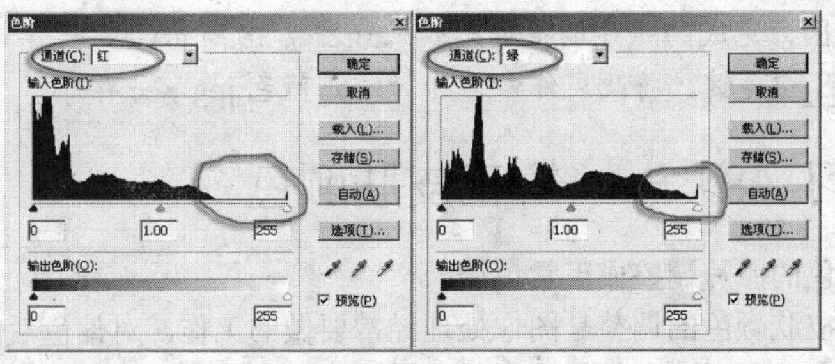

图7-39　【色阶】对话框

3. 在【通道】下拉列表中选择“红”通道，然后将中间的灰场和右侧的白场色阶按钮向左稍微拖动增加红色，如图 7-40 所示。

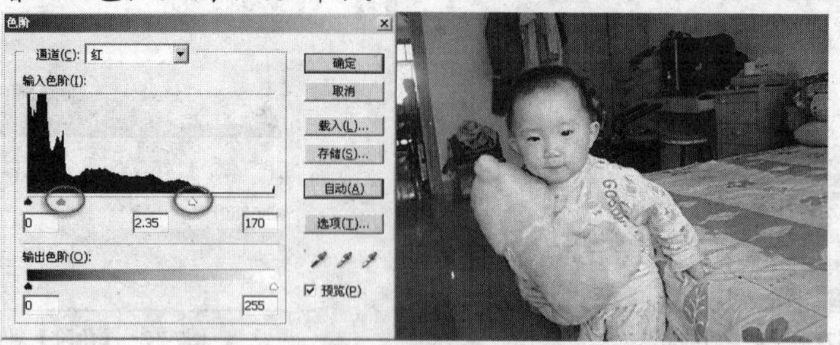

图7-40 【色阶】对话框及效果

4. 在【通道】下拉列表中选择“绿”通道，然后将中间的灰场色阶按钮向左拖动增加绿色，将右侧的黑场色阶按钮向右拖动减少绿色，如图 7-41 所示。

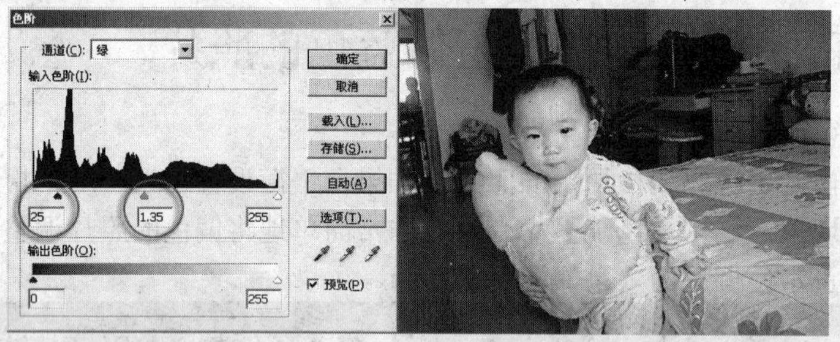

图7-41 【色阶】对话框及效果

5. 在【通道】下拉列表中选择“蓝”通道，然后将中间的灰场色阶按钮向右拖动减少蓝色，此时颜色已经很理想了，效果如图 7-42 所示。

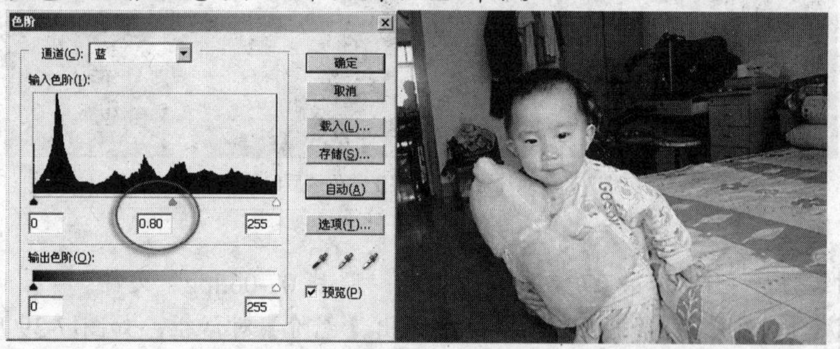

图7-42 【色阶】对话框及效果

6. 按 Ctrl+Alt+~组合键，将画面中的亮部区域作为选区载入，新建“图层 1”，并为选区填充白色，将图层混合模式设置为“叠加”，【不透明度】设置为“20%”，再按 Ctrl+D 组合键去除选区。完成的照片调整对比效果如图 7-38 所示。
7. 按 Shift+Ctrl+S 组合键，将此文件命名为“矫正蓝色.jpg”另存。

7.8 上机练习（8）——矫正皮肤颜色

目的：把偏蓝色的照片调整成正常色调。

内容：对人像皮肤颜色的调整是图像处理经常要做的工作，对偏色后的人物图像调整出健康红润的皮肤颜色，需要读者掌握一定的调整技巧，且能够学会分析图像颜色的组成。本节利用【色彩平衡】命令、【曲线】命令和【色相/饱和度】命令来调整健康红润的皮肤颜色，调整前后的对比效果如图 7-43 所示。

图7-43　照片素材及调整前后的对比效果

操作步骤

1. 打开素材文件中“图库\第 07 章”目录下的“照片 07-07.jpg”文件。
2. 执行【色彩平衡】命令，在弹出的对话框中设置选项及参数如图 7-44 所示，单击 确定 按钮。

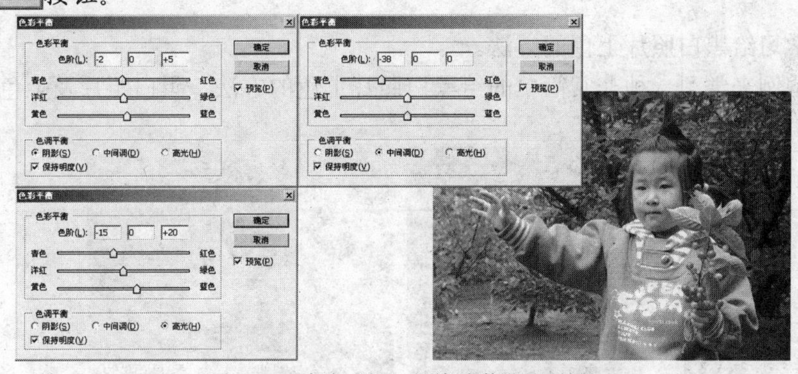

图7-44　【色彩平衡】对话框参数设置及效果

3. 执行【曲线】命令，在弹出的对话框中设置选项及参数如图 7-45 所示，单击 确定 按钮。

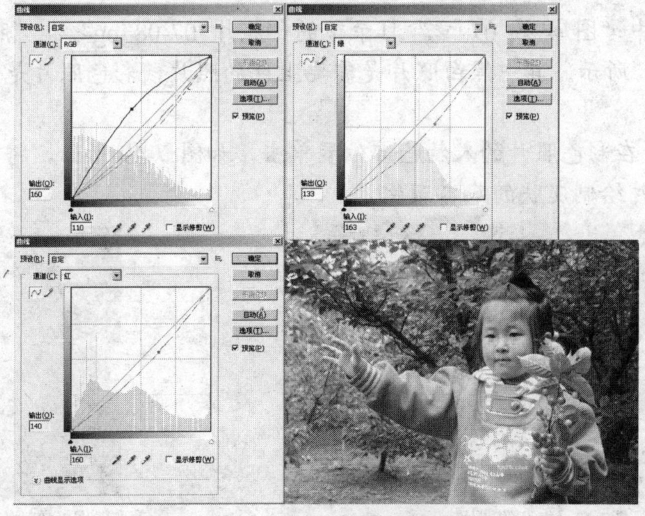

图7-45　【曲线】对话框参数设置及效果

4. 执行【色相/饱和度】命令，在弹出的对话框中设置选项及参数如图 7-46 所示，单击 确定 按钮。

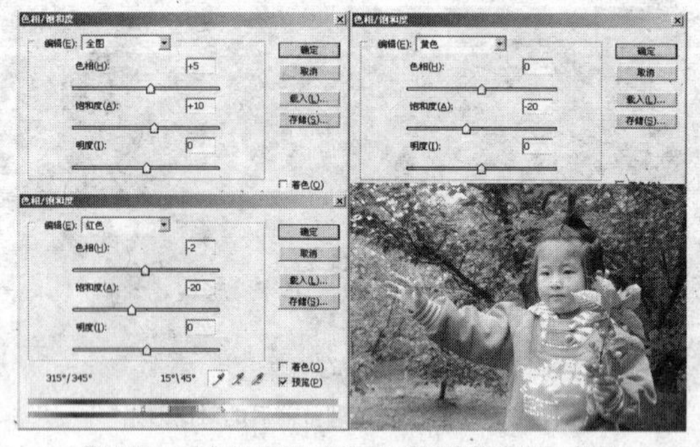

图7-46 【色相/饱和度】对话框参数设置及效果

5. 按 Shift+Ctrl+S 组合键，将此文件命名为“矫正皮肤色.psd”另存。

7.9 上机练习（9）——黑白照片彩色化

目的：学习给黑白照片上色的方法。

内容：本例来学习一种非常简单的给黑白照片上色的方法。黑白照片及上色后的效果对比如图 7-47 所示。

图7-47 黑白照片及上色前后的对比效果

操作步骤

1. 打开素材文件中“图库\第 07 章”目录下的“照片 07-08.jpg”和“照片 07-09.jpg”文件，如图 7-48 所示。其中黑白照片是需要上色的照片，彩色照片是作为上色时颜色参考用的。
2. 选择 工具，在彩色照片的人物脸部位置单击，如图 7-49 所示，将其设置为前景色，作为给黑白照片绘制皮肤的基本颜色。

图7-48 打开的图片

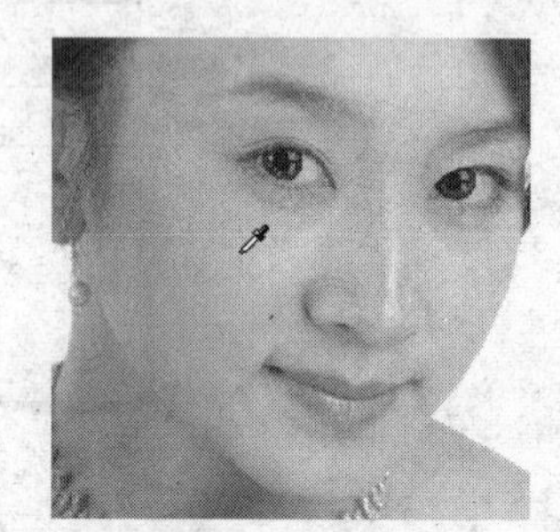

图7-49 拾取颜色的位置

3. 新建“图层 1”，设置图层混合模式为“颜色”，选择工具，设置合适大小的画笔给皮肤绘制上颜色（注意眼睛上面不要绘制），如图 7-50 所示。
4. 将前景色设置为紫红色（R:234,G:104,B:162），设置一个较小的画笔，并设置属性栏中的【不透明度】参数为“30%”。
5. 新建“图层 2”，设置图层混合模式为“颜色”，【不透明度】参数为“80%”，在眼皮位置润饰上颜色，如图 7-51 所示。
6. 将前景色设置为红灰色（R:195,G:105,B:110），给嘴唇绘制上口红颜色，再设置一个较大的画笔，在脸部、手部位置再不同程度地润饰上一点红色，使其皮肤的红色出现少许的变化，效果如图 7-52 所示。

图7-50　绘制皮肤颜色

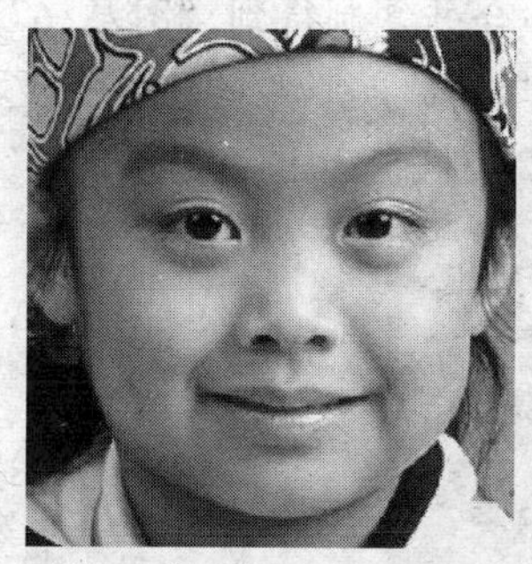
图7-51　在眼皮位置润饰上颜色

图7-52　润饰的颜色

7. 新建“图层 3”，设置图层混合模式为“颜色”，使用相同的绘制方法给小女孩绘制上漂亮的帽子，效果如图 7-53 所示。
8. 新建“图层 4”，设置图层混合模式为“颜色”，再绘制出蓝色的牛仔裙，效果如图 7-54 所示。
9. 将“背景”图层设置为工作层，然后选择工具，在属性栏中激活按钮，在灰色背景中单击，给背景添加选区，如图 7-55 所示。

图7-53　给帽子上色

图7-54　绘制出蓝色的牛仔裙

图7-55　添加的选区

10. 新建“图层 5”，设置图层混合模式为“颜色”，给选区填充紫红色（R:174,G:93,B:161），设置图层的不透明度: 60% 参数为“60%”，添加的紫灰色背景效果如图 7-56 所示。
11. 利用工具将女孩身上的紫色擦除，得到如图 7-57 所示的效果。
12. 选择工具，在属性栏中设置【不透明度】参数为“20%”，利用紫红色在肩膀两边的头发位置轻轻地绘制上淡淡的紫色，效果如图 7-58 所示。

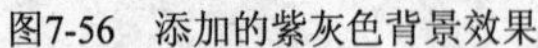

图7-56 添加的紫灰色背景效果

图7-57 擦除女孩身上的紫色

图7-58 绘制淡淡的紫色

此时画面整体效果如图 7-59 所示。

13. 按Shift+Ctrl+Alt+E组合键，合并复制得到“图层 6”，设置图层混合模式为“滤色”，图层的【不透明度】参数为“80%”，照片的整体亮度提高了，效果如图 7-60 所示。

图7-59 画面整体效果

图7-60 提高照片的整体亮度

14. 按Ctrl+M组合键，弹出【曲线】对话框，调整曲线形态，稍微降低一下照片的亮度，效果如图 7-61 所示。

图7-61 调整曲线及降低亮度后的效果

15. 至此，黑白照片上色操作完成。按Shift+Ctrl+S组合键，将此文件命名为“黑白照片彩色化.psd”另存。

7.10 上机练习（10）——将彩色照片转换成单色

目的：将彩色照片转换成单色。

内容：执行【图像】/【调整】/【黑白】命令，不但可以快速地将图像转换成黑白效果，而且还可以根据图像原有的颜色来增加或降低亮度，并且还具有类似相机一样增加滤镜的功能。本节来学习利用该命令将彩色照片转为单色效果的方法。彩色照片原图及转换成的单色效果如图 7-62 所示。

操作步骤

1. 打开素材文件中“图库\第 07 章”目录下的“照片 07-10.jpg”文件。
2. 执行【图像】/【调整】/【黑白】命令，打开【黑白】对话框，照片自动转为黑白效果。根据画面的影调，读者可以分别调整每一种颜色的明暗影调，如图 7-63 所示。

图7-62 彩色照片原图及转换成的单色效果

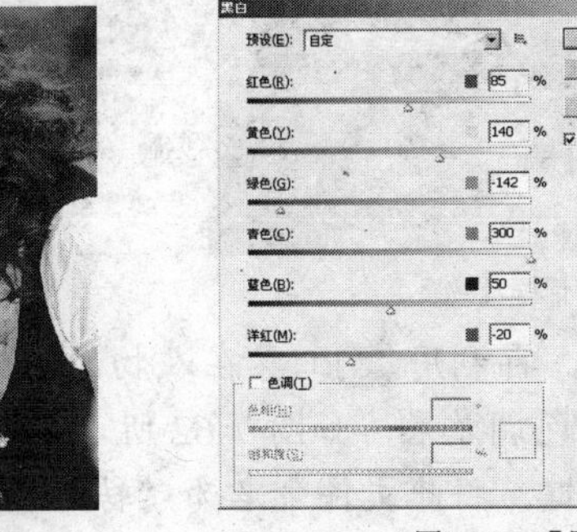

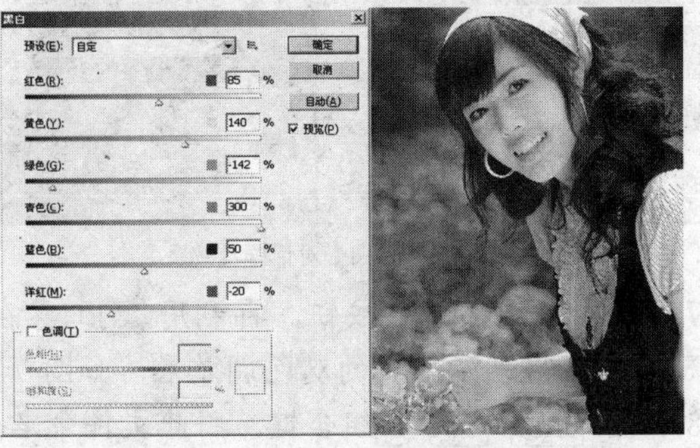

图7-63 【黑白】对话框及效果

3. 打开【预设】下拉列表，其中列出了 10 种转换黑白的滤镜效果，如果选择【红色滤镜】，此时画面中的红色所包含的颜色都将变亮，如图 7-64 所示。

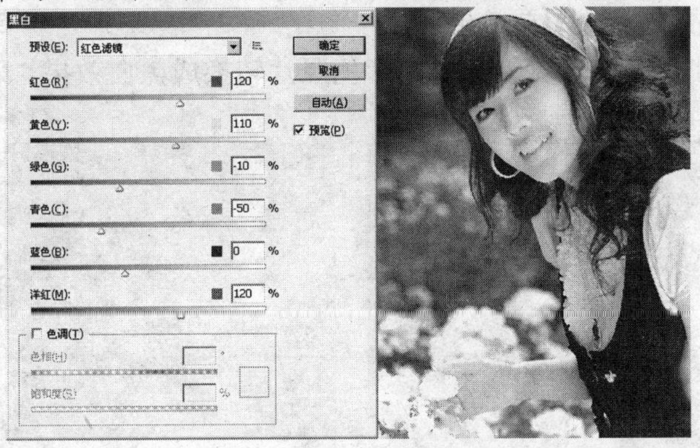

图7-64 【黑白】对话框及效果

4. 如果选择【绿色滤镜】，此时画面中的绿色所包含的颜色都将变亮，如图 7-65 所示。

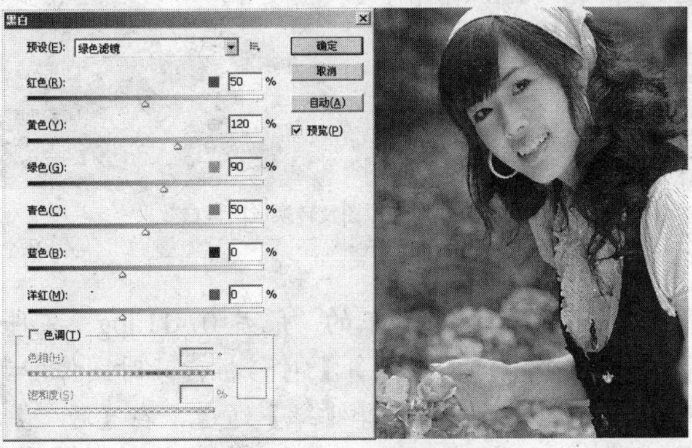

图7-65 【黑白】对话框及效果

5. 如果读者对转换后的某种颜色的影调感觉不满意，可以将鼠标光标移动到图像中需要再调整的颜色部位左右拖曳鼠标光标，即可手动改变颜色的明暗，如图 7-66 所示。
6. 勾选【色调】复选项，可以为黑白照片制作某种单色效果，如图 7-67 所示。

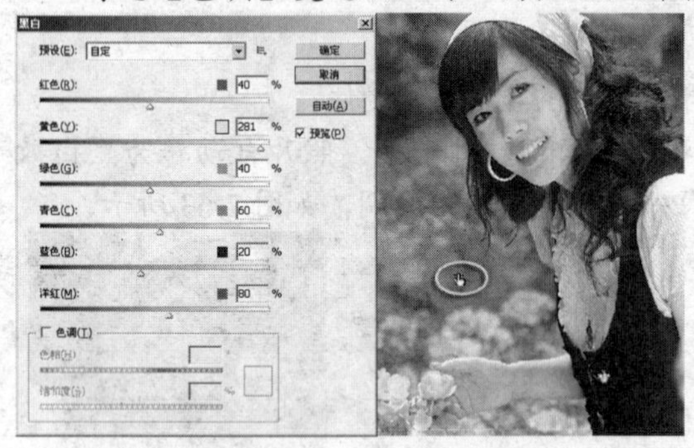

图7-66 【黑白】对话框及效果

图7-67 【黑白】对话框及效果

7. 单击 确定 按钮，再利用工具在人物的皮肤和衣服上轻轻地恢复一下颜色，立刻又得到了唯美的双色调效果，如图 7-62 所示。
8. 按 Shift+Ctrl+S 组合键，将此文件命名为“转单色.jpg”另存。

7.11 上机练习（11）——将彩色照片转换成黑白效果

目的：将彩色照片转换成黑白效果。

内容：利用【图像】/【计算】命令把彩色照片转换成黑白效果。彩色照片原图及转换成的黑白效果如图 7-68 所示。

图7-68 彩色照片原图及转换成的黑白效果

操作步骤

1. 打开素材文件中“图库/第 07 章”目录下的“照片 07-11.jpg”文件。
2. 执行【图像】/【计算】命令，弹出【计算】对话框，此时图像即变为灰度显示。
3. 在【源 1】栏的【通道】下拉列表中选择【绿】通道，在【源 2】栏的【通道】下拉列表中选择【灰色】通道，此时的图像对比效果如图 7-69 所示。

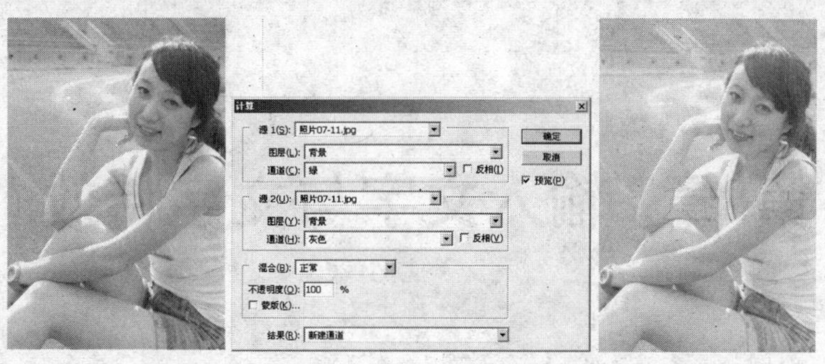

图7-69　【计算】对话框及效果

4. 在【混合】下拉列表中选择【颜色减淡】选项，此时图像的亮部区域将变得非常明亮，效果如图 7-70 所示。

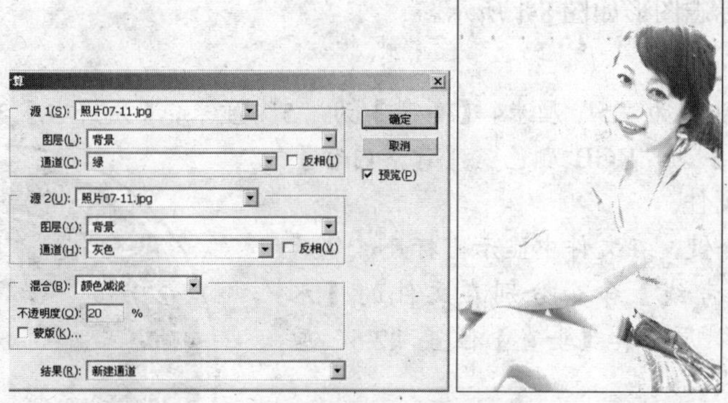

图7-70　设置【颜色减淡】

5. 在【不透明度】文本框中设置不同的参数，查看图像不同的灰度色阶层次，此处设置的参数为“20%”。在【结果】下拉列表中选择【新建文档】选项，其图像效果如图 7-71 所示。

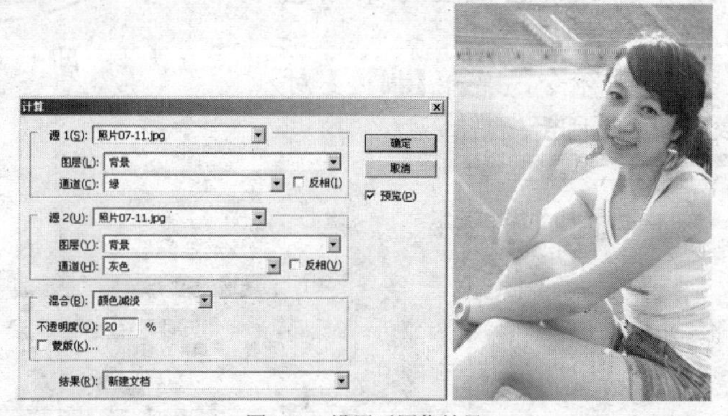

图7-71　设置后图像效果

6. 单击 确定 按钮，即在工作区中出现一个灰度效果的新图像。
7. 打开【通道】面板可以看到当前图像只有一个“Alpha 1”通道。执行【图像】/【模式】/【灰度】命令，将只有一个“Alpha 1”通道的多通道模式图像转换成灰度模式，彩色转灰度图像效果即制作完成。
8. 按 Ctrl+S 组合键，将此文件命名为“彩色转灰度效果.jpg”保存。

第8章　输入文字与文字特效

8.1　上机练习（1）——设计标志

目的：学习输入沿路径排列的文字。

内容：设计的标志图形如图 8-1 所示。

操作步骤

1. 新建一个【宽度】为“5”厘米，【高度】为“5”厘米，【分辨率】为“300”像素/英寸，【颜色模式】为“RGB 颜色”，【背景内容】为“白色”的文件。
2. 按 Ctrl+R 组合键，在文件中显示出标尺，然后利用【新建参考线】命令分别在文件的【水平】位置“2.5”厘米和【垂直】位置“2.5”厘米处添加参考线。
3. 选择 工具，按住 Shift 键，将鼠标光标放置在参考线的交叉位置按下鼠标左键拖曳，绘制出如图 8-2 所示的选区。
4. 新建“图层 1”，将前景色设置为深绿色(R:3,G:58,B:30)。
5. 执行【编辑】/【描边】命令，弹出【描边】对话框，设置参数如图 8-3 所示。

图8-1　设计的标志

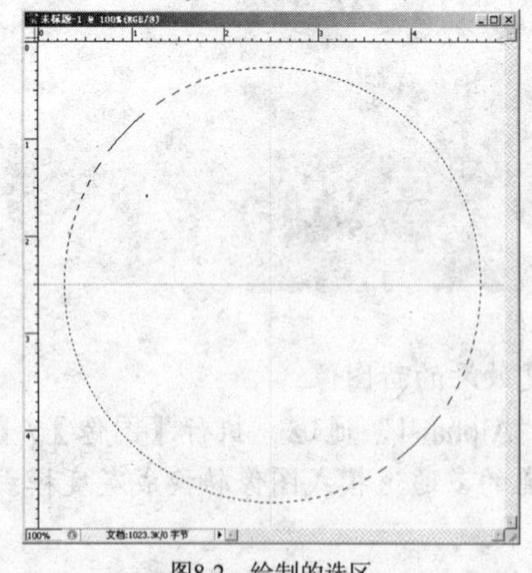

图8-2　绘制的选区

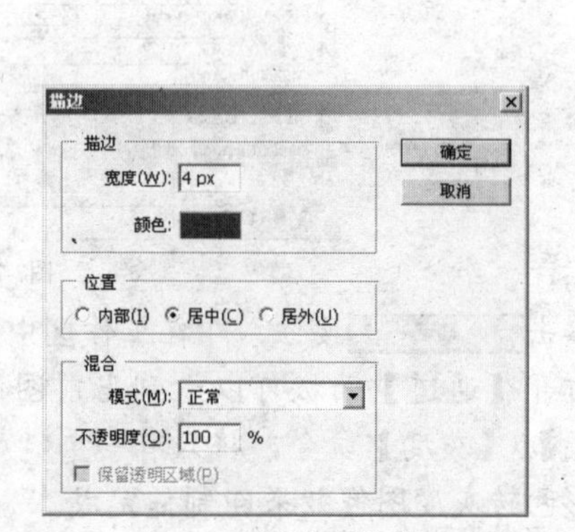

图8-3　【描边】对话框

6. 单击 确定 按钮，描边后的效果如图 8-4 所示。

7. 选择[]工具，在垂直方向绘制选区，然后按 Delete 键删除得到如图 8-5 所示的缺口。

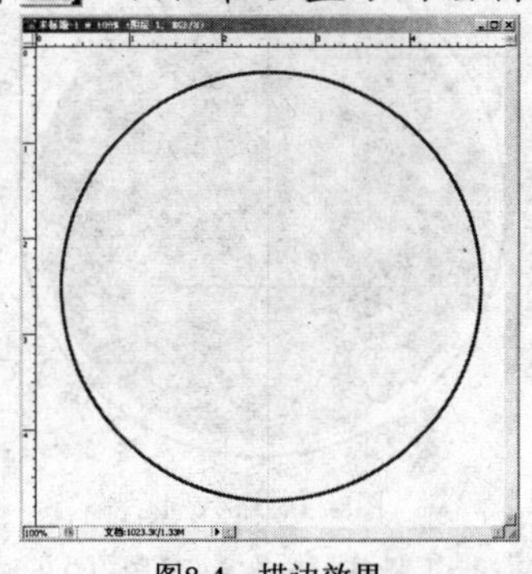

图8-4 描边效果

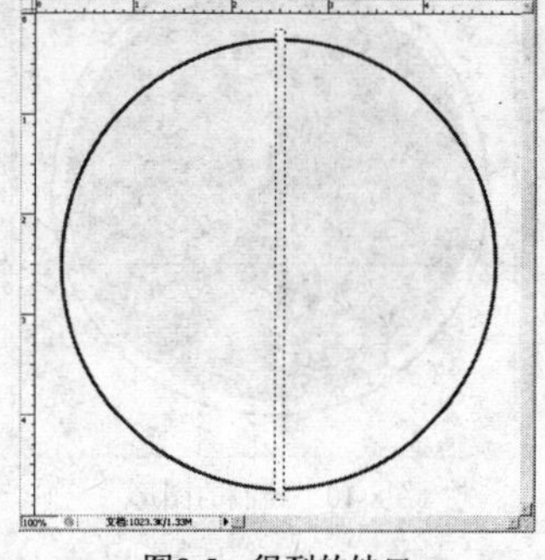

图8-5 得到的缺口

8. 执行【选择】/【变换选区】命令，给选区添加变换框，然后设置属性栏中 △90 度的参数为"90"，旋转角度后的选区如图 8-6 所示。
9. 按 Enter 键确定选区角度旋转，按 Delete 键删除得到描边圆形轮廓上的缺口，再按 Ctrl+D 组合键去除选区，圆形轮廓如图 8-7 所示。

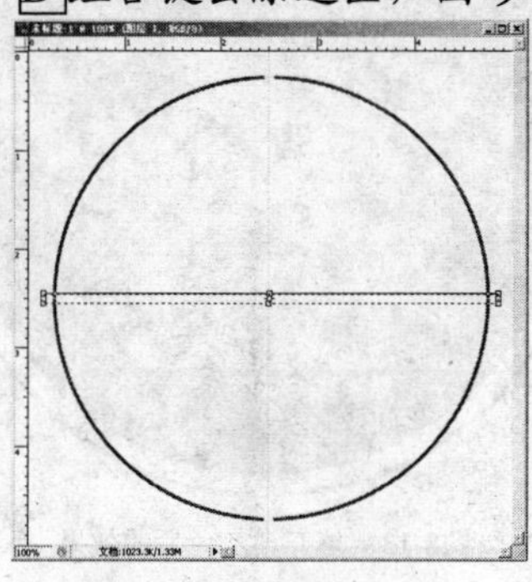

图8-6 旋转角度后的选区

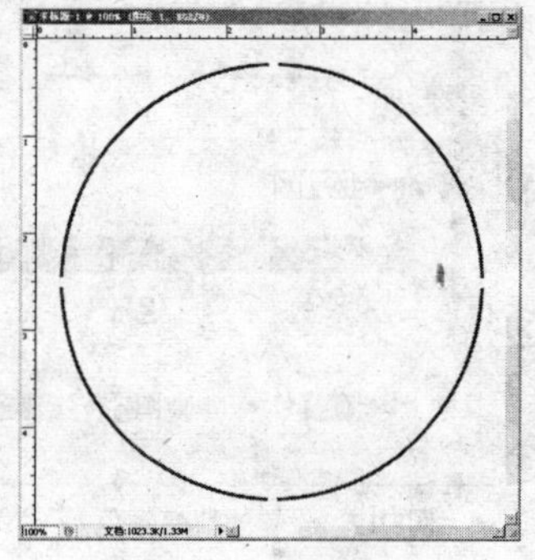

图8-7 圆形轮廓

10. 新建"图层 2"，利用○工具在圆形轮廓的缺口位置绘制小的圆形选区，然后填充上与圆形轮廓相同的颜色，如图 8-8 所示。
11. 复制 3 次"图层 2"，将复制出的小圆形分别移动到其他 3 个缺口位置，如图 8-9 所示。

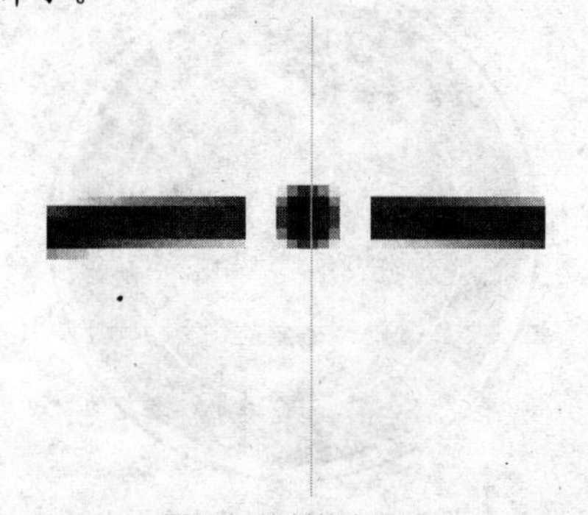

图8-8 绘制的小圆形

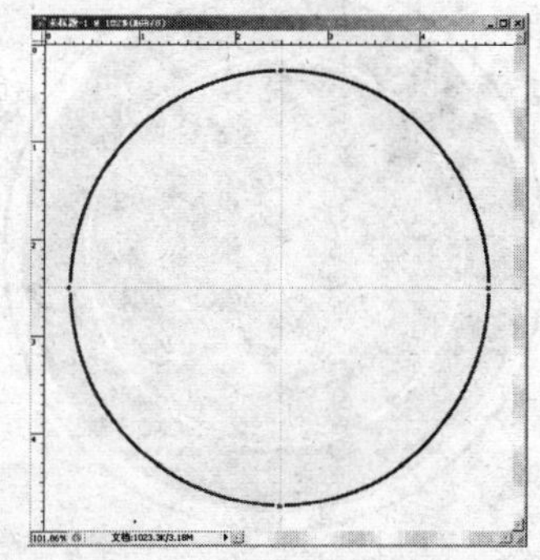

图8-9 其他 3 个小圆形位置

12. 新建"图层 3"，绘制选区并填充上与描边轮廓相同的颜色，如图 8-10 所示。
13. 执行【选择】/【变换选区】命令，给选区添加变换框，按住 Shift 和 Alt 键，将选区缩小至如图 8-11 所示的大小，按 Enter 键确定选区的缩小操作。

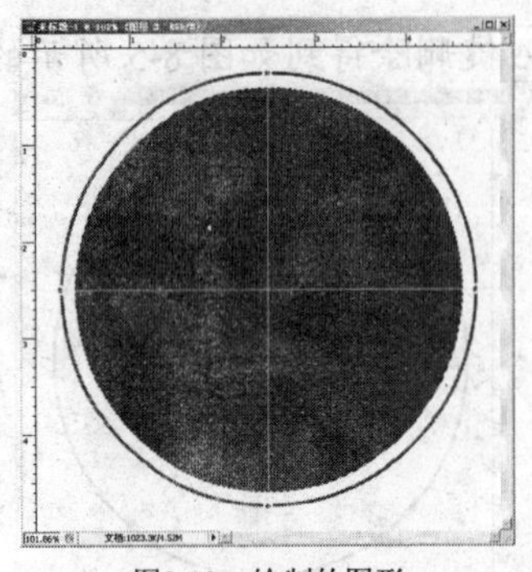

图8-10　绘制的图形

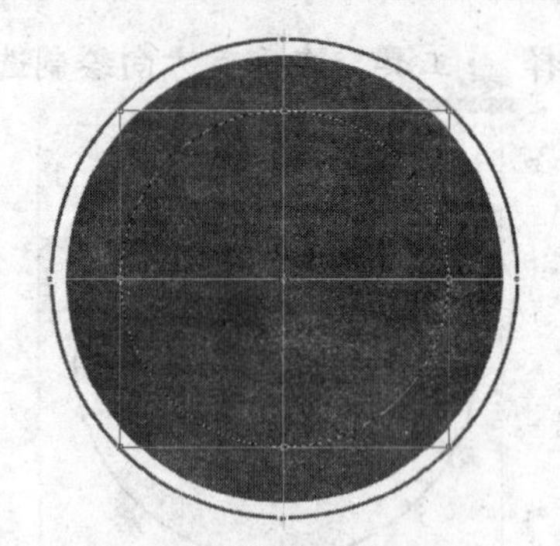

图8-11　缩小选区

14. 选择工具，激活属性栏中的按钮，设置【渐变编辑器】颜色如图 8-12 所示。
15. 单击 确定 按钮，然后在选区内填充设置的渐变颜色，效果如图 8-13 所示。

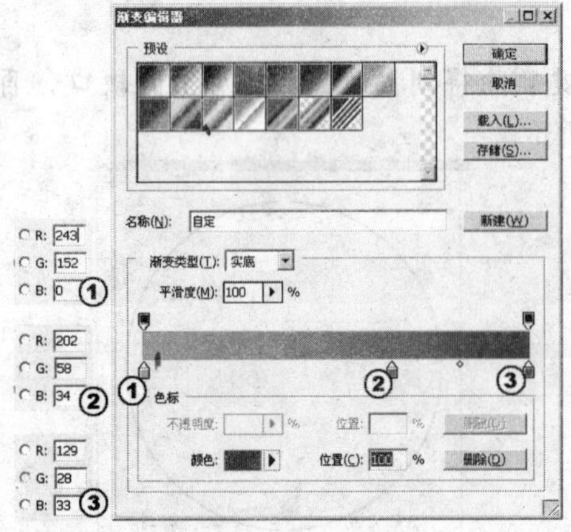

图8-12　设置的渐变颜色

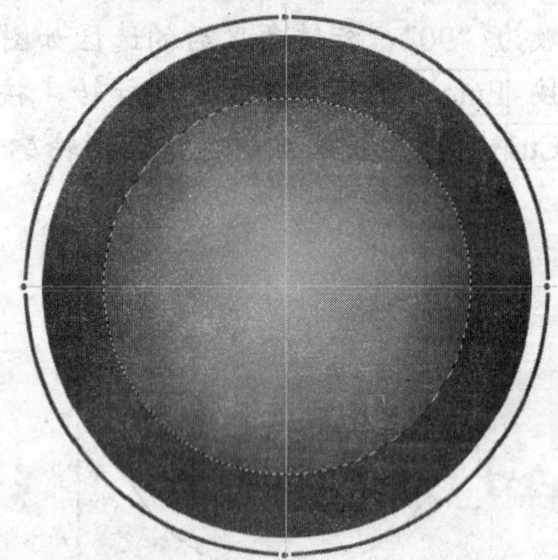

图8-13　填充渐变色后的效果

16. 将前景色设置为白色，执行【编辑】/【描边】命令，给图形描绘【宽度】为“4 px”的白色边，按 Ctrl+D 组合键去除选区，描边效果如图 8-14 所示。
17. 将素材文件中“图库\第 08 章”目录下的“风车.psd”文件打开，然后利用工具将风车图形移动复制到新建文件中，调整大小后放置到如图 8-15 所示的位置。

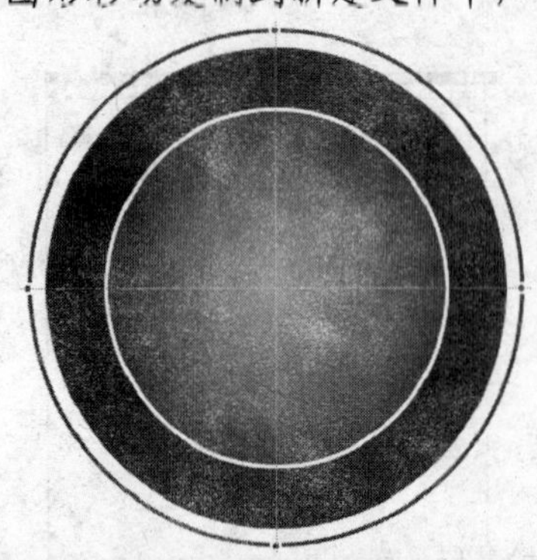

图8-14　描边效果

图8-15　复制入的风车图形

18. 选择工具，激活属性栏中的按钮，绘制出如图 8-16 所示的路径。
19. 选择 T 工具，激活属性栏中的按钮，在圆形路径的最上边如图 8-17 所示的位置单击，插入沿路径输入文字的起始点。

图8-16　绘制的路径

图8-17　插入沿路径输入文字的起始点

20. 沿路径输入如图 8-18 所示的文字。
21. 选择工具，激活属性栏中的按钮，然后在【形状】面板中选择如图 8-19 所示的形状图形。

图8-18　输入的文字

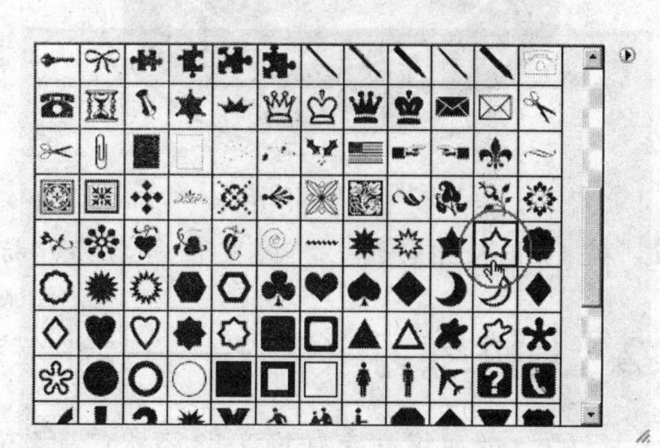

图8-19　【形状】面板

22. 新建"图层 4"，绘制出如图 8-20 所示的图形。
23. 按住 Ctrl 键单击"图层 4"的缩览图，给图形添加选区，然后按 Ctrl+Alt+T 组合键添加自由变换框，然后将变换框中间的旋转中心移动到参考线的交叉位置，如图 8-21 所示。

图8-20　绘制的图形

图8-21　旋转中心移动的位置

24. 在变换框的外部按下鼠标左键拖曳，旋转移动图形的位置，如图 8-22 所示。

要点提示 当按 Ctrl+Alt+T 组合键给图形添加自由变换框时，此操作就具有了一种复制图形的状态，当移动变换框的位置时，即可得到复制出的图形。

25. 按 Enter 键确定旋转复制出的图形。然后再按 Shift+Ctrl+Alt+T 组合键，旋转复制出如图 8-23 所示的图形。

图8-22　复制出的图形

图8-23　旋转复制出的图形

26. 使用相同的操作，再复制出如图 8-24 所示的图形。至此，标志设计完成，整体效果如图 8-25 所示。

图8-24　复制出的图形

图8-25　设计完成的标志

27. 按 Ctrl+S 组合键，将此文件命名为“标志.psd”保存。

8.2 上机练习（2）——制作企业标准字

目的：学习将文字转换为路径然后进行编辑的方法。

内容：制作的企业标准字效果如图 8-26 所示。

图8-26　制作的企业标准字效果

操作步骤

1. 新建一个【宽度】为“15”厘米，【高度】为“5”厘米，【分辨率】为“300”像素/英寸，【颜色模式】为“RGB 颜色”，【背景内容】为“白色”的文件。
2. 利用 T 工具输入如图 8-27 所示的文字。
3. 将文字的输入光标插入在“科”字前面，然后按下鼠标左键向右拖曳，选择如图 8-28 所示的“科达”两个文字。

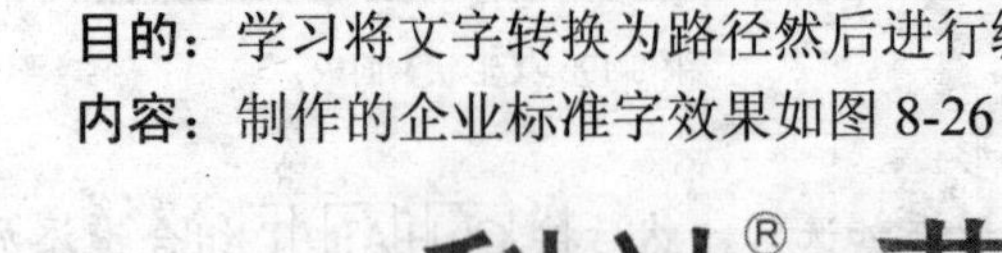

科达荷兰假日

图8-27　输入的文字

科达荷兰假日

图8-28　选择文字

4. 在属性栏中将字体设置为“黑体”，然后将后面的“荷兰假日”文字选择，如图 8-29 所示。

5. 在属性栏中将字体设置为“方正宋黑简体”（如果读者的计算机中没有安装这种字体，可以用其他字体代替进行练习），设置字体后的文字形态如图 8-30 所示。

图8-29　设置的字体效果　　图8-30　设置的字体效果

6. 执行【图层】/【文字】/【创建工作路径】命令，将文字转换成路径。
7. 在【图层】面板中将文字层删除，然后利用工具选择“荷兰假日”文字路径，并向右移动到如图 8-31 所示的位置。
8. 利用工具选择“荷”中部分路径的控制点，将其移动到如图 8-32 所示的位置。
9. 利用和工具依次添加控制点并调整路径，形态如图 8-33 所示。

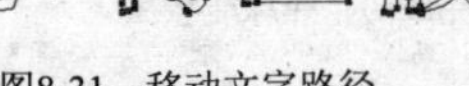
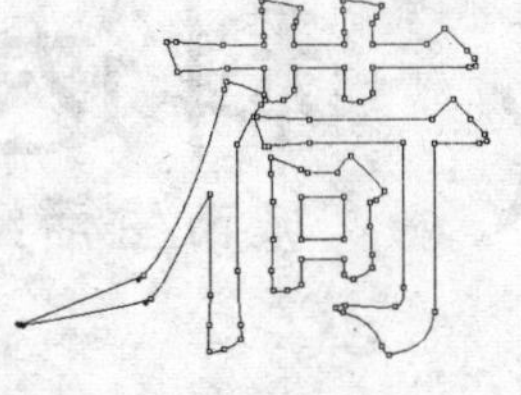
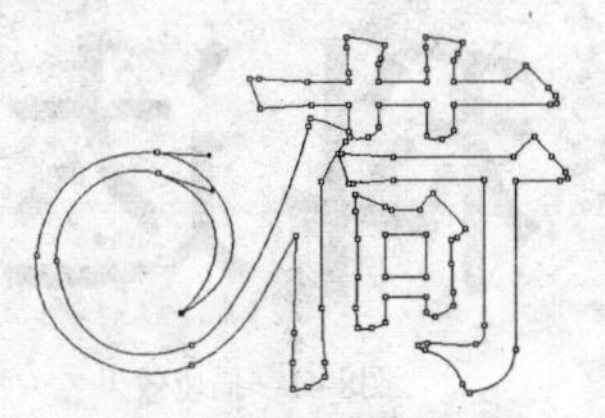

图8-31　移动文字路径　　图8-32　控制点移动的位置　　图8-33　移动控制点位置

10. 使用相同的调整方法，将“荷”字的路径调整成如图 8-34 所示的形态。
11. 利用工具框选如图 8-35 所示的路径，然后按 Delete 键删除。

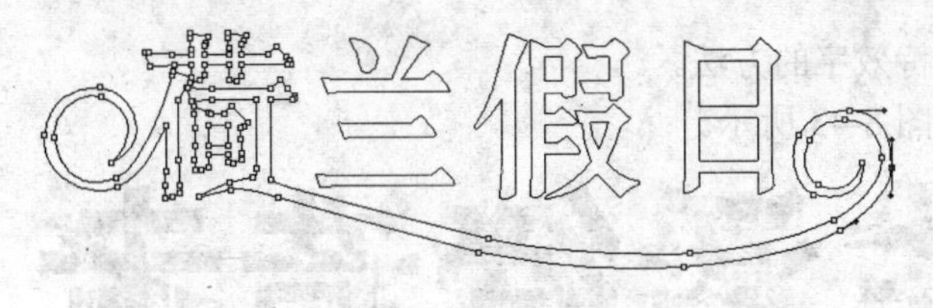
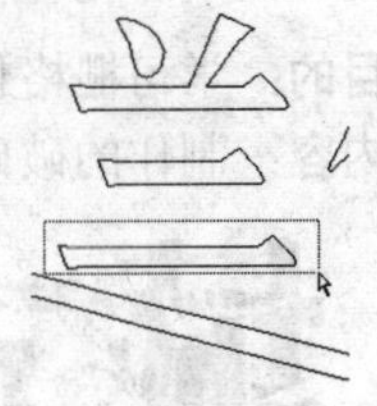

图8-34　调整后的路径　　图8-35　选择路径

12. 利用和工具在删除路径的位置绘制出如图 8-36 所示的路径，然后按 Ctrl+Enter 组合键，将调整后的文字路径转换成如图 8-37 所示的选区。

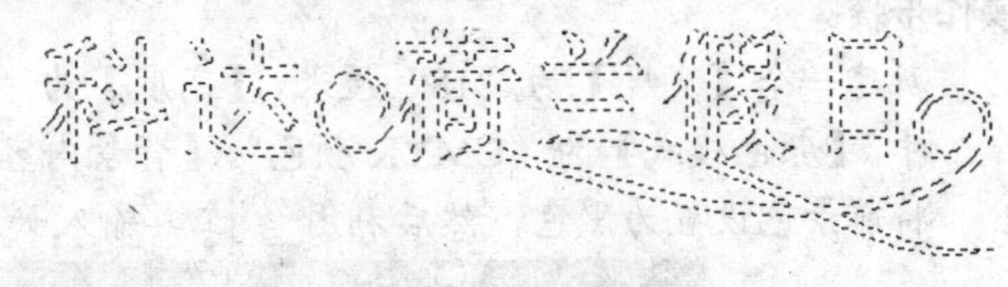

图8-36　绘制的路径　　图8-37　转换成选区

13. 新建“图层 1”，给文字选区填充深绿色（R:3,G:58,B:30），然后将选区去除，企业标准字效果如图 8-38 所示。

图8-38　制作的企业标准字

14. 利用 T 工具在“达”字的右上角输入“R”字母，如图 8-39 所示。
15. 新建“图层 2”，利用 ◯ 工具绘制如图 8-40 所示的圆形选区。

图8-39 输入的文字

图8-40 绘制的选区

16. 执行【编辑】/【描边】命令，给选区描绘【宽度】为“2 px”的边，颜色与文字的颜色相同，按 Ctrl+D 组合键去除选区，描边效果如图 8-41 所示。
17. 利用 T 工具输入如图 8-42 所示的文字，企业标准字制作完成。

图8-41 描边效果

图8-42 制作完成的企业标准字

18. 按 Ctrl+S 组合键，将此文件命名为“标准字.psd”保存。

8.3 上机练习（3）——制作破碎的文字效果

目的：学习栅格化文字及制作特效字的方法。

内容：制作的破碎文字效果如图 8-43 所示。

图8-43 制作的破碎文字效果

操作步骤

1. 新建一个【宽度】为“18”厘米，【高度】为“4”厘米，【分辨率】为“300”像素/英寸，【颜色模式】为“CMYK 颜色”，【背景内容】为“白色”的文件。
2. 将前景色设置为黑色，然后利用 T 工具输入如图 8-44 所示的文字。

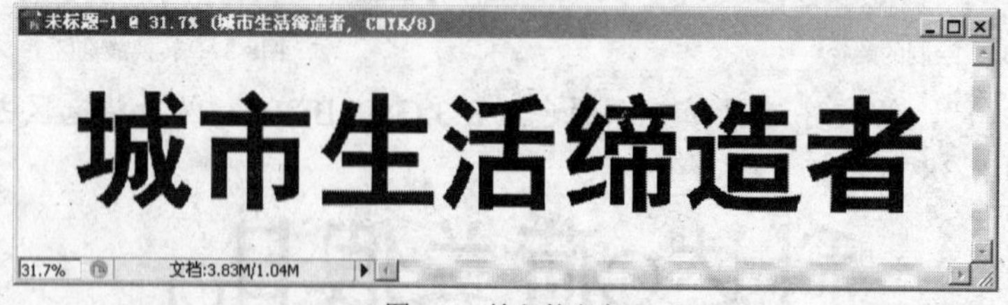

图8-44 输入的文字

3. 执行【图层】/【栅格化】/【文字】命令，将文字层转换为普通图层。
4. 打开素材文件中“图库\第 08 章”目录下的“墙.jpg”文件，然后执行【窗口】/【通道】命令，将【通道】面板打开，再单击“红”通道将其设置为工作通道。

5. 执行【图像】/【调整】/【反相】命令，此时“红”通道效果如图 8-45 所示。
6. 执行【图像】/【调整】/【曲线】命令，弹出【曲线】对话框，调整曲线形态如图 8-46 所示。

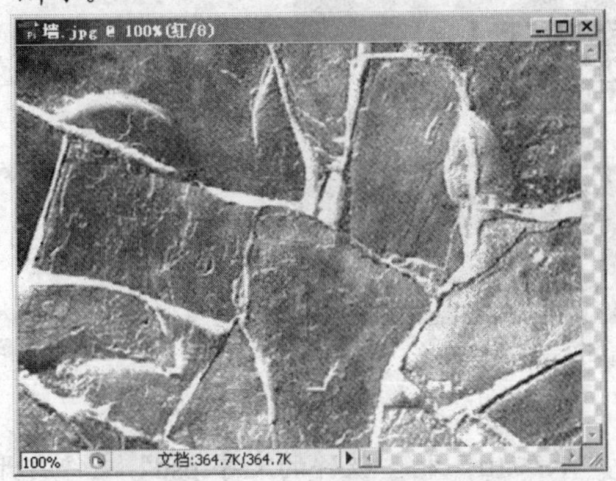

图8-45　“红”通道反相后的效果

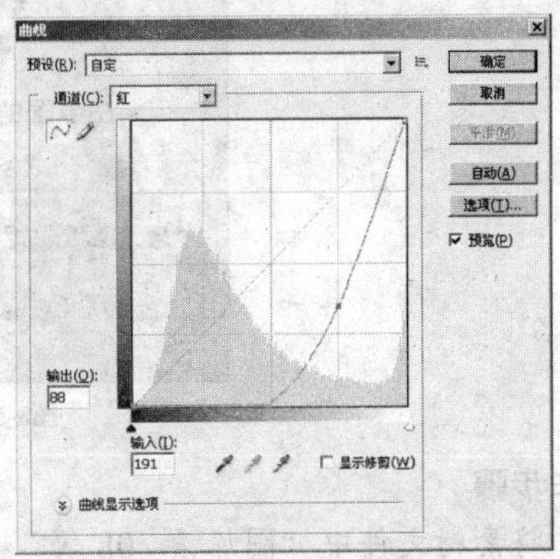

图8-46　调整的曲线形态

7. 单击 确定 按钮，此时“红”通道效果如图 8-47 所示。
8. 单击【通道】面板底部的 按钮，载入选区。然后选择 工具，将鼠标光标移动到选区内部，当鼠标光标显示为 形状时，按下鼠标左键移动选区到新建文件中，如图 8-48 所示。

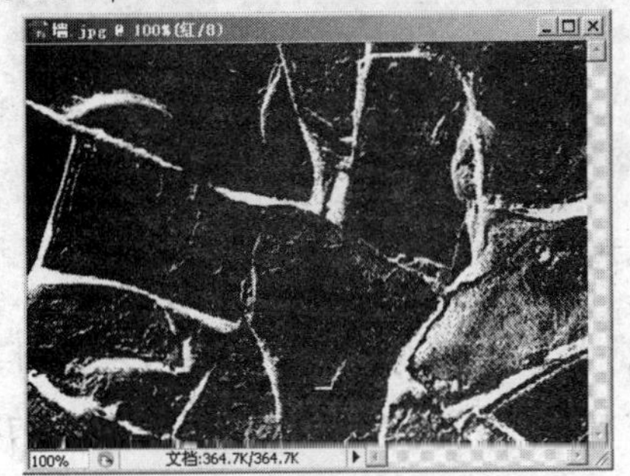

图8-47　调整对比度后的效果

图8-48　选区移动到新建文件中的效果

9. 按 Delete 键，利用选区删除文字，得到破碎的文字效果。
10. 将鼠标光标再次放置到选区内部，当鼠标光标显示为 形状时移动选区位置，并删除得到如图 8-49 所示的破碎文字效果。

城市生活缔造者

图8-49　制作出的破碎文字效果

11. 按 Ctrl+S 组合键，将此文件命名为“破碎的文字.psd”保存。

8.4 上机练习（4）——设计高炮广告

目的：学习美术文本的输入与编辑。

内容：设计的高炮广告实景效果如图 8-50 所示。

图8-50　设计的高炮广告实景效果

操作步骤

1. 将素材文件中“图库\第 08 章”目录下的“纸纹.tif”和“破碎的文字.psd”文件打开，然后将破碎的文字移动复制到“纸纹”文件中，调整至合适的大小后放置到画面的左上角，再利用 T 工具输入如图 8-51 所示的黑色英文字母。
2. 依次将破碎文字和黑色英文字母所在图层的图层混合模式设置为“柔光”，不透明度: 30% 的参数设置为“30%”，调整后的文字效果如图 8-52 所示。

图8-51　输入的文字

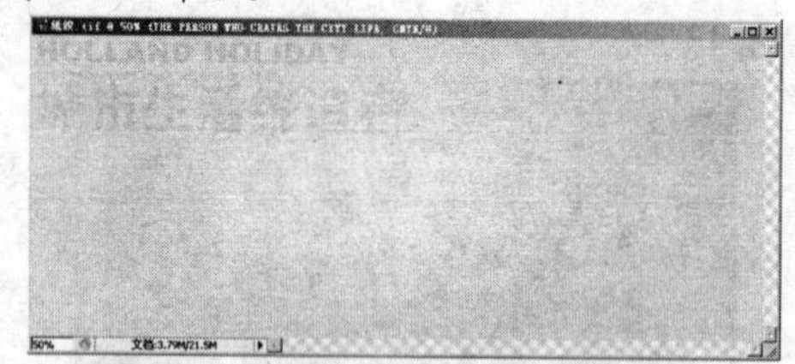

图8-52　设置混合模式和不透明度后的效果

3. 依次将设计的“标志”和“标准字”文件打开，并分别移动复制到“纸纹”文件中，调整至合适的大小后放置到画面的左上角，然后利用 T 工具输入如图 8-53 所示的绿色（G:92,B:50）文字及数字。
4. 将素材文件中“图库\第 08 章”目录下的“郁金香.jpg”文件打开，然后双击【图层】面板中的“背景”层，在弹出的【新建图层】对话框中单击 确定 按钮，将“背景”层转换为“图层 0”。
5. 选择 工具，激活属性栏中的 按钮，并将 容差: 50 的参数设置为“50”，然后在浅蓝色背景处依次单击添加选区，将背景颜色选择。
6. 按 Delete 键将选择的背景删除，效果如图 8-54 所示，然后按 Ctrl+D 组合键去除选区。

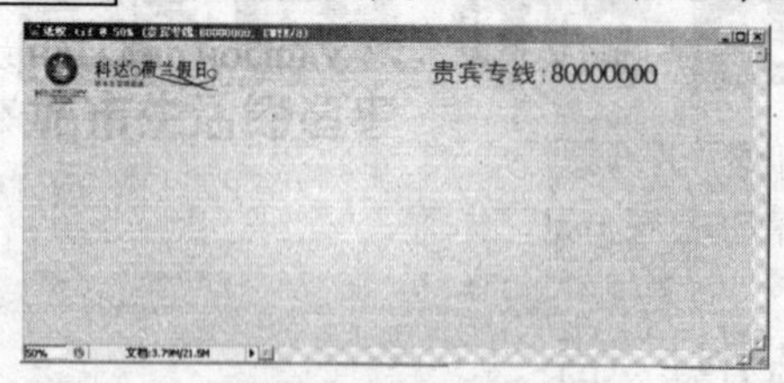

图8-53　输入的文字

图8-54　删除背景后的效果

7. 将郁金香图片移动复制到“纸纹”文件中，然后依次将其移动复制并旋转，组合出如图 8-55 所示的画面效果。

8. 利用 T 工具依次输入如图 8-56 所示的文字（为以后修改起来方便建议每一行文字为一个图层）。

图8-55　复制的郁金香图像效果

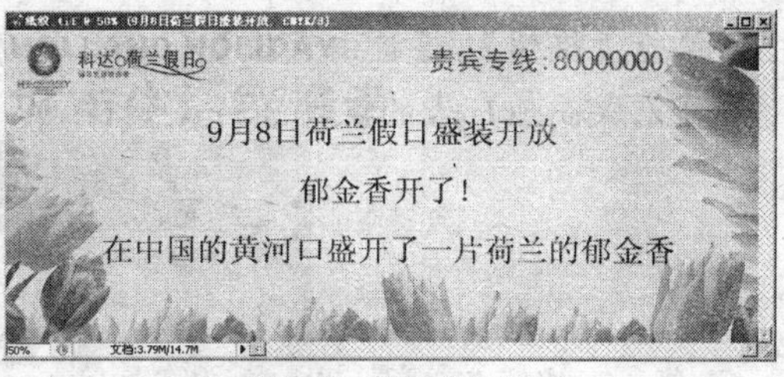

图8-56　输入的文字

9. 将输入文字的字体都设置为“文鼎 CS 大黑”，然后分别设置文字的字号及颜色，效果如图 8-57 所示。

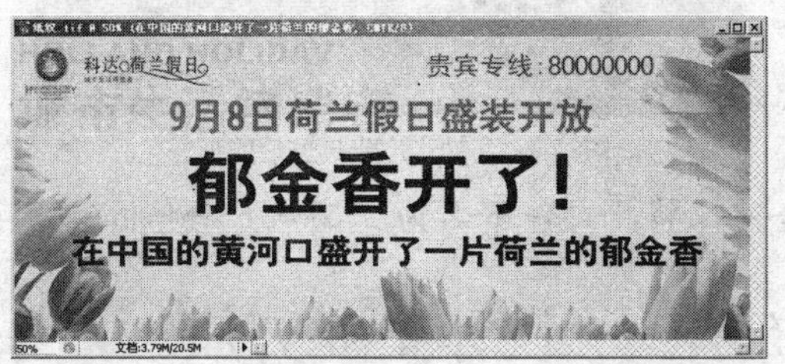

图8-57　设置文字字体、字号及颜色后的效果

10. 将第一行文字所在的图层设置为工作层，然后利用【图层】/【图层样式】中的【投影】和【描边】命令，依次为文字添加投影和描边样式，参数设置及效果如图 8-58 所示。

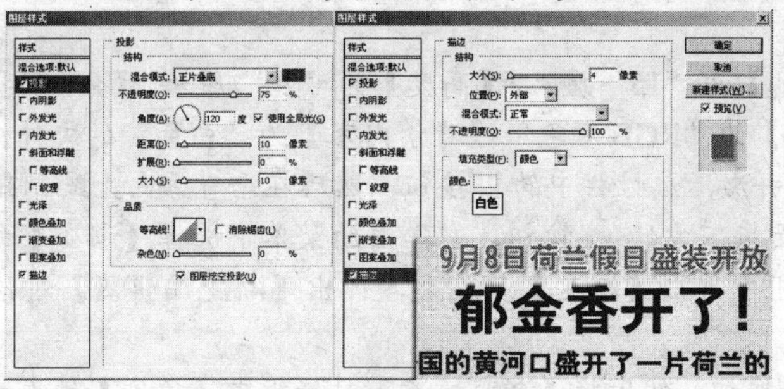

图8-58　文字添加的投影和描边样式

11. 在添加样式后的文字层上单击鼠标右键，在弹出的右键菜单中选择【拷贝图层样式】命令。然后分别将其他两个文字层设置为工作层，并在其上单击鼠标右键，在弹出的右键菜单中选择【粘贴图层样式】命令，效果如图 8-59 所示。

图8-59　粘贴图层样式后的效果

12. 按 Shift+Ctrl+S 组合键，将此文件命名为“房地产广告.psd”另存。
13. 将素材文件中“图库\第 08 章”目录下的“大型广告牌.jpg”文件打开，然后将“房地产广告.psd”文件设置为工作状态。

14. 执行【图层】/【合并可见图层】命令，将所有图层合并为一个层，然后将其移动复制到“大型广告牌”文件中。
15. 执行【编辑】/【自由变换】命令，将房地产广告画面调整至如图 8-60 所示的形态，即可完成高炮广告的设计。

图8-60 房地产广告调整后的形态

16. 按 Shift+Ctrl+S 组合键，将此文件命名为“高炮广告.psd”另存。

8.5 上机练习（5）——设计企业刀旗

目的：学习直排文字的输入与编辑。

内容：设计的企业刀旗效果如图 8-61 所示。

操作步骤

1. 新建一个【宽度】为“15”厘米，【高度】为“20”厘米，【分辨率】为“150”像素/英寸，【颜色模式】为“RGB 颜色”，【背景内容】为“白色”的文件。
2. 选择工具，并激活属性栏中的按钮，然后在垂直方向上绘制矩形路径。
3. 单击【图层】面板下方的按钮，在弹出的菜单中选择【渐变】命令，在弹出的【渐变填充】对话框中单击【渐变】颜色条，弹出【渐变编辑器】对话框，设置渐变颜色如图 8-62 所示。
4. 单击 确定 按钮，然后将【渐变填充】对话框中【角度】的参数设置为“0”，单击 确定 按钮，矩形路径填充渐变色后的效果如图 8-63 所示。

图8-61 设计的刀旗广告

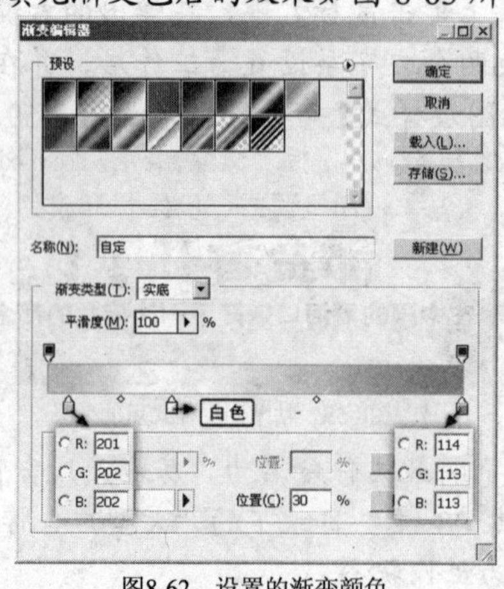

图8-62 设置的渐变颜色

图8-63 填充渐变色后的效果

5. 将"渐变填充 1"调整层复制为"渐变填充 1 副本"层，然后按 Ctrl+T 组合键为复制的图形添加自由变换框，并将其在水平方向上拉伸调整至如图 8-64 所示的形态，再按 Enter 键确认变换操作。

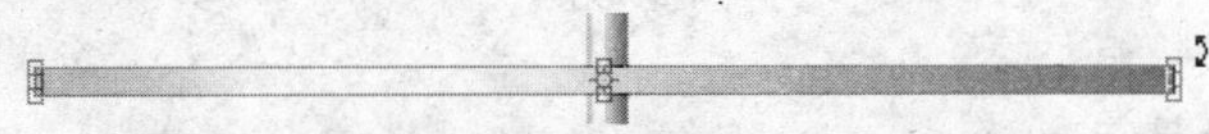

图8-64　复制图形拉伸变形后的形态

6. 双击"渐变填充 1 副本"左侧的调整层缩览图，弹出【渐变填充】对话框，设置参数及更改渐变角度后的图像效果如图 8-65 所示。
7. 将"渐变填充 1 副本"复制为"渐变填充 1 副本 2"，然后将复制出的图像垂直向下移动至如图 8-66 所示的位置。

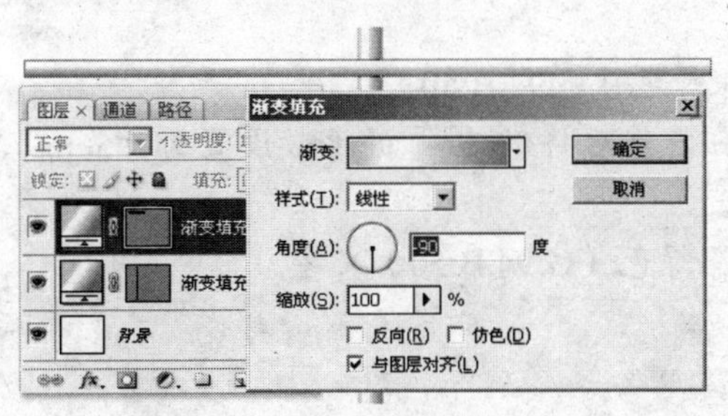

图8-65　设置的参数及调整后的效果

图8-66　复制图形调整后的位置

8. 新建"图层 1"，然后将前景色设置为淡黄色（R:255,G:246,B:233），背景色设置为沙黄色（R:252,G:226,B:196）。
9. 利用 工具绘制矩形选区，然后选择 工具，并激活属性栏中的 按钮，再在选区中由中心向下拖曳鼠标光标，为矩形选区填充前景色到背景色的径向渐变色。按 Ctrl+D 组合键去除选区后的效果如图 8-67 所示。
10. 执行【滤镜】/【纹理】/【纹理化】命令，在弹出的【纹理化】对话框中单击 确定 按钮，为"图层 1"中的图像添加默认参数设置的纹理效果。
11. 将素材文件中"图库\第 08 章"目录下的"破碎的文字.psd"文件打开，并将其移动复制到新建文件中，调整合适的大小后放置到刀旗的上方位置。然后选择 T 工具，依次输入如图 8-68 所示的黑色英文字母。

图8-67　添加渐变色后的效果　　图8-68　输入的黑色文字

12. 依次将破碎文字和黑色英文字母所在图层的 不透明度: 30% 参数设置为"30%"。
13. 将素材文件中"图库\第 08 章"目录下的"象征图像.psd"文件打开，然后将其移动复制到新建文件中，生成"图层 2"。
14. 在【图层】面板中，将"图层 2"调整至"图层 1"的上方，然后将图像调整至合适的大小后放置到如图 8-69 所示的位置。

15. 执行【图层】/【创建剪贴蒙版】命令，将“图层 2”与“图层 1”创建为剪贴蒙版图层，生成的画面效果及【图层】面板形态如图 8-70 所示。

图8-69 图像调整后的大小及位置

图8-70 创建剪贴蒙版后的效果

16. 依次将前面设计的标志图形和制作的标准字文件打开，然后分别移动到新建文件中，调整至如图 8-71 所示的大小及位置。
17. 新建“图层 4”，然后将前景色设置为深绿色（G:94,B:50）。
18. 选择工具，并激活属性栏中的按钮，然后将粗细: 5 px 的参数设置为“5 px”，再按住 Shift 键绘制出如图 8-72 所示的直线。
19. 利用工具依次输入如图 8-73 所示的深绿色（G:94,B:50）文字。

图8-71 标志及标准字放置的位置

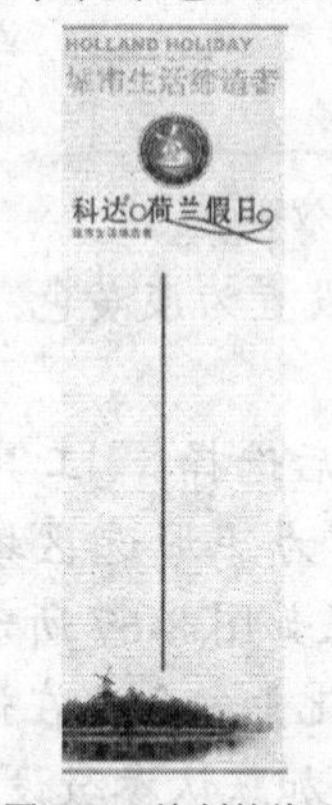

图8-72 绘制的线形

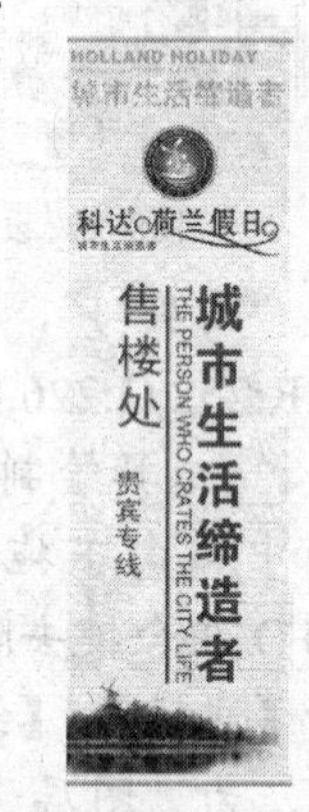

图8-73 输入的文字

20. 继续利用工具输入如图 8-74 所示的数字。
21. 将输入的数字全部选择，单击属性栏中的按钮，打开【字符】面板，再单击面板右上角的按钮，在弹出的菜单中选择如图 8-75 所示的命令，将数字垂直排列，然后将其移动至如图 8-76 所示的位置。

图8-74 输入的数字

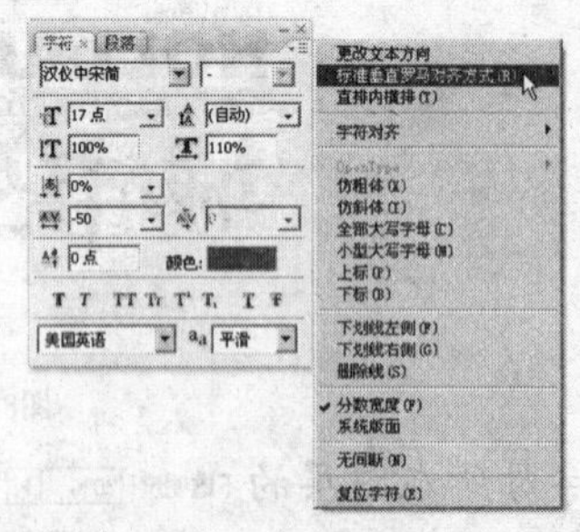

图8-75 选择的命令

图8-76 数字放置的位置

22. 利用工具绘制出如图 8-77 所示的路径，然后按 Ctrl+Enter 组合键将路径转换为选区。
23. 将“图层 4”设置为工作层，然后为选区填充深绿色（G:94,B:50），再按 Ctrl+D 组合键去除选区。

至此，刀旗设计完成，整体效果如图 8-78 所示。

24. 将除“背景”层和各“渐变填充”调整层外的所有图层同时选择，然后按 Alt+Ctrl+E 组合键，将选择的图层合并后复制，并将复制出的图像移动至如图 8-79 所示的位置。

图8-77　绘制的路径

图8-78　设计的刀旗效果

图8-79　复制图形调整后的位置

25. 按 Ctrl+S 组合键，将此文件命名为“刀旗.psd”保存。

8.6 上机练习（6）——设计房地产宣传单页

目的：学习文字工具的综合运用。

内容：设计的房地产宣传单页如图 8-80 所示。

操作步骤

1. 新建一个【宽度】为“19.1”厘米，【高度】为“26.6”厘米，【分辨率】为“150”像素/英寸，【颜色模式】为“RGB 颜色”，【背景内容】为“背景色”（G:82,B:58）的文件。
2. 执行【视图】/【新建参考线】命令，依次在页面【垂直】方向“0.3”厘米处、“18.8”厘米处及页面【水平】方向“0.3”厘米处和“26.3”厘米处添加参考线，效果如图 8-81 所示。
3. 打开素材文件中“图库\第 08 章”目录下的“象征图像.psd”文件，然后将其移动复制到新建的文件中，调整大小后移动到如图 8-82 所示的位置。

图8-80　设计的宣传单页

图8-81　创建的参考线

图8-82　复制入的图片

4. 单击【图层】面板中的 按钮，为“图层 1”添加图层蒙版。

5. 选择 工具，并将前景色和背景色分别设置为黑色和白色，然后在画面中拖曳鼠标光标编辑蒙版，生成的效果及【图层】面板形态如图 8-83 所示。
6. 单击【图层】面板中的 按钮，在弹出的菜单中选择【曲线】命令，弹出【曲线】对话框，调整曲线的形态如图 8-84 所示。

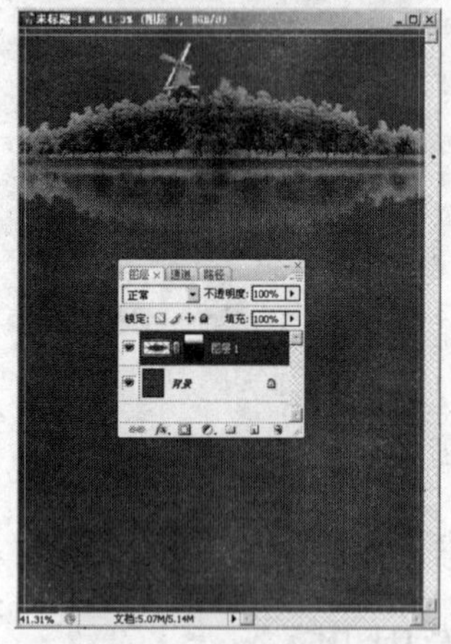

图8-83 添加的蒙版

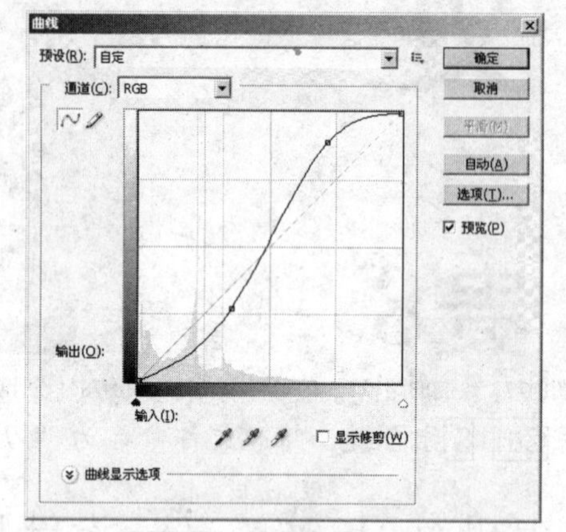

图8-84 调整曲线的形态

7. 单击 确定 按钮，调整后的图像效果如图 8-85 所示。
8. 按住 Ctrl 键单击“图层 1”的图层缩览图，加载“图层 1”的选区，然后执行【选择】/【反向】命令，将选区反选。
9. 单击“曲线 1”的图层蒙版将其设置为当前状态，然后为选区填充黑色，效果如图 8-86 所示。

要点提示 此处为选区填充黑色，目的是为了让设置的“曲线”调整层只对“图层 1”中的图像起作用，其他区域不受影响。

图8-85 调整后的图像效果

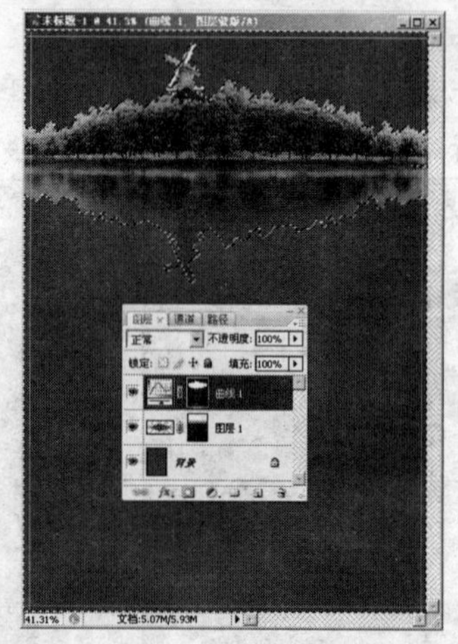

图8-86 蒙版填充黑色

10. 打开素材文件中“图库\第 08 章”目录下的“发射光线.psd”文件，然后将其移动复制到新建的文件中。
11. 按 Ctrl+T 组合键添加自由变换框，将光线调整至如图 8-87 所示的大小及位置，然后按 Enter 键确认。

12. 在【图层】面板中，将生成的“图层 2”调整至“图层 1”的下方，然后锁定“图层 2”的透明像素，并为其填充浅黄色（R:255,G:255,B:200），效果如图 8-88 所示。

图8-87　调整大小

图8-88　填充黄色

13. 复制“图层 2”为“图层 2 副本”，加强光线效果，然后将“图层 2 副本”层的【不透明度】参数设置为“50%”。
14. 将前景色设置为橘黄色（R:250,G:190），然后将“曲线 1”调整层设置为工作层，并利用 T 工具依次输入如图 8-89 所示的文字。

要点提示　此处将“曲线 1”调整层设置为工作层，目的是在此层的上方输入文字，否则输入文字生成的图层将位于“图层 1”的下方。

15. 将数字“28.8”选择，然后单击属性栏中的 色块，在弹出的【选择文本颜色】对话框中将颜色设置为黄色（R:255,G:246,B:127），单击 确定 按钮，将选择的文字颜色修改为黄色。
16. 单击属性栏中的 按钮，弹出【字符】面板，设置选项及参数如图 8-90 所示。

图8-89　输入的文字

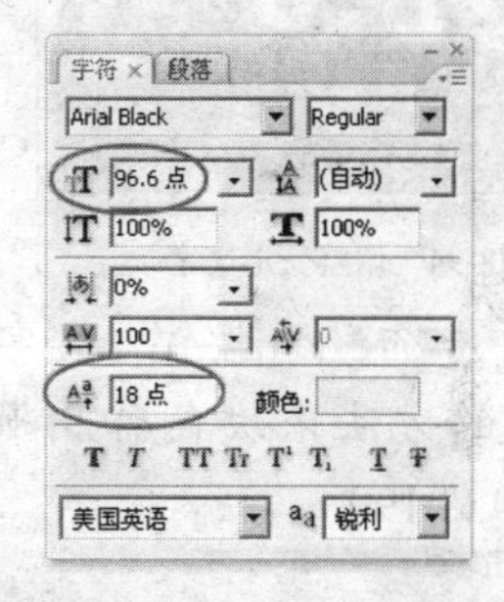

图8-90　【字符】面板

17. 单击属性栏中的 ✓ 按钮，调整后的数字效果如图 8-91 所示。
18. 将“荷兰假日”文字的颜色修改为浅绿色（R:234,G:243,B:234），效果如图 8-92 所示。

图8-91　调整后的数字效果

图8-92　修改颜色

19. 利用 T 工具将文字全部选择，然后在【字符】面板中设置文字的行间距，参数设置及生成的效果如图 8-93 所示。

图8-93　设置文字的行间距及效果

20. 执行【编辑】/【变换】/【斜切】命令，然后将文字调整至如图 8-94 所示的形态，并按 Enter 键确认。
21. 执行【图层】/【图层样式】/【投影】命令，弹出【图层样式】对话框，设置各选项及参数如图 8-95 所示，其中描边的【颜色】为深红色（R:150,G:30,B:35）。

图8-94　调整变形文字

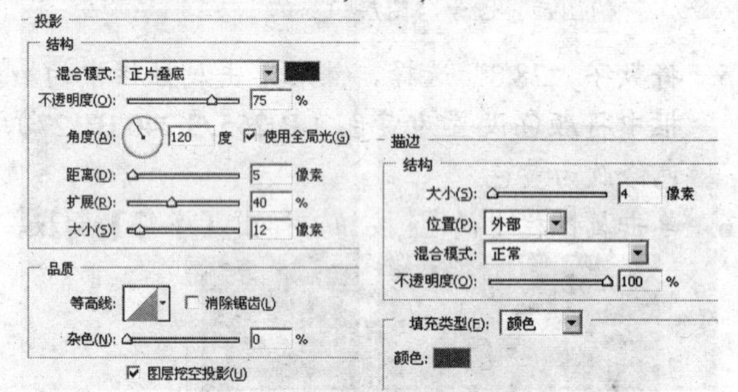

图8-95　【图层样式】参数设置

22. 单击 确定 按钮，文字描边及添加投影后的效果如图 8-96 所示。
23. 用相同的方法依次制作出如图 8-97 所示的倾斜文字效果。文字的颜色为橘黄色（R:250,G:190）。

图8-96　文字描边及添加投影后的效果

图8-97　输入制作的倾斜文字

24. 将“首付 8.8 万，月供 880 元”文字层复制为副本层，然后将原文字层设置为工作层，并为其填充黑色，再向左下方轻微移动文字的位置，制作出文字的投影效果，如图 8-98 所示。

25. 再次利用 T 工具输入如图 8-99 所示的文字。

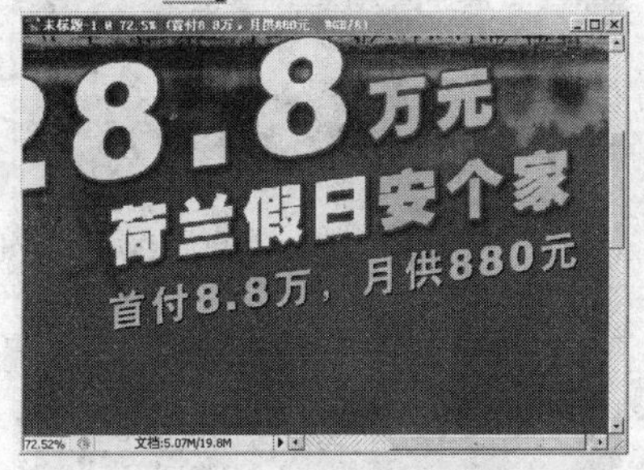

图8-98　文字的投影效果

图8-99　输入的文字

26. 执行【图层】/【图层样式】/【外发光】命令，弹出【图层样式】对话框，设置各选项及参数如图 8-100 所示，其中【外发光】的颜色为土黄色（R:243,G:230,B:186），【描边】的颜色为白色。

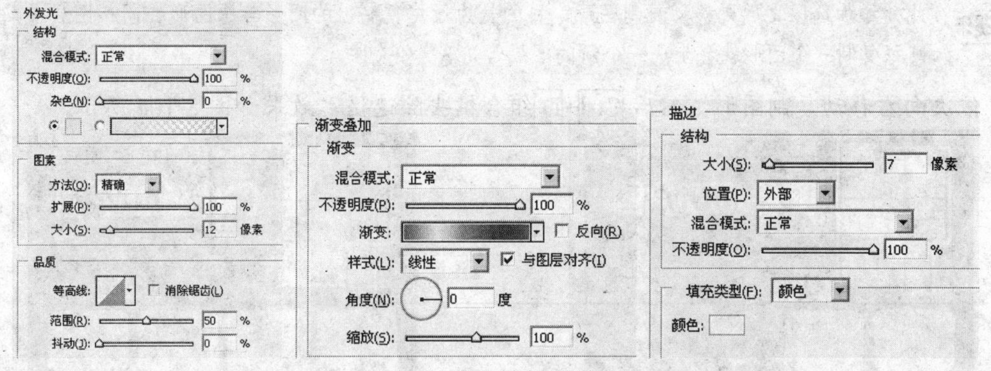

图8-100　【图层样式】参数设置

27. 单击 确定 按钮，添加图层样式后的文字效果如图 8-101 所示。
28. 打开素材文件中“图库\第 08 章”目录下的“平面布置图.psd”文件，然后将平面布置图移动复制到新建的文件中，并利用【自由变换】命令将其调整至如图 8-102 所示的形态及位置。

图8-101　文字效果

图8-102　调整大小后的平面布置图

29. 执行【图层】/【图层样式】/【描边】命令，为平面图以【外部】的形式描绘【大小】为“10”像素的浅紫色（R:233,G:230,B:234）边缘，效果如图 8-103 所示。
30. 选择 工具，并激活属性栏中的 按钮，然后将 半径: 30 px 的参数设置为“30”像素。
31. 新建“图层 4”，确认前景色为白色，利用 工具绘制出如图 8-104 所示的白色圆角矩形。

图8-103 描边效果

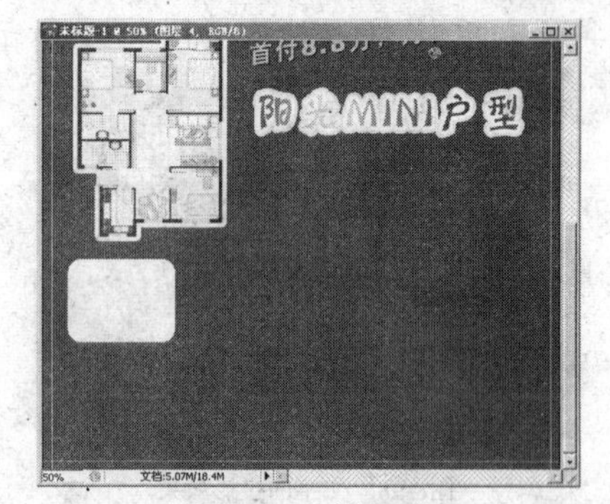

图8-104 绘制的图形

32. 利用 工具绘制圆角矩形选区，然后将鼠标光标移动到选区中，按住 Shift+Ctrl+Alt 组合键水平向右移动复制图形，如图 8-105 所示。

要点提示 此处添加选区之后再移动复制图形，目的是为了将复制出的图形与原图形在同一图层中，否则每复制一个图形就会生成一个新的图层。

33. 依次向右移动复制图形，然后 Ctrl+D 组合键去除选区，效果如图 8-106 所示。

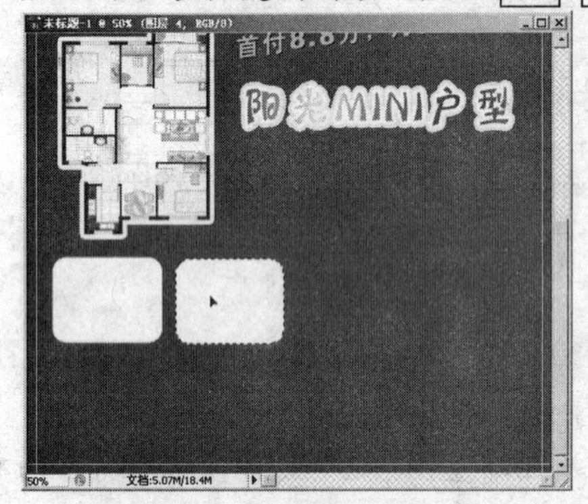

图8-105 移动复制图形时的状态

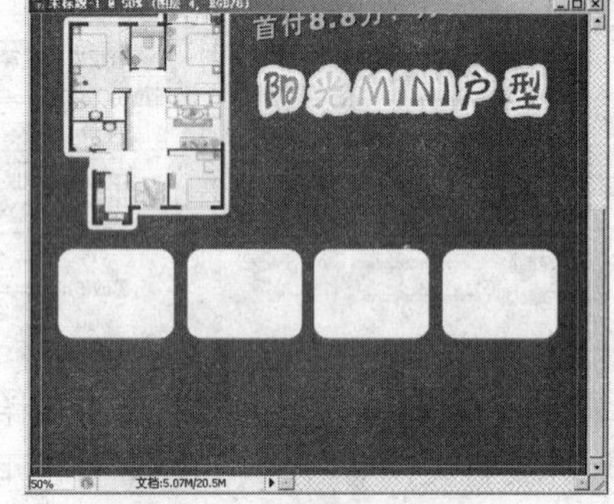

图8-106 复制出的图形

34. 将素材文件中“图库\第 08 章”目录下的“效果图 01.jpg”文件打开，然后将效果图移动复制到新建的文件中。
35. 执行【图层】/【创建剪贴蒙版】命令，将“图层 5”与“图层 4”创建为剪贴蒙版层，即只能通过“图层 4”观察“图层 5”中的图像，如图 8-107 所示。
36. 按 Ctrl+T 组合键为“图层 5”中的图像添加自由变换框，然后将其缩小至如图 8-108 所示的形态，再按 Enter 键确认。

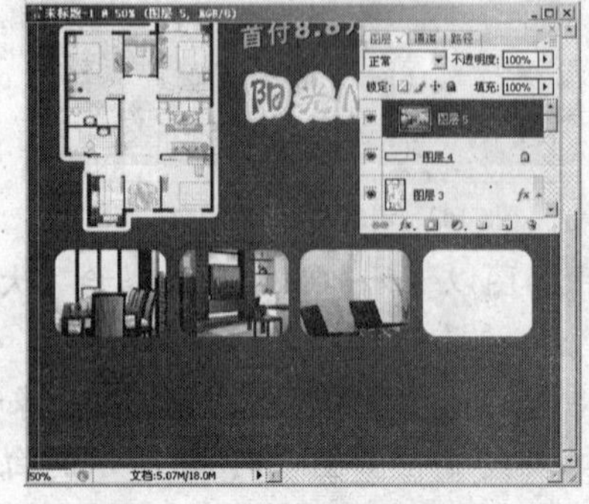

图8-107 创建图层蒙版后的效果

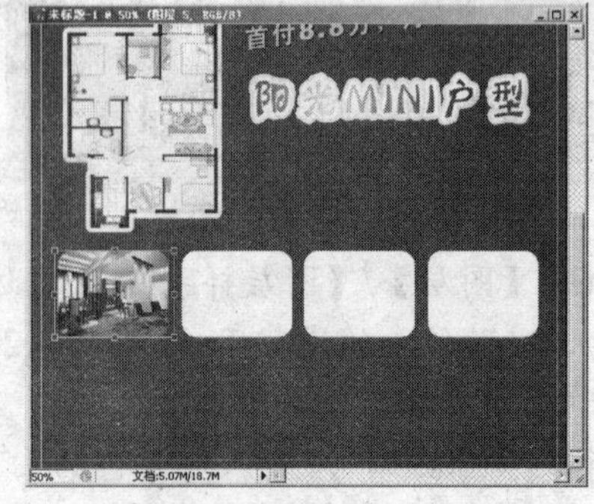

图8-108 图像调整后的大小

37. 用与步骤 34～36 相同的方法，依次将素材文件中“图库\第 08 章”目录下的“效果图 02.jpg”、“效果图 03.jpg”和“效果图 04.jpg”的图像添加至新建的文件中，效果如图 8-109 所示。
38. 将“图层 4”设置为工作层，然后执行【图层】/【图层样式】/【描边】命令，为其以【居中】的形式描绘【大小】为“5”像素的浅紫色（R:233,G:230,B:234）边缘，效果如图 8-110 所示。

图8-109 添加图像后的效果

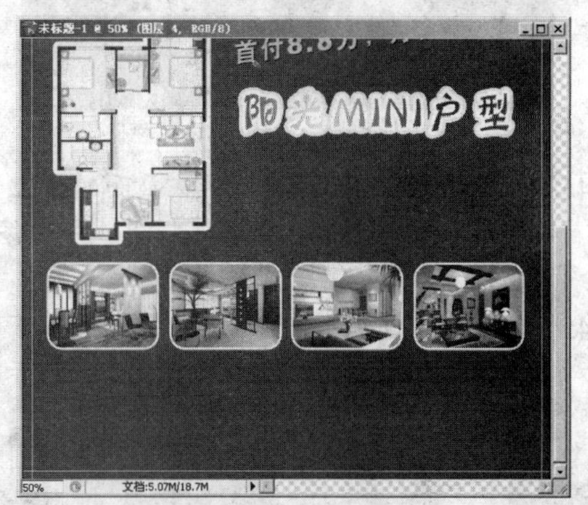

图8-110 描绘的边缘

39. 利用 T 工具依次输入如图 8-111 所示的文字，然后将数字“2”选择。
40. 单击属性栏中的 按钮，在弹出的【字符】面板中激活 T^1 按钮，效果如图 8-112 所示。

图8-111 输入的文字

图8-112 设置后的文字效果

41. 选择 工具，激活属性栏中的 按钮，然后将 半径: 50 px 的参数设置为“50”像素，并在新建的图层中绘制出如图 8-113 所示的绿色（R:27,G:150,B:123）圆角矩形。
42. 继续利用 T 工具在圆角矩形上输入如图 8-114 所示的白色文字。

图8-113 绘制的圆角矩形

图8-114 输入的白色文字

43. 利用 和 工具绘制出如图 8-115 所示的路径，然后利用 工具输入如图 8-116 所示的黄色（R:255,G:241）文字。

图8-115　绘制的路径

图8-116　输入的文字

44. 新建图层，利用 工具在画面的右上角绘制白色的矩形，然后依次将前面设计的标志图形和制作的标准字文件打开，分别移动到新建文件中，调整至如图 8-117 所示的大小及位置。

45. 将素材文件中“图库\第 08 章”目录下的“科达集团标志.psd”和“地图.jpg”图像添加至新建的文件中，效果如图 8-118 所示。

图8-117　图形所在的位置

图8-118　添加的图像

46. 再次利用 工具依次输入如图 8-119 所示的白色文字，完成宣传单页的设计。

图8-119　输入的文字

47. 按 Ctrl+S 组合键，将此文件命名为“宣传单页.psd”保存。

第9章 滤镜

9.1 上机练习（1）——制作星球爆炸效果

目的：制作爆炸效果，熟练掌握各种滤镜命令的综合应用。

内容：利用【添加杂色】、【动感模糊】、【径向模糊】、【极坐标】、【分层云彩】等滤镜命令，并结合各种图像编辑命令来制作如图 9-1 所示的爆炸效果。

图9-1 爆炸效果

操作步骤

1. 新建一个【宽度】为“15”厘米，【高度】为“10”厘米，【分辨率】为“120”像素/英寸，【颜色模式】为“RGB 颜色”，【背景内容】为“白色”的文件。
2. 执行【滤镜】/【杂色】/【添加杂色】命令，在弹出的对话框中设置选项及参数如图 9-2 所示，单击 确定 按钮。
3. 执行【图像】/【调整】/【阈值】命令，在弹出的【阈值】对话框中将【阈值色阶】参数设置为“180”，单击 确定 按钮，画面效果如图 9-3 所示。

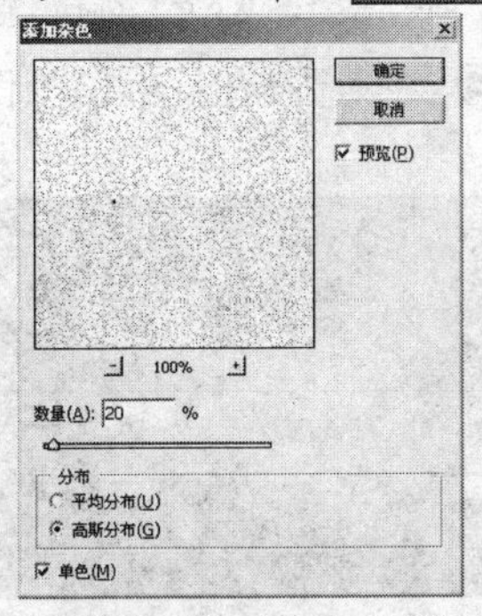

图9-2 【添加杂色】对话框

图9-3 画面效果

4. 执行【滤镜】/【模糊】/【动感模糊】命令，弹出【动感模糊】对话框，将【角度】的参数设置为“90”度，【距离】的参数设置为“500”像素，单击 确定 按钮，效果如图 9-4 所示。
5. 按 Ctrl+I 组合键将画面反相显示。然后新建“图层 1”，并按 D 键将前景色和背景色设置为默认的黑色和白色。
6. 选择 工具，在属性栏中激活 按钮，且选择“前景到背景”的渐变样式。按住 Shift 键，在画面中由下至上填充从前景色到背景色的线性渐变色。
7. 将“图层 1”的图层混合模式设置为“滤色”，画面效果如图 9-5 所示，然后按 Ctrl+E 组合键将“图层 1”向下合并为“背景”层。
8. 执行【滤镜】/【扭曲】/【极坐标】命令，在弹出的【极坐标】对话框中点选【平面坐标到极坐标】单选项，然后单击 确定 按钮，画面效果如图 9-6 所示。

图9-4 动感模糊效果

图9-5 画面效果

图9-6 极坐标效果

9. 将背景色设置为黑色，然后执行【图像】/【画布大小】命令，弹出【画布大小】对话框，各选项及参数设置如图 9-7 所示。
10. 单击 确定 按钮，调整画布大小后的画面效果如图 9-8 所示。
11. 执行【滤镜】/【模糊】/【径向模糊】命令，弹出【径向模糊】对话框，点选【缩放】单选项后，将【数量】的参数设置为“100”，单击 确定 按钮，然后再按 4 次 Ctrl+F 组合键重复执行模糊处理，效果如图 9-9 所示。

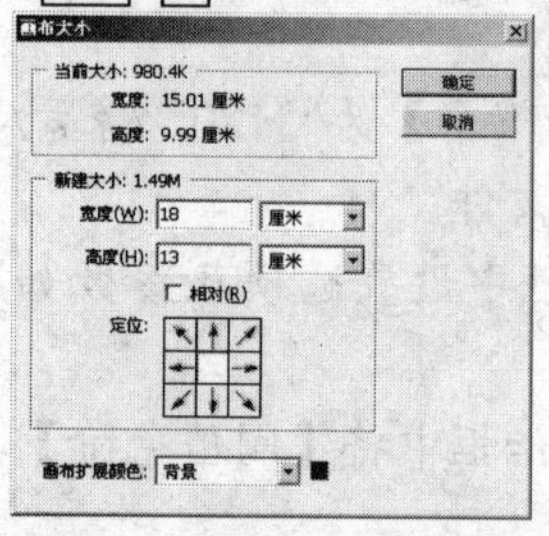

图9-7 【画布大小】对话框

图9-8 调整画布大小后的效果

图9-9 径向模糊效果

12. 按 Ctrl+U 组合键，弹出【色相/饱和度】对话框，参数设置如图 9-10 所示。单击 确定 按钮，调整颜色后的效果如图 9-11 所示。

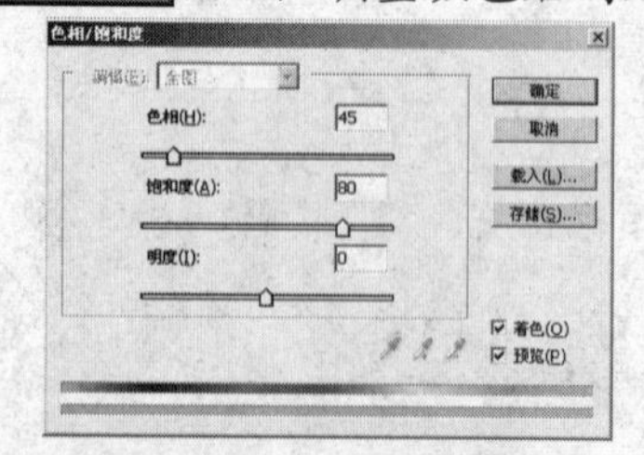

图9-10 【色相/饱和度】对话框

图9-11 调整颜色后的效果

13. 新建“图层 1”，并确认前景色和背景色分别为黑色和白色，然后执行【滤镜】/【渲染】/【云彩】命令，为“图层 1”添加由前景色与背景色混合而成的云彩效果。
14. 将“图层 1”的图层混合模式设置为“颜色减淡”，画面效果如图 9-12 所示。
15. 执行【滤镜】/【渲染】/【分层云彩】命令，使云彩发生变化，从而改变爆炸效果。此时根据效果也可以再按几次 Ctrl+F 组合键，直到出现理想的爆炸效果为止，如图 9-13 所示是按了 3 次 Ctrl+F 组合键生成的效果。

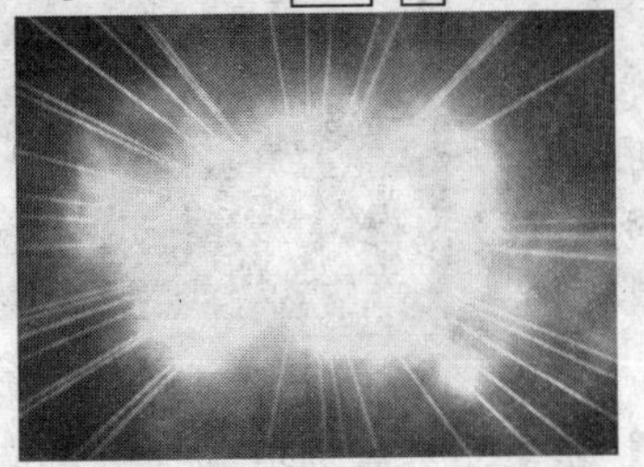

图9-12　更改图层混合模式后的效果

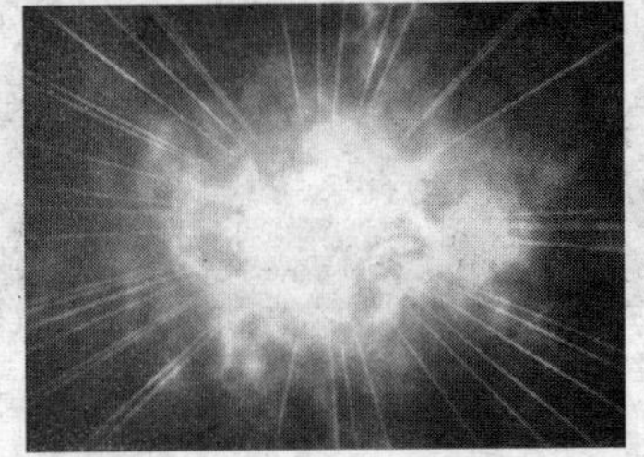

图9-13　执行【分层云彩】命令后的效果

16. 按 Ctrl+E 组合键将爆炸效果的图层合并，然后打开素材文件中“图库\第 09 章”目录下的“星球.jpg”文件。
17. 利用 工具将爆炸效果移动复制到打开的“星球.jpg”文件中，然后利用【自由变换】命令将爆炸效果调整到与画面相同的大小，再将其图层混合模式设置为“滤色”，更改混合模式后完成爆炸效果制作，效果如图 9-1 所示。
18. 按 Shift+Ctrl+S 组合键，将此文件命名为“爆炸效果.psd”另存。

9.2 上机练习（2）——制作蘑菇云效果

目的：学习蘑菇云效果制作，掌握各种滤镜命令的应用。

内容：利用【云彩】、【球面化】、【挤压】等滤镜命令以及图层和图层蒙版等来制作蘑菇云效果，如图 9-14 所示。

图9-14　制作的蘑菇云效果

操作步骤

1. 打开素材文件中“图库\第 09 章”目录下的“天空.jpg”文件，然后利用 和 工具根据要制作的蘑菇云效果绘制出如图 9-15 所示的路径，并将其保存为“路径 1”。
2. 将路径隐藏，然后在【图层】面板中新建“图层 1”，并将前景色和背景色分别设置为白色和黑色。
3. 执行【滤镜】/【渲染】/【云彩】命令，为“图层 1”添加云彩效果，然后利用【自由变换】命令将其调整至如图 9-16 所示的大小及位置。

4. 按住 Ctrl 键单击“路径 1”加载选区，然后按 Alt+Ctrl+D 组合键弹出【羽化选区】对话框，将【羽化半径】的参数设置为“10”像素，单击 确定 按钮。
5. 单击【图层】面板底部的 按钮，为“图层 1”添加图层蒙版，画面中生成的效果如图 9-17 所示。

图9-15 绘制的路径

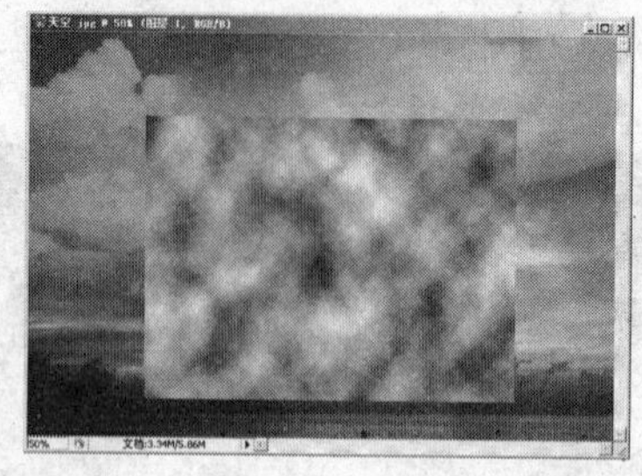

图9-16 云彩效果

图9-17 添加蒙版后的效果

6. 新建“图层 2”，执行【滤镜】/【渲染】/【云彩】命令，然后利用【自由变换】命令将云彩缩小至如图 9-18 所示的形态。
7. 按住 Ctrl 键单击“路径 1”加载选区，然后选择 工具，并按住 Alt 键对原选区进行修剪，修剪后的选区如图 9-19 所示。

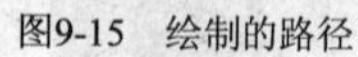

由于【云彩】命令为随机性的命令，因此读者在制作此例效果时并不一定要完全按照图示的位置进行操作，此处创建的选区旨在多选择一些黑色，以加强蘑菇柱的强度，使其看起来更加具有爆发力.

8. 按 Alt+Ctrl+D 组合键，弹出【羽化选区】对话框，将【羽化半径】的参数设置为“5”像素，单击 确定 按钮。
9. 单击【图层】面板底部的 按钮，为“图层 2”添加蒙版，生成的效果如图 9-20 所示。

图9-18 云彩效果

图9-19 修剪后的选区

图9-20 添加蒙版后的效果

下面来加强一下蘑菇云的强度。

10. 新建“图层 3”，并再次执行【滤镜】/【渲染】/【云彩】命令，然后利用【自由变换】命令将云彩缩小至如图 9-21 所示的形态。
11. 按住 Ctrl 键单击“路径 1”加载选区，然后选择 工具，并按住 Alt 键对原选区进行修剪，修剪后的效果如图 9-22 所示。
12. 按 Alt+Ctrl+D 组合键，弹出【羽化选区】对话框，将【羽化半径】的参数设置为“20”像素，单击 确定 按钮。
13. 执行【滤镜】/【扭曲】/【球面化】命令，弹出【球面化】对话框，将【数量】的参数设置为“100%”，单击 确定 按钮，效果如图 9-23 所示。

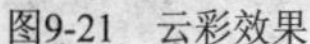

图9-21 云彩效果

图9-22 修剪后的选区

图9-23 球面化效果

14. 单击【图层】面板底部的按钮，为“图层 3”添加蒙版，生成的效果如图 9-24 所示。
15. 新建“图层 4”，执行【云彩】命令后并进行缩小调整，效果如图 9-25 所示。
16. 执行【滤镜】/【扭曲】/【挤压】命令，弹出【挤压】对话框，将【数量】的参数设置为“-50”，单击 确定 按钮，效果如图 9-26 所示。

图9-24 添加蒙版后的效果

图9-25 云彩效果

图9-26 挤压后的云彩效果

17. 选择工具，设置合适的笔头大小后，对挤压后的云彩边缘进行擦除，使其与下方图像更好的融合，擦除后的效果如图 9-27 所示。

    至此，蘑菇云的形状基本完成，下面来调整颜色使其更加逼真。
18. 将“背景”层设置为工作层，然后单击按钮，在弹出的菜单中选择【色相/饱和度】命令，弹出【色相/饱和度】对话框，参数设置如图 9-28 所示。

图9-27 擦除修饰后的效果

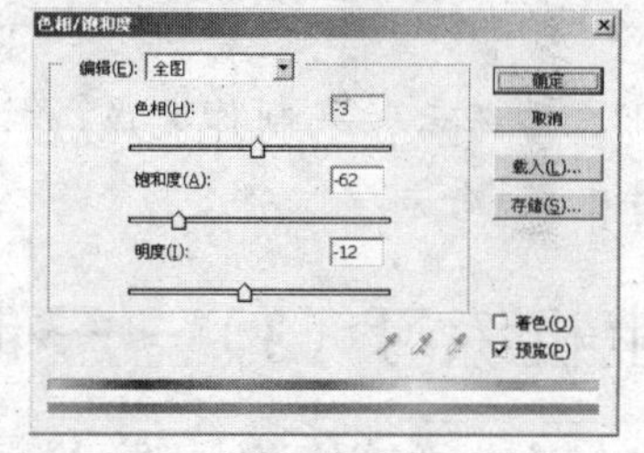

图9-28 【色相/饱和度】对话框

19. 单击 确定 按钮，背景图像调整色调后的效果如图 9-29 所示。
20. 将“图层 4”设置为工作层，然后单击按钮，在弹出的菜单中选择【渐变填充】命令，弹出【渐变填充】对话框，设置渐变颜色及其他参数如图 9-30 所示。

图9-29 图像调整色调后的效果

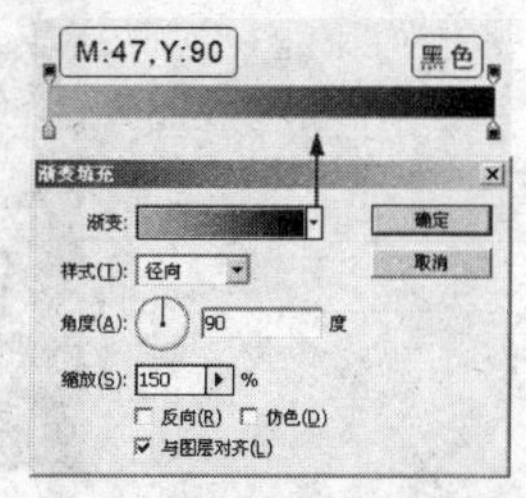

图9-30 【渐变填充】对话框

21. 单击 确定 按钮，然后将“渐变填充 1”层的图层混合模式设置为“叠加”，效果如图 9-31 所示。
22. 复制“渐变填充 1”为“渐变填充 1 副本”层，加强颜色叠加效果，如图 9-32 所示。

图9-31　设置图层混合模式后的效果

图9-32　加强颜色叠加效果

23. 依次将“图层 1”、“图层 3”和“图层 4”层的图层混合模式设置为“强光”，然后单击“图层 2”的图层蒙版，将蒙版设置为工作层。
24. 选择 工具，将前景色设置为黑色，然后设置合适的笔头大小，在“蘑菇柱”的下方拖曳鼠标光标，制作下方的虚化效果，最终效果及【图层】面板形态如图 9-33 所示。

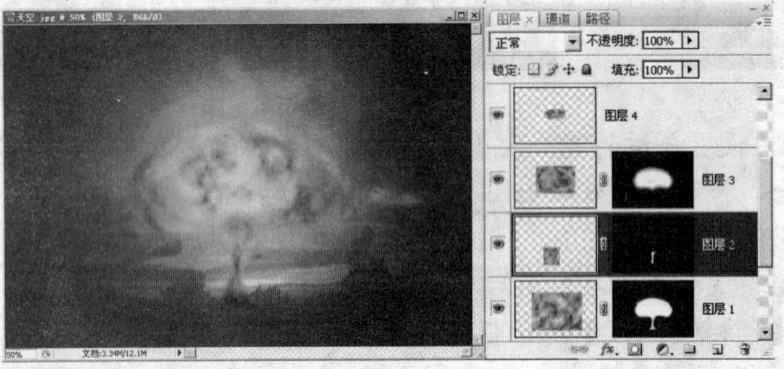

图9-33　蘑菇云最终效果

25. 至此，蘑菇云效果制作完成，按 Shift+Ctrl+S 组合键，将此文件命名为“蘑菇云效果.psd”另存。

9.3 上机练习（3）——制作星空效果

目的：学习星空效果的制作，掌握各种滤镜命令的应用。

内容：利用【云彩】、【分层云彩】、【径向模糊】、【镜头光晕】等滤镜命令，并结合各种颜色调整命令和编辑命令来制作星空效果，效果如图 9-34 所示。

图9-34　制作的星空效果

操作步骤

1. 新建一个【宽度】为“15”厘米，【高度】为“12”厘米，【分辨率】为“150”像素/英寸，【颜色模式】为“RGB 颜色”，【背景内容】为“白色”的文件。
2. 新建“图层 1”并填充黑色。执行【滤镜】/【渲染】/【分层云彩】命令，再按几次Ctrl+F组合键重复执行【分层云彩】命令，只要得到分布较均匀的云彩纹理效果即可，然后利用【自由变换】命令将其在水平方向上向两边拉伸，如图 9-35 所示。
3. 按Enter键确认拉伸操作，利用和工具依次对云彩效果进行加深和减淡处理，最终效果如图 9-36 所示。

图9-35 拉伸云彩纹理

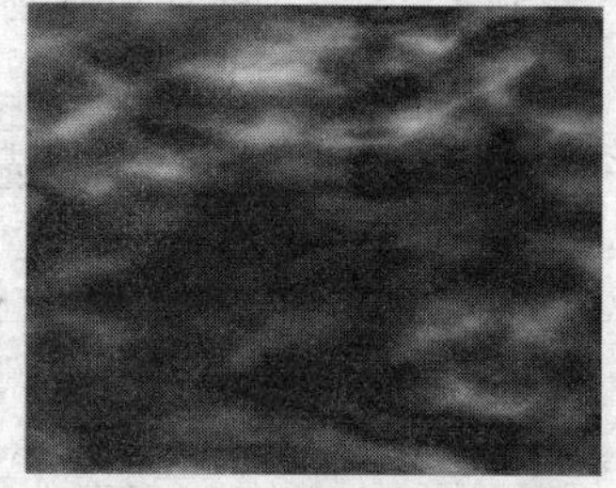

图9-36 修饰后的云彩

4. 按Ctrl+U组合键，在弹出的【色相/饱和度】对话框中勾选【着色】复选项，设置【色相】参数为“347”、【饱和度】参数为“67”，单击 确定 按钮，调整颜色后的效果如图 9-37 所示。
5. 将“图层 1”复制为“图层 1 副本”，按Ctrl+U组合键，在弹出的【色相/饱和度】对话框中勾选【着色】复选项，设置【色相】参数为“240”、【饱和度】参数为“100”，单击 确定 按钮，调整颜色后的效果如图 9-38 所示。

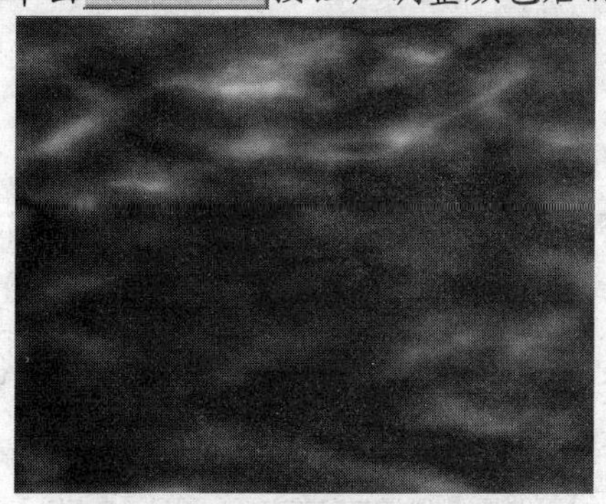

图9-37 调整颜色后的效果

图9-38 调整颜色后的效果

6. 在【图层】面板中单击按钮，为“图层 1 副本”添加图层蒙版，然后执行【滤镜】/【渲染】/【云彩】命令，效果如图 9-39 所示。

要点提示 由于【云彩】命令是随机性的命令，即每执行一次生成的效果都各不相同，因此，如果读者的计算机中没有出现本例的效果，可利用工具对图层蒙版进行编辑，直到涂抹出类似的效果即可。

7. 按Ctrl+E组合键将“图层 1 副本”层合并到“图层 1”中，然后利用【自由变换】命令将其在垂直方向上稍微倾斜，如图 9-40 所示。
8. 按Enter键确认变形操作，然后利用和工具对画面进行加色和减淡处理，最终效果如图 9-41 所示。

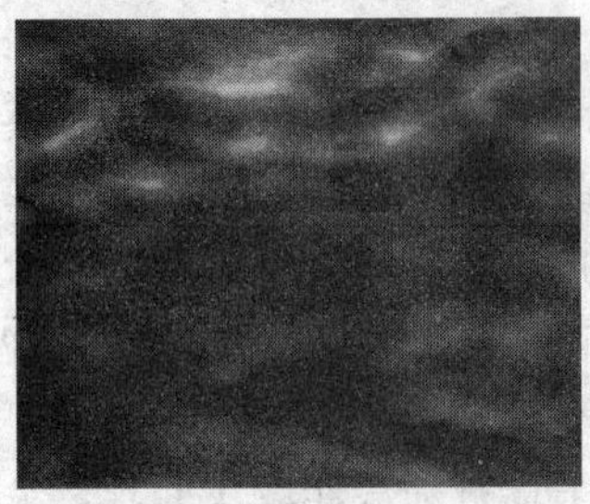

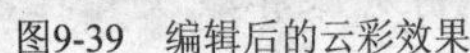

图9-39 编辑后的云彩效果

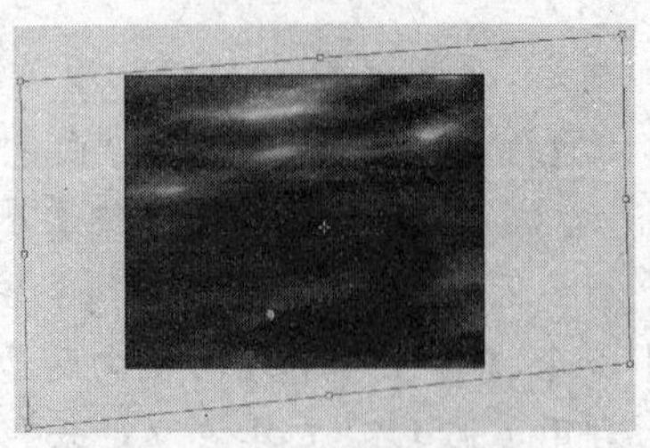

图9-40 云彩变形

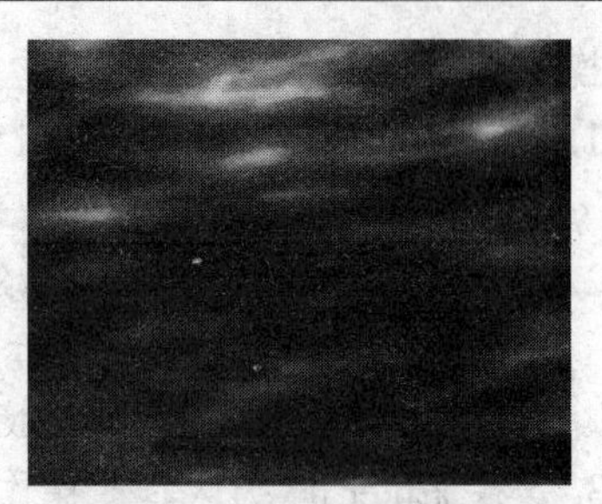

图9-41 修饰后的云彩效果

9. 选择工具，按F5键调出【画笔】面板，设置选项和参数如图 9-42 所示。

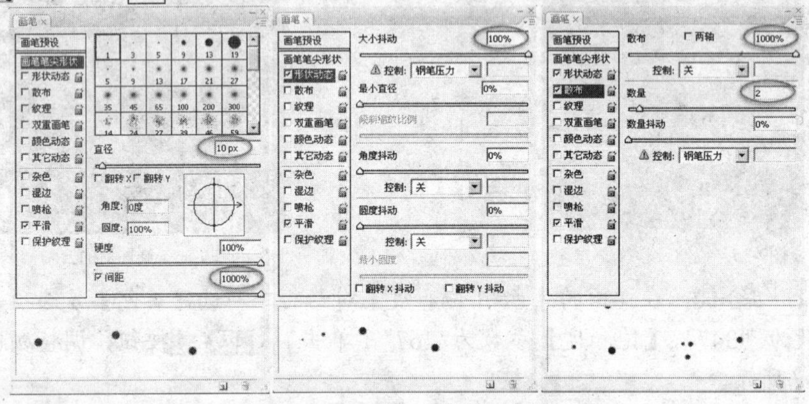

图9-42 【画笔】选项及参数设置

10. 新建“图层 2”，利用工具在画面中描绘出如图 9-43 所示的白色“星星”。
11. 执行【图层】/【图层样式】/【外发光】命令，在弹出的【图层样式】对话框中设置参数如图 9-44 所示。

图9-43 喷绘的星星

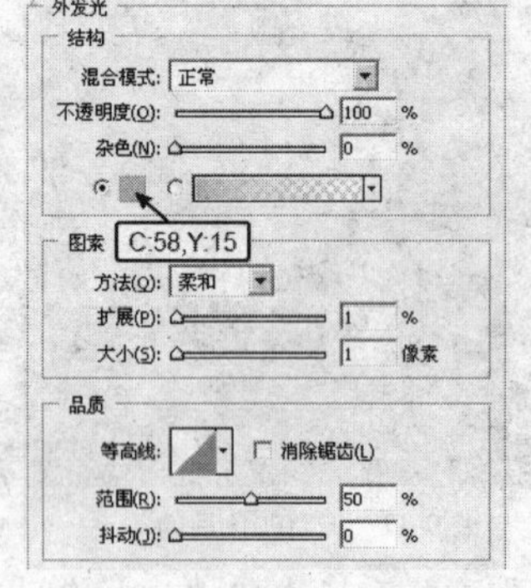

图9-44 【图层样式】对话框

12. 单击 确定 按钮，添加外发光后的效果如图 9-45 所示。
13. 用与步骤 10～12 相同的方法，依次在新建的“图层 3”和“图层 4”中喷绘“星星”，其【外发光】效果的颜色分别为绿色(C:45,Y:96)和紫色(C:38,M:77)，最终效果如图 9-46 所示。
14. 选择工具，设置合适的笔头大小，依次将“图层 2”、“图层 3”和“图层 4”中的部分“星星”擦除，使画面中的“星星”零星分布。然后将“图层 4”的【不透明度】参数设置为“50%”，“图层 2”的【不透明度】参数设置为“70%”，此时的画面效果如图 9-47 所示。

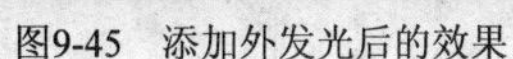

图9-45　添加外发光后的效果

图9-46　喷绘的星星

图9-47　画面效果

15. 将“图层 2”复制为“图层 2 副本”，然后执行【滤镜】/【模糊】/【径向模糊】命令，在【中心模糊】的网格处单击可以设置模糊的中心位置，其选项及参数设置如图 9-48 所示。
16. 单击 确定 按钮，然后依次复制“图层 3”和“图层 4”并添加径向模糊效果，此时的画面效果如图 9-49 所示。
17. 新建“图层 5”并填充黑色，然后执行【滤镜】/【渲染】/【镜头光晕】命令，在弹出的【镜头光晕】对话框中设置选项及参数如图 9-50 所示。

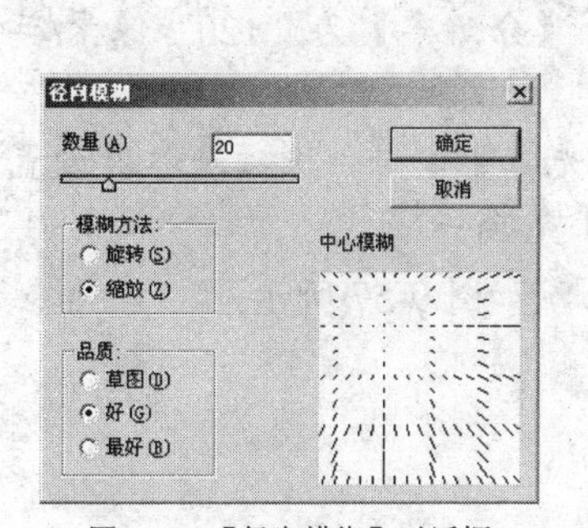

图9-48　【径向模糊】对话框

图9-49　画面效果

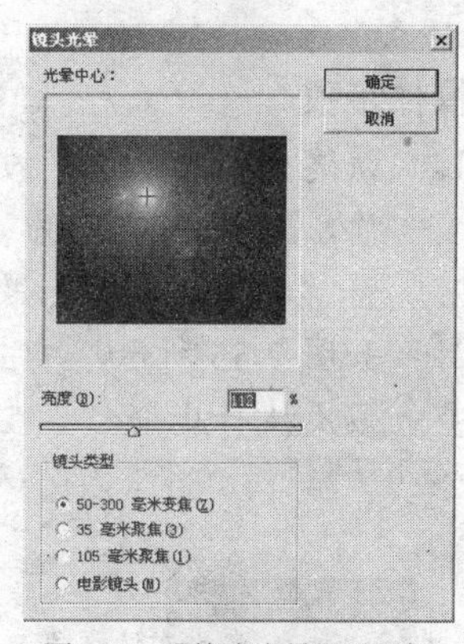

图9-50　【镜头光晕】对话框

18. 单击 确定 按钮，并将“图层 5”的图层混合模式设置为“滤色”，生成的光晕效果如图 9-51 所示。
19. 按 Ctrl+L 组合键弹出【色阶】对话框，参数设置如图 9-52 所示，单击 确定 按钮。
20. 稍微调整一下光晕的位置，利用 工具将光晕周围的红色光圈擦除，然后复制“图层 5”为“图层 5 副本”，制作完成的星空效果如图 9-53 所示。

图9-51　生成的光晕效果

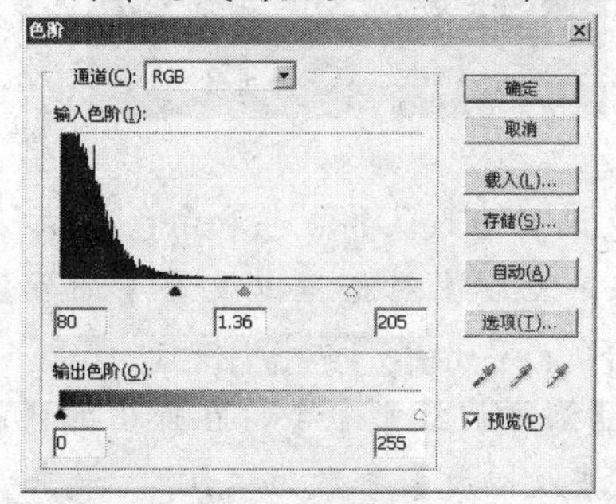

图9-52　【色阶】对话框

图9-53　制作完成的星空效果

21. 按 Ctrl+S 组合键，将此文件命名为“星空效果.psd”保存。

9.4 上机练习（4）——制作破碎的冰效果

目的：学习制作破碎的冰效果，掌握各种滤镜命令应用。

内容：利用【镜头光晕】、【基底凸现】、【海洋波纹】等滤镜命令来制作破碎的冰效果，如图 9-54 所示。

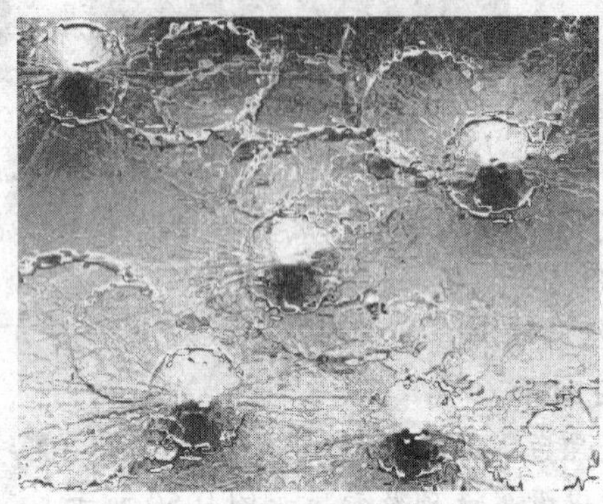

图9-54 制作的破碎的冰效果

操作步骤

1. 新建一个【宽度】为“15”厘米，【高度】为“12”厘米，【分辨率】为“120”像素/英寸，【颜色模式】为“RGB 颜色”，【背景内容】为“白色”的文件。
2. 将“背景”层填充黑色，执行【滤镜】/【渲染】/【镜头光晕】命令，选项及参数设置如图 9-55 所示，单击 确定 按钮，添加的效果如图 9-56 所示。
3. 多次执行此命令，在画面中不同的位置添加镜头光晕效果，如图 9-57 所示。

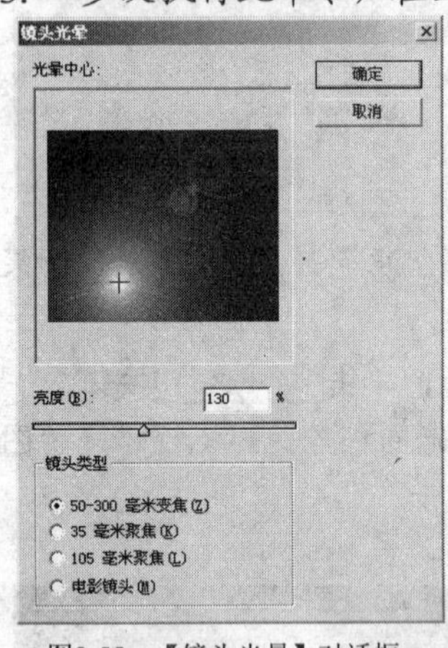

图9-55 【镜头光晕】对话框

图9-56 镜头光晕效果

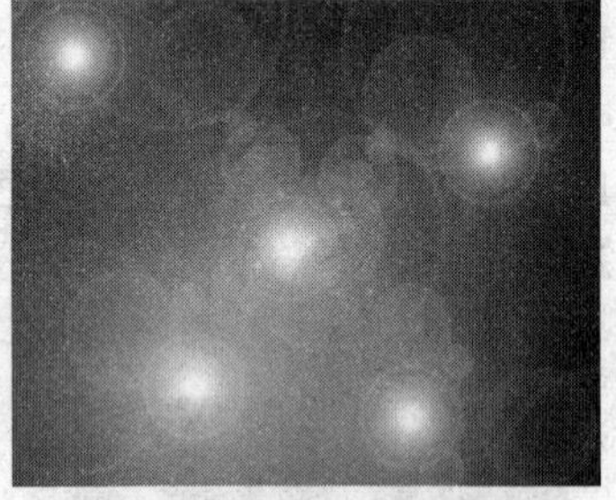

图9-57 镜头光晕效果

4. 按 D 键将前景色和背景色设置为默认的黑色和白色，执行【滤镜】/【素描】/【基底凸现】命令，在弹出的【基底凸现】对话框中设置【细节】参数为“15”、【平滑度】参数为“3”、【光照】为“下”，单击 确定 按钮。
5. 执行【滤镜】/【扭曲】/【海洋波纹】命令，在弹出的【海洋波纹】对话框中设置【波纹大小】参数为“15”、【波纹幅度】参数为“10”，单击 确定 按钮。
6. 按 Ctrl+B 组合键，打开【色彩平衡】对话框，给画面调整颜色，各选项及参数设置如图 9-58 所示。

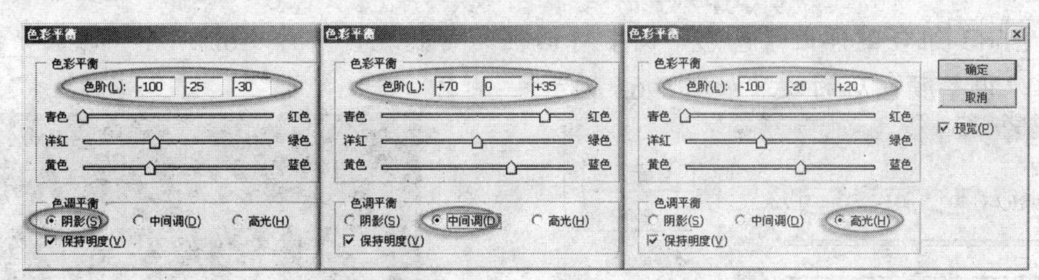

图9-58　【色彩平衡】对话框

7.　单击 确定 按钮，调整颜色后的破碎冰效果如图 9-54 所示。
8.　按 Ctrl+S 组合键，将此文件命名为“破碎的冰.jpg”保存。

9.5　上机练习（5）——制作火焰效果

目的：学习火焰效果的制作，掌握各种滤镜命令的应用。

内容：利用【镜头光晕】、【波浪】、【极坐标】和【置换】等滤镜命令以及多种颜色调整命令来制作非常真实的火焰效果，如图 9-59 所示。

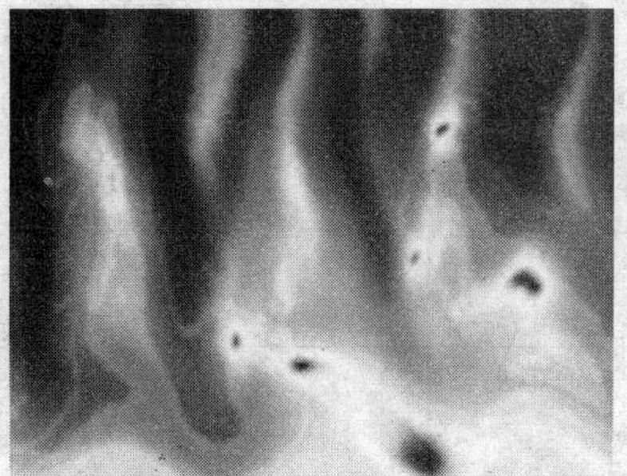

图9-59　制作的火焰效果

操作步骤

1.　新建一个【宽度】为“20”厘米，【高度】为“15”厘米，【分辨率】为“100”像素/英寸，【颜色模式】为“RGB 颜色”，【背景内容】为“背景色”（黑色）的文件。
2.　执行【滤镜】/【渲染】/【镜头光晕】命令，弹出【镜头光晕】对话框，将光晕中心设置到如图 9-60 所示的位置，单击 确定 按钮。
3.　再次执行【滤镜】/【渲染】/【镜头光晕】命令，将光晕中心设置到如图 9-61 所示的位置。单击 确定 按钮，添加镜头光晕后的效果如图 9-62 所示。

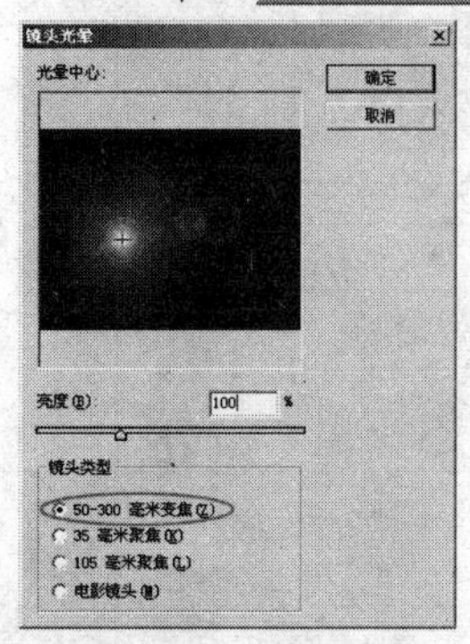

图9-60　【镜头光晕】对话框

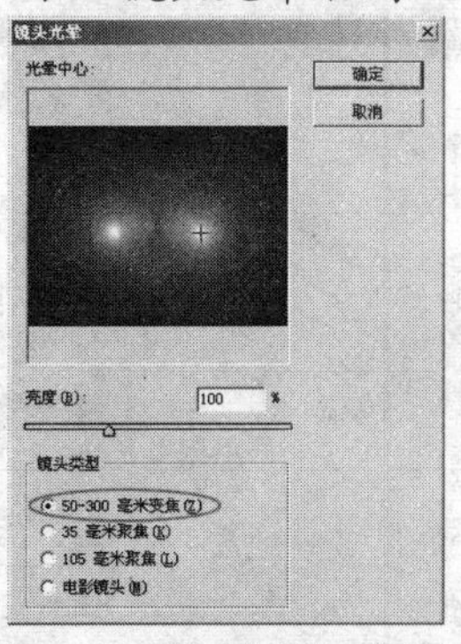

图9-61　【镜头光晕】对话框

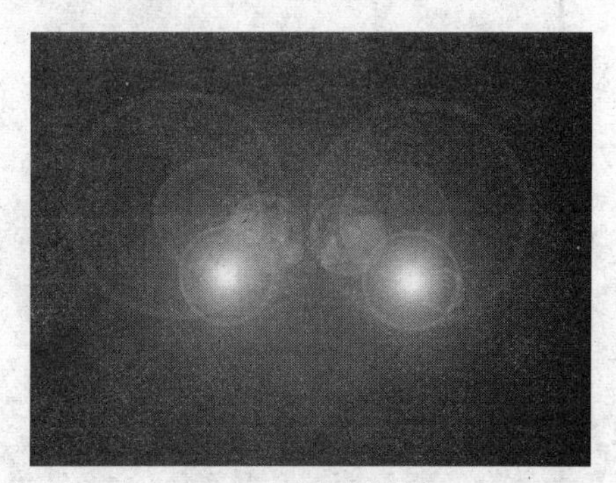

图9-62　镜头光晕效果

4. 按 Ctrl+B 组合键弹出【色彩平衡】对话框，参数设置如图 9-63 所示。单击 确定 按钮，调整颜色后的效果如图 9-64 所示。

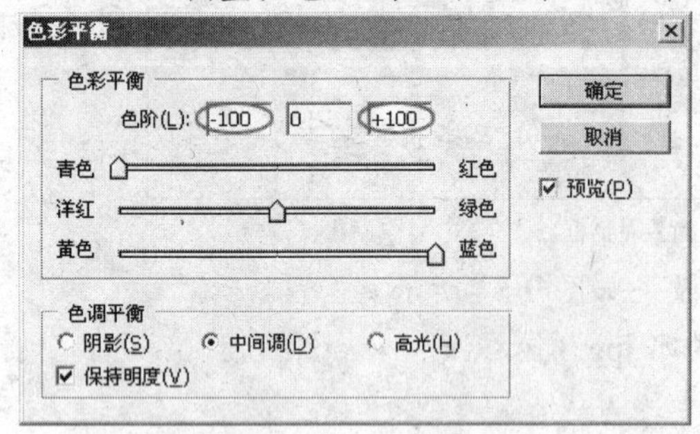

图9-63 【色彩平衡】对话框

图9-64 调整颜色后的效果

5. 执行【滤镜】/【扭曲】/【波浪】命令，各选项及参数设置如图 9-65 所示。单击 确定 按钮，效果如图 9-66 所示。

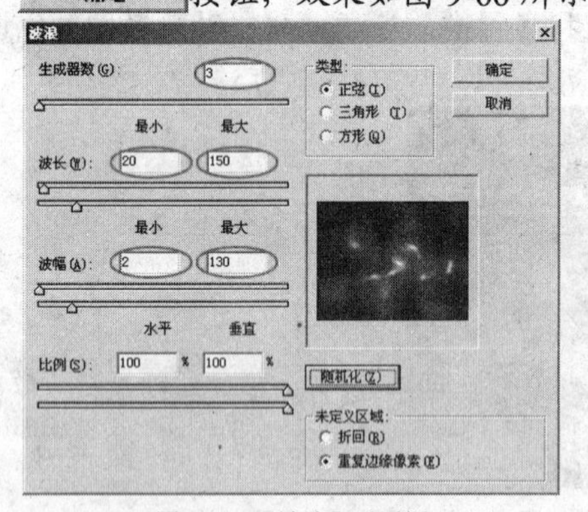

图9-65 【波浪】对话框

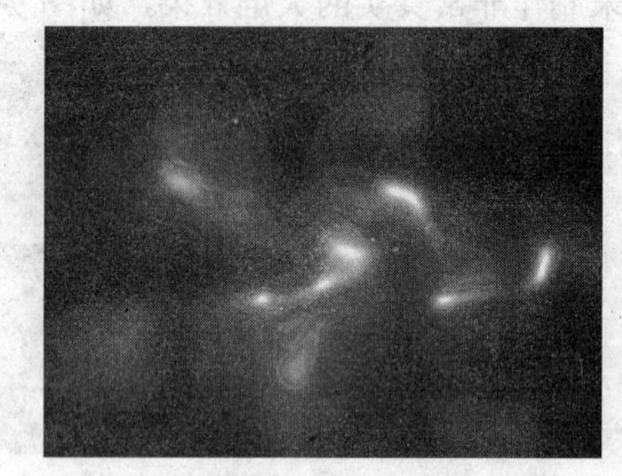

图9-66 波浪效果

6. 按 Ctrl+J 组合键将“背景”层复制为“图层 1”，然后按 Ctrl+I 组合键将图像反相显示。
7. 将“图层 1”的图层混合模式设置为“差值”，效果如图 9-67 所示。
8. 按 Ctrl+E 组合键将“图层 1”合并到“背景” 层中，然后按 D 键，将前景色和背景色设置为默认的黑色和白色。
9. 执行【图像】/【调整】/【渐变映射】命令，在弹出的【渐变映射】对话框中单击渐变颜色色条，弹出【渐变编辑器】对话框，然后设置颜色参数如图 9-68 所示。

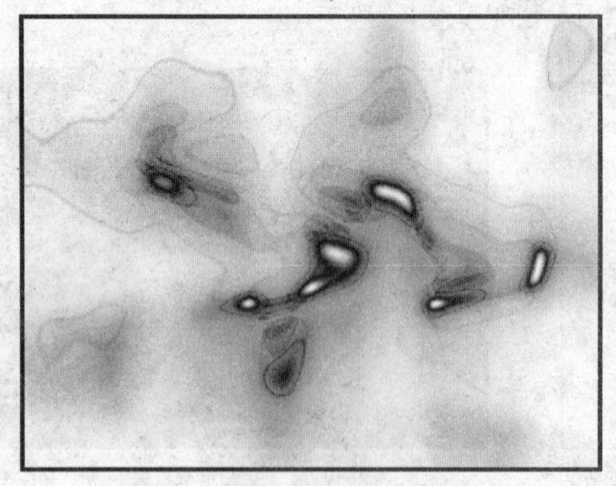

图9-67 执行图层混合模式后的效果

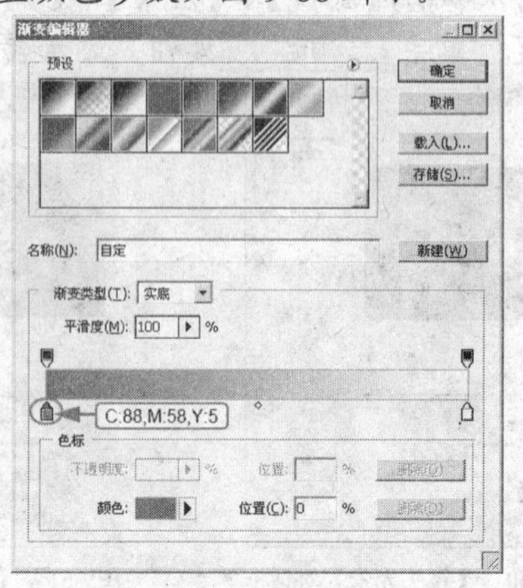

图9-68 【渐变编辑器】对话框

10. 依次单击【渐变编辑器】对话框和【渐变映射】对话框中的 确定 按钮，调整颜色后的效果如图 9-69 所示。
11. 按 Ctrl+I 组合键将图像反相显示，效果如图 9-70 所示。

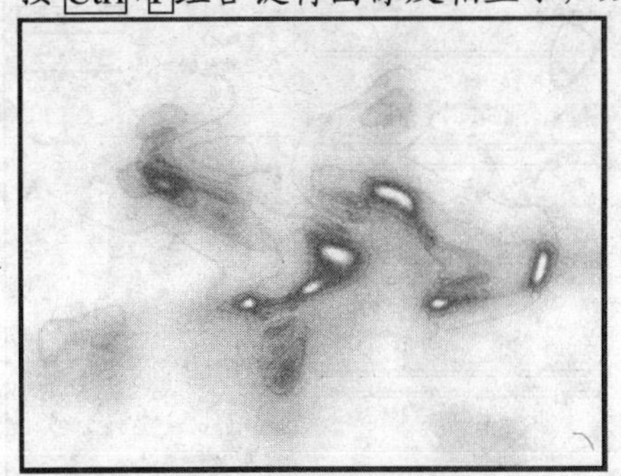

图9-69　调整颜色后的效果

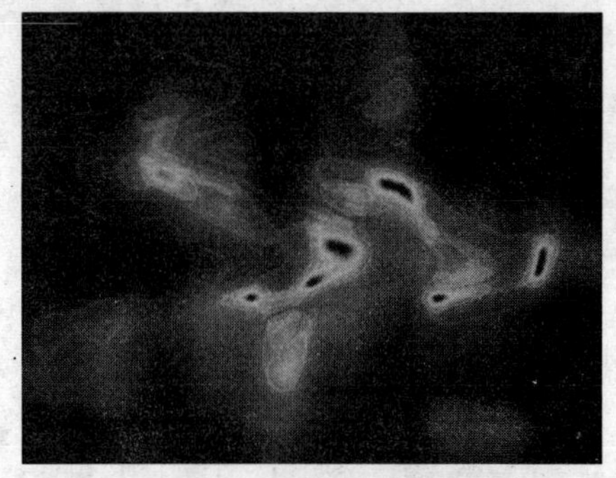

图9-70　反相显示效果

12. 按 Ctrl+M 组合键弹出【曲线】对话框，调整曲线形态来增加画面的亮度，曲线形态如图 9-71 所示，单击 确定 按钮，效果如图 9-72 所示。

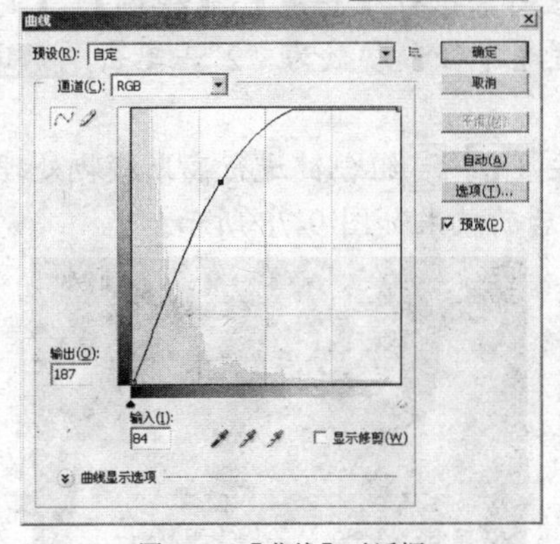

图9-71　【曲线】对话框

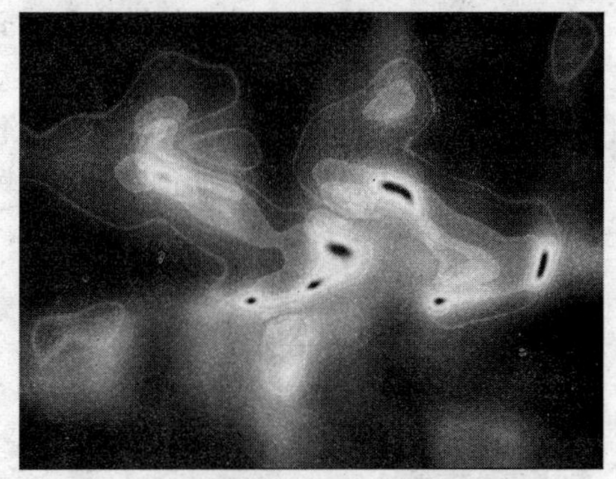

图9-72　调整后的效果

13. 执行【滤镜】/【扭曲】/【极坐标】命令，在弹出的【极坐标】对话框中点选【极坐标到平面坐标】单选项，单击 确定 按钮，效果如图 9-73 所示。
14. 执行【图像】/【旋转画布】/【垂直翻转画布】命令，将画布垂直翻转。然后执行【滤镜】/【扭曲】/【置换】命令，弹出【置换】对话框，参数设置如图 9-74 所示。

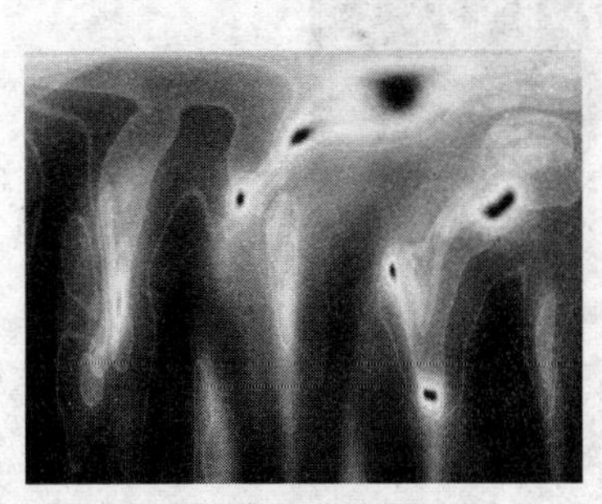

图9-73　画面效果

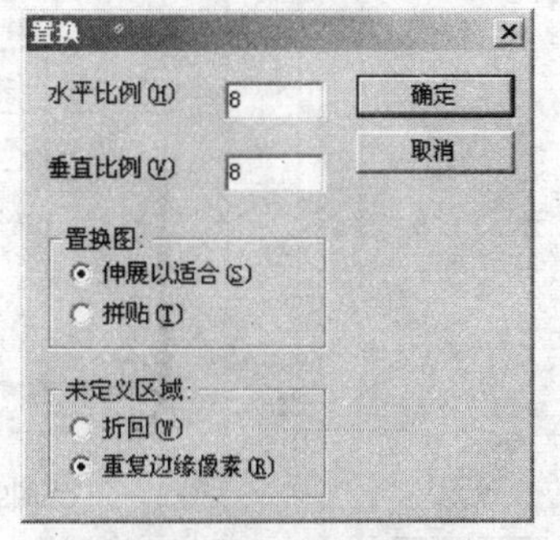

图9-74　【置换】对话框

15. 单击 确定 按钮，在弹出的【选择一个置换图】对话框中选择素材文件中“图库\第 09 章”目录下的“纹理.psd”文件，单击 打开(O) 按钮，置换后的效果如图 9-75 所示。

16. 执行【滤镜】/【扭曲】/【波浪】命令，再给火焰添加一点扭曲效果，使火焰的燃烧动感更强，各选项及参数设置如图 9-76 所示。

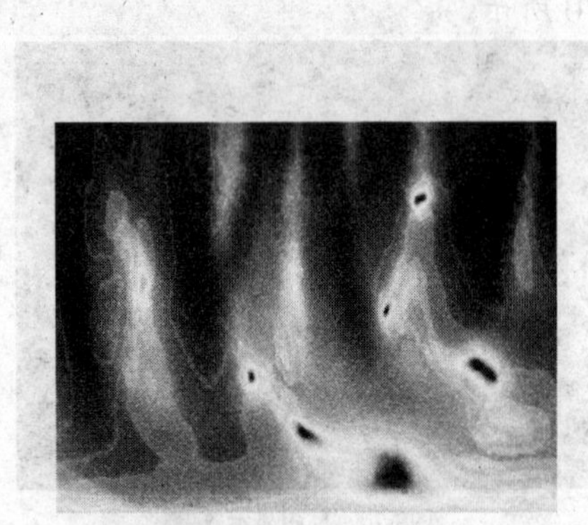

图9-75 置换后的效果

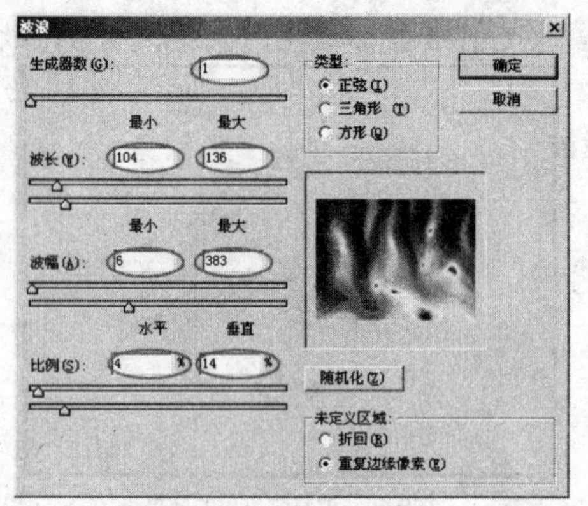

图9-76 【波浪】对话框

17. 单击 确定 按钮，效果如图 9-77 所示。
18. 打开【通道】面板，将“红”通道设置为工作状态。执行【滤镜】/【模糊】/【高斯模糊】命令，在弹出的【高斯模糊】对话框中设置【半径】参数为“2”，单击 确定 按钮。
19. 分别将“绿”和“蓝”通道设置为工作通道，按 Ctrl+F 组合键进行高斯模糊处理，然后按 Ctrl+~ 组合键返回到 RGB 颜色模式，模糊后的效果如图 9-78 所示。

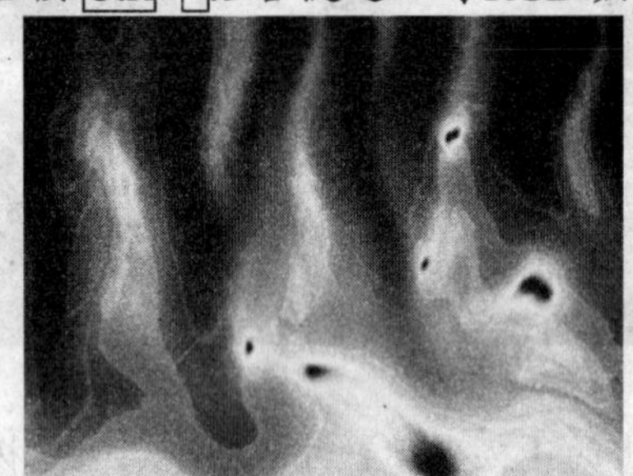

图9-77 画面效果

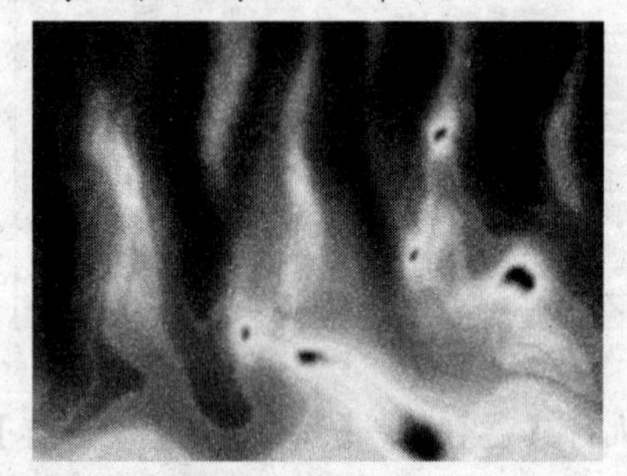

图9-78 模糊后的效果

20. 按 Ctrl+Alt+3 组合键载入“蓝”通道的选区，然后按 Ctrl+M 组合键弹出【曲线】对话框，调整曲线来增加火焰的亮度，调整的曲线形态及效果如图 9-79 所示。

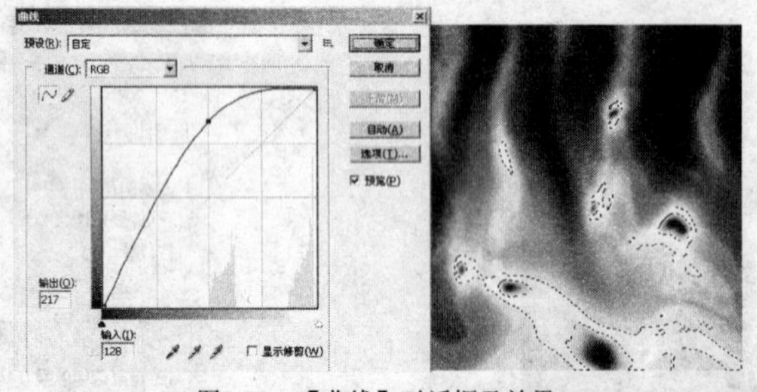

图9-79 【曲线】对话框及效果

21. 按 Ctrl+D 组合键去除选区。然后按 Ctrl+M 组合键，在弹出的【曲线】对话框中将【通道】设置为“红”，通过调整曲线的形态增加画面中的红颜色，如图 9-80 所示。单击 确定 按钮，效果如图 9-81 所示。

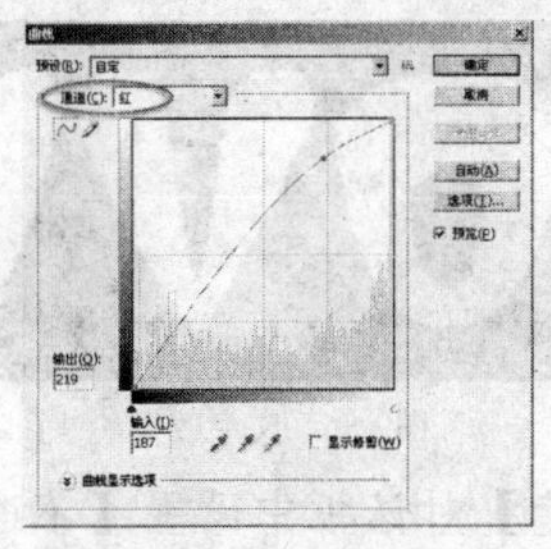
图9-80　【曲线】对话框

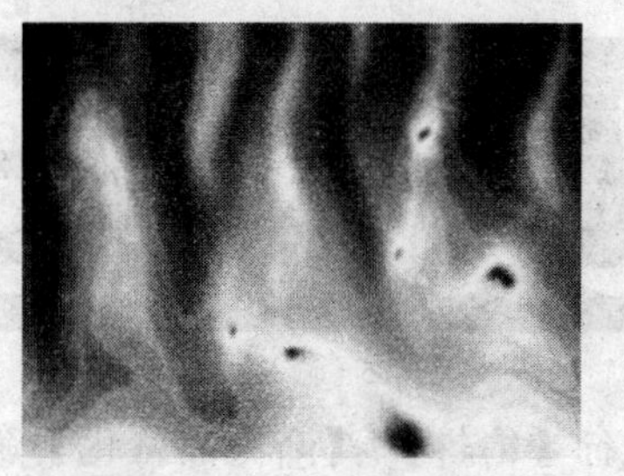
图9-81　增加红色后的效果

22. 按 Ctrl+B 组合键弹出【色彩平衡】对话框，选项及参数设置如图 9-82 所示。单击 确定 按钮，画面增加黄色后的效果如图 9-83 所示。

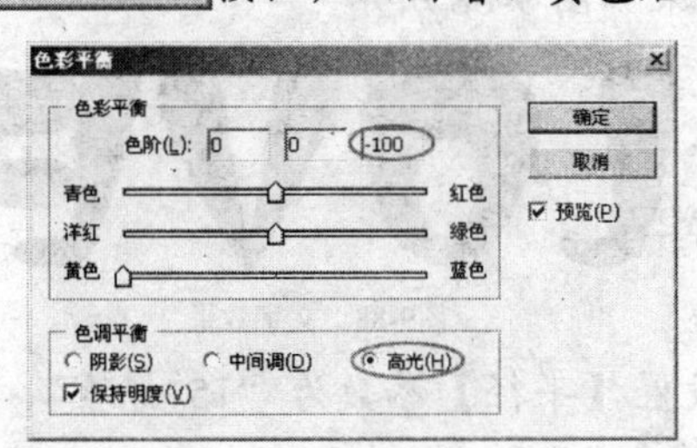

图9-82　【色彩平衡】对话框

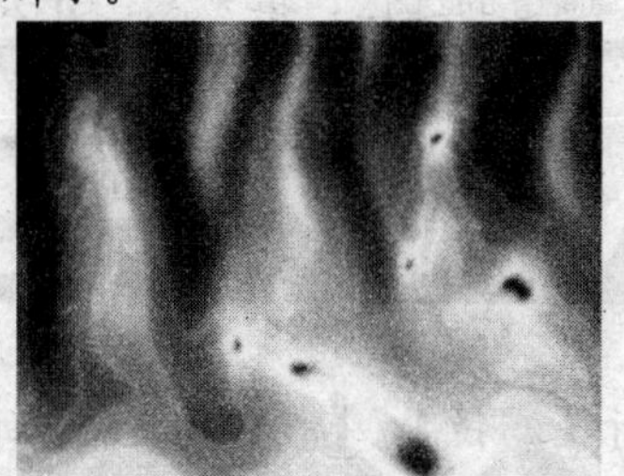
图9-83　增加黄色后的效果

23. 按 Ctrl+S 组合键，将此文件命名为"火焰效果.jpg"保存。

9.6 上机练习（6）——制作三明治效果字

目的：学习三明治效果字的制作，掌握各种滤镜命令的应用。

内容：利用【滤镜】菜单栏中的多种滤镜命令以及各种图像编辑命令来制作非常漂亮的三明治效果字，效果如图 9-84 所示。

图9-84　制作的三明治效果字

操作步骤

由于该练习操作步骤较为复杂，所以分 3 个大步来完成。

1. 首先来制作文字的基本立体效果。

(1) 新建一个【宽度】为"32"厘米，【高度】为"16"厘米，【分辨率】为"100"像素/英寸，【颜色模式】为"RGB 颜色"，【背景内容】为白色的文件。

(2) 打开【通道】面板，单击面板底部的 按钮，新建"Alpha 1"通道。

(3) 利用 T 工具在"Alpha 1"通道中输入如图 9-85 所示的英文字母，复制"Alpha 1"通道为"Alpha 1 副本"通道，将其设置为工作通道并去除选区。

(4) 执行【滤镜】/【像素化】/【晶格化】命令，设置【单元格大小】参数为"8"，单击 确定 按钮，文字效果如图 9-86 所示。

图9-85 输入的文字　　图9-86 文字效果

(5) 执行【编辑】/【渐隐晶格化】命令，在弹出的【渐隐】对话框中设置【不透明度】参数为“45%”，单击 确定 按钮，效果如图 9-87 所示。

(6) 按 Ctrl+~ 组合键返回到 RGB 颜色模式，然后按 Ctrl+Alt+5 组合键载入“Alpha 1 副本”通道的选区，填充黑色并去除选区，文字效果如图 9-88 所示。

图9-87 文字效果　　图9-88 文字效果

(7) 执行【滤镜】/【模糊】/【高斯模糊】命令，设置【半径】参数为“15 像素”，单击 确定 按钮，效果如图 9-89 所示。

(8) 执行【滤镜】/【风格化】/【浮雕效果】命令，在弹出的【浮雕效果】对话框中设置【角度】参数为“135”、【高度】参数为“12”、【数量】参数为“170”，单击 确定 按钮，效果如图 9-90 所示。

图9-89 模糊效果　　图9-90 浮雕效果

(9) 按 Ctrl+Alt+5 组合键，载入“Alpha 1 副本”通道的选区。再按 Ctrl+Alt+D 组合键，在弹出的【羽化选区】对话框中将【羽化半径】参数设置为“8 像素”，单击 确定 按钮。

(10) 按 Shift+Ctrl+I 组合键反选选区，然后填充上黑色，效果如图 9-91 所示。

(11) 执行【编辑】/【渐隐填充】命令，参数设置与画面效果如图 9-92 所示。

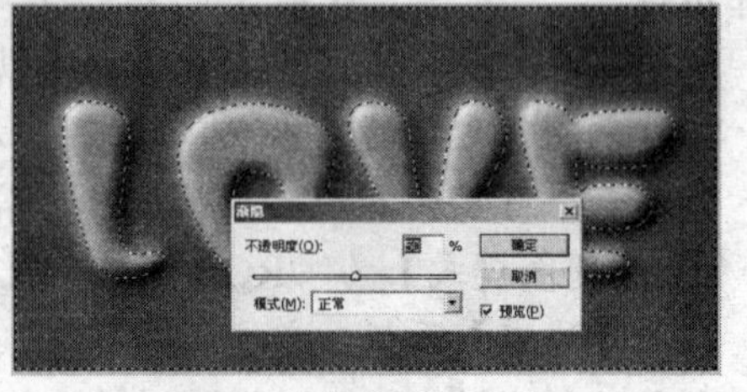

图9-91 填充上黑色效果　　图9-92 参数设置与画面效果

(12) 去除选区，执行【滤镜】/【素描】/【铬黄】命令，在弹出的【铬黄渐变】对话框中设置【细节】参数为“4”、【平滑度】参数为“8”，单击 确定 按钮。

(13) 按 Shift+Ctrl+F 组合键，在弹出的【渐隐】对话框中设置【不透明度】参数为“8%”，

单击 确定 按钮，效果如图 9-93 所示。

(14) 执行【滤镜】/【艺术效果】/【海绵】命令，参数设置及效果如图 9-94 所示，单击 确定 按钮。

图9-93　设置不透明度效果

图9-94　参数设置及效果

(15) 按 Shift+Ctrl+F 组合键，在弹出的【渐隐】对话框中设置【不透明度】参数为“20%”，单击 确定 按钮，效果如图 9-95 所示。

(16) 执行【滤镜】/【艺术效果】/【干画笔】命令，参数设置及效果如图 9-96 所示，单击 确定 按钮。

图9-95　设置不透明度效果

图9-96　参数设置及效果

(17) 按 Shift+Ctrl+F 组合键，在弹出的【渐隐】对话框中设置【不透明度】参数为“15%”，单击 确定 按钮。

(18) 执行【滤镜】/【画笔描边】/【墨水轮廓】命令，参数设置及效果如图 9-97 所示，单击 确定 按钮。

(19) 按 Shift+Ctrl+F 组合键，在弹出的【渐隐】对话框中设置【不透明度】参数为“8%”，单击 确定 按钮。

(20) 执行【滤镜】/【素描】/【网状】命令，弹出【网状】对话框，参数设置及效果如图 9-98 所示，单击 确定 按钮。

图9-97　参数设置及效果

图9-98　参数设置及效果

(21) 按 Shift+Ctrl+F 组合键，在弹出的【渐隐】对话框中设置【不透明度】参数为“8%”，并在【模式】下拉列表中选择“正片叠底”，单击 确定 按钮。

(22) 执行【滤镜】/【扭曲】/【扩散亮光】命令，参数设置及效果如图 9-99 所示，单击 确定 按钮。

(23) 按 Shift+Ctrl+F 组合键，在弹出的【渐隐】对话框中设置【不透明度】参数为“20%”，并在【模式】下拉列表中选择“正片叠底”，单击 确定 按钮。

(24) 执行【滤镜】/【杂色】/【添加杂色】命令，在弹出的【添加杂色】对话框中设置【数量】参数为“1.5”、【分布】为“高斯分布”，勾选【单色】复选项，单击 确定 按钮。

(25) 新建“图层 1”，然后按 D 键，将前景色和背景色设置为默认的黑色和白色。

(26) 执行【滤镜】/【渲染】/【云彩】命令，再执行【滤镜】/【艺术效果】/【干画笔】命令，参数设置及效果如图 9-100 所示，单击 确定 按钮。

图9-99 参数设置及效果

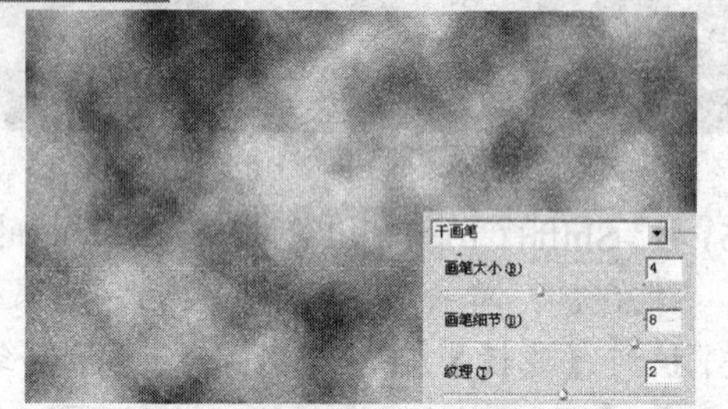

图9-100 参数设置及效果

(27) 连续按两次 Ctrl+F 组合键，重复执行【干画笔】命令，生成的画面效果如图 9-101 所示。

(28) 执行【滤镜】/【艺术效果】/【木刻】命令，参数设置及效果如图 9-102 所示，单击 确定 按钮。

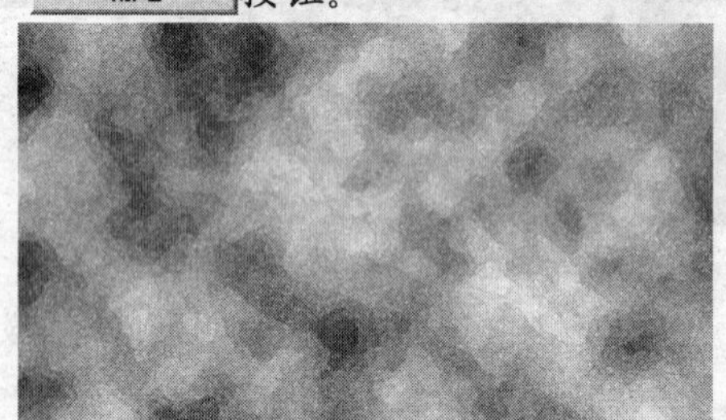

图9-101 生成的画面效果

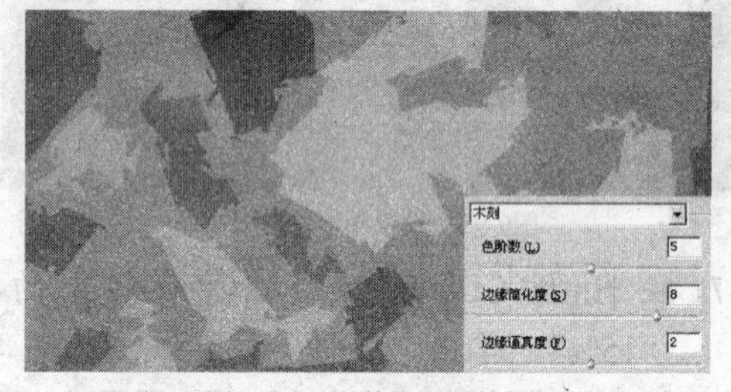

图9-102 参数设置及效果

(29) 将“图层 1”的图层混合模式设置为“柔光”、【不透明度】参数设置为“50%”，然后按 Ctrl+E 组合键，将“图层 1”合并到“背景”层中，画面效果如图 9-103 所示。

(30) 新建“图层 1”并填充白色，按 Ctrl+Alt+5 组合键载入“Alpha 1 副本”通道的选区。

(31) 执行【选择】/【修改】/【收缩】命令，在弹出的对话框中将【收缩量】参数设置为“8”像素，单击 确定 按钮，为选区填充黑色并去除选区，效果如图 9-104 所示。

图9-103 画面效果

图9-104 文字效果

(32) 按 Ctrl+I 组合键，将画面反相显示，执行【滤镜】/【纹理】/【染色玻璃】命令，参数设置及效果如图 9-105 所示，单击 确定 按钮。

(33) 执行【滤镜】/【模糊】/【高斯模糊】命令，设置【半径】参数为“2”像素，单击 确定 按钮，效果如图 9-106 所示。

图9-105　参数设置及效果

图9-106　模糊后的效果

(34) 按 Ctrl+Alt+L 组合键，在弹出的【色阶】对话框中设置【输入色阶】参数分别为“105”、“1”、“130”，单击 确定 按钮，效果如图 9-107 所示。

(35) 打开【通道】面板，将“蓝”通道复制生成为“蓝 副本”通道。然后打开【图层】面板，将“图层 1”填充黑色。

(36) 按 Ctrl+Alt+6 组合键，载入“蓝 副本”通道的选区，然后按 Shift+Ctrl+I 组合键，将载入的选区反选。

(37) 按 Delete 键删除选区中的黑色背景，然后去除选区，画面效果如图 9-108 所示。

图9-107　画面效果

图9-108　画面效果

(38) 执行【图层】/【图层样式】/【斜面和浮雕】命令，参数设置如图 9-109 所示，单击 确定 按钮。

(39) 将“图层 1”的【不透明度】参数设置为“70%”，此时的杂点效果如图 9-110 所示。然后按 Ctrl+E 组合键，将“图层 1”合并到“背景”层中。

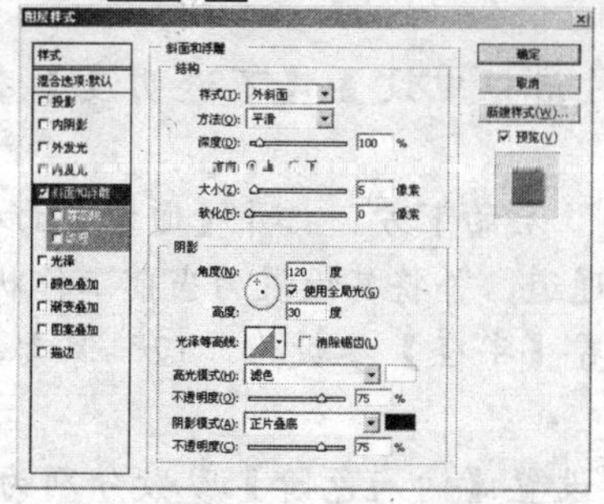

图9-109　【图层样式】对话框

图9-110　杂点效果

(40) 按 Ctrl+J 组合键，将“背景”层复制为“图层 1”，再为“背景”层填充上白色，然后再将“图层 1”设置为工作层。

(41) 按 Ctrl+Alt+5 组合键，载入“Alpha 1 副本”通道的选区。按 Shift+Ctrl+I 组合键，将选区反选，然后填充白色，去除选区后的文字效果如图 9-111 所示。

图9-111　文字效果

(42) 按 Ctrl+U 组合键，在弹出的【色相/饱和度】对话框中勾选【着色】复选项，并设置【色相】参数为“34”、【饱和度】参数为“36”，单击 确定 按钮。

(43) 按 Ctrl+S 组合键，将此文件命名为“三明治效果字.psd”保存。

2. 再来制作文字的质感。

(1) 接上例。执行【图层】/【图层样式】/【内发光】命令，参数设置及效果如图 9-112 所示。

(2) 执行【滤镜】/【杂色】/【添加杂色】命令，参数设置如图 9-113 所示，单击 确定 按钮。

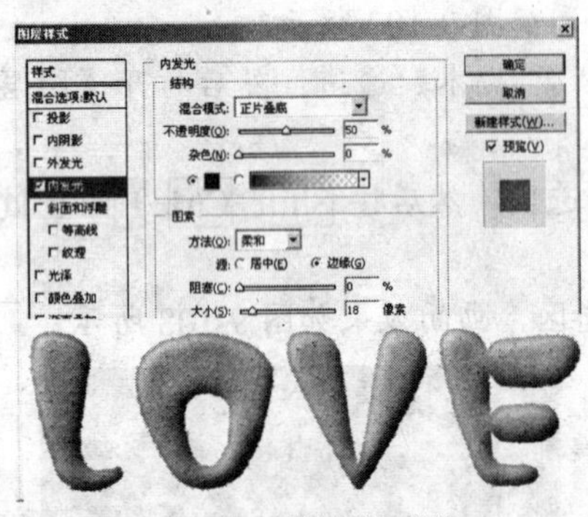

图9-112 参数设置及效果

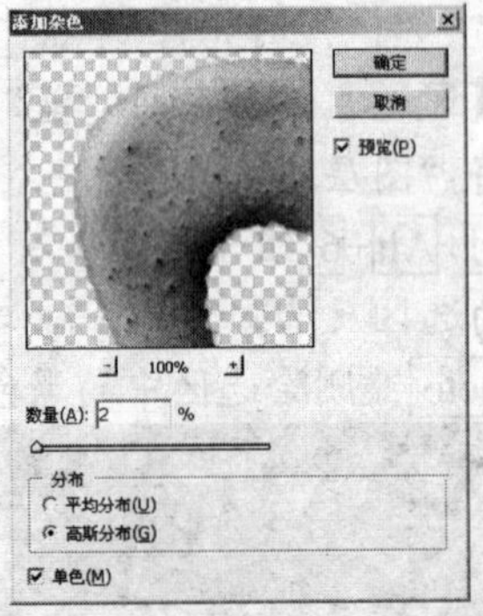

图9-113 【添加杂色】对话框

(3) 执行【滤镜】/【艺术效果】/【塑料包装】命令，参数设置及效果如图 9-114 所示，单击 确定 按钮。

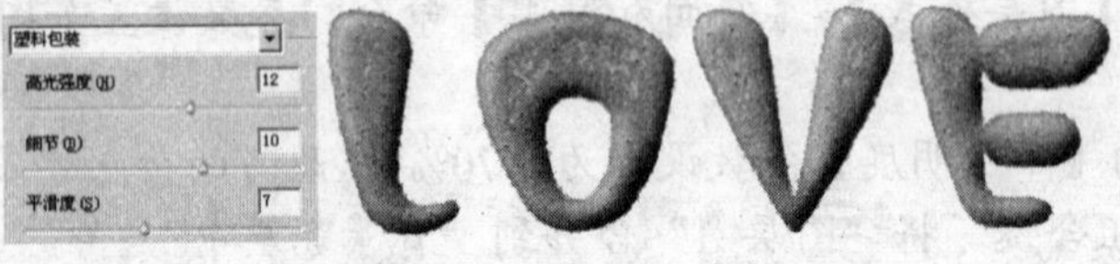

图9-114 参数设置及效果

(4) 按 Shift+Ctrl+F 组合键，在弹出的【渐隐】对话框中设置【不透明度】参数为“25%”，单击 确定 按钮。

(5) 新建“图层 2”，填充白色后将其放置在“图层 1”层的下方。打开【通道】面板，将“Alpha 1 副本”通道复制为“Alpha 1 副本 2”通道，并将其设置为当前工作状态。

(6) 执行【滤镜】/【模糊】/【高斯模糊】命令，设置【半径】参数为“12”像素，单击 确定 按钮，效果如图 9-115 所示。

(7) 按 Ctrl+L 组合键，在弹出的【色阶】对话框中设置【输入色阶】参数分别为“0”、“1”、“45”，单击 确定 按钮，效果如图 9-116 所示。

图9-115 高斯模糊后的效果

图9-116 文字效果

(8) 执行【滤镜】/【像素化】/【晶格化】命令，设置【单元格大小】参数为“35”，单击 确定 按钮，效果如图 9-117 所示。

(9) 将“Alpha 1 副本 2”复制为“Alpha 1 副本 3”，并将其设置为当前工作状态。

(10) 执行【滤镜】/【模糊】/【高斯模糊】命令，设置【半径】参数为“4”像素，单击确定按钮，效果如图 9-118 所示。

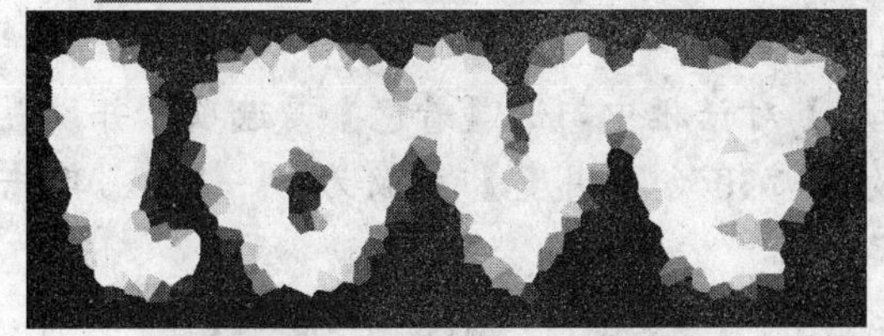

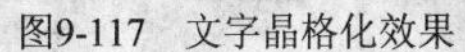
图9-117　文字晶格化效果

图9-118　高斯模糊后的效果

(11) 按 Ctrl+L 组合键，在弹出的【色阶】对话框中设置【输入色阶】参数分别为“100”、“1”、“116”，单击确定按钮，效果如图 9-119 所示。

(12) 按 Ctrl+~组合键返回到 RGB 颜色模式，并将“图层 2”设置为工作层，然后将“图层 1”层隐藏。

(13) 确认前景色和背景色分别为黑色和白色，执行【滤镜】/【渲染】/【云彩】命令，给画面添加云彩效果。

(14) 执行【滤镜】/【艺术效果】/【干画笔】命令，在弹出的对话框中设置【画笔大小】参数为“2”、【画笔细节】参数为“8”、【纹理】参数为“1”，单击确定按钮。然后连续按 4 次 Ctrl+F 组合键，重复执行【干画笔】命令，生成的画面效果如图 9-120 所示。

图9-119　文字效果

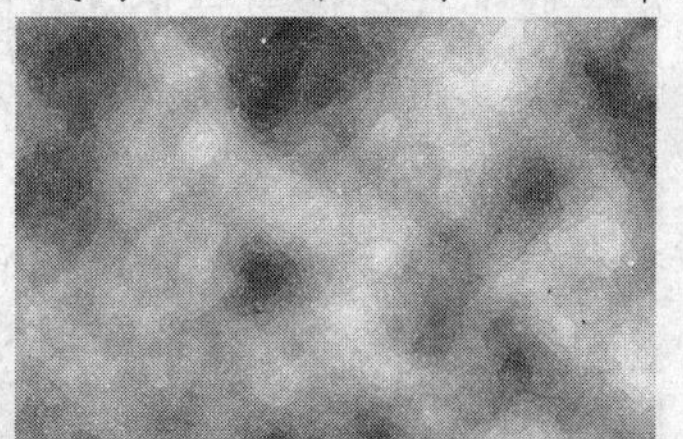
图9-120　生成的画面效果

(15) 按 Ctrl+Alt+F7 组合键，载入“Alpha 1 副本 2”通道的选区，然后按 Shift+Ctrl+I 组合键，将选区反选并填充黑色。

(16) 按 Shift+Ctrl+F 组合键，在弹出的【渐隐】对话框中设置【不透明度】参数为“50%”，单击确定按钮，去除选区后的效果如图 9-121 所示。

(17) 执行【滤镜】/【画笔描边】/【墨水轮廓】命令，在弹出的对话框中设置【描边长度】参数为“4”、【深色强度】参数为“20”、【光照强度】参数为“10”，单击确定按钮。

(18) 按 Shift+Ctrl+F 组合键，在弹出的【渐隐】对话框中设置【不透明度】参数为“40%”，单击确定按钮，画面效果如图 9-122 所示。

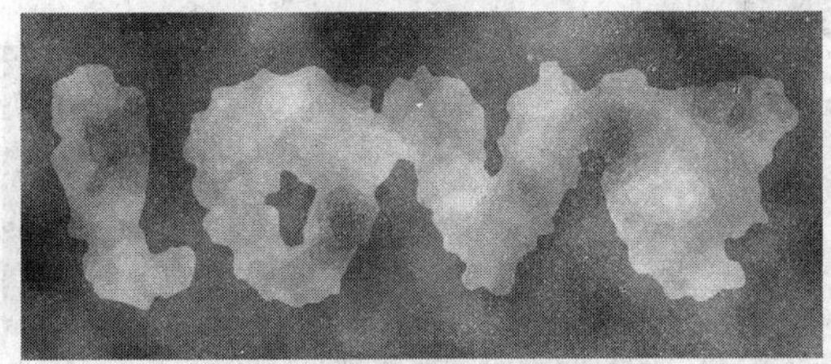
图9-121　去除选区后的效果

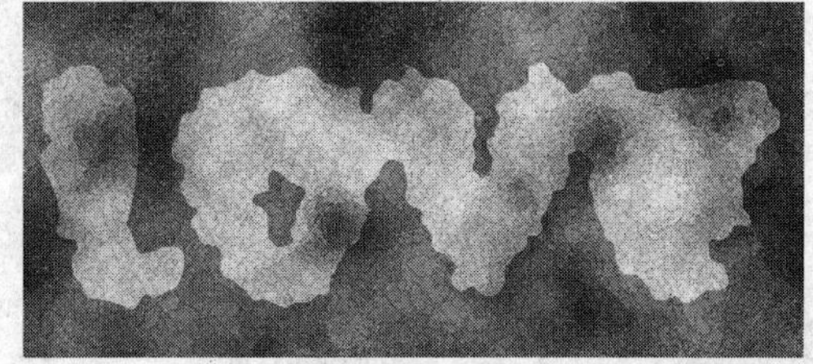
图9-122　画面效果

(19) 执行【滤镜】/【风格化】/【浮雕效果】命令，弹出【浮雕效果】对话框，设置【角度】参数为“-55”、【高度】参数为“2”、【数量】参数为“150”，单击确定按钮。

(20) 按 Shift+Ctrl+F 组合键，在弹出的【渐隐】对话框中将【不透明度】参数设置为

"25%"，并在【模式】下拉列表中选择"叠加"，单击 确定 按钮，画面效果如图 9-123 所示。

(21) 按 Ctrl+U 组合键，在弹出的【色相/饱和度】对话框中勾选【着色】复选项，并设置【色相】参数为"125"、【饱和度】参数为"30"、【明度】参数为"-15"，单击 确定 按钮，效果如图 9-124 所示。

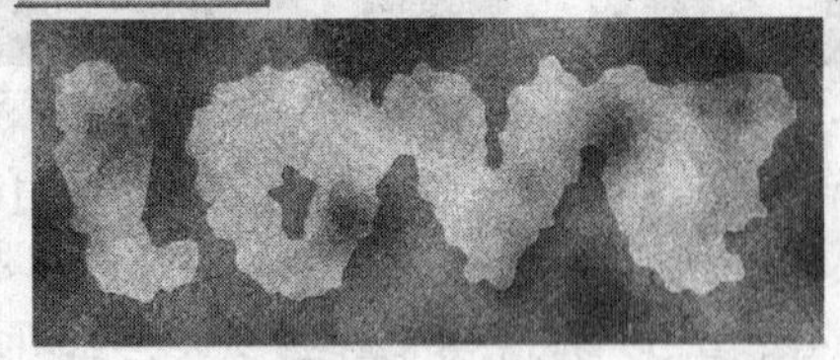

图9-123　画面效果

图9-124　画面效果

(22) 执行【滤镜】/【艺术效果】/【塑料包装】命令，弹出【塑料包装】对话框，参数设置及效果如图 9-125 所示，单击 确定 按钮。

(23) 按 Shift+Ctrl+F 组合键，在弹出的【渐隐】对话框中将【不透明度】参数设置为"30%"，单击 确定 按钮。

(24) 按 Ctrl+Alt+7 组合键，载入"Alpha 1 副本 2"通道的选区，再按 Shift+Ctrl+I 组合键，将选区反选，按 Delete 键删除背景色。

(25) 在"图层 1"上方新建"图层 3"，然后填充黑色。

(26) 按 Ctrl+Alt+5 组合键，载入"Alpha 1 副本"通道的选区，填充黑色后去除选区。

(27) 执行【滤镜】/【模糊】/【高斯模糊】命令，设置【半径】参数为"15"像素，单击 确定 按钮，效果如图 9-126 所示。

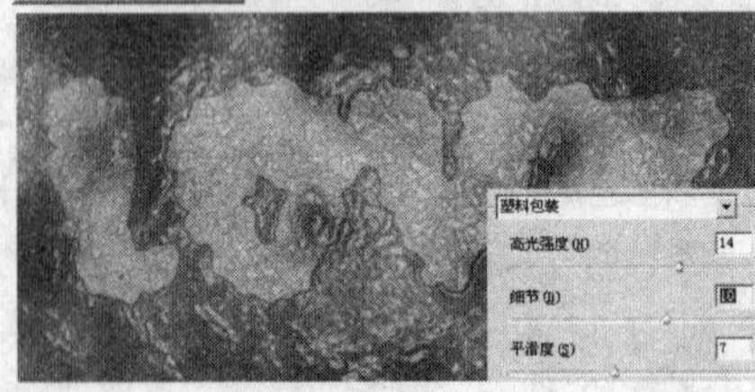

图9-125　参数设置及效果

图9-126　高斯模糊后的效果

(28) 执行【滤镜】/【纹理】/【染色玻璃】命令，参数设置及效果如图 9-127 所示，单击 确定 按钮。

(29) 执行【滤镜】/【模糊】/【高斯模糊】命令，设置【半径】参数为"8 像素"，单击 确定 按钮，效果如图 9-128 所示。

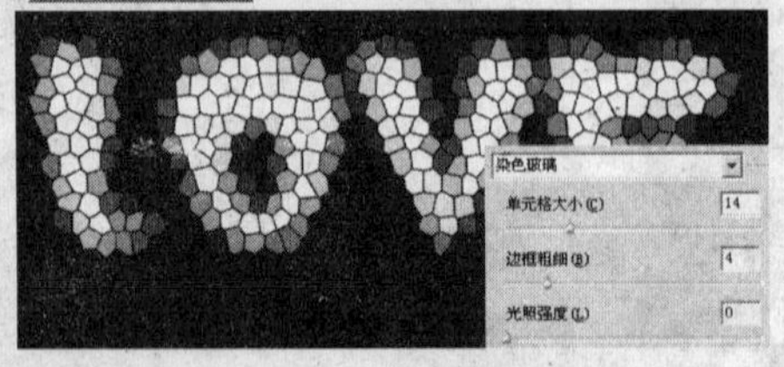

图9-127　参数设置及效果

图9-128　高斯模糊后的效果

(30) 按 Ctrl+L 组合键，在弹出的对话框中设置【输入色阶】参数分别为"50"、"1"、"85"，单击 确定 按钮，效果如图 9-129 所示。

(31) 执行【滤镜】/【模糊】/【高斯模糊】命令，设置【半径】参数为"4"像素，单击

确定 按钮。

(32) 按 Ctrl+L 组合键，在弹出的对话框中设置【输入色阶】参数分别为“83”、“1”、“136”，单击 确定 按钮，效果如图 9-130 所示。

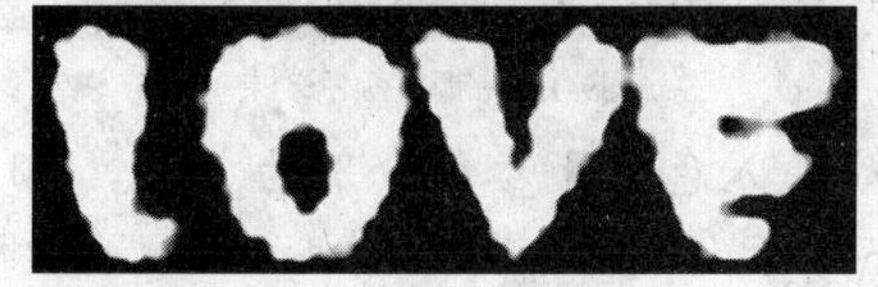
图9-129　文字效果

图9-130　文字效果

(33) 打开【通道】面板，将“绿”通道复制为“绿 副本”通道，然后按 Ctrl+~ 组合键返回到 RGB 颜色模式，并将“图层 3”设置为工作层。

(34) 按 Ctrl+I 组合键将画面反相显示，然后执行【滤镜】/【模糊】/【高斯模糊】命令，设置【半径】参数为“12”像素，单击 确定 按钮。

(35) 按 Shift+Ctrl+F 组合键，在弹出的【渐隐】对话框中将【不透明度】参数设置为“85%”，单击 确定 按钮。

(36) 执行【滤镜】/【风格化】/【浮雕效果】命令，弹出【浮雕效果】对话框，设置【角度】参数为“135”、【高度】参数为“4”、【数量】参数为“150”，单击 确定 按钮，画面效果如图 9-131 所示。

(37) 执行【滤镜】/【模糊】/【高斯模糊】命令，设置【半径】参数为“4”像素，单击 确定 按钮。

(38) 按 Ctrl+Alt+8 组合键，载入“绿 副本”通道的选区，然后按 Shift+Ctrl+I 组合键，将选区反选。

(39) 按 Ctrl+Alt+D 组合键，设置【羽化半径】参数为“4”像素，单击 确定 按钮，填充上黑色。

(40) 按 Shift+Ctrl+F 组合键，在弹出的【渐隐】对话框中将【不透明度】参数设置为“50%”，单击 确定 按钮并去除选区，效果如图 9-132 所示。

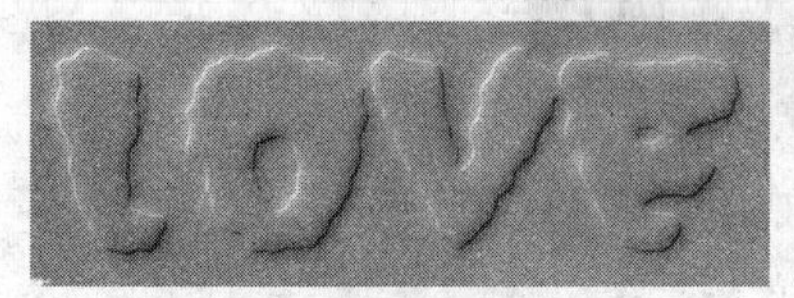
图9-131　浮雕效果

图9-132　画面效果

(41) 执行【滤镜】/【艺术效果】/【塑料包装】命令，参数设置及效果如图 9-133 所示，单击 确定 按钮。

图9-133　参数设置及效果

(42) 按 Shift+Ctrl+F 组合键，在弹出的【渐隐】对话框中将【不透明度】参数设置为“25%”，单击 确定 按钮，效果如图 9-134 所示。

(43) 按 Ctrl+U 组合键，在弹出的【色相/饱和度】对话框中勾选【着色】复选项，设置【饱和度】参数为“60”，单击 确定 按钮，调整颜色效果如图 9-135 所示。

图9-134　文字效果

图9-135　调整颜色效果

(44) 按 Ctrl+L 组合键，在弹出的对话框中设置【输入色阶】参数分别为“0”、“0.5”、“255”，单击 确定 按钮，效果如图 9-136 所示。

(45) 按 Ctrl+Alt+8 组合键，载入“绿 副本”通道的选区，按 Shift+Ctrl+I 组合键，将选区反选。

(46) 按 Delete 键删除选区中的背景色，去除选区后的画面效果如图 9-137 所示。

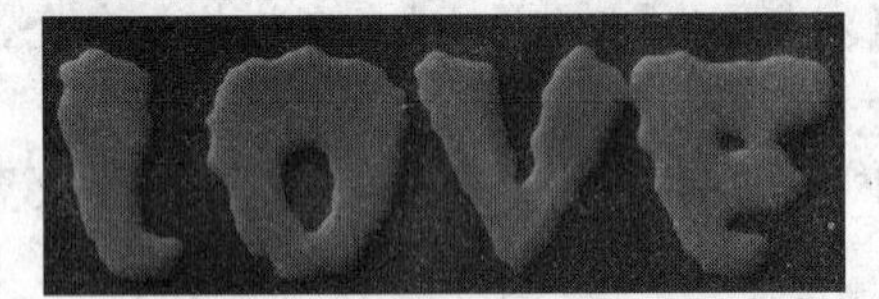

图9-136　文字效果

图9-137　文字效果

(47) 执行【滤镜】/【艺术效果】/【塑料包装】命令，弹出【塑料包装】对话框，参数设置及效果如图 9-138 所示，单击 确定 按钮。

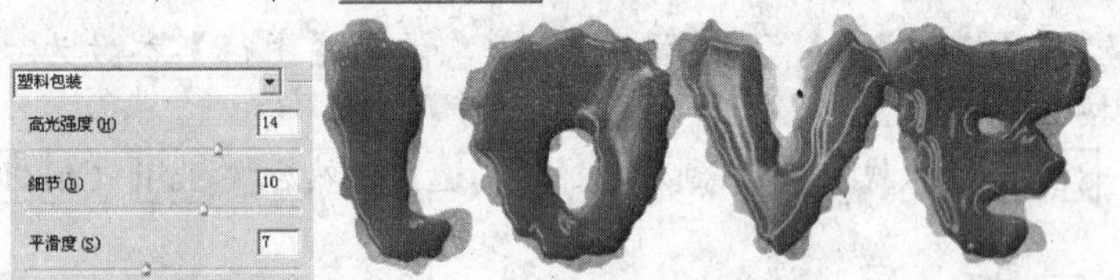

图9-138　参数设置及效果

(48) 按 Shift+Ctrl+F 组合键，在弹出的【渐隐】对话框中将【不透明度】参数设置为“25%”，单击 确定 按钮，效果如图 9-139 所示。

图9-139　文字效果

(49) 按 Ctrl+S 组合键，保存文件。

3.　下面来进一步调整质感效果。

(1) 接上例。在“图层 3”层的上方新建“图层 4”，并填充白色。

(2) 打开【通道】面板，新建“Alpha 2”通道，再按 Ctrl+Alt+5 组合键载入“Alpha 1 副本”通道的选区，填充上白色后去除选区。

(3) 执行【滤镜】/【模糊】/【高斯模糊】命令，在弹出的对话框中设置【半径】参数为“12”像素，单击 确定 按钮。

(4) 执行【滤镜】/【像素化】/【晶格化】命令，在弹出的对话框中设置【单元格大小】参数为“15”，单击 确定 按钮，效果如图 9-140 所示。

(5) 执行【滤镜】/【素描】/【图章】命令　弹出【图章】对话框，参数设置及效果如图 9-141 所示，单击 确定 按钮。

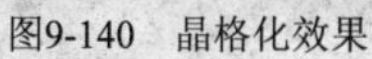

图9-140　晶格化效果

图9-141　参数设置及效果

(6) 执行【滤镜】/【模糊】/【高斯模糊】命令，设置【半径】参数为“4”像素，单击 确定 按钮。

(7) 按 Ctrl+L 组合键，在弹出的对话框中设置【输入色阶】参数分别为“65”、“1”、“120”，单击 确定 按钮，效果如图 9-142 所示。

(8) 按住 Ctrl 键单击“Alpha 2”通道，为其添加选区，然后按 Ctrl+~ 组合键返回到 RGB 颜色模式，将“图层 4”设置为工作层，并给选区填充黑色，去除选区后的效果如图 9-143 所示。

图9-142　文字效果

图9-143　文字效果

(9) 执行【滤镜】/【模糊】/【高斯模糊】命令，在弹出的对话框中设置【半径】参数为“7”像素，单击 确定 按钮。

(10) 执行【滤镜】/【风格化】/【浮雕效果】命令，弹出【浮雕效果】对话框，参数设置及效果如图 9-144 所示，单击 确定 按钮。

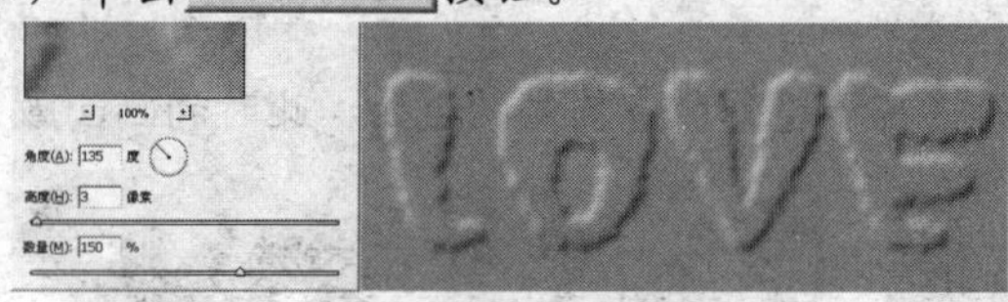

图9-144　参数设置及效果

(11) 按住 Ctrl 键，单击【通道】面板中的“Alpha 2”通道，为其添加选区，然后按 Ctrl+~ 组合键返回到 RGB 颜色模式，并将“图层 4”设置为工作层。

(12) 按 Ctrl+Alt+D 组合键，在弹出的对话框中设置【羽化半径】参数为“4”像素，然后按 Shift+Ctrl+I 组合键，将选区反选，并填充上黑色。

(13) 按 Shift+Ctrl+F 组合键，在弹出的【渐隐】对话框中将【不透明度】参数设置为“50%”，单击 确定 按钮并去除选区，效果如图 9-145 所示。

(14) 执行【滤镜】/【艺术效果】/【塑料包装】命令，弹出【塑料包装】对话框，参数设置及效果如图 9-146 所示，单击 确定 按钮。

图9-145　文字效果

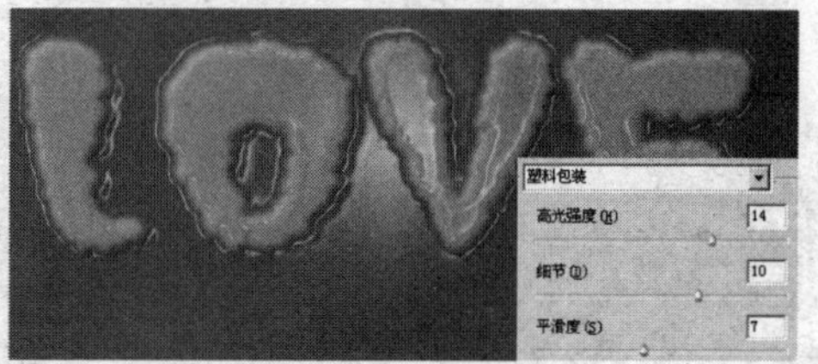

图9-146　参数设置及效果

(15) 按 Shift+Ctrl+F 组合键，在弹出的【渐隐】对话框中将【不透明度】参数设置为“35%”，单击 确定 按钮。

(16) 执行【滤镜】/【杂色】/【添加杂色】命令，参数设置及效果如图 9-147 所示。

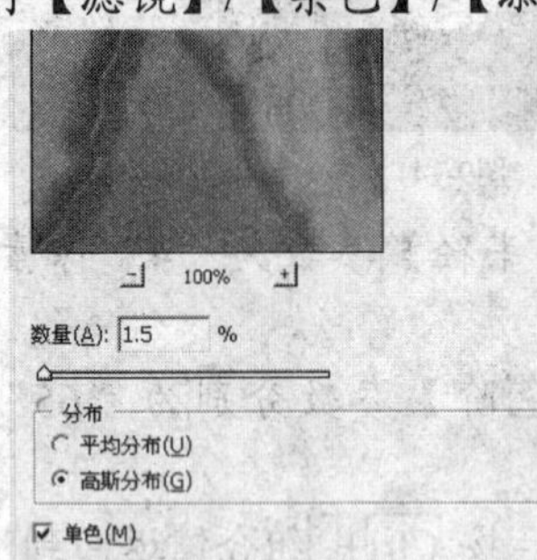

图9-147 参数设置及效果

(17) 按 Ctrl+U 组合键，在弹出的【色相/饱和度】对话框中勾选【着色】复选项，设置【色相】参数为“62”、【饱和度】参数为“60”、【明度】参数为“0”，单击 确定 按钮，调整颜色效果如图 9-148 所示。

(18) 再次将“Alpha 2”通道的选区载入并将其反选，按 Delete 键删除选区中的背景色，去除选区后的效果如图 9-149 所示。

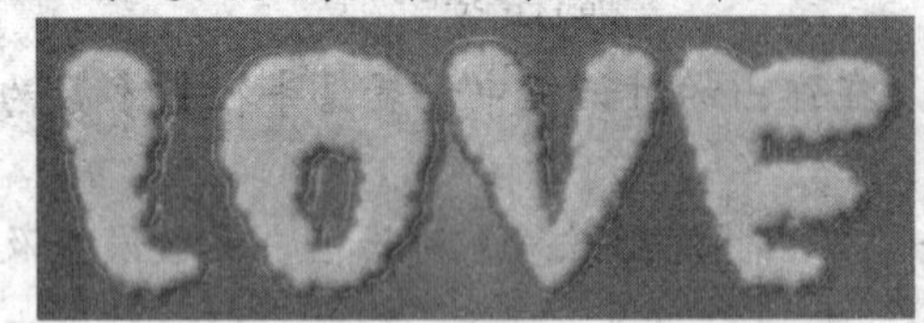

图9-148 调整颜色效果

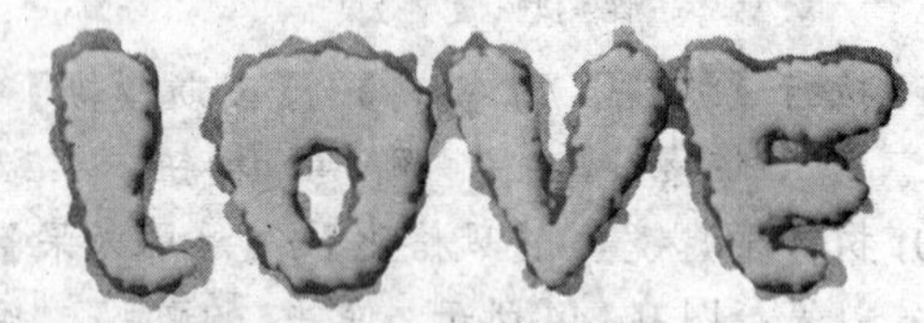

图9-149 去除选区后的效果

(19) 将“图层 1”显示，并将其调整到所有图层的上面，此时的画面效果如图 9-150 所示。

图9-150 文字效果

(20) 利用【图层】/【图层样式】/【投影】命令，分别给“图层 1”、“图层 2”和“图层 3”添加上投影效果。至此，三明治效果字制作完成。按 Ctrl+S 组合键，保存文件。

第10章 打印图像与系统优化

10.1 上机练习（1）——制作黑白位图画中画效果

目的：学习位图画中画效果的制作。

内容：将图像转换为灰度模式，复制图像修改大小后定义为图案，然后利用位图制作画中画效果，如图 10-1 所示。

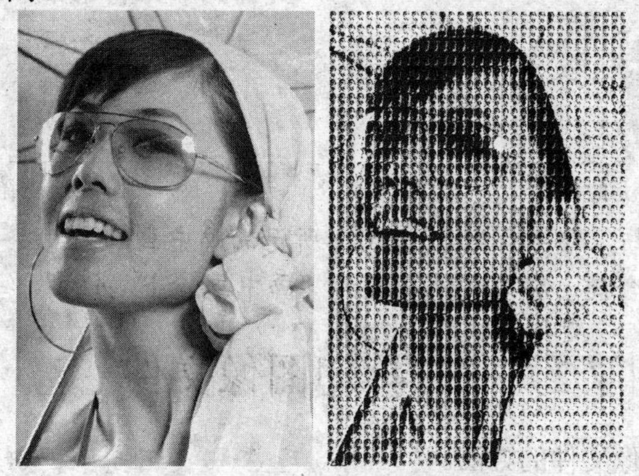

图10-1 素材图片及制作的画中画效果

操作步骤

1. 打开素材文件中“图库\第 10 章”目录下的“照片 10-1.jpg”文件。
2. 执行【图像】/【模式】/【灰度】命令，在弹出的【信息】对话框中单击扔掉按钮，将当前文件的 RGB 颜色模式转换为灰度模式。
3. 执行【图像】/【复制】命令，在弹出的【复制图像】对话框中直接单击确定按钮，复制出“照片 10-1 副本.jpg”文件。
4. 执行【图像】/【图像大小】命令，弹出【图像大小】对话框，重新设置参数如图 10-2 所示。

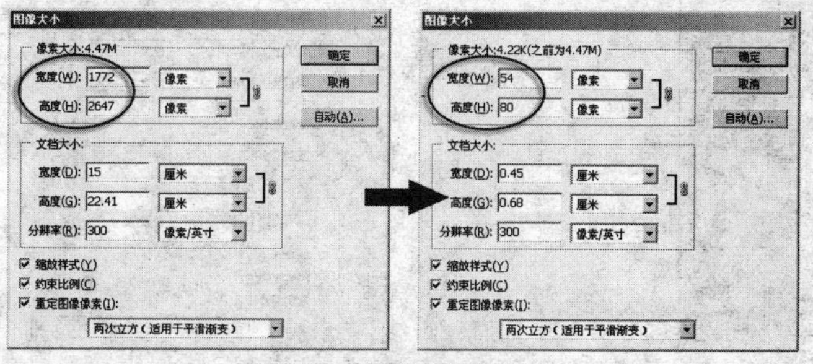

图10-2 【图像大小】对话框

5. 单击 确定 按钮，将图像尺寸改小，得到如图 10-3 所示的效果。
6. 执行【编辑】/【定义图案】命令，在弹出的【图案名称】对话框中单击 确定 按钮，将改小的图像定义为图案，然后关闭该文件。
7. 返回到原图像文件中，执行【图像】/【模式】/【位图】命令，弹出【位图】对话框，在【使用】下拉列表中选择【自定图案】选项，单击【自定图案】按钮，选择刚定义的图案，如图 10-4 所示。

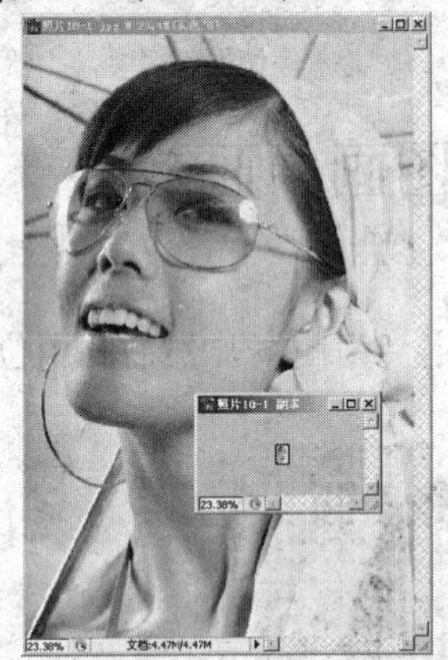

图10-3 改小后的图像

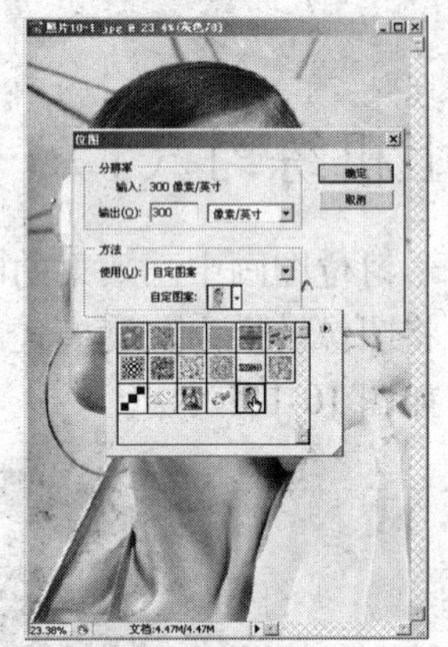

图10-4 选择定义的图案

8. 单击 确定 按钮，即可得到如图 10-1 所示的画中画效果。
9. 按 Shift+Ctrl+S 组合键，将此文件命名为“画中画.psd”另存。

10.2 上机练习（2）——打印图像文件

目的：学习打印图像文件的方法。

内容：打开素材文件中“图库\第 10 章”目录下的“海报.jpg”文件，如图 10-5 所示，利用打印机打印该图片文件。

操作步骤

1. 启动 Photoshop CS3，打开打印机电源开关，确认打印机处于联机状态。
2. 在打印机放纸夹中放一张 A4（210mm × 297mm）尺寸的普通打印纸。
3. 打开素材文件中“图库\第 10 章”目录下的“海报.jpg”文件。
4. 执行【图像】/【图像大小】命令，在弹出的【图像大小】对话框中设置其参数，如图 10-6 所示，单击 确定 按钮。

图10-5 打开的图片

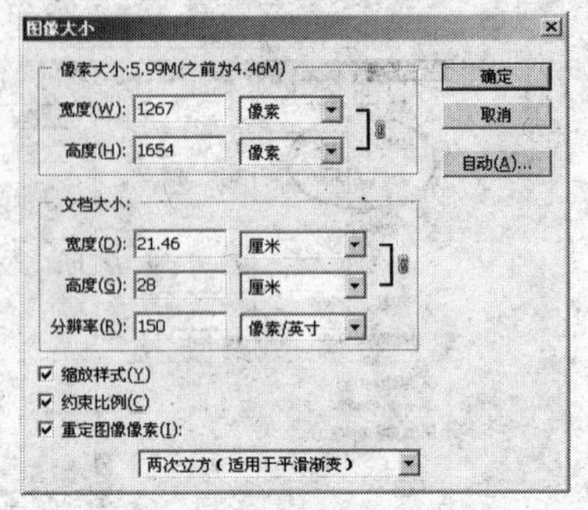

图10-6 【图像大小】对话框

要点提示 在【图像大小】对话框中，可以为将要打印的图像设置尺寸、分辨率等参数。当取消【重定图像像素】复选项的勾选之后，打印尺寸的宽度、高度与分辨率参数将成反比例设置。

5. 执行【文件】/【打印】命令，弹出如图 10-7 所示的【打印】对话框。

图10-7　【打印】对话框

由于打印机的品牌和型号不同，在执行【打印】命令后弹出的【打印】对话框的形态也会有所不同。但例如【页面设置】、【位置】等的基本选项都会在不同型号打印机的【打印】对话框中找到。

- 和按钮：用于设置打印页面是按照纵向还是横向打印。
- 【份数】：用于设置需要打印图片的数量。
- 【图像居中】：勾选此复选项，打印后的图像将位于纸张的中央位置。取消勾选此项，可以设置打印图片离纸张顶边和左边的距离。
- 【缩放以适合介质】：勾选此复选项，将按照设置的打印介质的尺寸来缩放图片，以适合介质尺寸。取消勾选此项，可以按照比例来缩放图片的大小。

6. 单击 页面设置(G)... 按钮，弹出【EPSON ME 1 属性】对话框，如图 10-8 所示。
7. 在【质量选项】栏中根据打印要求设置合适的打印质量选项。
8. 在【打印纸选项】栏中设置目前所用的纸的类型以及尺寸。
9. 在【打印选项】栏中若勾选【打印预览】复选项，单击 确定 按钮，退出【EPSON ME 1 属性】对话框，在【打印】对话框中再单击 打印(P)... 按钮，将首先出现如图 10-9 所示的【打印预览】对话框，在该对话框中检查可打印页面在纸张中的位置，确认无误之后单击 打印 按钮，稍等片刻即可完成“宣传单.jpg”图片的打印。

图10-8 【EPSON ME 1 属性】对话框

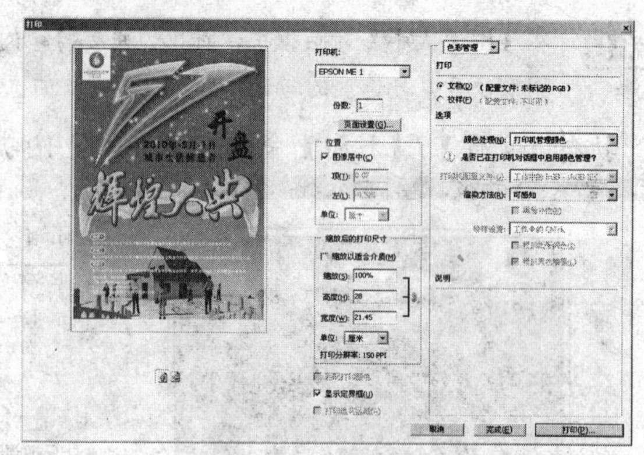

图10-9 【打印预览】对话框

10.3 上机练习（3）——制作动作

目的：学习利用【动作】面板录制动作。

内容：通过制作火焰字效果录制动作，制作的火焰字及录制的动作如图 10-10 所示。

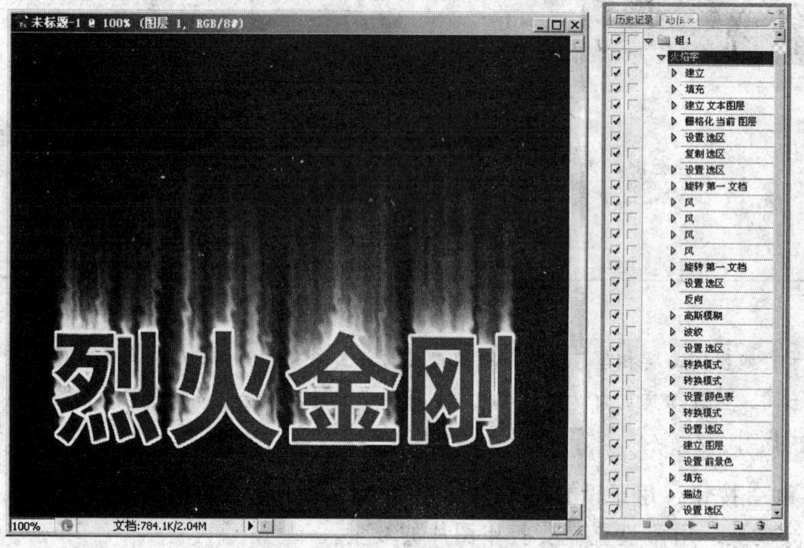

图10-10 制作的火焰字及录制的动作

操作步骤

1. 执行【窗口】/【动作】命令，打开如图 10-11 所示的【动作】面板。
2. 单击面板底部的 按钮，新建一个动作组，在弹出的【新建组】对话框中直接单击 确定 按钮建立一个组。
3. 单击面板底部的 按钮，弹出如图 10-12 所示的【新建动作】对话框，设置名称后单击 记录 按钮，开始记录动作。
4. 新建一个【宽度】为“12”厘米，【高度】为“10”厘米，【分辨率】为“120”像素/英寸，【颜色模式】为“RGB 颜色”，【背景内容】为“白色”的文件。
5. 将“背景”层填充为黑色。然后设置前景色为白色，利用 T 工具在画面中输入如图 10-13 所示的文字。

图10-11　【动作】面板

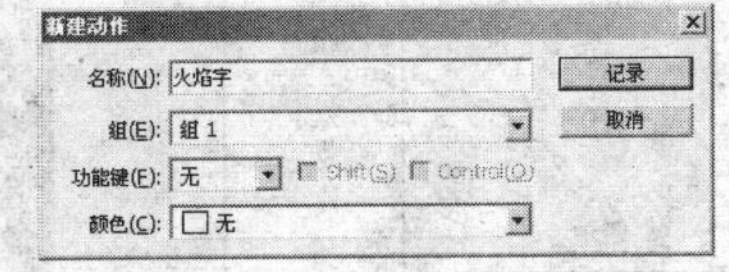

图10-12　【新建动作】对话框

图10-13　输入的文字

6. 执行【图层】/【栅格化】/【文字】命令，将文字图层转换为普通图层，然后按住 Ctrl 键单击【图层】面板中的"火焰字"图层，为文字添加选区，如图 10-14 所示。
7. 打开【通道】面板，单击底部的按钮，将选区保存为通道，然后按 Ctrl+D 组合键去除选区。
8. 执行【图像】/【旋转画布】/【90 度（顺时针）】命令，将画布顺时针旋转。
9. 执行【滤镜】/【风格化】/【风】命令，在弹出的【风】对话框中设置选项如图 10-15 所示。
10. 单击 确定 按钮，执行【风】命令后的画面效果如图 10-16 所示。

图10-14　添加的选区

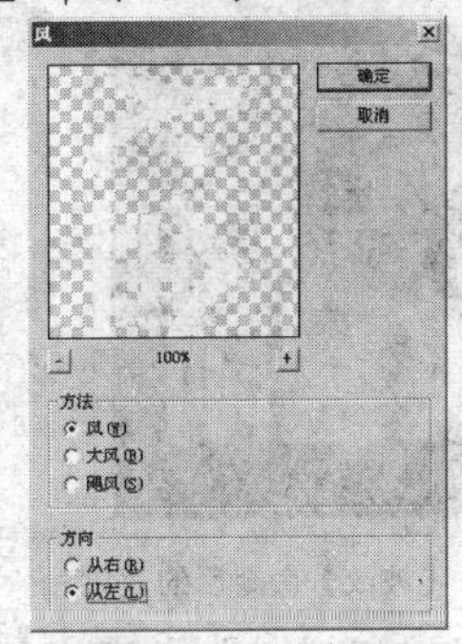

图10-15　【风】对话框

图10-16　执行【风】命令后的效果

11. 连续按 3 次 Ctrl+F 组合键，重复执行【风】命令，生成的画面效果如图 10-17 所示。
12. 执行【图像】/【旋转画布】/【90 度（逆时针）】命令，将画布逆时针旋转。
13. 执行【选择】/【载入选区】命令，在弹出的【载入选区】对话框中设置选项，如图 10-18 所示。

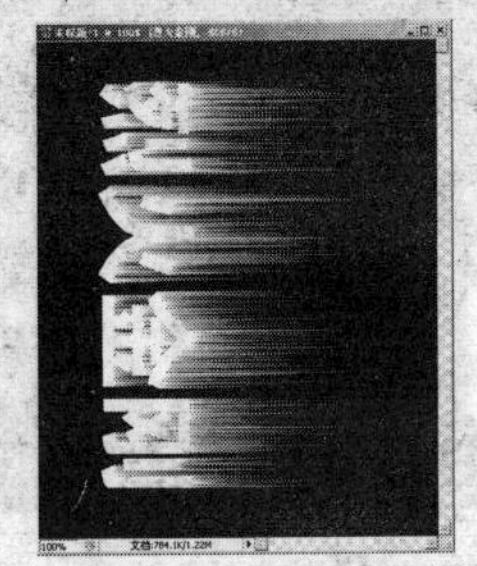
图10-17　重复执行【风】命令后的画面效果

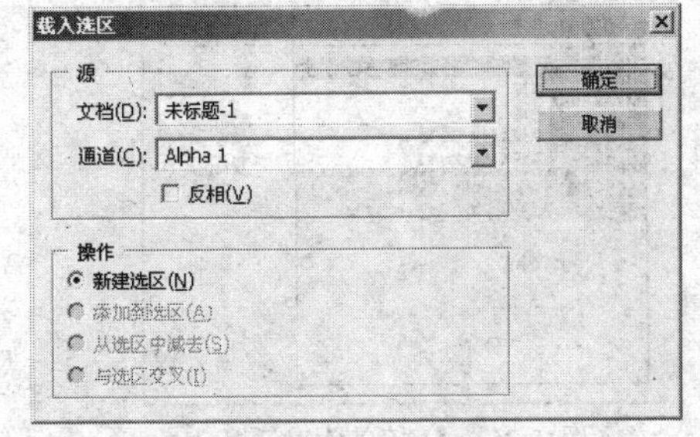

图10-18　【载入选区】对话框

14. 单击 确定 按钮载入选区，然后按 Shift+Ctrl+I 组合键将载入的选区反选，如图 10-19 所示。

15. 执行【滤镜】/【模糊】/【高斯模糊】命令，在弹出的【高斯模糊】对话框中设置参数如图 10-20 所示。
16. 单击 确定 按钮，执行【高斯模糊】命令后的画面效果如图 10-21 所示。

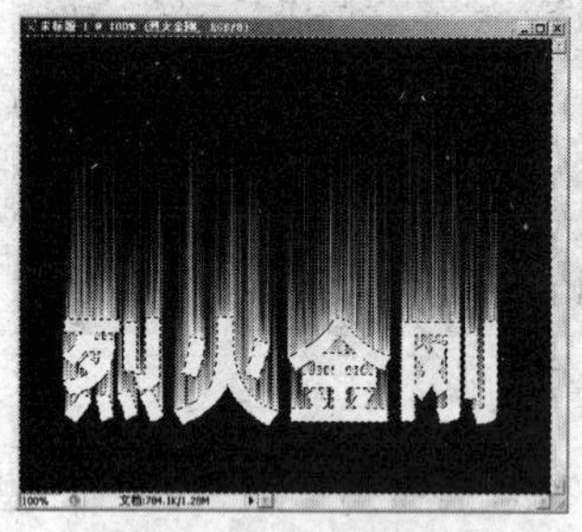

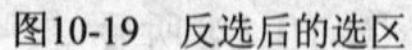

图10-19 反选后的选区

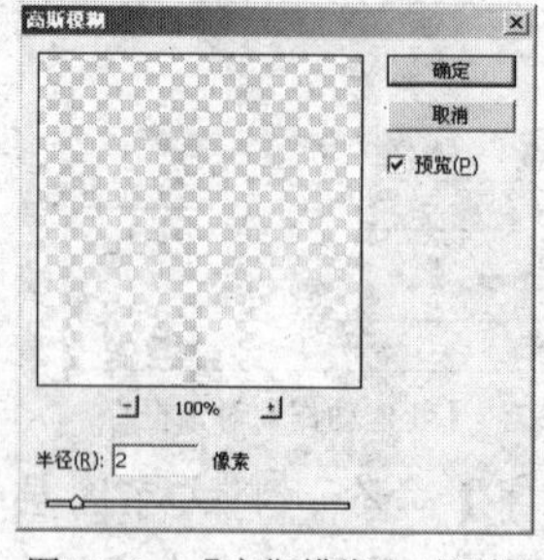

图10-20 【高斯模糊】对话框

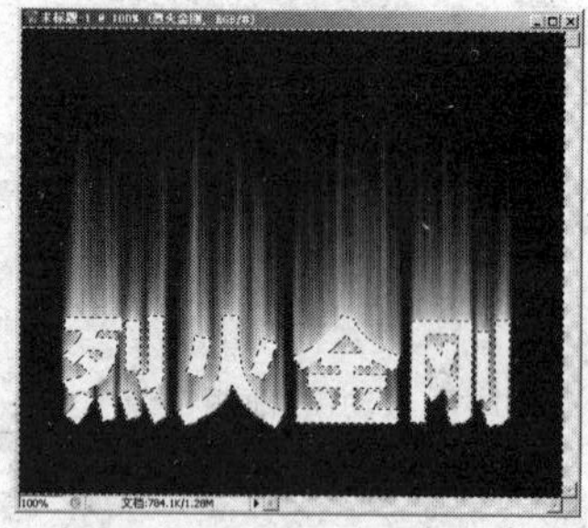

图10-21 执行【高斯模糊】命令后的效果

17. 执行【滤镜】/【扭曲】/【波纹】命令，在弹出的【波纹】对话框中设置参数如图 10-22 所示。
18. 单击 确定 按钮，执行【波纹】命令后的画面效果如图 10-23 所示。
19. 按 Ctrl+D 组合键去除选区，然后执行【图像】/【模式】/【灰度】命令，在弹出的【Adobe Photoshop CS3】提示面板中单击 拼合(F) 按钮，如图 10-24 所示，将图像转换为灰度模式。

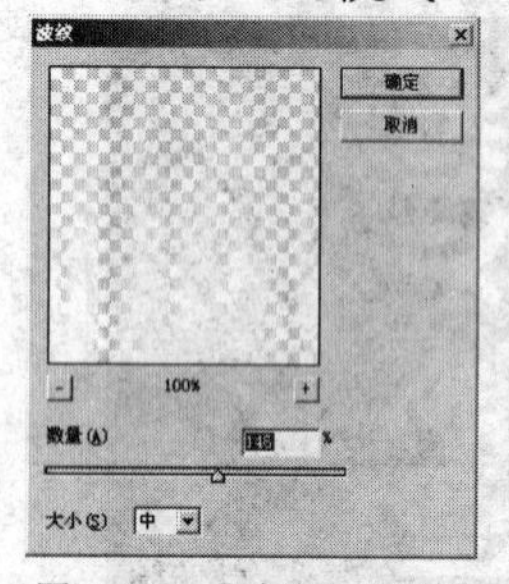

图10-22 【波纹】对话框

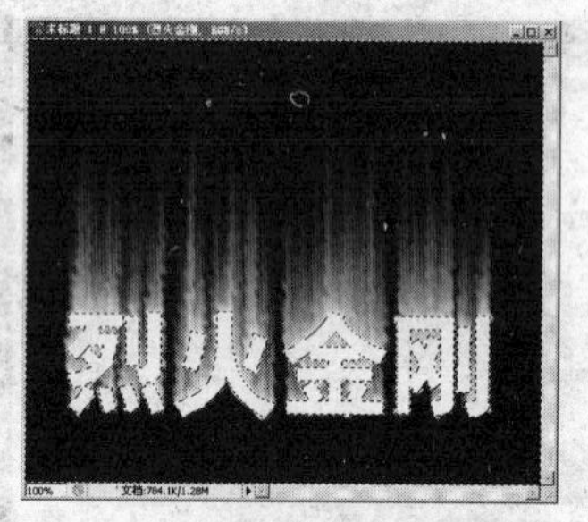

图10-23 执行【波纹】命令后的效果

图10-24 【Adobe Photoshop CS3】提示面板

20. 执行【图像】/【模式】/【索引颜色】命令，将图像文件的颜色模式转换为索引颜色模式。
21. 执行【图像】/【模式】/【颜色表】命令，弹出【颜色表】对话框，在【颜色表】下拉列表中选择如图 10-25 所示的"黑体"选项。
22. 单击 确定 按钮，火焰字颜色效果如图 10-26 所示。

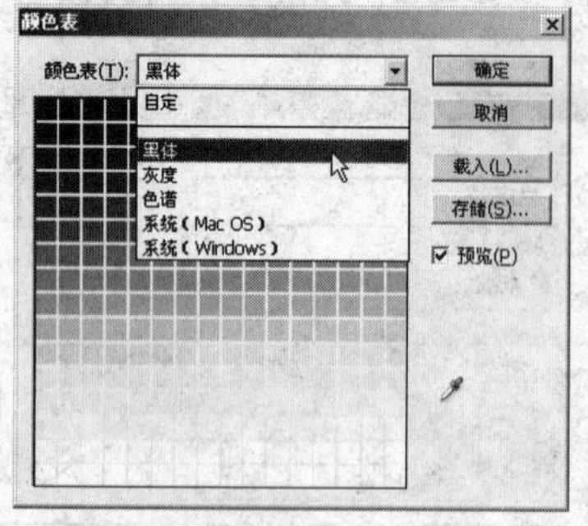

图10-25 【颜色表】对话框

图10-26 火焰字颜色效果

23. 执行【图像】/【模式】/【RGB 颜色】命令，将图像的索引颜色模式转换为 RGB 颜色模式。

24. 执行【选择】/【载入选区】命令，在弹出的【载入选区】对话框中单击 确定 按钮，将文字选区再次载入。
25. 新建“图层 1”，为选区填充深红色（R:125），效果如图 10-27 所示。
26. 执行【编辑】/【描边】命令，以【居外】的方式为选区描绘【宽度】为“3”像素的白色边缘，然后将选区去除，描边后的文字效果如图 10-28 所示。

图10-27　填充颜色后的文字效果

图10-28　描边后的文字效果

27. 至此，火焰效果字制作完成，单击【动作】面板底部的 ■ 按钮停止动作录制。
28. 按 Ctrl+S 组合键，将此文件命名为“火焰字.psd”保存。

10.4　上机练习（4）——应用动作

目的：学习利用【动作】面板播放动作。

内容：利用【动作】面板设置【切换对话开/关】，修改文字内容及颜色后播放动作制作火焰字效果，如图 10-29 所示。

图10-29　制作的火焰字

操作步骤

1. 执行【窗口】/【动作】命令，打开【动作】面板，单击“火焰字”动作，将其设置为执行动作的开始点，如图 10-30 所示。
2. 分别单击“建立文本图层”和“填充”左侧的【切换项目开/关】按钮，将其启动，如图 10-31 所示。
3. 单击面板底部的 ▶ 按钮，开始播放动作，当播放到“建立文本图层”位置时，弹出如图 10-32 所示的“未标题-1”文件的输入文字状态。

图10-30　打开的【动作】面板

图10-31　设置【切换对话开/关】

图10-32　弹出的“未标题-1”文件

4. 此时可以修改文字内容，如图 10-33 所示。
5. 单击工具箱中的任意一个工具，继续播放动作，当播放到“填充”位置时，弹出如图 10-34 所示的【填充】对话框。

图10-33　修改文字

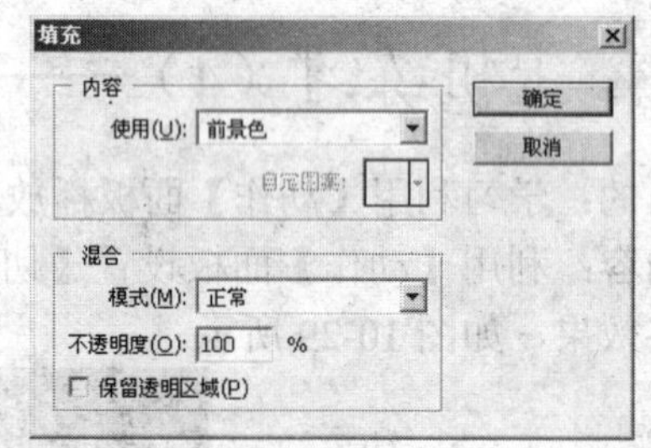

图10-34　【填充】对话框

6. 在【使用】下拉列表中选择【颜色】选项，即可弹出如图 10-35 所示的【选取一种颜色】对话框。
7. 设置好颜色后单击 确定 按钮继续播放动作，即可完成修改文字内容及颜色后的火焰效果字的制作，如图 10-36 所示。

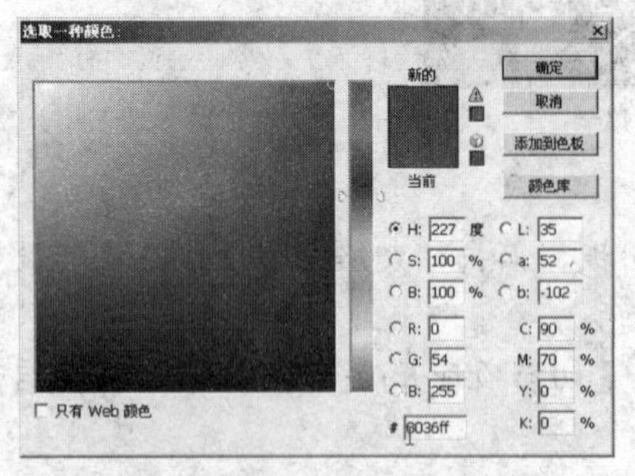

图10-35　【选取一种颜色】对话框

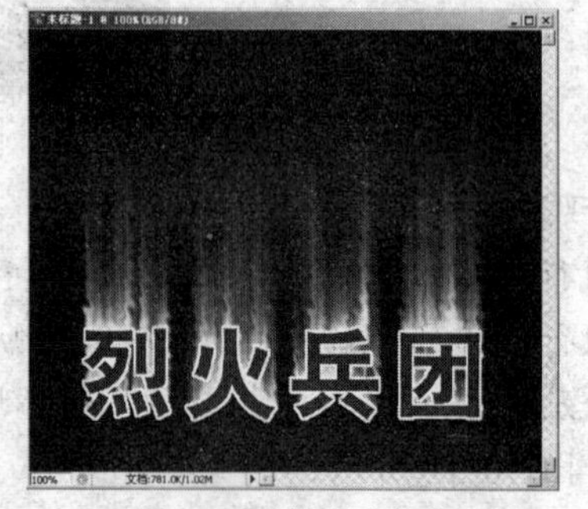

图10-36　制作的火焰字

8. 按 Ctrl+S 组合键，将此文件命名为“火焰字 02.psd”保存。

第11章　网页制作

11.1　上机练习（1）——制作打字动画效果

目的：学习打字动画效果制作。

内容：利用【动画】面板和【图层】命令制作如图 11-1 所示的打字动画效果。

图11-1　打字动画效果

操作步骤

1. 打开素材文件中“图库\第 11 章”目录下的“建筑.jpg”文件。利用 T 工具在画面中输入如图 11-2 所示的文字。
2. 执行【图层】/【图层样式】/【投影】命令，给文字添加如图 11-3 所示的投影效果。

图11-2　输入的文字

图11-3　添加的投影效果

3. 打开【图层】面板，单击面板下方的按钮，给文字层添加蒙版。
4. 按 D 键，将工具箱中的背景色设置为黑色，然后按 Ctrl+Delete 组合键给蒙版填充黑色，此时画面中的文字被屏蔽，如图 11-4 所示。
5. 执行【窗口】/【动画】命令，打开【动画】面板，然后单击面板底部的按钮，复制当前关键帧，如图 11-5 所示。

图11-4　文字被屏蔽

图11-5　复制的关键帧

6. 单击【图层】面板中文字与蒙版之间的图标，取消文字与蒙版的链接状态。
7. 选择工具，按住 Shift 键，将蒙版向右移动位置，显示出所有的文字，【图层】面板如图 11-6 所示，显示出的文字如图 11-7 所示。

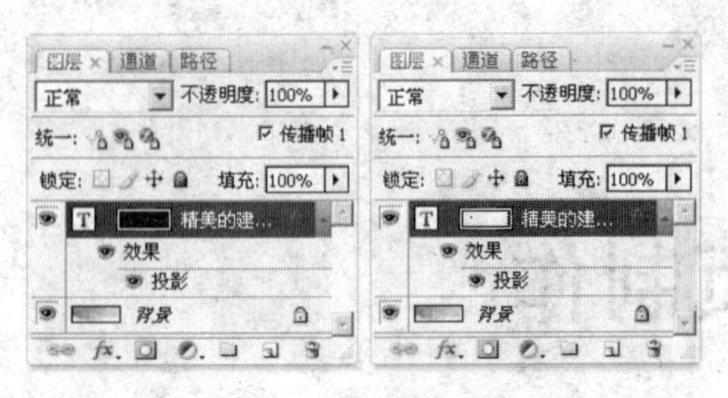

图11-6 【图层】面板

图11-7 显示出的文字

8. 在【动画】面板中，按住Shift键同时单击“第1帧”和“第2帧”，将其选择。
9. 单击【动画】面板底部的按钮，在弹出的【过渡】对话框中设置【要添加的帧数】参数为“17”，单击确定按钮，在【动画】面板中添加的帧如图11-8所示。

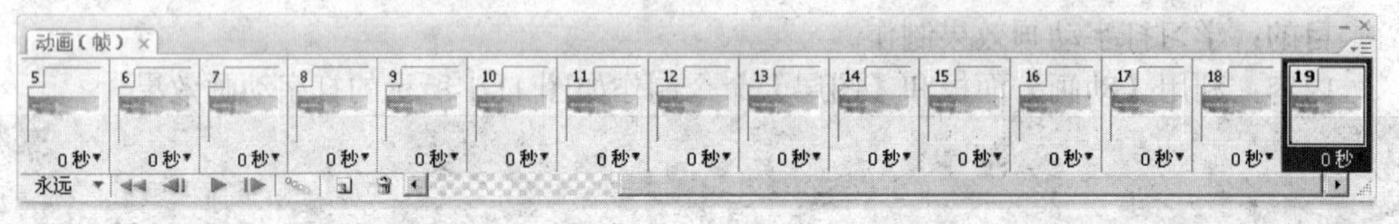

图11-8 添加的帧

10. 将所有的帧同时选择，然后单击任意一帧下面的0秒按钮，在打开的时间列表中选择“0.2秒”。
11. 单击【动画】面板底部的按钮，即可播放浏览制作的动画。
12. 按Shift+Ctrl+S组合键，将此文件命名为“打字动画.psd”另存。
13. 执行【文件】/【存储为Web和设备所用格式】命令，弹出如图11-9所示的对话框。

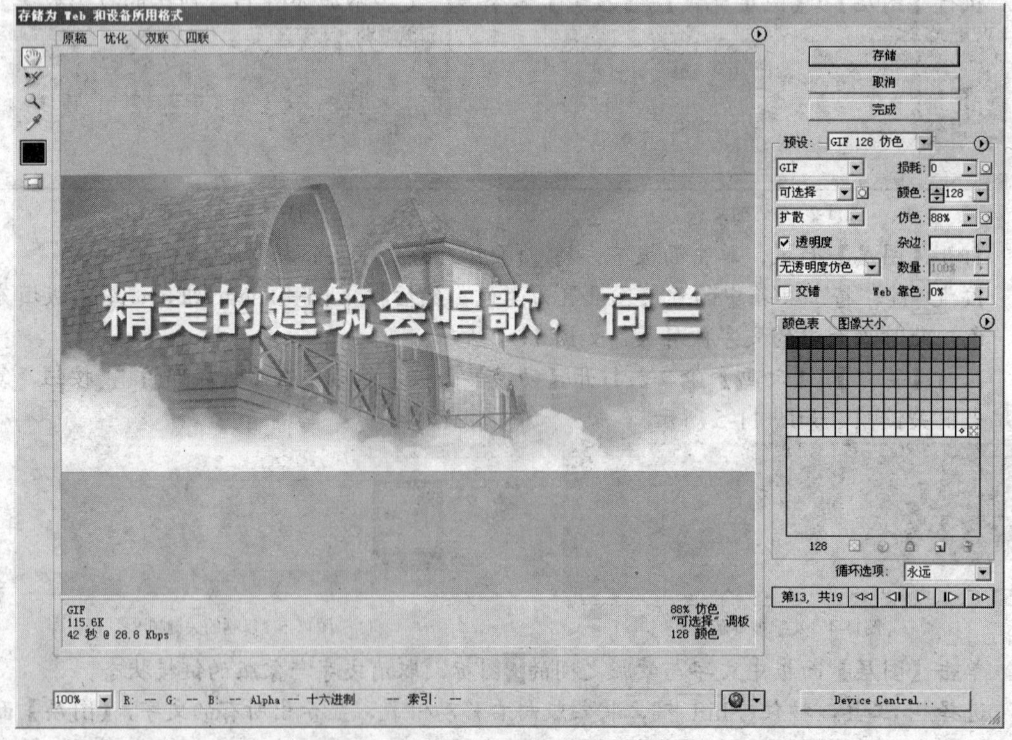

图11-9 【存储为Web和设备所用格式】对话框

14. 单击存储按钮，将该动画文件命名为“打字动画.gif”保存。

11.2　上机练习（2）——制作变换颜色的霓虹灯效果

目的：学习制作变换颜色的霓虹灯效果。

内容：利用【动画】面板和【图层】命令制作霓虹灯效果。

操作步骤

1. 打开素材文件中“图库\第 11 章”目录下的“霓虹灯.psd”文件，如图 11-10 所示。
2. 执行【窗口】/【动画】命令，打开【动画】面板，然后单击面板底部的按钮，复制当前关键帧，如图 11-11 所示。

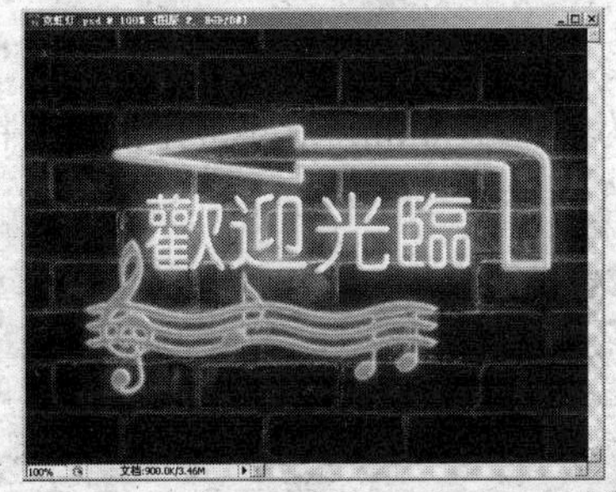

图11-10　打开的图片文件

图11-11　复制的关键帧

3. 在【图层】面板中，将“图层 1”设置为工作层，单击面板上方的按钮锁定图层透明像素，然后填充黄色，效果如图 11-12 所示。
4. 将“图层 5”的颜色填充为紫红色（R:255,B:234），效果如图 11-13 所示。
5. 双击“图层 4”的“颜色叠加”样式，在弹出的【图层样式】对话框中将叠加颜色修改为绿色（G:255）。
6. 使用相同的方法把画面中图形的颜色根据自己的喜好进行修改，效果如图 11-14 所示。

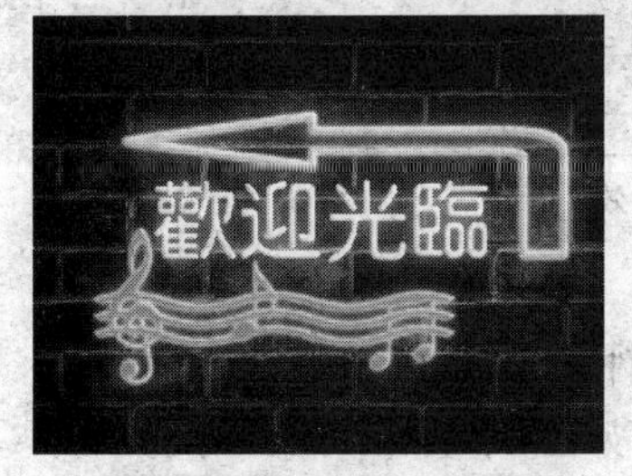

图11-12　填充颜色效果

图11-13　填充颜色效果

图11-14　修改颜色效果

7. 在【动画】面板中，按住 Shift 键同时单击“第一帧”和“第二帧”，将其选择。
8. 单击【动画】面板底部的按钮，在弹出的【过渡】对话框中设置【要添加的帧数】参数为“8”，单击 确定 按钮，在【动画】面板中添加的帧如图 11-15 所示。

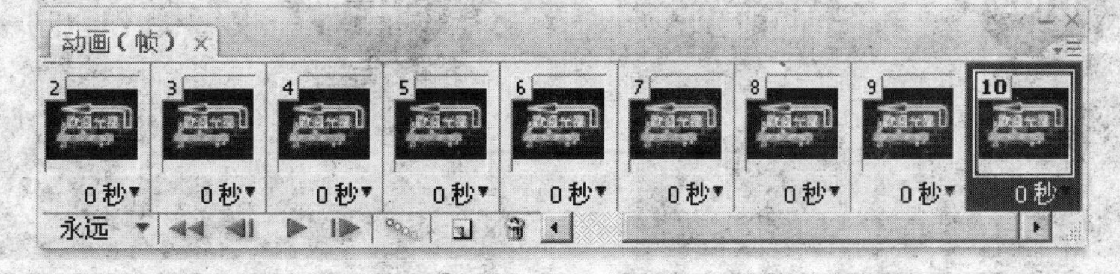

图11-15　添加的帧

9. 将所有的帧同时选择，然后单击任意一帧下面的 0秒▾ 按钮，在打开的时间列表中选择“0.2 秒”。
10. 单击【动画】面板底部的 ▶ 按钮，即可播放浏览制作的动画。
11. 按 Shift+Ctrl+S 组合键，将此文件命名为“霓虹灯.psd”另存。
12. 执行【文件】/【存储为 Web 和设备所用格式】命令，将该动画文件命名为“霓虹灯.gif”保存。

11.3 上机练习（3）——优化存储网页

目的：学习优化存储网页文件。

内容：利用工具给网页划分切片，然后优化存储为“网页.html”格式的网页文件，存储的切片及“网页.html”格式的网页文件效果如图 11-16 所示。

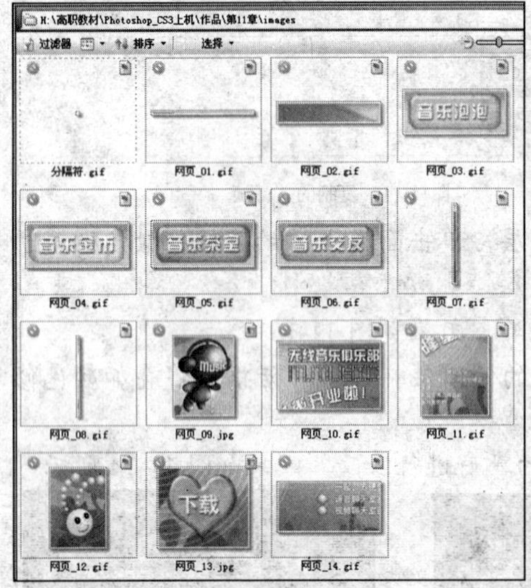

图11-16 存储的切片及“网页.html”格式的网页文件效果

操作步骤

1. 打开素材文件中“图库\第 11 章”目录下的“网页.jpg”文件，如图 11-17 所示。
2. 选择工具，在网页中的交互式按钮位置分别创建切片，如图 11-18 所示。

图11-17 打开的网页

图11-18 创建的切片

3. 执行【文件】/【存储为 Web 和设备所用格式】命令，弹出如图 11-19 所示的对话框。

图11-19　【存储为 Web 和设备所用格式】对话框

4. 在对话框右侧的【预设】下拉列表中选择“JPEG 中”格式。选项设置完成后，可以通过浏览器查看效果。
5. 在对话框左下角设置【缩放级别】参数为“100%”，单击对话框右下角的按钮即可在浏览器中浏览该图像效果，如图 11-20 所示。
6. 关闭该浏览器，单击 存储 按钮，弹出【将优化结果存储为】对话框，在【保存类型】下拉列表中选择“HTML 和图像（*.html）”选项，如图 11-21 所示。

图11-20　在浏览器中浏览图像效果

7. 单击保存(S)按钮，文件存储后会自动生成一个“images”文件夹，所有的切片图像文件都保存在该文件夹里面，并同时生成一个“*.html”网页文件，如图 11-22 所示。

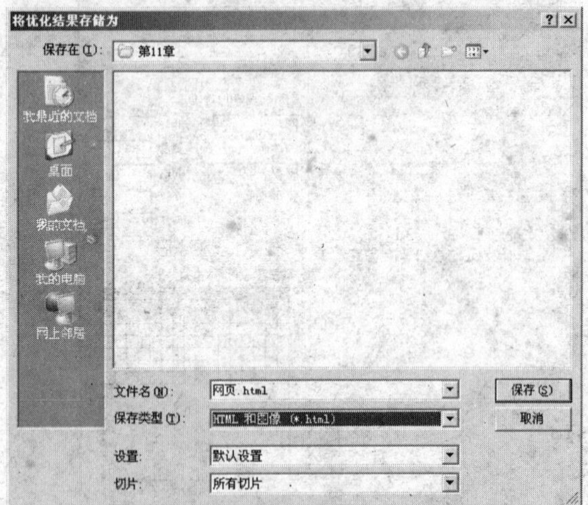

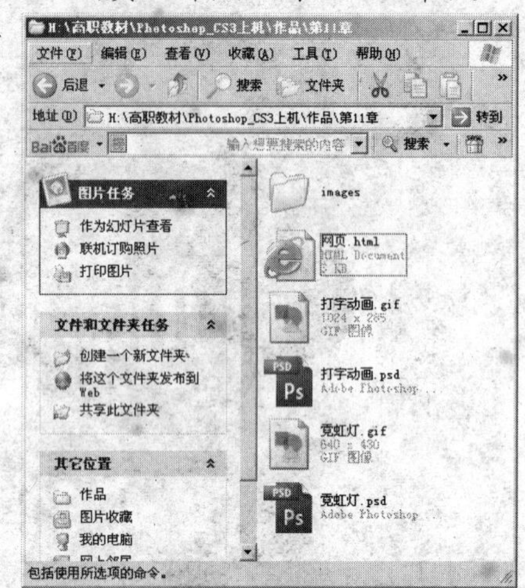

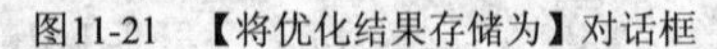

图11-21 【将优化结果存储为】对话框

图11-22 存储的文件

在【将优化结果存储为】对话框中，如果设置“仅限图像（*.jpg）”选项，则只会把所有的切片图像文件保存，而不生成“*.html”网页文件；如果设置“仅限 HTML（*.html）”选项，则只会保存一个“*.html”网页文件，而不保存切片图像。